DER GROSSE LIEBESROMAN

WARREN ADLER

Verlorene Herzen

ROMAN

Deutsche Erstveröffentlichung

WILHELM HEYNE VERLAG
MÜNCHEN

HEYNE – DER GROSSE LIEBESROMAN
Nr. 28/91

Titel der amerikanischen Originalausgabe
RANDOM HEARTS
Deutsche Übersetzung von Elfie Schmidt

Printed in Germany 1985
Umschlagfoto: Harry Bennett/Schlück
Umschlaggestaltung: Atelier Ingrid Schütz, München
Gesamtherstellung: Ebner Ulm

ISBN 3-453-84091-7

1

In der Morgendämmerung begann es zu schneien. Gegen Mittag wirkte Washington wie ein Spielzeugdorf aus der Weihnachtsdekoration eines Kaufhauses, und die Leute sahen aus wie kleine rotbackige Puppen, die sich in ihre Winterkleider eingemummt hatten. Die Welt schien in eine weiße Decke gehüllt, so sauber und friedvoll war alles. Lediglich das Dröhnen der tieffliegenden Flugzeuge, die sich durch die schweren, grauen Schneewolken in die Luft kämpften, erinnerte Lily an eine rauhere Wirklichkeit.

Sie bezahlte den Taxifahrer, hängte ihre Reisetasche um und ging schnell in die Flughafenhalle. Sie hielt ihren Kopf gesenkt, schaute weder nach rechts noch nach links, sondern begab sich gleich zur Flugabfertigung. Nach der Ruhe der schneebedeckten Straßen war der Flughafen voller Geräusche.

Sie konnte die Furcht, die in ihr nagte, nicht leugnen. Diese Reise war ein neuer Schritt, ein Schritt, der über ihre Gewohnheiten hinausging. Sie dachte an Edward, und ihr Magen krampfte sich zusammen. Am meisten hatte sie davor Angst, von jemandem erkannt zu werden, der sie beide kannte. Nicht jetzt. Nicht bevor sie bereit war. Sie hatten es sich zum Ziel gesetzt, ihr Leben im Griff zu haben. Hatten sie das nicht länger als ein Jahr erfolgreich durchgehalten?

Hinter der Menschenmenge am Schalter sah sie Orson an einer Wand lehnen. Er hatte den Kragen seines Trenchcoats hochgeschlagen, und sein lockiges braunes Haar war von schmelzendem Schnee naß geworden. Auch er wirkte angespannt. Aber sein Anblick beruhigte sie und ließ ihr Herz vor Freude schneller schlagen. Es war immer so gewesen. Vom ersten Augenblick an hatte er auf sie diesen gewaltigen, lebensverändernden Einfluß ausgeübt.

Er ging ihr nicht entgegen, sondern wartete und schloß sie, als sie da war, in seine Arme. Er war einen Kopf größer, und der schwere, nasse Mantel, in den sie ihre Nase drückte, verstärkte noch seine beruhigende Anwesenheit.

»Mensch, hab' ich eine Angst«, sagte sie mit gedämpfter Stimme, als er ihr auf die Wollmütze klopfte, die bis zu den Augenbrauen heruntergezogen war, so daß man gerade noch ihre dunklen, tiefliegenden Augen sehen konnte.

Aus der Tasche seines Trenchcoats zog er eine einzige rosarote Rose. Lächelnd nahm sie sie entgegen.

»Geht es besser?«

Sie nickte und atmete tief den Duft ein.

»Wir haben Verspätung. Verdammter Schnee. Eine halbe Stunde an der Abfertigung und noch eine halbe Stunde vor dem Abflug.«

Er hob seinen kleinen Lederkoffer hoch, der garantiert unter den Flugzeugsitz paßte, und führte sie zum Schalter, wo er die beiden Flugzeugtickets für den Beamten herausholte. Sie passierten die Sicherheitskontrollen. In der Wartehalle entdeckten sie zwei Plätze am Fenster, das den Blick auf eine Wand von herumwirbelnden Schneeflocken freigab. Draußen wartete die 737 wie ein weißer Geist am Ende der Gangway.

»Ein paar hundert Meter höher, und man sieht nichts als Sonne und blauen Himmel«, sagte er. Sie legte ihren Kopf an seine Schulter und genoß seine streichelnden Finger in ihrem Nacken. Sie griff nach oben und streichelte seinen Kopf.

»Stell dir vor, vier Tage allein«, flüsterte sie mit feuchten Augen. »Tage.« Für sie war Zeit immer ein Geschenk. Sie waren es gewöhnt, daß die Zeit, die sie zusammen verbringen konnten, knapp bemessen war. Sie hatten nur die Vormittagsstunden in dem Apartment, ihrem heimlichen Liebesnest. Aber jetzt in der Sicherheit von Orsons Armen dachte Lily, daß sogar die Zeit selbst wertvoller erschien.

»Und Edward?«

»Er glaubt, daß ich mir Modekollektionen in Los Angeles anschaue. Ich habe ihm gesagt, daß ich noch keinen Platz zum Übernachten habe. Außerdem steckt er bis über den Kopf in Arbeit. Sie sind alle damit beschäftigt, um die Macht zu kämpfen, wenn die Sitzungsperiode eröffnet ist. Er wird kaum Zeit haben, einen klaren Gedanken zu fassen, geschweige denn mich zu vermissen.« Edward war Verwaltungsangestellter bei dem Abgeordneten Robert Holmes aus Iowa, einem selbstsüchtigen und ungeheuer ehrgeizigen

Mann. Nein, Edward würde kein Problem darstellen. Armer Edward, dachte sie traurig. Aber wie um alles in der Welt könnte er es verstehen?

»Wird er den Laden anrufen?« fragte Orson.

Sie wußte, daß er eigentlich die Fäden zog. »Nein. Das macht er selten.«

»Und wirst du ihn anrufen?«

»Ich sagte ihm, daß er nicht auf einen Anruf von mir warten solle.« Sie hatte dabei etwas gezögert, aber erwartete nicht, daß dies ein Problem geben könnte. Außerdem wollte sie die Sorgen loswerden. »Laß uns nicht daran denken. Vier Tage lang nicht.« Sie seufzte. »Können wir das versuchen?«

»Wir können es versuchen, aber ihm leider nicht entkommen.«

»Wo warst du vor sechs Jahren?« fragte sie.

»Verheiratet«, antwortete er sanft. »Sicher.«

»Und jetzt?«

»Wir haben vier Tage Zeit, um darüber zu sprechen«, sagte Orson.

»Ich weiß.«

Ihr Magen krampfte sich zusammen, als sie an die Zukunft dachte. Armer Edward, dachte sie wieder. Er ist hilflos, unschuldig und fühlt sich in unsrer Ehe so sicher.

»Viv glaubt, daß ich mit der Concorde auf dem Weg nach Paris bin.«

»Wird das keine Schwierigkeiten machen?« Sie schaute auf, um zu prüfen, ob sein Gesicht nicht sorgenvoll aussah.

»Wir sind also sicher«, sagte sie erleichtert.

»Im Augenblick.« Er seufzte und dachte an die unausgestandenen Probleme, an die Auseinandersetzungen, die sie noch durchzustehen hatten und bei denen sie vielleicht sich und andere verletzen würden. Dann kicherte er unerklärlicherweise.

»Was ist so lustig?« fragte sie.

»Auf dem Flug sind wir Herr und Frau Calvin Marlboro.«

»Wer?«

»Am Schalter sah ich diese Schilder – Calvin Klein und Marlboro Zigaretten. Nicht sehr originell, aber ich kann an nichts anderes denken. Ich denke nur an dich.«

»Und ich an dich.«
»Ist es möglich, jemanden so ausschließlich zu lieben?«
»Ja ...« Sie schwieg. »Leider.«
»Leider?« fragte er leicht beleidigt.
»Die falsche Zeit, aber nicht die falsche Liebe.« Sie hob ihren Kopf und küßte ihn auf die Nasenspitze.
»Wie fühlst du dich?« fragte er plötzlich.
»Gut. Es ist noch zu früh.«
Plötzlich ertönte eine Stimme aus dem Lautsprecher: »Boarding in fünfzehn Minuten. Wir bitten die Verspätung zu entschuldigen.«
»Gut«, sagte Orson. »Wenn alles glatt geht, können wir uns um fünf einen Cocktail am Strand bestellen. Das Hotel wird dir gefallen. Es liegt direkt am Meer.«
»Warst du mit ihr mal dort? Mit Viv?« Sie hatte ihn schon früher fragen wollen, aber sie hatte gezögert, weil sie wußte, daß er schon einmal mit seiner Frau auf Key West gewesen war.
»Natürlich nicht. Dies ist unseres. Einmal sind wir bei einer Party dort gewesen. Ich erinnerte mich an den Namen: Fultons Strandhotel.«
»Nur du und ich«, sagte Lily. »Nur fast.« Ihre Finger berührten seine Augen, die sich unwillkürlich schlossen. Sie liebte es, ihn da zu berühren und seine langen Wimpern zu liebkosen.
»Oh, das.« Er lächelte, öffnete die Augen und zeigte dabei kleine Lachfalten. Er beugte sich vor, um sie zu küssen, aber er zögerte und schaute sich ängstlich um.
»Angsthase«, sagte sie.
»Vorsichtig.«
Trotz aller Vorsicht, dachte sie. Sie hatte von Anfang an alles überschattet. Leidenschaft war mächtiger als alle Vorsicht, hatten sie am eigenen Körper erfahren müssen.
»Ich weiß, daß wir bereit sind. Wir müssen irgendeine Lösung finden«, sagte sie aufgeregt.
»Wir haben vier Tage, um alles zu überdenken.«
»Immer wieder?«
»Nein, wir müssen uns entscheiden.«
»Bis zu deinem Anruf war ich entschlossen, dir nichts zu

sagen und selbst« – sie zögerte – »Schritte einzuleiten. Als du dann sagtest, daß es Zeit wäre, mußte ich es dir einfach sagen.«

»Als ich dich auf Trudies Cocktailparty anrief, war ich mir sicher. Genau da.«

»Du hast etwas riskiert. Edward war noch bei der Arbeit.«

Absichtlich hatten sie nur selten Telefongespräche geführt. Sie erinnerte sich daran, daß sie seine Stimme erschreckt hatte.

Er strich mit der Hand über ihr Revers, bis sich ihre Hände verschränkten. Sie konnten nie genug von der Berührung des anderen bekommen.

»Ich stand da und beobachtete durch den dichten Rauch die Leute. Ich hatte drei Martinis getrunken, aber ich war völlig nüchtern. Viv saß in einer Ecke und sprach mit irgendeiner Frau. Undeutlich nahm ich das Gerede der Leute wahr. Irgend jemand sagte etwas zu mir, aber ich hörte nicht, was er sagte. Ich wollte einfach bei dir sein. Nur bei dir. Immer. Ich sehnte mich nach dir. Es hat keinen Sinn, sich immer zu verstecken. Wir müssen uns dem Problem stellen. Wir müssen an uns denken, an unsere Liebe. Wir werden weggehen. Ganz nüchtern werden wir beide uns überlegen, was zu tun ist. Ich erinnerte mich an das Hotel und rief dich an.«

»Hier bin ich.«

»Ich habe dir einmal gesagt, daß ich wüßte, wann die Zeit reif ist.«

»Und ich wußte es auch.«

»Nun, die Zeit ist reif.«

»Du könntest in den vier Tagen genug von mir kriegen.«

»Nie. Ich werde nie genug von dir haben. Nie, und wenn ich zehn Leben hätte, weil ich dich immer lieben werde, zehn Leben lang, zehn Ewigkeiten.«

»Es gibt keine zehn Ewigkeiten.«

»Hör auf, Rechtsanwalt zu sein.«

»Das ist eine andere Sache. Ich werde auch das ändern.«

»Was wirst du dann machen?«

»Etwas, das mir erlaubt, den ganzen Tag bei dir zu sein. Tag und Nacht. Irgend etwas. Wir werden es uns im Strandhotel überlegen.«

»Vielleicht bezahlt uns jemand für unsere Liebe.« Sie lachte. »Dann müssen wir nirgends hingehen und nichts tun.«

Sie schwiegen einen Augenblick. Sie küßte ihn auf den Hals.

»Ich bin wieder überdeutlich.«

»Ach was.«

Er beugte sich vor und küßte sie auf den Mund. Als sie ein Auge aufmachte, sah sie, wie eine Frau lächelte und schnell wegging.

»Du erregst mich, das weißt du.«

»Mm hu.«

Vom ersten Moment an, als sie sich im Flugzeug neben ihn gesetzt hatte, hatte er sie in Erregung versetzt. Ein seltsames, gewaltiges Gefühl hatte ihren Körper ergriffen, ein Gefühl, das auch er empfunden hatte, wie er später zugab. Wie zwei chemische Stoffe in getrennten Behältern, die sich durch Osmose verbanden. War dies Zufall? Oder war es unvermeidbar? Erfüllten sie eine Bestimmung? War es vorgezeichnet, daß sich unter dem Bewußtsein plötzlich eine lebensverändernde Kraft entfaltete, die als Zufall erschien? War dies nicht der geheime Wunsch eines jeden Menschen? Einer jeden Suche? Verbinden hieß, die andere Hälfte seines eigenen Selbst, den fehlenden Teil zu finden. Warum hatte es nicht geschehen können, bevor sie beide verheiratet waren? Warum jetzt? Die Vorsehung trieb ihr Spiel mit ihnen, hatte sie ihm gesagt. Wie sonst wäre es zu erklären? Ich glaube nicht an die Vorhersehung, hatte er geantwortet. Was dann? Sie einigten sich schließlich auf Kismet, und damit war es genug. Die Antwort war nicht zu finden. Es war einfach passiert.

Sie schaute in seine Augen. Sie waren tief braun, aber manchmal im hellen Licht waren sie hellbraun wie die unschuldigen Augen eines jungen Hundes. Manchmal schauten sie sich lange, vielleicht stundenlang gegenseitig in die Augen und sagten überhaupt nichts, als ob es das Aufregendste der Welt wäre, was es natürlich auch war.

Die Leute bewegten sich im Saal, deshalb schweifte ihr Blick ab. Ein Profil versetzte ihr einen Stich im Herzen, aber als sich der Mann drehte, kannte sie das Gesicht nicht. Trotzdem verbarg sie ihren Kopf hinter seiner Schulter.

»Was ist los?«

»Ich dachte, es wäre jemand, den wir kennen. Mein Gott, ich wünschte, alles wäre schon vorüber.«

»Bald«, sagte er.

»Wird es ohne Gefahr noch das gleiche sein, ohne Abenteuer?« Solche Gedanken beunruhigten sie. Was danach geschehen würde, beschäftigte sie genauso wie die Wunden, die sie Edward und Vivien bereiten würden.

»Wir werden es wissen, wenn wir dort sind«, neckte er sie. Es erstaunte sie immer wieder, daß ihr Gespräch meistens um sie selbst und ihre Situation, um ihre Liebe kreiste. Als ob es nichts anderes von Bedeutung gäbe – keine Karriere, kein Geld. Nur ihre unglücklichen Ehen störten die Liebe.

Sie hatten dieses einzige Problem: den Schmerz Edwards und Viviens und natürlich der des kleinen Ben, Orsons und Viviens Sohn. Solche Affären waren meistens Dreiecksgeschichten, eine andere Frau, ein anderer Mann. Sie hatten eine Vierecksgeschichte. Mit Ben sogar eine Fünfecksgeschichte. Fünf Leben. Jetzt sechs. Wenn die anderen nur gemein, grausam und gleichgültig wären.

»Sieht schlecht aus«, sagte ein Mann, der am Fenster stand und auf die herumwirbelnden Schneeflocken schaute. Die gerahmte Schneewand erinnerte sie an ein riesiges Jackson-Pollock-Gemälde, das sie einmal in einer großen Ausstellung gesehen hatte. Es war nicht ganz monochromatisch; man sah ein paar farbige Punkte, rot, grün und blau, die Zeichen der Flugzeuge. Der Schneesturm hatte den Flugverkehr offensichtlich nicht lahmgelegt, denn in regelmäßigen Abständen hörten sie das Getöse eines abhebenden Flugzeuges.

»Vielleicht wäre es einfacher, wegzugehen und nicht wiederzukommen. Einfach verschwinden, Herr und Frau... Wie war noch mal der Name?« Sie schaute vom Fenster weg.

»Calvin Marlboro«, sagte er.

»Und mein Name?«

Er schaute sich einen Namen suchend in der Halle um.

»Wie wär's mit Godiva?«

Sie kicherte und schaute auf das Poster an der Wand, das Godiva-Schokolade anbot.

»Das gefällt mir. Darf ich nackt auf einem Pferd durch die Straßen reiten?«

»Nur wenn ich bei dir bin.«

»Glaubst du, wir könnten es auf einem Pferd machen?«

»Wir haben es überall sonst gemacht.«

Dies war ein weiteres Juwel ihrer Beziehung, die grenzenlose sexuelle Energie. Deshalb hatte er schließlich das Apartment gemietet, wo sie ungestört zusammensein konnten. Kein Augenblick war je verschwendet. Sie kannten keine Hemmungen oder Grenzen. Ihre Intimität war so mächtig, daß sie manchmal wie eine einzige Person erschienen. Sie hatten sogar versucht, ihre Gefühle schriftlich festzuhalten. Aber laut gelesen, hatten sie das Papier schnell zerrissen. Ein geheimes Leben. Das hatten sie, ein herrliches, geheimes Leben. Wenn sie daran dachte, fürchtete sie jede Lösung. Würde ihre Beziehung eine Veränderung überstehen? Aber so konnte es nicht weitergehen. Jetzt nicht mehr. Die Biologie hatte sich auf geheimnisvolle Weise eingemischt. War es ein Versehen oder Absicht gewesen? Er hatte keine Erklärung verlangt.

»Passiert dies auch anderen Leuten?« fragte sie, nachdem sie lange geschwiegen hatten.

»Ich hoffe es«, flüsterte er.

Eine Weile war es seltsam still in der Halle, und der in großen, weißen Flocken fallende Schnee nahm jede Sicht.

»Stell dir vor, sie schließen den Flughafen!« sagte sie.

»Sie fliegen bei diesem Wetter. Sie sind mit allen möglichen Instrumenten für solch ein Wetter ausgerüstet.«

Ein ohrenbetäubender Lärm bewies, daß die Flugzeuge starteten. Gruppen von Passagieren bewegten sich auf die Gangway zu. Eine alte Frau in einem Rollstuhl wurde durch die Menge geschoben, gefolgt von einer Frau mit einem Baby. Einige uniformierte Männer betraten die Halle.

»Wir haben Glück«, sagte einer der Männer, der eine Offiziersuniform trug. »Das Flugzeug der Eastern Airline ist im Norden aufgehalten worden.«

»Wir haben auch Glück«, flüsterte Lily.

»Wir sind die zwei glücklichsten Leute auf der Erde.«

»Mensch, bin ich glücklich!« Sie nahm seinen Arm und drückte ihn an sich.

Der Lautsprecher kündigte an, daß das Flugzeug betreten werden konnte, und die Passagiere, die noch saßen, standen auf und stellten sich hinter den anderen an.

»In Miami hat es mehr als zwanzig Grad«, sagte eine Frau.

»Es hat erst Sinn, aufzustehen, wenn die Schlange sich aufgelöst hat«, sagte Orson.

»Du bist so klug und praktisch«, neckte sie ihn. »Darum habe ich mich in dich verliebt. Dein messerscharfer Verstand.«

»Ich dachte, es war mein Körper.«

»Den habe ich nie bemerkt.«

Sie ließ ihre Hand unter seinen Mantel gleiten und streichelte ihn dort.

»Glaubst du, daß wir eine Möglichkeit finden könnten?« kicherte sie.

»Bis jetzt haben wir ziemlich viel Fantasie bewiesen.«

Sie schaute sich in der Halle um, als ob sie die Lage prüfen wollte.

»Du bist verrückt«, sagte er.

»Verrückt nach dir.«

Sie seufzte und nahm ihre Hand weg, während ihre Augen durch die Halle glitten.

»Manchmal glaube ich, daß uns jemand folgt und uns beobachtet.« Er folgte ihrem Blick, aber die Halle leerte sich. Sie wußte, daß in ihrer Lage Paranoia nur zu verständlich war. »Obwohl ich weiß, daß ich Edward keinen Hinweis gegeben habe, um mißtrauisch zu werden.«

»Er hat vielleicht die Wellen aufgefangen. Manchmal glaube ich wirklich, daß es Vivien weiß.«

»Aber du hast gesagt, daß du ein guter Schauspieler bist.«

»Es ist keine leichte Rolle.«

»Besonders im Bett.«

Er runzelte die Stirn, aber nur kurz. »Wir hatten ausgemacht, darüber nicht zu sprechen.«

»Es tut mir leid. Manchmal muß ich daran denken. Du und sie.«

»Und du und Edward.«

»Ich bin nicht für all diese Intrigen, Lügen und Schwindeleien geschaffen. Es ist verdammt harte Arbeit.«

»Glaubst du, ich bin es? Glaubst du, es ist leicht, bei Vivien zu sein und nur an dich zu denken? Bis jetzt war es ein Wunder.«

»Wir wiegen sie in Sicherheit.«

»Wir waren sehr vorsichtig.« Er hielt ein. »Fast immer.«

»Es kann nicht so weitergehen. Jetzt nicht mehr.«

»Nein.« Er schüttelte den Kopf. Sie bemerkte, daß er unsicher wurde.

»Glaubst du, daß sie inzwischen mißtrauisch geworden sind?«

»Das wäre das Schlimmste, was passieren könnte. Nicht, bis wir bereit sind, den letzten Bruch zu vollziehen. Beide zur gleichen Zeit. Gerade heraus. Ein kaltes Bad. Wir haben es mit zwei guten Menschen zu tun, anständige und sensible Menschen, mit denen wir einmal unser Leben verbringen wollten. Wir waren uns einig, daß wir den Schmerz so kurz wie möglich halten wollten.«

»Egal wie, es wird schmerzen.« Sie dachte wieder an Edward und seufzte.

»Wir gehen besser«, sagte Orson und stand auf. Er hielt ihre Hand, als sie am Schalter vorbei durch die Gangway in das Flugzeug gingen. Die meisten Passagiere hatten bereits Platz genommen. Sie wählten zwei Sitze in der Mitte des Flugzeugs. Obwohl die Reihe drei Sitze hatte, nahm sie den mittleren Platz und ließ den Sitz am Gang leer. Sie konnte es nicht ertragen, so weit von ihm entfernt zu sein.

»Die Stewardeß wird mich für kindisch halten.«

»Wer kümmert sich darum, was sie denkt?« sagte er. Er war wegen der Auseinandersetzung noch immer nervös, und sie streichelte seinen Schenkel, während er aus dem Fenster auf die Wand aus fallendem Schnee schaute. In der anderen Hand hielt sie den Stil der kleinen rosaroten Rose.

»So haben wir uns auch getroffen«, sagte sie fröhlich. Immer wenn sie über die anderen sprachen, wurden sie traurig und fühlten sich schuldig. Die Erinnerung an ihre Begegnung erheiterte sie dagegen immer.

Das Flugzeug rollte an, und der Pilot machte eine Ankündigung.

»Herzlich willkommen, meine Damen und Herren«, sagte er leicht sarkastisch. »So ein Wetter wie hier gibt es in Miami nicht. Aber wir werden mindestens dreißig Minuten Verspätung haben, bis wir abheben können. Ich schalte das Rauchverbot-Zeichen aus. Ich habe wirklich Mitleid mit euch Yankees.« Gelächter erklang im Flugzeug.

»Bring uns bloß hier raus«, rief ein Mann, und erneutes Gelächter erklang.

Sie hörten das leise Rumpeln des vorwärts rollenden Flugzeugs, bis es schließlich in der Nähe einer großen Flugzeughalle anhielt. Draußen besprühten Männer die Flügel mit einem Enteisungsmittel.

Lily öffnete ihren Sicherheitsgurt und stand auf. Aus dem Gepäcknetz nahm sie eine Decke und zwei Kissen.

»Wir können es uns genausogut gemütlich machen«, sagte sie, während sie die Kissen hinter die Köpfe steckte und beide mit der Decke einwickelte. »Wie wird man dieses blöde Ding los?« sagte sie und meinte damit die Armlehne. Er hantierte damit herum, bis er es nach oben schieben konnte, so daß zwischen ihnen kein Hindernis mehr war. Leicht zur Seite gedreht, streichelte sie ihm mit der Hand über die Brust, während seine Hand ihr Ohrläppchen liebkoste.

»Ich muß nicht erst enteist werden«, kicherte sie.

»Ich auch nicht.«

»Ich warne dich. Vier Tage lang werde ich dir keine Ruhe lassen.«

»Leere Drohungen.«

»Überhaupt nicht.« Sie ließ ihre Hand abwärts gleiten und streichelte seinen Oberschenkel.

Die Stewardeß ging vorbei, und Lily machte die Augen zu und stellte sich schlafend.

»Sie sollte einmal sehen, was ich habe«, flüsterte sie.

»Du bist unverbesserlich.«

»Ich bewundere dich.«

»Nur bewundern?«

»Mehr als das.«

»Mehr als lieben?«

»Sogar mehr als Liebe.«

»Und darüber hinaus?«

»Es sind doch nur Worte«, sagte sie und zog ihn noch näher an sich heran. »Wird es immer so sein, wenn wir zusammen sind?« fragte sie.

»Wir sind zusammen.«

»Ich meine für immer.«

»Wenn nicht, dann haben wir einen Haufen Dreck umsonst durchgemacht.«

Er schaute zu ihr hinunter. Sie hob ihre Lippen, öffnete erwartungsvoll den Mund, und sie gaben sich einen langen, leidenschaftlichen Kuß.

»Warum gerade du?« fragte sie.

»Warum du?«

2

Sie war der Mittelpunkt in Orsons Leben geworden, ein Phänomen, das jeder Logik widersprach, so daß es der sonst so nüchterne, analytische Verstand des Rechtsanwalts nicht erfassen konnte. Lily war ein Teil von ihm geworden, ja, sie war ihm wichtiger als alles andere. Es war so unerklärlich, und die endlosen Fragen nach dem Wie und Warum fanden keine Antwort.

»Warum gerade du?«

Er schaute wieder auf die Arbeiten am Flugzeug. Ein Mann in einer Plastikuniform hielt das Ende eines langen Schlauches fest. Als er aufschaute und die Hand hob, stieg weißer Hauch aus seinem Mund.

»Weil du da warst und auf mich gewartet hast«, sagte sie wieder, sicher zum tausendstenmal.

»Ich habe nur an meine Arbeit gedacht. Ich hatte gerade meinen größten Fall gewonnen. Ich war zufrieden und glücklich, ein Familienvater mit einer treuen Frau und einem hübschen kleinen Jungen. Ich war selbstbewußt, und ich genoß die Sicherheit meines Lebens.«

»Ich auch«, sagte sie. »Nur hatte ich keinen kleinen Jungen.«

»Warum also?«

»Weil es nicht wahr ist.«

Vielleicht hatte er gerade in dem Moment, als sie die banale Frage stellte, ob der Sitz frei sei, eine ernstliche Gewissenserforschung betrieben, hatte sich gefragt, ob dies alles, ob nichts anderes vom Leben mehr zu erwarten sei. Hatte er gerade in diesem Augenblick an die Zukunft gedacht?

»Ich schaute auf, und da warst du. Mein ganzes Ich löste sich in Einzelteile auf, und als ich es wieder zusammengesetzt hatte, war ich ein anderer Mensch geworden. Von diesem Bruchteil einer Sekunde an warst du für mich das Wichtigste auf der Welt.«

»Ja, ja, so war es. Alles hat sich verändert.«

»Ich liebe dich mehr als mein Leben«, sagte er und fühlte dabei ihre intime Berührung, die er nun seinerseits erwiderte.

Der Pilot kündigte an, daß sie zur Startbahn rollten, und das Flugzeug verwandelte sich in ein rumpelndes Taxi.

»Wird nicht lange dauern«, sagte er, aber sein Tonfall verriet eine leichte Ungeduld. Wieder ging die Stewardeß an ihren Sitzen vorbei, und Lily stellte sich schlafend.

Der nüchterne Teil von Orsons Verstand erkannte die Lächerlichkeit der Situation. Er hatte sich immer für einen disziplinierten, gebildeten Mann gehalten, der sich nicht in dumme Sachen einließ. Ein pragmatischer Mann. Ein schlauer Mann, der vorauszudenken gewohnt war. Dann kam Lily.

»Was machst du nur mit mir?« fragte er.

»Alles, was ich kann.«

Sie konnten nie genug voneinander kriegen. Es war wie beim Schälen einer Zwiebel – es lag immer noch eine weitere Schicht darunter. Sie waren einfach nie gesättigt. Mit Vivien war es nicht das gleiche. Hübsche, treue, gutmütige und verläßliche Viv. Süße Viv. Sie würde leiden müssen. Sie und Ben.

»Ein Mann hat mit siebzehn seine Höchstform«, sagte er oft zu Lily und wunderte sich über seine eigene Leistungsfähigkeit. »Ich bin doppelt so stark und sollte doch eigentlich schwächer werden.« Bei Viv empfand er selten Lust. Von Anfang an war diese Seite seines Lebens mit Viv langweilig und ohne Leidenschaft gewesen. Aber er hatte es nicht anders erlebt, und so wußte er gar nicht, was er verpaßte. Er begriff auch, daß er eigentlich nicht liebte. Er hatte eher eine Art Zuneigung empfunden, bequem, gleichförmig und ohne Aufregungen.

Sie kamen schließlich überein, daß das, was sie erlebten, nicht erklärt werden, sondern nur erfahren werden konnte. Andere hatten es erfahren – seit Beginn der Zeitrechnung. Und trotzdem mißtrauten beide der Dauerhaftigkeit ihrer Gefühle. Vielleicht war es eine vorübergehende Verirrung, die sie beide enttäuschen mußte, so daß sie reumütig zu ihren angetrauten Ehepartnern zurückkehren und ihr wirkliches Leben wiederaufnehmen würden. Aber es war nicht geschehen, und jetzt waren sie hier. Eine weitere Schwierigkeit war aufgetaucht. In seinem Herzen begrüßte er sie. War es nicht an der Zeit?

»Sag es mir wieder, mein Geliebter«, flüsterte sie.

»Daß ich dich liebe?«

»Auch das. Ich meine das mit der Zeit.«

»Es ist an der Zeit. Hat keinen Sinn, das Unvermeidliche aufzuschieben. Wir werden es wahrscheinlich nächste Woche tun müssen.«

»Es wird der schrecklichste Augenblick in meinem Leben sein.«

»Für mich auch.«

»Ich hoffe, daß ich den Mut dazu habe. Edward und ich wollten ein ganzes Leben lang zusammensein. Es ist nicht der kleinste Fleck auf der Leinwand. Vielleicht war es falsch, es so zu machen. Vielleicht hätte man ihn vorbereiten sollen. Du weißt schon – wenn ich launig und eklig gewesen wäre.«

»Das ist ein Problem. Wir sind alle nette Leute.« Ehebruch paßte nicht ganz zu seiner Definition, aber er beruhigte sein Gewissen, indem er sich sagte, daß es unwiderstehlich war.

»Sind wir wirklich nett? War es nett, sich so zu verhalten? Sich mit jemandem einzulassen?«

Auch das mußte gesagt werden, wenn es auch nur eine

leere Ermahnung war. Sie waren sicher nicht völlig davon überzeugt, daß ihr Handeln moralisch richtig war.

»Wir konnten einfach nicht anders.«

»Eigentlich schon.« Sie zögerte. »Oder?«

Das erste Mal war tief in ihre Erinnerung eingebrannt. Wie konnte es anders sein? Nachdem sie auf dem Flug von New York nach Washington nur vierzig Minuten zusammensein konnten, hatten sie ausgemacht, sich am nächsten Tag zu treffen. Das Mittagessen – das wußten sie beide – war nur ein Vorwand. Sie reagierten mit Körper und Seele auf eine magnetische Kraft.

Es war Spätherbst, und sie fuhren auf der George Washington Street fast bis zum Mount Vernon. Nachdem sie den Wagen abgestellt hatten, liefen sie den Weg zum Fluß hinunter. Es war ein bewölkter Tag, und die Luft war schon frisch. Ein leichter Nebel zog vom Fluß herauf, so daß sie den Eindruck hatten, ganz allein auf der Welt zu sein.

»Ich weiß nicht, warum ich hier bin«, sagte er zu ihr, obwohl er bereits damals wußte, daß er um nichts in der Welt irgendwo anders sein wollte. »Solche Sachen passieren in meiner Welt eigentlich nicht. Ich bin seit sieben Jahren verheiratet und war immer treu.«

»Ich auch«, sagte sie und blickte auf. »Ich war nie mit einem anderen Mann zusammen, seit ich Edward kenne. Davor gab es kurz einen anderen Mann.« Sein Herz klopfte. Der erste Schritt machte ihm angst.

»Dann sind wir also ein unschuldiges Paar«, sagte er leichthin.

»Ich bin es. Da bin ich sicher.«

»Bei mir ist das wohl nicht so sicher?«

»Nun, wenn Sie mich fragen...«

»Ich schwöre es«, sagte er und hoffte, daß sie seine Ehrlichkeit bemerken würde. »Ich schwöre, daß ich nicht einmal daran gedacht habe...« Er hielt inne, weil er nicht zu sehr protestieren wollte. Vor Vivien gab es nicht viel, was man gestehen mußte. Zwei, vielleicht drei andere Frauen.

»Ich will Ihnen glauben«, sagte sie.

»Dann tun Sie es.«

»Ich werde es versuchen.« Wie er versuchte sie, ihre Begegnung zu einem einzigartigen Ereignis zu machen.

Das gab ihm den Mut, sich ihr zu öffnen. Er blieb stehen und schaute sie an.

»Ich weiß nicht, warum ich hier bin« – er zögerte –, »wenn nicht Sie es sind. Ich habe an nichts anderes gedacht.« Sie wurde ganz rot. Es gab keinen Vorwand. Jeder wußte, daß der andere verheiratet war.

»Warum sagen Sie mir das?« fragte sie plötzlich.

»Es ist wichtig, daß ich es klarstelle.«

»Das soll Sie wohl entschuldigen?«

»Auch das.«

»Wir können es also auf eine kosmische Kraft schieben, irgend etwas, das uns wie einen Zauber gefangenhält.«

»Jawohl«, sagte er, von ihrem Eifer angesteckt. Sie hatten ihre Vorsicht aufgegeben. »Ich bringe mich selbst in Schwierigkeiten.«

»Ich auch.«

»Es ist nicht in Ordnung«, sagte sie. »Diese Sache.«

»Ich weiß.«

»Wirst du mir immer die Wahrheit sagen?« fragte sie plötzlich und schaute ihm in die Augen. Das ›immer‹ erschreckte ihn und erfüllte ihn doch gleichzeitig mit großer Freude.

»Ja.«

»Dann sag mir jetzt die Wahrheit, die ganze Wahrheit.« Sie räusperte sich. »Die Wahrheit über deine Gefühle.«

»Ich glaube, ich sehne mich nach dir.«

»Nur physisch?«

»In jeder Weise.«

»Mein Gott.«

»Was stimmt denn nicht?«

»Ich sehne mich auch nach dir. Ich habe Todesangst.«

»Ich auch. Es ist, als ob ich die andere Hälfte meiner Seele gefunden hätte.«

»Ja. Genau so.«

Als sie sich berührten, war es, als ob sie von Treibsand verschluckt würden. Seine Arme umschlangen sie. Ihre Lippen öffneten sich, und ihre Zungen erforschten sich gegenseitig. Er verspürte einen so unwiderstehlichen körperlichen Drang, daß er in ein anderes Bewußtsein einzutreten schien. Mit den Armen hielten sie sich gegenseitig die Hüften umfaßt und gingen zum Wagen zurück. Der Ort war egal. Sie erfanden die Liebe, so erinnerte er sich.

Danach hielt sie ihn immer noch umschlungen, aber ihre Schultern zitterten, und er fühlte warme Tränen an seiner Wange.

»Was ist los?« fragte er.

»Ich trau mich nicht, es zu sagen.«

»Was zu sagen?«

»Daß ich dich liebe.«

»Warum solltest du davor Angst haben?«

»Weil es nicht alles ausdrückt, was ich fühle, denn das ist mehr als dieses Wort.« Sie zögerte. »Und weil ich nicht will, daß sich mein Leben ändert.«

»Vielleicht wird es sich nicht ändern.« Er wußte sofort, daß er nicht ganz die Wahrheit sagte, und er gab es zu. »Ich will auch nicht, daß sich mein Leben verändert. Aber es wird sich ändern, und wir können überhaupt nichts machen.«

Das Flugzeug wartete auf die Starterlaubnis. Draußen fiel der Schnee noch immer in dicken, herumwirbelnden Flokken, so daß man zeitweilig überhaupt nichts durch die Fenster sehen konnte. Über ihn gebeugt, schaute sie hinaus.

»Werden wir wirklich starten?«

»Sie wissen schon, was sie tun«, sagte Orson. Das Getöse eines startenden Flugzeugs war zu hören. »Hörst du das? Zwei Minuten nach dem Start sind wir im Sonnenschein.«

»Wenn ich bei dir bin, scheint immer die Sonne«, sagte sie und streichelte ihn.

Der Bordlautsprecher knackte. »Wir haben die Starterlaubnis. Auf geht's, Leute, ins sonnige Florida.«

Nach dem Piloten erinnerte die Stewardeß daran, die Sicherheitsgurte anzulegen und die Sitze wieder in die senkrechte Lage zu stellen. Sie befolgten die Anordnungen, ohne die Decke abzunehmen.

»Ich hätte nichts dagegen, wenn wir immer so weiter bis

ans Ende der Welt fliegen würden«, sagte Lily und zog ihre Finger aus seiner Hand.

»Das ist keine Lösung. Irgendwann müßten wir landen«, sagte er und küßte ihre Finger.

Das Flugzeug beschleunigte immer mehr. Lockere Gepäckstücke stießen im Netz aneinander. Die Düsen jaulten auf, und das ganze Flugzeug erzitterte, als es vorwärtsschoß, wobei sie in ihre Sitze gedrückt wurden. Unendlich lange schien das Flugzeug nicht abheben zu wollen.

»Schwer, dieses Baby in die Luft zu bekommen«, sagte jemand hinter ihnen.

Orson fühlte, wie Lilys Hand fester zupackte, während sie den Moment des Abhebens abwarteten. Als es schließlich soweit war, ließ sie wieder los, und Orson schaute aus dem Fenster auf die weiße Masse. Lily beugte sich über ihn.

»Bald«, flüsterte er.

Sie hob die Rose und atmete ihren herrlichen Duft ein.

Dann begann das Flugzeug zu rucken und verlor schnell an Höhe. Totenstille herrschte im Flugzeug. Das Entsetzen hatte jeden gepackt, alle waren wie gelähmt. Sogar als das große Flugzeug einen Brückenpfeiler und fünf Autodächer abrasierte, waren keine Schreie zu hören. Dann krachte es mit einem ungeheuren Aufprall durch das Eis.

3

Irgendwann am Nachmittag bemerkte Edward Davis den starken Schneefall. Er saß an seinem Schreibtisch mit dem Rücken zum Fenster und verdrückte ein Eiersalatsandwich, das er halbzerkaut mit einigen Schluck Magermilch hinunterspülte. Dabei drehte er sich mit seinem Stuhl um 180 Grad.

»Verdammt«, rief er, als er die dicke weiße Decke sah, die Straßen und Hausdächer überzog. Sogar die Kuppel des Kapitols war bedeckt. Der Grund für seine heftige Reaktion war aber weder eine ästhetische Wertschätzung noch ein Erstaunen über die Wunder der Natur. Seine Hauptsorge galt vielmehr seinen Mitarbeitern, die er nun früher entlassen mußte, so daß die meiste Arbeit für die Eröffnungssitzung an ihm hängenbleiben würde. Aber das war wohl das traurige Schicksal der rechten Hand eines Abgeordneten.

Er drehte sich wieder um und zuckte mit den Schultern. Da Lily nicht in der Stadt war, war es ihm eigentlich egal. Er dachte an ihre spielerischen Vorwürfe, daß er ein Arbeitstier sei, und lächelte. Die Zeit und die Umstände hatten diesen Vorwurf unerheblich werden lassen. Als Einkäuferin für Woodies nahm ihre Karriere inzwischen fast genausoviel Zeit in Anspruch wie sein Job, und die Angelegenheit war seit langem kein Grund mehr für Spannungen zwischen ihnen. Außerdem war er verdammt stolz auf ihren Erfolg.

Das Telefon klingelte. Der Abgeordnete, der sich noch in Iowa befand, war am Apparat. Sie sprachen über einige Details und diskutierten über Anweisungen für die Mitarbeiter, die noch an der Rede feilten.

»Schneit es bei euch noch immer?« fragte der Abgeordnete.

»Wie verrückt.«

»Wird die Rede bis morgen fertig?«

»Natürlich.«

Als Edward aufgelegt hatte, war er leicht verärgert, nicht über den Abgeordneten, sondern über den Schnee. Seine Sekretärin, Jan Peters, kam herein. Sie trug einen enganliegenden Rollkragenpullover, so daß sich ihr üppiger Busen deutlich abzeichnete. Ein wohlgerundetes Hinterteil wurde durch einen engen Rock erkennbar, was ihre dreiste Sinnlichkeit noch stärker zur Geltung brachte. Manchmal schmiegte sie sich so nahe an ihn, daß er ihren Pfefferminzatem riechen und ihren festen Busen am Oberarm fühlen konnte.

»Warum gerade ich?« fragte er sie. Sie hatten lange gearbeitet, und sie schien verführerischer denn je. Er erwartete eine Verleugnung, wenn auch nur eine vorgeschobene.

»Wollen Sie das wirklich wissen?« fragte sie kühl und schlug ihre wohlgeformten Beine übereinander, wobei ihr Rocksaum noch um ein paar Zentimeter höher rutschte.

»Eigentlich nicht.«

»Warum fragen Sie dann?« fragte sie lächelnd.

»Ich weiß nicht genau«, sagte er verlegen. Schließlich hatte er nicht die Absicht, Lily zu betrügen.

»Sie wirken so verletzlich, Edward«, erklärte Jan. »Der Mutterinstinkt ist angesprochen. Zumindest meiner. Außerdem sind Sie so süß und von Ihrer Ehe so überzeugt.«

»Ist das denn so selten?«

»Ich finde schon. Und ich liebe die Herausforderung.« Sie stand von der Couch auf und kam näher, bis sie ihre Arme um seinen Hals legen konnte. »Ja, es ist eindeutig mein Mutterinstinkt.«

Er faßte sie an den Schultern und schob sie sachte von sich weg.

»Ich bin schon vergeben«, sagte er und hob die Hand, um auf seinen Ehering hinzuweisen.

»Sie weisen mich ab?«

»So könnte man sagen.«

»Ich spreche von einem Eheurlaub, nicht von einem ehelichen Bergrutsch.«

»Ihre Art von Urlaub schafft aber gerade einen Bergrutsch.«

»Vielleicht ein bißchen Lärm, aber nichts geht dabei zu Bruch«, sagte sie und zog sich spielerisch zurück.

»Eines Tages, Jan, werde ich Ihnen alles über eheliche Treue erzählen.«

»Hier? Sie machen wohl Spaß.« Jan schaute ihn an und seufzte. »Vergessen Sie nicht, daß es eine vergängliche Sache ist«, sagte sie dann fröhlich. »Wie ein Hotelzimmer. Wenn man es nicht rechtzeitig benutzt, ist die Gelegenheit für immer vorbei.«

Eine geschickte Art, es auszudrücken. Obwohl er sich heimlich geschmeichelt fühlte, war er doch froh, daß er die Angelegenheit bereinigt hatte.

»Toll«, sagte Jan und schaute über seine Schulter aus dem Fenster. »Ich liebe es.«

»Gut für Kinder und Skiorte«, brummte er. »Das ist das einzige, woran jeder denken kann.« Sie schaute ihn vorwurfsvoll an, zuckte mit den Schultern und verließ mit federnden Schritten das Büro. Er drückte den Knopf für die Sprechverbindung und wartete, bis sich am anderen Ende eine Stimme meldete.

»Wie steht's mit der Rede?«

»Wird schon«, grunzte Harvey Miles.

»Er braucht sie morgen.«

»Ich bin kein Computer.« Eine kurze Pause entstand. »Der Himmel ist am zusammenbrechen.«

»Das ist das einzige, woran jeder denken kann«, wiederholte er und dachte an die früheren Schneestürme im Mittelwesten. Als Kinder hatten sie sich immer riesig über die Stürme gefreut. Ganz tief in seinem Unterbewußtsein hörte er noch die Schlittenglöckchen klingeln. Eine auf immer verlorene Welt. Er seufzte und fragte sich, ob dies bedeutete, daß er nun endgültig zu einem Realisten geworden war.

Als er auflegte, drehte er sich wieder um und schaute hinaus. Große Schneeflocken fielen leise vom Himmel. Autos krochen im Schneckentempo durch die Straßen. Die Leute kämpften sich mit eingezogenem Kopf durch den Blizzard. Zum Glück ist Lily schon vor dem Sturm gestartet, dachte er.

»Es schneit«, hatte Lily gesagt, als sie die Vorhänge an diesem Morgen aufgezogen hatte. Sie hatte so lange am Radio gedreht, bis sie einen Wetterbericht gefunden hatte.

›Fünfzehn bis dreißig Zentimeter‹, hatte der Sprecher vorhergesagt. Dann dachte Edward nicht mehr darüber nach. Er stöhnte über die Arbeit, die er noch zu erledigen hatte, denn er war noch müde, weil er am Vortag so lange gearbeitet hatte. Ihr Koffer war bereits gepackt und stand im Schlafzimmer bereit. Das hatte er bemerkt, als er nachts neben sie gekrochen war. Dabei hatte er aufgepaßt, daß er mit seiner kalten Haut nicht ihren warmen, zusammengerollten Körper berührte – sie schliefen nie aneinandergekuschelt. Vorsichtig beugte er sich über sie, um ihr einen Kuß auf das Haar zu geben, ein Ritual für ihn. Zeit gewinnen, hatte er geseufzt, damit rechtfertigten sie ihre wilde Hetze. Ihr Ziel war, sich von der Masse abzuheben und durch ihre Arbeit Zeichen zu setzen. So hatte er gelernt, das Leben anzupacken, und er glaubte, daß es bei Lily genauso war. Man bekommt nichts geschenkt. Sie verstand völlig, wie hart er arbeitete und was ihm seine Arbeit bedeutete, obwohl sie sich über seine politische Karriere gelegentlich lustig machte. Politische Wissenschaft hatte sie nie besonders interessiert. Aber auch er kannte sich in der Welt der Mode nicht gerade besonders gut aus.

»Politik ist keine Wissenschaft«, hatte sie oft gesagt, wenn er die Bedeutung seiner Arbeit wieder zu sehr herausgestellt hatte. Außerdem nahm sie auch den Abgeordneten nicht ganz ernst. »Er leidet an einer galoppierenden Ichsucht.«

»Da hast du recht«, sagte er. »Aber einige Treppen muß man eben benutzen.« Eines Tages wollte er sich selbst als Kandidaten aufstellen lassen. Deshalb behielt er auch seinen ersten Wohnsitz in Iowa. Er hatte sich dieses Ziel für die Zeit der späten achtziger Jahre gesetzt. Falls dies fehlschlagen sollte, wollte er eine wichtige Position im Senat oder im Weißen Haus erringen.

Sein Vater war Bürgermeister in einer kleinen Stadt in Iowa gewesen, er starb, als Edward vierzehn war, aber er hatte ihm die Idee in den Kopf gesetzt, Politiker zu werden. »Es ist ein gutes Leben, mein Sohn«, hörte er jetzt noch seinen Vater sagen, »solange du deine echten Gefühle nicht zeigst.«

Er hatte damals nicht ganz verstanden, was damit gemeint war. Erst nachdem er einige Jahre lang in Washington gelebt hatte, hatte er die Botschaft ganz begriffen.

»Es ist genau wie im Einzelhandel«, hatte er oft zu Lily gesagt, die bei Woodies, dem größten Kaufhaus der Stadt, arbeitete. »Man führt ein Produkt ein, um ein angenommenes Bedürfnis zu befriedigen. Wenn es sich verkaufen läßt, machst du Profit. Wenn der Kauf dem Kunden nicht gefällt, bringt er ihn wieder zurück.«

»Wenn man allerdings einen Politiker wählt, weiß man nie so recht, was man sich dabei eigentlich einhandelt. Wenn man Kleider kauft, kann man sie wenigstens vorher anprobieren.«

»Genau wie bei der Hochzeit.«

Sie wurde rot. Vor ihrer Hochzeit hatten sie ein Jahr lang zusammengelebt, was Lilys konservative italienische Familie in Baltimore sehr gestört hatte. Schließlich hatten sie sich dem Druck gebeugt, obwohl er als Protestant und Nicht-Italiener für den Clan der Corsinis kaum akzeptabel war. Aber sie lebten dann wenigstens nicht mehr in Sünde zusammen.

Ihre Beförderung zur Einkäuferin hatte sich auf ihren noch vagen Kinderwunsch ausgewirkt. Die Frage existierte einfach nicht mehr. Zwischen ihnen gab es eigentlich überhaupt keine strittigen Fragen. Sie waren ehrgeizige und fleißige Leute, die akzeptierten, daß der Partner durch seinen Job unter ziemlichem Druck stand. Wenn sich im Unterbewußten eine leichte Unzufriedenheit eingestellt hatte, so war sie jedenfalls nicht offen ausgebrochen. Vielleicht ist das das Glück, hatte er überlegt. Keine Höhen, keine Tiefen. Gegenseitige Hilfe war die Losung. Alle Gefühle, so nahm er an, waren gereift und standen nicht mehr im Vordergrund.

»Daß du mir anständig ißt«, hatte sie ihn ermahnt. Angezogen und rasiert war er in die Küche gekommen. Er hatte die Angewohnheit, zum Schnellimbiß zu gehen. Vom ungesunden Essen hatte er einen kleinen Bauch bekommen. »Im Gefrierfach sind einige Steaks.« Sie hatte ihm alles aufgeschrieben und mit einem Magnet am Kühlschrank befestigt. Er freute sich wirklich über ihre Besorgnis, denn er war manchmal ein bißchen verträumt und vergeßlich.

»Ich kann sehr gut...«, fing er an.

»Nicht auf dich selbst aufpassen«, ermahnte sie ihn.

»Ich komme schon zurecht«, hatte er über seinem Kaffee gebrummt. In Wirklichkeit aber haßte er ihre Reisen. Teil des Spiels, vermutete er. Das Zusammenleben mit einer Frau war heutzutage völlig anders als zu seines Vaters Zeiten. Er erinnerte sich an seine Mutter, die sich immer irgendwie um die drei, seinen Vater, seine Schwester und ihn selbst natürlich, zu schaffen gemacht hatte. Nach dem Tod seines Vaters, dem Weggehen seiner Schwester und seinem eigenen Collegebesuch war auch das Leben seiner Mutter gelaufen. Der Herr rief sie zu sich aus Nutzlosigkeit, wie die Leute sagten. Vielleicht unterstützte er gerade aus diesem Grund Lilys Karriere.

»Ich werde nur vier Tage weg sein«, sagte sie. Er hatte das Gefühl, daß sie ihn beobachtete, als er sich seinen Toast mit Butter bestrich. Als er aufschaute, bemerkte er, daß sie ihn nicht mehr anschaute. Ihr Blick war zum Fenster gewandert. Der Modeteil der *Post* lag neben ihrer Kaffeetasse auf dem Tisch. Sie hatte ihn nicht aufgeschlagen.

»In Los Angeles schneit es wenigstens nicht«, sagte er.

»Wie bitte?« Sie war zerstreut.

Er zuckte mit den Schultern und las den Wetterbericht. »Ungefähr zwanzig Grad in L. A. Aber Regen.«

»Macht nichts«, meinte sie und nippte an ihrem Kaffee,

wobei sie mit ihren großen, dunklen Augen über den Rand der Tasse lugte. »Ich werde die meiste Zeit drinnen sein.«

»Wann geht dein Flugzeug?«

»Mittags.«

»Glückspilz.«

»Ich weiß noch nicht, wo ich wohnen werde«, sagte sie.

»Rufst du mich an?«

»Ich werde es versuchen.«

»Ist schon gut. Ich habe auch viel zu tun. Komm nur gesund wieder.«

Er stand vom Tisch auf und zog seine Jacke an, die etwas zerknittert war, weil sie auf einem Haufen neben dem Schlafzimmerstuhl gelegen hatte. Sein Hemdkragen war noch offen, und seine Krawatte hing schlampig herab. Als er ihren kritischen Blick fühlte, knöpfte er schnell sein Hemd zu.

»Ziemlich schlampig, humm?«

»Du steigst nicht gerade aus einem Modemagazin.«

Sie hatte versucht, aus ihm einen gutangezogenen Mann zu machen. Das war schließlich ihr Beruf. Sie konnte bei Woodies verbilligt einkaufen, aber es hatte sich als unmöglich erwiesen, ihn überhaupt in den Laden zu bringen.

»Ein hoffnungsloser Fall«, sagte er fröhlich und bückte sich, um ihr einen Kuß auf die Wange zu geben. Nicht daß er schlecht aussah. Er hatte dicke, schwarze Locken, die er ihr zuliebe immer kurz schneiden ließ. Sein Kinn war kräftig, und seine Zähne wirkten durch seine dunkle Haut besonders weiß. Er konnte sogar als muskulös gelten, was er eigentlich gar nicht war.

Nur seine Augen verrieten Unschuld und Verletzlichkeit. Wenigstens behaupteten das die Leute. Er selbst war sich dessen nicht so sicher.

»Ein Hundeblick«, sagte Lily einen Tag nachdem sie sich kennengelernt hatten, »wie ein Spaniel.« Er hatte in den Spiegel geschaut. »Finde ich nicht«, meinte er. »Keiner sieht sich je richtig«, hatte sie lachend erwidert.

»Aber ich bin liebenswert.« Er tätschelte sein Bäuchlein, »und wenn ich noch etwas dicker werde, bin ich noch liebenswerter.« Er wunderte sich, daß sie bei seinem Geplänkel nicht lächelte. In Gedanken versunken, dachte er. Arbeitsstreß. Angst vor dem Flug. Er unterdrückte seine leichte Verärgerung. Er wollte nicht, daß sie wegging, aber wenn er es ihr sagen würde, klang das sehr egoistisch. Er wollte bei ihr auf keinen Fall Gewissensbisse wegen ihrer Karriere hervorrufen. Schließlich wünschte er, daß sie glücklich war.

»Du wirst sie alle ausstechen. Und mach dir wegen des Anrufs keine Gedanken. Ich werde es schon überleben.«

»Du paßt auf dich auf«, sagte sie schwermütig. Er blieb stehen und warf ihr noch einmal einen prüfenden Blick zu.

»Du bist eine wunderbare Frau«, sagte er. »Wer hat dir bloß beigebracht, wie man die Sachen zusammenstellt?«

»Zieh dich warm an«, rief sie ihm nach. »Es ist unter Null.«

Als er wegging, empfand er die Leere der Trennung. Nur vier Tage, dachte er, und kein ganzes Leben.

Die eisige Luft riß ihn aus seinen Gedanken. Als es im Wagen endlich warm war, dachte er bereits an den bevorstehenden Tag, an dem es viele Probleme zu lösen galt. Eine dicke Schneeschicht lag bereits auf dem Boden, als er zu seinem Büro fuhr. Im Laufe des Tages wurde immer klarer, daß sich seine Befürchtung bewahrheitete. Es ist das Wetter, entschied er. Das bringt alles durcheinander. Harvey Mills kam herein und legte einen Entwurf für die Rede auf seinen Schreibtisch.

Als er aufsah, erblickte er den jungen Mann, dessen dichtes, lockiges Haar seit Monaten keine Schere mehr gesehen hatte. Mit seiner runden Brille ähnelte er ihm selbst, bevor ihn Lily in die Mangel genommen hatte. Vielleicht hatte er deshalb den jungen Mann eingestellt.

Harvey Mills ließ sich in einen Sessel fallen. Seine kurzsichtigen Augen starrten auf das Schneegestöber hinter Edward, der angefangen hatte, die Rede zu lesen, dann aber Harveys Starren bemerkte.

»Wie Hypnose«, sagte Harvey, der seine Augen nicht abwenden konnte.

»Hat meinen ganzen Tag durcheinandergebracht. Man könnte meinen, die Leute hätten noch nie Schnee gesehen«, brummte Edward.

»Er erinnert mich an etwas, was es hier nur sehr selten gibt. Reinheit.«

Das Telefon klingelte. Er nahm den Hörer ab und machte ein finsteres Gesicht. Es war Jan.

»Die Regierung der USA erklärt den Arbeitstag für beendet.«

Er stöhnte und schaute zu Harvey, der noch immer fasziniert den fallenden Schnee anstarrte.

»Ist schon komisch, was so ein bißchen weißes Zeug alles schafft.« Er raffte die Papiere zusammen und ging in das Vorzimmer, wo sich seine Mitarbeiter gerade darauf vorbereiteten, dem Blizzard zu trotzen. Er war entschlossen, sie zum Bleiben zu überreden, aber sogar dieser letzte Hoffnungsschimmer ward zunichte, als eine blasse junge Frau ihren Kopf in das Büro steckte.

»Fahrt nicht über die Vierzehnte Straße«, schrie sie leicht hysterisch. Es war die Mitarbeiterin eines anderen Abgeordneten auf der anderen Seite der Halle. Bevor sie jemand genauer fragen konnte, quasselte sie weiter.

»Ein Flugzeug ist abgestürzt. Gleich nach dem Start. Es hat die Autodächer auf der Brücke abrasiert und ist dann in den Potomac gestürzt!«

Sie war noch nicht fertig, da drehte schon jemand den Fernseher an, und der Sprecher bestätigte die Informationen der Frau, obwohl es keine Aufnahmen von dem Unglück gab.

»Eine 737, ein großer Vogel«, murmelte Harvey.

Edward wußte, daß es bei jedem Unglück ganz normal war, zuerst an seine Angehörigen zu denken. Panik ergriff ihn kurz, bis er sich daran erinnerte, daß Lily von einem anderen Flughafen aus gestartet war.

»Flug Nummer neunzig, eine Maschine der SouthAir auf dem Weg nach Miami...«, sagte der Sprecher und nahm ihm damit jede Angst, so daß er sich nur noch mit dem Problem konfrontiert sah, seine Leute jetzt unmöglich noch zusammenhalten zu können. Der außergewöhnliche Vorfall machte jede sinnvolle Arbeit zunichte.

»Wie viele sind umgekommen?« fragte ein Mädchen.

»Es waren insgesamt vierundachtzig Passagiere. Man glaubt, daß nur fünf überlebt haben«, sagte jemand.

Edward ging in sein Büro zurück und schlug die Tür hinter sich zu. Es war natürlich eine schreckliche Tragödie, aber was hatte sie schon mit ihm zu tun?

4

Noch bevor Vivien ihre Augen aufmachte, erkannte sie bereits am Klang der gedämpften Geräusche, daß eine dicke Schneeschicht auf dem Boden lag. Sie riefen in ihr angenehme Erinnerungen hervor – die kalten Morgen in ihrem Elternhaus in Vermont, wo sie immer schon instinktiv vor dem Öffnen der Fensterläden wußte, daß sich eine weiße Schneedecke über die Landschaft gelegt hatte.

Da sie Orson nicht stören wollte, zog sie rasch einen Morgenmantel über und ging zum Küchenfenster, durch das sie in den Garten blicken konnte, der unberührt unter einer weißen Kristalldecke lag. Ben, der sich noch den Schlaf aus den Augen rieb, folgte ihr und blinzelte in die Helligkeit.

»Schnee«, sagte sie und umarmte ihn, »herrlicher Schnee.«

Ihr Pudel Hamster streckte sich und wedelte mit dem Schwanz. Orson hatte ihn Ben vor zwei Jahren zu Weihnachten geschenkt.

»Hast du etwas für eine Überraschung übrig, Hundchen?« Sie machte lachend die Tür auf und sah zu, wie Hamster vorsichtig an den Schneeflocken schnüffelte. Sie schob ihn durch die Tür, und es dauerte nicht lange, bis er lustig herumsprang.

»Später werden wir einen Schneemann bauen«, sagte sie zu Ben und schüttelte Cereal und Milch in eine Schüssel.

»Kein Kindergarten, Mami?« fragte Ben und kletterte mit blitzenden Augen auf einen Stuhl. Hat keinen Sinn, heute gegen den Schnee anzukämpfen, beschloß sie und dachte einen Moment lang besorgt an Orsons Reise.

Der Schnee durchkreuzte auch sonst ihre Pläne, denn sie hatte in der Stadt einkaufen wollen.

»Unmöglich«, sagte sie und stellte die Schüssel vor Ben auf den Tisch.

»Einen großen Schneemann?«

»So groß wie wir es schaffen.«

Die Leute aus Vermont, so dachte sie, wissen alles über Schnee. Heute war er trocken und schwer, gerade richtig für eine Schneefigur. Sie wissen, wie man mit dem Schnee lebt, wie man mit ihm fertig wird und noch seinen Spaß dabei hat.

Anders als diese zimperlichen Südstaatler. Schnee brachte sie aus dem Gleichgewicht. Sie machte sich eine Tasse Instantkaffee und wärmte ihre Hände an der Tasse.

Der Blick aus dem Küchenfenster erinnerte sie an Vermont. Ein dickes Efeugestrüpp bedeckte einen großen Teil des Gartens. Der Schnee bedeckte bereits ihren Gemüsegarten und ließ die niedrigen Büsche zu unkenntlichen Formen zerfließen.

Orson kam in seinem Flanellmorgenmantel herein. Sie stand vom Tisch auf und machte ihm eine Tasse Kaffee. Dann schaute sie aus dem Fenster.

»Erinnert mich an unsere Ecke im Wald«, sagte sie. Er nickte und blinzelte in die Helligkeit.

»Meinst du, sie werden fliegen?«

»Natürlich.«

Orson war in Newton, einem Vorort von Boston, aufgewachsen, aber er war nicht so sentimental. Seine Eltern wurden geschieden, als er noch ein Teenager war, und seine Mutter hatte ihn in Internate gesteckt, während sie die meiste Zeit mit ihrem neuen Mann im kalifornischen Palm Springs lebte.

»Wir werden einen Schneemann bauen«, sagte Ben.

»Wenn wir ihn stabil genug bauen, steht er vielleicht noch, wenn Papa aus Paris zurückkommt.«

»Bei dem Wetter hier in Washington kennt man sich nie aus. An einem einzigen Tag kann der ganze Schnee schmelzen«, sagte Orson.

»In Vermont konnte man einen Schneemann bauen und sicher sein, daß er bis April stehen würde.«

»Da oben baut man Sachen, die von Dauer sind«, brummte er mit zusammengepreßten Lippen. Verglichen mit seiner frühen Kindheit war ihre – nun, unkompliziert: liebevolle Eltern, ein kleines Haus in einem Städtchen, in dem ihr Vater der einzige Apotheker war. Des Apothekers Tochter war sie. Sogar heute noch nannte man sie, wenn sie zu Besuch kam, des Apothekers Tochter.

»Einfache und praktische Leute«, sagte sie, »nett und wundervoll.« Der Schnee führte sie in die Vergangenheit.

»Wie wir.«

Sie war sich nicht sicher, wie er das meinte, aber sie ließ es auf sich beruhen. Sein Humor war morgens manchmal seltsam.

»Werden sie dich ins Maxim einladen?« fragte sie.

»Ich glaube«, antwortete er, aber er wirkte unbestimmt und zerstreut.

»Paris im Frühling«, sagte sie. »Wir hatten eine tolle Zeit in Paris. Vielleicht hast du im Frühling noch einmal Gelegenheit, hinzufliegen. Dann kannst du mich mitnehmen.«

»Vielleicht.«

»Mich auch?« flötete Ben.

»Das ist nichts für Kinder«, sagte Vivien und streichelte sein Gesicht. »Paris ist für Verliebte da«, kicherte sie.

»Yak«, sagte Ben.

Als sie sich wieder zum Fenster umdrehte, war Orson bereits ins Schlafzimmer zurückgegangen. Sie folgte ihm.

»Hast du die Hemden gefunden?« fragte sie und zog ihren Morgenrock und ihr Nachthemd aus. Dann schlüpfte sie in ihre Jeans und eine Bluse.

»Ja.«

Sie beschloß, es als eine seiner unerklärlichen Stimmungen zu nehmen. Sie hatte gelernt, daß sie sie am besten gar nicht beachtete. Wenn er sich auf ein Problem konzentrierte, wirkte er auf seine Umgebung verwirrt und zerstreut. Sie verließ das Schlafzimmer und ging ins Kinderzimmer, um Ben beim Anziehen seines Schneeanzugs und seiner Stiefel zu helfen. Vorsichtshalber band sie ihm auch noch einen Schal um den Hals und setzte ihm eine Wollmütze auf den Kopf. Dann gab sie ihm eine Schaufel und schickte ihn in den Garten.

»Du fängst schon mal an. Wenn Papa weg ist, komme ich dir helfen.« Sie beobachtete, wie er lustig im Schnee herumsprang. Als erstes warf er mit einem Schneeball nach Hamster. Als sie die beiden beobachtete, fühlte sie eine freudige Stimmung in sich aufsteigen.

»Mein Gott, Schnee tut mir so gut«, sagte sie, als Orson aus der Dusche kam. Sie sah ihn an und lächelte. »Ich wünschte, du könntest zu Hause bleiben und mit uns spielen.«

»Die Pflicht ruft«, brummte er und wandte sich ab.

»Bist du sicher, daß du alles dabei hast, was du brauchst?« fragte sie. Er hatte am vorhergehenden Abend selbst gepackt.

»Aber ja.«

Er bewies eine große Selbständigkeit, und sie war stolz darauf, ebenso auf seine Klugheit und sein gutes Aussehen. Ein Mann, der die Dinge anpackte, das war Orson Simpson, und es bestand nie der geringste Zweifel, daß es Orson weit bringen würde, obwohl sie sich manchmal etwas unterlegen fühlte. Er gab zwar mit seiner Selbstsicherheit nicht an, aber im Gegensatz zu ihr hatte er einfach feste Vorstellungen von den Dingen. Sie war nachdenklicher, wie die meisten Vermonter. Dieser Charakterzug wirkte wie Unentschlossenheit, aber sie hatte nicht das Gefühl, unentschlossen zu sein.

Als Frau und Mutter hatte sie einen Full-Time-Job. Sie gehörte nicht zu den Frauen, die um alles in der Welt Karriere machen wollten, obwohl sie am Anfang ihrer Ehe als Sekretärin recht gut zurechtgekommen war. Was konnte man mit einem Examen in Englisch schon machen? Eines Tages würde sie wieder auf die Universität gehen und einen Magister und vielleicht sogar einen Doktor machen.

Inzwischen wollte sie ihre Energien darauf verwenden, eine gute Frau und Mutter zu sein, wie ihre eigene Mutter. Aber sie würde Ben nicht als Einzelkind aufwachsen lassen. Wenn es in ihrer gewohnten Ruhe eine Störung gab, dann war es dieses Problem.

»Jetzt nicht«, hatte Orson gesagt. »Gib Ben die Chance, ein Wesen zu werden.«

Ein Wesen! Seltsam, mit diesen Worten ein Kind zu beschreiben! Aber sie wollte keinen Streit anfangen. Nichts schien ihr einen Streit wert zu sein.

Sie begann die Betten zu machen und aufzuräumen.

»Ich lasse dreihundert Dollar Bargeld hier«, sagte er und zählte das Geld auf den Schreibtisch, »für alle Fälle.« Er kümmerte sich immer um ihre Geldangelegenheiten, obwohl sie ihr eigenes Konto hatte, von dem sie immer ein paar Dollar abzwackte. Und sie hatte tatsächlich fast zehntausend Dollar gespart, Geld, das sie nach ihrem Belieben ausgeben konnte.

»Es sind ja nur vier Tage«, sagte sie. »Wofür soll ich bei dem Wetter schon Geld ausgeben?«

»Es wird dir schon was einfallen«, sagte er leichthin. Vivien gab nicht viel Geld für die Verschönerung des Hauses aus. Das beunruhigte sie manchmal. Vielleicht war sie zu zufrieden mit dem kleinen Nest, das sie sich geschaffen hatte. Und doch schien früher Zufriedenheit ein wesentliches Ziel gewesen zu sein. Auf jeden Fall brauchte sie kein schlechtes Gewissen zu haben, weil sie zufrieden war.

»Du wirst vielleicht jemanden bestellen wollen, der den Schnee wegschafft. Wer weiß, was sie dafür verlangen werden? Vielleicht mußt du dir Mahlzeiten ins Haus bringen lassen. Ich will lieber sichergehen.«

»Du brauchst dir keine Sorgen zu machen«, sagte sie sanft und schaute ihm zu, wie er sich die Krawatte band. Sie liebte die Art, wie er bestimmte Dinge verrichtete.

»Und vergiß nicht, nachts die Türen abzuschließen.« Es war immer seine Aufgabe, dafür zu sorgen, daß die Türen verschlossen, daß sie gemütlich und sicher in ihrem Heim waren. Er steckte seine Hemdzipfel in den Gürtel, der schmale Hüften umfaßte. Er achtete sorgfältig auf seinen Körper und ging jeden Tag zum Laufen.

»Wo wirst du übernachten?« fragte sie. »Im Georges Cinq?«

»Weiß ich noch nicht.«

»Du hast noch kein Zimmer bestellt?«

»Ich werde mich entscheiden, wenn ich dort bin. Die Kunden werden mich im DeGaulle treffen.«

Das klang alles sehr aufregend, und weil sie gerade das Bett machte, kam sie sich bei dieser profanen Arbeit einen Augenblick lang dumm und unwichtig vor.

»Wenn du im Frühling wieder hinfährst, nimmst du mich dann mit?« fragte sie noch einmal.

»Sicher«, erwiderte er.

Sie trat hinter ihn und umarmte ihn. »Paris im Frühling. Wie herrlich.«

»Unverbesserlich romantisch«, neckte er sie.

»Ich dachte, ich bin eine praktische Vermonterin.«

»Eine seltsame Mischung.« Er lachte und löste ihre Arme. Letzte Nacht hatte sie den Raum zwischen ihren Betten überwinden wollen. Aber er war lange in seinem Arbeitszimmer geblieben, so daß sie eingeschlafen war, als er endlich zu Bett ging. Und am Morgen hatte sie nicht den Mut besessen, ihn zu wecken. Es beunruhigte sie manchmal, daß die körperliche Begegnung zwischen ihnen keine große Rolle mehr spielte. Wenn es einmal zwischen ihnen passierte, dann war es sanft und pflichterfüllt. Sie hielt es für ein Zeichen ihrer Reife und Intelligenz, dem Ganzen nicht zu viel Bedeutung beizumessen. Außerdem lebten sie in einer Zeit, die die Wichtigkeit der Sexualität weit übertrieb, wenn sie ihr die Hauptrolle in der Ehe zuschrieb. Das war einfach absurd. Es stellte für sie beide kein Problem dar.

»Wenn es irgendwelche Probleme gibt, ruf Fräulein Sparks an.«

»Es wird keine geben.«

»Als ich letztes Mal weg war, ging die Heizung kaputt.«

»Du weißt, daß ich von technischen Dingen nichts verstehe«, verteidigte sie sich. »Ich habe sie nur angerufen, weil ich einen Rat brauchte. Und der war auch ziemlich brauchbar. Sie meinte, ich sollte die Gasgesellschaft anrufen. Und es war dann ja auch nur die Kontrollampe.«

Sie gab zu, daß sie sich nicht sehr geschickt angestellt hatte. Um einem ähnlichen Fall vorzubeugen, hatte er eine Liste mit Reparaturdiensten angelegt und an der Wand über dem Küchentelefon befestigt.

»Mach dir keine Sorgen«, sagte sie. »Mach einfach, was du zu tun hast, und sorge dafür, daß du erfolgreich bist.«

»Die gute alte Arbeitsmoral Neuenglands.«

»Das mußt gerade du sagen.« Sie fragte sich, ob Orson die gleiche Stabilität fühlte, die ihre Mutter ein Leben lang ihrem Vater gegeben hatte. »Der alte Fels wird auch noch hiersein, wenn du zurückkommst«, sagte sie. »Paß bei den französischen Mädchen auf.«

»Meinst du, daß ich sie suchen oder daß ich ihnen aus dem Weg gehen soll?« sagte er und zwinkerte mit den Augen.

»Wie du willst. Entwicklungshilfe ist immer richtig.« Sie war sich nicht sicher, was sie damit eigentlich meinte, obwohl es ziemlich schlau klang. »Bring ihn nur heil wieder«, sagte sie.

»Ihn?«

Sie zog ihn wegen seiner Prüderie auf. Trotz seiner offensichtlichen Weltgewandtheit war er oft recht steif.

Gleich nach dem Jurastudium in Harvard war er vom Justizministerium in Washington angestellt worden. Sie waren damals ein Jahr verheiratet.

»Wo auch immer du hingehst, werde auch ich hingehen«, hatte sie ihm gesagt, obwohl sie wußte, daß sie ihre Eltern vermissen würde, die sie ein- oder zweimal im Monat besuchte und oft anrief. Sie nahm eine Stelle als Sekretärin an, und sie zogen nach Nord-Virginia um, wo die Mieten billiger waren. Als sie Ben erwartete, gab sie ihre Arbeit auf, und sie zogen in das Haus in McLean.

Damals verdiente Orson bereits gut. Manche würden sagen sehr gut. Er war Teilhaber einer Rechtsanwaltsfirma in Washington geworden, und sein Einkommen hatte sich verdreifacht. Obwohl er viel länger arbeitete, fing er an, häufiger zu verreisen.

In letzter Zeit schien er sogar noch härter zu arbeiten, und manchmal war er ziemlich gereizt. Als sie ihm das einmal sagte, war er erst recht gereizt.

»Alles hat seinen Preis«, hatte er zu ihr gesagt. »Wenn man ein gutes Leben will, muß man dafür arbeiten.« Manchmal hatte sie das Gefühl, daß sie schon all die guten Dinge im Leben hatte und eigentlich gar nicht mehr wollte.

Sie liebte ihr Haus mit den Möbeln, denn sie hatte ziemlich viel Zeit darauf verwandt, es einzurichten. Fast alles darin trug ihre Handschrift. Und seit Orson so hart arbeitete, wollte sie ihm ihre Dankbarkeit zeigen, indem sie ihm ein schönes Heim schuf. Ein Zuhause bestand nicht nur aus Dingen, hatte ihre Mutter immer gesagt.

Als er fertig angezogen war, folgte sie ihm hinaus und zog schnell ihren Mantel über.

»Wohin gehst du?« fragte er.

»Ich hole den Wagen.«

»Bei diesem Wetter? Bist du verrückt?«

»Ich bin sicher, daß die Autobahn frei sein wird.«

»Das kommt gar nicht in Frage«, sagte er in einem Ton, der keinen Widerspruch zuließ. »Ich werde ein Taxi rufen.«

»Vielleicht gibt es gar keine«, meinte sie.

Er schaute aus dem Küchenfenster. »Von hier aus sieht es immer am schlimmsten aus.« Er runzelte die Stirn und ging zum Telefon. Nach dem Anruf verschwanden die Falten auf seiner Stirn. »Die Hauptstraßen sind frei, und die Taxis fahren noch.« Er schien erleichtert. »Zu wichtig, es zu verpassen.«

Durch das Fenster konnte sie sehen, wie Ben den Schnee in einen großen Eimer schaufelte. Es schneite unaufhörlich in großen, weißen Flocken.

»Hast du angerufen, ob die Flugzeuge überhaupt starten können?«

»Sie fliegen«, sagte er entschlossen. Dabei fiel ihm ein, daß ihr Haus nicht weit von der Einflugschneise lag. Sie hatten sich so sehr an den Klang der Flugzeuge gewöhnt, daß sie ihn gar nicht mehr beachteten. »Hat keinen Sinn, sich Sorgen zu machen«, sagte er. »Die Fluggesellschaften wissen schon, was sie machen. Außerdem wollen die Piloten auch nicht sterben.«

»Ich habe mir keine Sorgen gemacht«, sagte sie abwehrend. Tatsächlich aber war sie ein Angsthase. Solange sie denken konnte, hatten ihr die Leute gesagt, daß sie aufhören sollte, sich dauernd Sorgen zu machen. Schließlich glaubte sie, daß sie einfach Ängstlichkeit ausstrahlte.

Orson ging ins Arbeitszimmer, und Vivien hörte, wie er mit seinem Büro telefonierte. »Das kann bis Donnerstag warten, Fräulein Sparks.« Sie räumte die Küche auf. Bald darauf hörte sie das vom Schnee gedämpfte Hupen eines Taxis.

Ben kam von draußen herein und brachte eine Prise Schnee mit. Seine Backen waren ganz rot. Orson kniete sich hin und umarmte den Jungen.

»Folge der Mami«, sagte Orson.

»Wir werden einen Schneemann bauen«, sagte Ben. Er hob seine Arme hoch. »Einen großen wie Papi.« Sie bemerkte, daß Orsons Augen feucht waren, als er aufstand.

»Ich gehe jetzt«, sagte er.

»Denk an uns«, sagte Vivien.

Ein Runzeln überschattete sein Gesicht, und sie fühlte sich zum Teil dafür verantwortlich. Sie wollte ihm keine Schuldgefühle einflößen. Sie machte sich wirklich Vorwürfe, denn es waren ja nur vier Tage.

»Wie wär's an Sankt Thomas im Februar?« sagte sie, als sie sich vorbeugte, um ihn auf die Wange zu küssen.

»Wir werden darüber sprechen, wenn ich zurück bin.« Er küßte sie und ging hinaus.

Während Ben neben ihr stand und winkte, beobachtete sie, wie Orson durch den Schnee stapfte und in das Taxi stieg. Es fuhr langsam in der gleichen Spur zurück, in der es gekommen war. Wie immer, wenn sie sich von ihm verabschiedete, fühlte sie eine leichte Angst, ihn zu verlieren. Diesmal fand sie ihre Reaktion ein wenig dumm. Es waren ja nur vier Tage.

Sie verbrachte den Tag, wie sie es versprochen hatte, und baute mit Ben einen Schneemann. Sie machten eine Mittagspause und waren bald danach fertig. Für die Augen benutzte sie Schokoladenplätzchen, in den Mund steckte sie Orsons alte, verbogene Pfeife, und auf den Kopf setzte sie Orsons alten Regenhut.

»Sieht aus wie Papi«, sagte Ben.

»Nun, dann werden wir ihn nicht so vermissen, oder?«

Alice, Putzfrau und Babysitter, rief an. Sie traute sich wegen des Schnees nicht mit dem Auto zu fahren und sagte deshalb ab. Vivien verbrachte den ganzen Tag mit Ben, so daß sie völlig von seiner Kinderwelt eingenommen wurde. Am Spätnachmittag machte sie ihm eine heiße Schokolade, setzte ihn auf ihren Schoß und las ihm vor, bis beide einschliefen.

Als sie aufwachte, war es bereits dunkel. Der Schnee fiel noch immer, und eine dicke Schneedecke lag über dem Haus. Sie fühlte sich sicher und zufrieden. Sie zog Ben an sich heran und atmete den Geruch seines süßen Kinderleibes ein. Wieder empfand sie ein Gefühl der Zufriedenheit in ihrer Rolle als Mutter und Hausfrau. Sie fühlte sich wie ein Vogel, der sicher im Nest saß. Ben glich seinem Vater aufs Haar, was sie sehr beglückte. Ihr Streicheln weckte ihn auf.

»Mami hat dich sehr lieb«, flüsterte sie. Tränen standen ihr in den Augen. Sie war von ihrer Freude überwältigt. Angesichts der Gefahren in der Welt mußte man dankbar sein. Das Läuten des Telefons riß sie aus ihren Gedanken. Die gespannte Stimme ihrer Mutter erschreckte sie.

»Ich sah es im Fernsehen. Ist es nicht schrecklich?«

»Schrecklich?« Sie dachte sofort an Orson. War etwas passiert?

»Ich meine den Flugzeugabsturz.«

»Mein Gott.« Ihr Herz schlug schneller.

»Die Maschine fiel genau in den Potomac. Brach durch das Eis.« Eine lange Pause entstand. »Vivien!«

Sie hatte das Gefühl, daß sich ihre Kehle zuschnürte. Sie brummte etwas, und ihr Kopf war zum Zerspringen gespannt.

Ihre Mutter sprach weiter: »Es war das Flugzeug nach Miami.«

»Miami?«

Erleichtert merkte sie, wie das Herzklopfen nachließ, als ihre Mutter weitererzählte: eine Handvoll Überlebender; sie glauben, daß die anderen tot sind. Sie hörte geduldig zu, denn sie verstand, warum ihre Mutter mit ihr über dieses schreckliche Unglück sprechen wollte. Sie versuchte sich vorzustellen, wie viele andere Eltern in genau der gleichen Weise reagierten.

»Orson ist heute nach Paris geflogen«, sagte Vivien. »Ich bin mit Ben hiergeblieben. Es geht uns gut. Wir haben einen Schneemann gebaut.«

Keiner sagte etwas, und sie konnte die Verlegenheit ihrer Mutter fühlen.

»Es tut mir leid, Viv. Wie dumm von mir. Ich dachte, du hättest schon davon gehört. Ich habe nur angerufen, um deine Stimme zu hören. Das ist alles.«

»Ich weiß, aber du hast mir einen Riesenschrecken eingejagt.«

»Tut mir leid, Liebes.«

»Ist schon gut, Mutter. Du konntest ja nicht wissen, daß Orson gerade heute geflogen ist.«

»Sie sollten bei diesem Wetter nicht starten«, sagte ihre Mutter bestimmt. Eine Tragödie, so vermutete Vivien, rief oft bei den Leuten Ängste hervor, die geliebte Menschen in der Nähe des Unglücksortes hatten.

»Es geht uns allen gut, Mutter«, sagte sie beruhigend. Sie redeten noch eine Weile miteinander, dann holte sie Ben. Obwohl sie die Nachricht nicht betraf, war ihre innere Ruhe dahin. Während Ben noch telefonierte, schaltete sie den Fernseher ein. Sie konnte die Brücke sehen, die zerstörten Autos und die Taucher, die im fallenden Schnee ins Wasser stiegen. Der zerquetschte Körper eines jungen Mannes wurde aus einem Autowrack gezogen.

»O mein Gott«, rief sie. Ben schaute sich nach ihr um, schickte einen Kuß durch das Telefon und legte auf. Schnell schaltete Vivien den Fernseher aus.

»Das geht uns nichts an, mein Liebling.«

Sie nahm ihn in die Arme und küßte ihn. Wieviel Glück haben wir doch, dachte sie.

5

Sergeant Lee McCarthy von der Mordkommission konnte sich nicht erinnern, daß er jemals so gefroren hatte. Sie hatten eine Seilbrücke aufgestellt, so daß sie die Leichen besser bergen konnten. Einige Meter vom Ufer entfernt hatte er ein Zelt aufgeschlagen, und dort wurden die Leichen gesammelt. Sie wurden in Säcke gepackt und ihre Habseligkeiten sorgfältig aufgeschrieben.

Am ersten Tag hatten die Männer einen Heizofen im Zelt aufgestellt, aber seit die Leichen gefroren aus dem Wasser herausgezogen wurden, entschloß man sich zu einem offenen Feuer, um sie aufzutauen.

Sie hatten die Sache erst am zweiten Tag richtig organisiert. Ein Taucherteam der Armee wurde herbeigebracht. Empfindliche Radargeräte suchten das Wasser ab und grenzten die Absturzstelle ein. Dadurch konnten die Taucher ihre Rettungsaktion sinnvoller organisieren.

Ein dreißig Meter hoher Bagger, der die Flugzeugteile aus dem Wasser ziehen sollte, wurde herbeigeschafft. Feuerwehrboote und Hubschrauber wurden zusammengezogen, um die Rettungsaktion zu unterstützen. In der ersten Stunde hatte ein Hubschrauber vier Leute gerettet. Fast achtzig blieben noch im ungefähr acht Meter tiefen Wasser, auf dem eine Treibeisdecke schwamm.

Am dritten Tag hatten sie sechsundzwanzig Leichen geborgen. Dem Sonderkommando, zu dem McCarthy gehörte, oblag die Untersuchung der Leichen, das Festhalten erkennbarer Verletzungen, die Auflistung der persönlichen Habe und die Katalogisierung der Leichen. Außerdem mußten die eingepackten Leichen zur Obduktion gebracht werden, wo die Leute bei der Identifikation und der Verständigung der Angehörigen helfen sollten.

Die Identifizierung der Männer war ziemlich einfach. Sie trugen normalerweise eine Brieftasche bei sich. Die der Frauen war schon schwieriger, wenn man nicht gerade eine Tasche in der Nähe der Leiche fand. Wenn sie einen eingravierten Ring oder ein Amulett bei sich hatten, dann konnte der Name oder das Monogramm anhand der Passagierliste oder der Platzanweisung überprüft werden. Von vielen Frauen hatte man keine Fingerabdrücke. Eine Identifikation durch Verwandte war im allgemeinen die schnellste und sicherste Methode.

Am vierten Tag war mehr als die Hälfte der Leichen geborgen und voll identifiziert. An diesem Tag wurde eine weiße Frau geborgen, die keinerlei Hinweis auf ihre Identität gab. Offensichtlich war die Frau nicht richtig angeschnallt gewesen, so daß der Aufprall ihren Körper durch das Flugzeug geschleudert hatte. McCarthy untersuchte sie und diktierte ihre Verletzungen und charakteristischen Merkmale, die hilfreich sein konnten. Ihre Hand war seltsam verkrampft, und es sah aus, als ob sie die Überreste einer Blume, vielleicht einer Rose, zusammenpreßte. Als er sie genauer untersuchte und ihre Finger berührte, fielen sie aus der Hand. Ein Windstoß trug sie ins Wasser, wo sie sogleich versanken. Unwichtig, sagte sich McCarthy, als er mit seiner Arbeit fortfuhr.

»Alter – ungefähr dreißig. Braunhaarig. Ca. sechzig Kilo. Eine Armbanduhr, die ungefähr um zwanzig nach drei stehengeblieben ist – fast genau zu dem Zeitpunkt, an dem der Aufprall erfolgte. Eingedrückte Stirn.« McCarthy kniete dabei, und als er zu seinem Partner Charly aufschaute, bemerkte er, daß dieser sich abgewandt hatte und dagegen ankämpfte, sich nicht zu übergeben.

»Steck sie in den Sack«, brummte er.

»Sieht aus, als ob sie gleich tot war. Nicht ertrunken wie einige andere.«

»Glück gehabt.«

»Glück?«

Nachdem die Leiche obduziert, persönliche Habe zusammengelegt und Formblätter ausgefüllt worden waren, wurden Polaroidaufnahmen von Körper und Gesicht gemacht. Dann kam die Leiche in den Kühlraum.

Die Fluggesellschaft South Air reagierte schnell und erstellte in der Nähe des Mariott-Hotels ein Hauptquartier und reservierte Zimmer für die angstvoll wartenden Verwandten. Immer wenn eine Leiche registriert worden war, wurden die nächsten Verwandten zur Identifikation geholt. Die Habseligkeiten der Toten wurden ihnen ausgehändigt und die Leiche freigegeben.

Am Abend des vierten Tages war die Leiche der Frau immer noch nicht identifiziert. Ihre Fingerabdrücke waren nirgends registriert, und auch eine Gegenüberstellung mit möglichen Verwandten hatte zu keinem Ergebnis geführt.

Nachdem fast die Hälfte der Passagiere noch nicht gefunden war, machte sich McCarthy keine weiteren Gedanken. Die Frau würde einfach dadurch identifiziert werden, daß sie am Schluß übrigblieb. Sie wurde vorläufig mit Jane Doe bezeichnet.

Am fünften Tag war das Wetter so schlecht, daß die Taucher nicht sicher arbeiten konnten und die Aktion unterbrochen werden mußte. Bis zu diesem Zeitpunkt waren über fünfzig Leichen geborgen und den Angehörigen übergeben worden. Nur Jane Doe war noch nicht identifiziert.

Wegen dieser Pause war es McCarthy möglich, weiter nach der Identität der jungen Frau zu suchen. Er sprach mit den Verwandten der noch nicht geborgenen Toten. Es lagen noch eine Reihe von Frauen ihres Alters auf dem Grund des Flusses, deren Angehörige entweder im Mariott oder in anderen Teilen des Landes warteten.

Unter denen, die auf der Passagierliste aufgeführt und noch nicht gefunden waren, befanden sich ein Mr. und eine Mrs. Calvin Marlboro. Jane Doe trug einen Ehering, der jedoch keine Gravierung hatte, und das Alter des Ehepaares ließ sich auch nicht feststellen. Bisher hatten sich auch keine Verwandten dieses Ehepaares gemeldet. McCarthy erkundigte sich bei den Telefongesellschaften der Umgebung. Kein einziger Marlboro war aufgeführt. Er fand eine Telefonnummer in Florida heraus, aber kein Angehöriger galt als vermißt.

Was den Fall noch schwieriger machte, war die Tatsache, daß die von den Marlboros gekauften Flugtickets bar bezahlt wurden. Keine Telefonnummer war angegeben oder verlangt worden. Der Ticketverkäufer konnte sich überhaupt nicht an die Käufer erinnern. Ein Rückflug war vier Tage später gebucht und in Miami für Mr. Marlboro ein Mietwagen bestellt worden.

Für McCarthy stellte das kleine Geheimnis eine angenehme Ablenkung in der ermüdenden Routine der letzten Tage dar. Was die Toten anging, so hatten ihn fünfzehn Dienstjahre bei der Mordkommission gegenüber den meisten Fällen gleichgültig werden lassen. Für jemanden, der berufsmäßig mit Mord zu tun hatte, war eine Leiche ein Beweis und sonst nichts. Der Schmerz traf die Lebenden. Trotz seiner nach außen aufrecht erhaltenen Fassade empfand er zuweilen Ärger. Der vorzeitige Tod eines Kindes erinnerte ihn an seine eigenen Kinder. Obwohl sie die meiste Zeit bei seiner geschiedenen Frau in Philadelphia wohnten und er sie nur selten sah, fühlte er sich doch getroffen, wenn Eltern ein Kind verloren. Manchmal empfand er für die überlebenden Verwandten und Freunde Mitleid, doch meistens ließ er Gefühle nicht an sich herankommen.

Bei Mordfällen dachte er nur selten über menschliche Grausamkeit nach. Seine Aufgabe war es, den Toten zu untersuchen, ihn zu identifizieren, die Todesursache zu finden und den Täter der Gerechtigkeit zu überliefern.

Er meditierte gewöhnlich nicht über die philosophischen Aspekte des Todes und schon gar nicht, wenn der Tod durch einen Zufall verursacht wurde, wie bei einem Flugzeugabsturz. Vor langer Zeit, als er zum erstenmal mit dem gewaltsamen Tod konfrontiert war, hatte er sich seine Ansichten von Leben und Tod gebildet. Die Menschen waren zum Teil gut und zum Teil schlecht, genauso wie sie manchmal Glück und manchmal Pech hatten. Er bezeichnete das nie als Schicksal, sondern nur als Glück. In seinem eigenen Leben hatte er nicht viel davon gehabt.

Im Laufe des Tages bemerkte er, wie er immer wieder über Jane Does mögliche Identität nachdachte. Es war ein loses Ende, und lose Enden waren für ihn eine Herausforderung. Mit einem Assistenzarzt untersuchte er noch einmal die Überreste und ging dann seinen Bericht durch.

»Die Untersuchung zeigt, daß sie gesund war. Keine Schramme ist an ihrem Körper. Lediglich ein paar größere Muttermale unter der linken Brust und eines auf einem Schulterblatt.«

Er betrachtete den Körper, ohne auf das zerschmetterte Gesicht zu achten. Im Gegensatz zu anderen Toten wirkte der Körper rosig und gesund. Eine Anomalie, die von dem eisigen Wasser hervorgerufen wurde.

Der Assistent, der fast genauso alt wie das Opfer war, schnalzte mit der Zunge.

»Kann mir nicht vorstellen, daß so eine attraktive Frau keine Leute hat, die sich um sie sorgen.«

»Woher willst du das wissen?« fragte McCarthy.

Der Assistent wedelte mit dem Zettel, der an der Zehe des Opfers hing. Jane Doe stand darauf in Leuchtschrift.

»Aber wo um alles in der Welt sind sie dann?« Er zuckte mit den Schultern.

6

Erst um Mitternacht des zweiten Tages nach Lilys Abreise empfand Edward Davis die Leere, die ihre Abwesenheit erzeugte. Kälte hatte den Schnee als Störfaktor bei seiner Arbeit abgelöst. Die Lage im Büro war chaotisch. Reden, Presseveröffentlichungen, Gesetzesanträge und die übliche Lawine von Wähleranfragen türmten sich auf. Außerdem gingen immer mehr Abwesenheitsmeldungen und Entschuldigungen ein: Autos sprangen nicht an, Straßen waren vereist, Leitungen geplatzt, eine Erkältungswelle ausgebrochen.

Der Abgeordnete Holmes war ein ehrgeiziger Mann. Das

hatte Edward zunächst positiv empfunden. Es hatte keinen Sinn, für einen Politiker zu arbeiten, der nicht auch gewinnen wollte. Edwards Aufgabe war es, den Abgeordneten im besten Licht darzustellen und ihn für die Wähler als geeigneten Kandidaten erscheinen zu lassen. Das war weniger eine Frage des Verdienstes als der Manipulation. Obwohl das Edwards Sinn für Ehrlichkeit verletzte, begriff er schnell, daß er das vergessen mußte, wenn er in der Politik erfolgreich sein wollte. Dort war Schein alles. Zum Glück hatte er bei soviel Falschheit seine eigene kleine Fluchtburg, seine Lily.

Ohne Lily, so meinte Edward, würde er jeden Kontakt mit der Wirklichkeit verlieren. Politik war nicht die Wirklichkeit. Lily verkörperte die Stimme der Vernunft, die richtige Therapie für sein manchmal angeschlagenes moralisches Gewissen.

»Ich bin einfach nicht gewohnt, eine Lüge zu verbreiten, nur weil sie politisch oportun ist.« Wenn sie Mitleid mit ihm hatte, weil er dieses Thema immer wieder auf den Tisch brachte, dann streichelte sie ihn wie ein verletztes Kind.

»Manchmal verletzt die Wahrheit.«

»Verletzt wen?«

»Holmes – seine Chancen, seinen Ehrgeiz, seine Ziele, seine Stimmen. Was anderes kann ein Politiker denn wollen?«

»Das klingt zynisch«, protestierte er gewöhnlich.

»Ehrlich.«

Wenn sie zu sehr mit sich selbst beschäftigt war, um Mitleid zu haben, sagte sie immer: »Dann hör doch auf.«

»Das würde ich, aber er ist an einem Punkt angelangt, wo er Macht bekommt. Jetzt geht es nicht.«

»Wann wird es gehen?«

»Nie, vermutlich.«

»Siehst du. Man muß sich immer die Wahrheit sagen.«

»Ich versuche es.«

»Nicht hart genug«, ermahnte sie ihn dann sanft.

»Außerdem muß ich darum kämpfen, am Ball zu bleiben. Er hat Chancen, Senator zu werden, und vielleicht gelingt es ihm auch ... Wenn er mich nicht zuvor zugrunde richtet.«

»Du wirst es schon überleben.«

»Solange wie du bei mir bist.«

»Du wirst überleben. Ich weiß es.«

»Ich könnte es nicht ertragen, wenn ich dich nicht hätte.«

An diesem Tag war der Abgeordnete sehr gereizt. Nichts hatte ihm gepaßt, und ungewöhnlich unwirsch hatte er Edward kaum zu haltende Termine gesetzt.

In dieser Nacht hätte er Unterstützung von seiner Frau gebraucht. Er nahm den Telefonhörer ab und wählte die Nummern der Hotels in Los Angeles, die er kannte. Das war um zwei Uhr morgens, aber in LA war es erst elf Uhr nachts. Zu spät jedoch, um Woodies oder ihre Kollegen anzurufen. Außerdem wußte er nicht genau, wo sie wohnten.

»Nur eine kleine Krise«, versicherte er sich selbst, als er es aufgegeben hatte, sie zu suchen. Er nahm eine halbe Schlaftablette, und am nächsten Morgen wurde er von seiner Arbeit voll in Anspruch genommen, und der Tag verlief recht gut. Die Leute hatten sich an die Kälte und das Eis gewöhnt, und die schlechte Laune des Abgeordneten hatte sich verzogen. Edward vergaß seine Ängste und somit auch seinen Wunsch, mit Lily zu sprechen.

Er ging mit dem Abgeordneten zum Abendessen und kam zu spät nach Hause, um Woodies oder das Hotel anzurufen, in dem Lily bleiben wollte. Er war vielmehr so müde, daß er einfach nur noch ins Bett fiel. Er brauchte diesmal nicht lange, um einzuschlafen.

Am nächsten Morgen dachte er natürlich erwartungsvoll an sie. Am Abend würde sie zu Hause sein, auch wenn er nicht genau wußte, wann sie kam, und sie würden das Wochenende zusammen verbringen. Nichts, wirklich nichts, würde ihr gemeinsames Wochenende verhindern können, schwor er. Er war ein bißchen enttäuscht, weil sie nicht angerufen hatte, aber jetzt, da seine kleine Prüfung überstanden war, verzieh er ihr. Er hatte schließlich überlebt.

An diesem Morgen verbrachte er ein paar Stunden damit, das Haus aufzuräumen. Wie immer wenn er allein war, hatte er alles herumliegen lassen.

Er nahm frisches Bettzeug und bezog das Bett, nicht ohne Schwierigkeiten und nur mit einem mittelmäßigen Ergebnis. Aber Lily würde seine ehrlichen Bemühungen erkennen. Dann saugte er die Teppiche, räumte das Badezimmer auf und steckte all den Abfall in einen Plastiksack, den er zur Abholung in den Gang stellte. Er nahm sich vor, daß er eine gute Flasche Wein und etwas Paté für einen hübschen Willkommensgruß kaufen wollte, dann fuhr er schnell ins Büro. Die Freude über ihre Rückkehr übte große Wirkung auf ihn aus. Er fühlte sich gut. Verdammt gut.

Es war ein bißchen wärmer geworden, obwohl der Wetterbericht für den nächsten Tag stürmische Winde und auch wieder Schnee angesagt hatte. Weil er zu Hause sein wollte, wenn sie heimkam, überprüfte er den Fahrplan der von L. A. ankommenden Flugzeuge. Er nahm an, daß sie die um 22 Uhr ankommende Maschine nehmen würde, denn nur dieser Flug gab ihr Gelegenheit, noch ein wenig Zeit in L. A. zu verbringen. Sie würde wahrscheinlich auch keinen späteren Flug nehmen, denn sie hatte noch nie im Flugzeug schlafen können.

Der Tag war ungewöhnlich geschäftig. Der Abgeordnete wollte Änderungen in der Rede, die er am nächsten Tag im Parlament halten sollte. Edward mußte die Rede selbst schreiben, während Harvey Mills an einer Presseverlautbarung arbeitete, die auch am nächsten Morgen fertig sein mußte.

Es war fast elf Uhr abends, als er endlich an etwas anderes denken konnte.

»Verdammt.«

»Was stimmt nicht?« fragte Harvey Mills.

»Lily!« Er fühlte sich wie zerschmettert. Wie konnte er sie nur vergessen haben?

Er rief zu Hause an und ließ das Telefon läuten, bis er sicher sein konnte, daß niemand da war. Dann rief er den Flughafen an und fand heraus, daß das Flugzeug aus L. A. pünktlich angekommen war. Wenn er jetzt aufbrach, konnte er noch rechtzeitig vor ihr zu Hause sein. Dann bemerkte er, daß er vergessen hatte, Wein und die Paté zu kaufen. Ihre Meinung von mir stimmt schon, dachte er und eilte zu seinem Wagen. Mit wachsenden Gewissensbissen fuhr er nach Hause. Er fühlte sich ihrer unwürdig.

Als er ankam, war noch kein Licht im Haus, so daß er etwas enttäuscht war. Er hatte sie müde und gereizt zu Hause erwartet und war auf ihre Vorwürfe vorbereitet. Nun, er verdiente sie eben. Es war nicht schön, nach einer langen Reise in ein leeres Haus zu kommen. Als er sicher war, daß sie noch nicht zu Hause war, war er tief enttäuscht. Er vermißte sie nun wirklich. Er kramte in der Küche und fand eine Flasche Weißwein, die er in den Kühlschrank stellte. Er schmierte ein paar Käsebrötchen und ordnete sie auf einem Teller an. Wenigstens konnte er so für ihre Ankunft alles schön vorbereiten, dachte er.

Als sie um Mitternacht immer noch nicht da war, rief er den Flughafen an. Wieder bekam er dieselbe Auskunft, daß das Flugzeug aus L. A. angekommen war. Vielleicht hatte sie doch den Nachtflug genommen, aber da sie nicht im Büro angerufen hatte, um ihm das zu sagen, gab er den Gedanken wieder auf. Dann kam ihm eine andere Idee. Sie hatte vielleicht angerufen, aber man hatte vergessen, ihm das mitzuteilen. Das Büro war nicht gerade ein Muster an Zuverlässigkeit. Er war schon häufiger mit diesem Problem konfrontiert worden.

Er rief Jan Peters zu Hause an. Ihre Stimme war vom Schlaf ganz rauh, ihr Verstand ganz verschwommen. Er übersah ihre ärgerliche Reaktion und nannte seinen Namen.

»Ja, ja...« krächzte sie. »Früher oder später antworten Sie...«

»Nicht das, Jan.«

»Um diese Zeit, was denn? Mein Bett ist gemütlich, meine Sinne gesund.«

Er beachtete ihre Neckerei gar nicht.

»Habe ich heute irgendeine Nachricht von Lily bekommen?«

»Lily!« Ihr Übermut verschwand sofort. »Ich habe keine gesehen. Vielleicht hat Mary eine entgegengenommen.« Sie meinte die Telefonistin.

»Sie ist meistens verträumt.«

»Das ist nicht nett.«

»Vergißt, mir persönliche Nachrichten zu übermitteln.« Er fühlte, wie Ärger in ihm aufstieg, und er wußte auch, daß er ungerecht war.

»Ich werde nachfragen und Sie zurückrufen«, sagte Jan kalt.

Da er bereits fest annahm, daß jemand im Büro vergessen hatte, ihm Lilys Nachricht auszurichten, fühlte er, wie seine Frustration anstieg, und so knabberte er an den Brötchen herum. Am meisten haßte er die Ungewißheit, und sein Ärger übertrug sich allmählich auf Lily. Es war gedankenlos und egoistisch von ihr, nicht anzurufen. Sie war wahrscheinlich einfach so beschäftigt, daß sie es vergessen hatte. Diese Vorstellung beruhigte ihn etwas. Auch er war manchmal vergeßlich. Aber auch wenn er ihr verzieh, was er natürlich tun würde, so mußte die Sache angesprochen werden. In Zukunft konnten sie sich nicht so hängen lassen. Es waren zu viele unnötige Sorgen, und es war einfach nicht fair. Sie hatte kein Recht, seine Ruhe zu zerstören. Eines war sicher – er würde eine lange, unruhige Nacht verbringen.

Er schaltete den Fernseher ein und suchte so lange, bis er Nachrichten fand. Ein Sprecher berichtete über den Flugzeugabsturz, der vier Tage zuvor passiert war. Es waren nicht mehr die aufregendsten Nachrichten, obwohl man immer noch Leichen aus dem Fluß barg. Bereits ein alter Hut. Er hatte kaum noch daran gedacht. Er hörte nur ungenau hin. Aber in seinem augenblicklichen Zustand verstärkte diese Vorstellung nur seine Ängste. Vielleicht war sie abgestürzt? Aber es gab keine Berichte von anderen Flugzeugabstürzen. Vielleicht ein Autounfall an der Küste? Sie war vielleicht im Krankenhaus oder noch schlimmer. Er verdrängte solche Gedanken, obwohl er sie für normal hielt. Wo zum Teufel war Lily?

Wieder richtete sich sein Ärger auf Lily und dann auf sich selbst. Sie waren zu unabhängig voneinander und orientierten sich zu sehr an ihrer Arbeit. Sie gaben den falschen Dingen den Vorrang. Sie würden einige Dinge in ihrem Leben ändern müssen. Das Telefon läutete. Er nahm den Hörer ab. Es war Jan Peters.

»Tut mir leid, Edward. Keine Nachricht von Lily.«

»Sind Sie sicher?«

»So sicher man halt sein kann.«

»Es besteht also die Möglichkeit, daß sie doch angerufen hat?« Er klammerte sich an jeden Strohhalm.

»Ich glaube nicht.«

»Warum glauben Sie nicht?«

»Weil...« Er bemerkte ihr Zögern. »Wenn es so wichtig war, dann hätte sie noch einmal angerufen.«

Er dachte darüber nach.

Dann sagte Jan: »Oder etwa nicht?«

»Ich glaube schon«, sagte er unsicher. Es war verdammt wichtig, dachte er. Sie hätte ihm wenigstens solch eine Nacht ersparen können.

»Kann ich irgendwie helfen, Edward?« fragte Jan.

»Nein«, sagte er abrupt und legte den Hörer auf.

Es war jetzt fast ein Uhr, und er bemerkte, daß er die ganzen Käsebrötchen gegessen hatte. Wenn er unter Streß stand oder an einem schwierigen Problem herumkaute, wandte er seine ganze Konzentration auf dieses eine Problem, das gelöst werden mußte. Seine Angst nahm immer mehr zu. Er mußte herauskriegen, wo Lily war.

Er rief die Fluggesellschaft an und erfuhr, daß der Nachtflug noch nicht gestartet war. Dann rief er den Flughafen von Los Angeles an und gab sich selbst als den Abgeordneten aus. Er hatte dies schon öfter getan, wenn er das Gefühl gehabt hatte, daß nur Einschüchterung des anderen ihn zum Ziel bringen würde. Er wollte von dem Angestellten wissen, ob eine Lily Davis einen Flug gebucht hatte.

»Nein, mein Herr, eine Lily Davis steht hier nicht«, antwortete der völlig eingeschüchterte Mann. Er hätte wahrscheinlich nicht ganz so bestimmt vorgehen müssen, aber er kümmerte sich nicht länger um anderer Leute Gefühle.

»Sind Sie sicher?«

Er hatte gelernt, sich nie auf Vermutungen zu verlassen, sondern sich immer wieder zu vergewissern. Es war zu leicht für einen Angestellten, einfach nein zu sagen. Weniger Aufwand.

»Es ist ein häufiger Name«, drängte er. »Irgendeine Davis?«

»Tut mir leid...« Eine Pause entstand, und sein Herz klopfte zum Zerspringen, als sich der Mann wieder meldete. »Hier gibt es einen David. Samuel R. David.«

»Wie sieht es bei den morgigen Flügen aus?«

Wieder Schweigen. Der Angestellte befragte offensichtlich seinen Computer.

»Tut mir leid. Kein Davis. Kein David. Nicht einmal ein ähnlicher Name.«

Plötzlich hatte er eine Idee.

»Können Sie ihren Abflug von Washington überprüfen?

Sie ist am Montag abgeflogen. Vielleicht kann man so den Rückflug herausfinden. Ich könnte ihn verwechselt haben.« Er versuchte nett zu sein, als ob eine nettere Haltung ihm auch ein besseres Ergebnis bringen würde. Diese Aussicht machte ihm wieder Mut. Lily hatte ihm immer vorgeworfen, daß er ihr nur mit halbem Ohr zuhörte. Seine Angst ließ etwas nach. Wahrscheinlich war es sein eigener Fehler. Sie würde einfach erst morgen heimkommen. Vielleicht am Samstag. Er hatte sich umsonst Sorgen gemacht.

Der Mann sprach wieder am Telefon. »Es tut mir wirklich leid, mein Herr, aber niemand mit dem Namen Davis ist in der ganzen Woche geflogen.«

»Das kann nicht sein«, explodierte er. »Es sind diese verdammten Computer. Sie verschlampen immer wieder Informationen. Ich weiß, daß sie einen Flug genommen hat, der am Montag mittag nach L. A. ging.«

»Ich kann Ihnen nur sagen, was ich auf dem Computer habe«, sagte der Angestellte entschuldigend. »Sind Sie sicher, daß der Name stimmt?«

»Der Name stimmt. Sie ist meine Frau.«

»Ich weiß nicht, was ich sagen soll.«

»Sagen? Was gibt es da zu sagen? Die Computer spinnen alle!« Er knallte den Hörer auf die Gabel. Er fühlte, wie sich seine Kehle zusammenschnürte. Wieder war er auf Lily wütend. Warum tat sie ihm das nur an? Er stand auf und ging im Zimmer auf und ab. Dabei versuchte er sich an die Namen ihrer Mitarbeiter bei Woodies zu erinnern. Er schaute die notierten Telefonnummern durch und versuchte einen Namen zu erkennen. Halpern, Milly Halpern. Er hatte sie ein paarmal getroffen. Eine Frau mittleren Alters mit krausem Haar. Er zögerte einen Moment lang und schaute auf seine Armbanduhr. Es war bereits halb zwei, aber es hinderte ihn nicht, sie anzurufen.

Die ängstliche Stimme einer Frau krächzte am anderen Ende der Leitung.

»Es tut mir wirklich leid, Frau Halpern, Sie um diese Zeit anzurufen«, versuchte er sie zu beschwichtigen.

»Wer sind Sie?«

»Edward Davis, Lilys Mann . . .«

»Sie rufen mich um diese Zeit an? Sind Sie übergeschnappt?«

Er wartete, bis sie sich beruhigt hatte. »Es tut mir wirklich leid, Frau Halpern, Sie so zu erschrecken.«

»Um Himmels willen. Es ist halb zwei.«

»Das war mir gar nicht klar«, log er. Nach einer Weile hatte sie sich offensichtlich wieder gefaßt.

»Was ist denn los?«

»Es ist nichts passiert«, sagte er beruhigend. »Ich scheine nur vergessen zu haben, wann Lily wieder zurück sein wollte.«

»Zurück sein?« Er bemerkte die Vorsicht in der Stimme der Frau.

»Aus L. A.« fügte er hinzu.

»L. A.?«

»Die Modetage in L. A. Dahin ist sie geflogen.«

»Modetage in L. A.?« Die Frau war so erstaunt, daß sie seine Frage mit einer weiteren Frage beantwortete. Eine lange Pause entstand.

»Bitte, Frau Halpern«, drängte er sie.

»Ich dachte, die sind erst im März. Aber ich könnte mich täuschen«, sagte sie schnell.

»Wissen Sie, wer das genau wissen könnte?«

»Vielleicht Herr Parks«, sagte sie.

Das ist ihr Abteilungsleiter. Er konnte sich undeutlich erinnern. Er wunderte sich, wie wenig er doch über ihr Geschäft wußte. Hatte sie ihm einfach nichts erzählt oder hatte er nicht zugehört?

»Es muß an mir liegen, Frau Halpern«, sagte er entschuldigend und versuchte dabei ruhig zu wirken, obwohl seine Hand, die den Hörer hielt, naß geschwitzt war.

»Ich bin sicher, daß das kein Problem ist, Herr Davis. Lily ist sehr verantwortungsbewußt. Vielleicht ist sie ...«

»Da bin ich sicher«, unterbrach er sie und verabschiedete sich schnell und höflich. Er wollte schließlich nicht, daß man Lily Fragen über ihren verrückten Mann stellen würde.

Er begann Howard Parks' Namen im Telefonbuch zu suchen. Als er ihn gefunden hatte, fing er an zu wählen, hängte dann den Hörer jedoch wieder ein. Er wollte nicht als paranoid erscheinen und Lily vielleicht Chancen für die Zukunft verbauen. Außerdem konnte er immer noch alles falsch verstanden haben. L. A. Die Modetage, die Zeit und das Datum. Er verfluchte seine Gleichgültigkeit und seine fehlende Aufmerksamkeit. Vielleicht litt er an einer Reizüberflutung, ein Stadium, in dem der Verstand keine weiteren Daten aufnehmen kann.

Beruhige dich, sagte er sich. Sie hat vielleicht ein Flugzeug genommen, um Leute in San Francisco zu besuchen. Vielleicht hatte sie es ihm auch gesagt. Er versuchte sich daran zu erinnern. Ich mache mich einfach lächerlich, dachte er. Er ging ins Schlafzimmer und legte sich voll angezogen aufs Bett. Sein Herz schlug laut, und er konnte seinen Puls im Kopf klopfen hören. Bitte, Lily, flehte er von ganzem Herzen, komm nach Hause.

7

Am Donnerstag beschloß Vivien, mit ihrer Freundin Margo Teeters im Windjammerclub im obersten Stock des Rosslyn Marriot zu Mittag zu essen. Die Hauptstraßen waren geräumt, und die Temperatur war wieder gestiegen. Es gab sogar blaue Flecken am Himmel, durch die die Sonne blitzte. So hatte sie auch das Windjammer vorgeschlagen, weil man von dort aus einen besonders schönen Blick über den Fluß und über das auf der Seite von Virginia gelegene Washington hatte.

Alice hatte es endlich geschafft, zu ihrem Haus durchzudringen. Die Busse fuhren wieder, so daß Ben zum Kindergarten gehen konnte.

Vivien hatte den Morgen damit zugebracht, ein Willkommensmahl für Orson zuzubereiten, ein Essen, das er wirklich schätzte, eine Paella, die zwar viel Arbeit machte, die man aber den ganzen Tag bei geringer Hitze simmern lassen konnte. Sie hatte sich entschlossen, Orson zu überraschen und ihn vom Flughafen abzuholen. Die Concorde kam um drei Uhr nachmittags an. Sie vermutete, daß er spätestens gegen drei Uhr dreißig durch den Zoll kommen würde. So hatte sie Zeit für ein gemütliches Essen mit Margo.

Vivien hatte Margo kennengelernt, als ihre Männer noch junge, vielversprechende Rechtsanwälte waren und für die Regierung arbeiteten. Obwohl sie sich seit Bens Geburt nicht mehr so oft sahen, war es ihnen doch gelungen, so vertraut zu bleiben, daß sie sich bei jedem Treffen sehr nahe kamen. Mit einer bei ihr wohnenden Haushälterin und zwei Kindern, die bereits in die Grundschule gingen, hatte sie wesentlich mehr Bewegungsfreiheit als Vivien. Wichtiger aber war, daß Margo Viviens Fenster zur Außenwelt darstellte, Margo, die eine Unmenge interessanten Gesellschaftsklatsch kannte.

Margo kam aus dem Süden. Sie hatte dunkle Haare, und durch einen schwungvollen Seitenscheitel fielen sie ihr weich ins Gesicht. Sie liebte es, Gerüchte und persönliche Geständnisse zu erzählen und verbreitete so die Weisheit Washingtons mit einer erstaunlichen Wirkung. Vivien mochte sie, vorausgesetzt, daß sie sich nicht zu oft trafen. Wenn sie mit Margo zusammen war, fühlte sich Vivien manchmal dumpf und etwas langweilig. Sie vermutete, daß dies der Preis war, den man für Unterhaltung zu zahlen hatte.

»Du siehst blendend aus, Liebling«, sagte Margo und hob den Kopf, um Viviens Kuß entgegenzunehmen. Sie hatte bereits ihren halben Martini ausgetrunken und spielte mit der Olive auf dem Zahnstocher.

»Ich hoffe es. Ich hole Orson vom Dallas-Flughafen ab. Er kommt mit der Concorde.«

»Glückspilz«, sagte Margo und winkte dem Ober. Er kam herbei, und Vivien runzelte noch unentschlossen die Stirn. Sie konnte sich nie für einen Drink entscheiden. Margos Augen wanderten zum Fenster.

»Was zum Teufel«, sagte sie. »Bringen Sie mir noch einen.« Dunklere Wolken waren aufgezogen und vereitelten die Hoffnung auf einen sonnigen Tag. Sie schaute wieder Vivien an. »Nimm auch einen. Bring dich für Orson in Stimmung.«

Vivien nickte zustimmend und folgte Margos Blick aus dem Fenster.

»Du kannst den Kran von hier aus sehen«, sagte Margo.

»Welchen Kran?«

»Von dem Absturz.«

»War das nicht schrecklich?« sagte Vivien. Am Fernseher sah der Absturz einfach entsetzlich aus. Sie hatte die Berichte der ersten beiden Tage verfolgt und dann die Sache auf sich beruhen lassen.

»Kaum zu glauben«, fuhr Margo fort. »All die Leichen, die noch im Wasser sind – genau hier – während wir hier gemütlich sitzen und zuschauen.«

»Das ist so morbide«, sagte Vivien. »Laß uns über etwas Angenehmeres sprechen.«

»Beim Golf habe ich schon acht Punkte.«

»Ach, das ist doch langweilig.«

Margo schaute Vivien an und trank die letzten Tropfen ihres ersten Martinis. Dann lächelte sie und zeigte ihre schönen weißen Zähne.

»Fast alles ist langweilig, Vivien.«

»Mein Leben nicht.«

»Deines ganz besonders.«

»Es ist wohl nicht schrecklich aufregend«, meinte Vivien und lachte, während sie ihr Glas zum ersten Schluck hob.

»Du spielst nicht Golf, du spielst nicht Tennis, du spielst auch keine Karten, und du treibst dich noch nicht einmal mit Männern herum.«

Vivien wurde knallrot.

»Es ist ein Wettkampf, Kleines. Ich spreche nicht von ernsten Geschichten.« Margo seufzte. »Du wärst überrascht, wie toll das sein kann. Du solltest es einmal versuchen.«

»Mach dich nicht lächerlich«, sagte Vivien.

Margo schnalzte mit der Zunge.

»Du bist ein wirkliches Phänomen, Vivien. Alles geht an dir vorüber. Ich sage ja nicht, daß du deine Ehe aufgeben sollst. Nur ein bißchen Spaß, eine kleine Romanze, ein bißchen Sex.«

»Ich könnte das nicht«, sagte Vivien ganz verlegen.

»Treue Vivien«, sagte Margo. »Die liebe Schwester.«

Sie hatte das nur einmal vor Orson gemacht. Mit Tom Perkins, als sie noch ins College ging. Es war eine Enttäuschung, wie es wohl fast immer beim erstenmal war, nahm sie an. Aber sie gehörte damit zumindest nicht mehr zur Kategorie der ›hoffnungslosen Jungfrauen‹.

»Das ist einfach nicht mein Stil«, sagte Vivien. »Die Menschen sind eben nicht gleich.«

»Es würde dir gut tun«, sagte Margo und nahm einen tiefen Schluck von ihrem Martini.

»Das bezweifle ich.«

»Wirkt Wunder bei all der Langeweile.«

»Aber ich langweile mich nicht.«

»Ich schon. Ich wünschte, ich würde mich nicht langweilen, aber es ist einfach so. Im Gegensatz zu dir habe ich einen sehr aufregenden Mann. Zumindest erzählt mir das jeder. Nun ja, manchmal ist er das auch, aber selten. In letzter Zeit ist er so verdammt kritisch.« Sie schaute wieder aus dem Fenster.

»Es wird doch nicht einer von diesen sein?« fragte Vivien.

Margo schüttelte heftig den Kopf. Der Alkohol machte sich bereits bemerkbar.

»Ich wünschte, in meinem Leben würde sich etwas ändern«, sagte Margo.

»Ich nicht.«

»Ja, ich kann mir schon vorstellen, daß du das nicht willst.«

»Jetzt stellst du mich aber wieder als langweilig hin.«

»Du bist so verdammt genügsam. Wie eine Kuh.«

»Ich habe ein bißchen zugenommen«, sagte Vivien.

»Das habe ich nicht gemeint. Du hast eine tolle Figur, Vivien. Ich hoffe, daß Orson das zu schätzen weiß.«

Vivien wurde wieder rot.

Margo schüttelte den Kopf und lächelte: »Eigentlich sollte ich mich nicht langweilen. Allen wird immer mehr Geld verdienen. Wir werden weite Reisen machen und immer mehr bedeutende Leute kennenlernen. Allen umwirbt einflußreiche Leute. Er sammelt sie. Die Kinder werden aufwachsen und die Schule abschließen. Mein Golfspiel wird besser werden. Ich werde jeden Tag einen Gymnastikkurs besuchen. Wahrscheinlich ein bißchen mehr trinken. Und wenn ich Glück habe, wenn ich wirklich Glück habe, dann finde ich hin und wieder einen Golf- oder Tennisprofi, der meine Liebeslust befriedigen kann.«

Vivien schaute sich um, ob das wohl jemand gehört hatte.

»Mein Gott, Margo.«

»Ach, Allen ist abends einfach so verdammt müde.

Washington geht vor. Ehrgeiz kommt vor Sex. Was soll eine Frau da schon machen?« überlegte Margo.

Der Ober kam und brachte ihnen die Speisekarten. Margo machte ihre auf und schien sie zu lesen.

»Manchmal glaube ich, er muß irgendwo ein kleines Häschen versteckt haben. Und dort verschwindet dann alles. Es bleibt nicht viel für uns übrig.« Sie zwinkerte Vivien zu.

»Ich mache mir darüber keine Sorgen«, sagte Vivien.

»Nein, das tust du nicht.«

Margo zog einen Schmollmund und grinste dann.

»Verdammt, Vivien. Wäre es nicht herrlich, sich in einen tollen Mann zu verlieben? Einen ungehemmten Adonis? Und er wäre auch in dich verliebt? Denk nur an die damit verbundene Gefahr, das herrliche Zittern.«

»Träumereien«, sagte Vivien einfach.

»Gib zu«, sagte Margo mit erhobener Stimme, »als ich dir erzählte, was ich denke, hättest du mir am liebsten den Mund mit Kernseife ausgewaschen. Aber ich meine eine wirklich verrückte Leidenschaft, wo du einfach alles machst – alles. Etwas, das dich völlig beherrscht, das dich so überwältigt, daß es in deinem Inneren alles durcheinander bringt.«

»Ich glaube, du liest zu viele Liebesromane.«

»Ich lese sie nicht. Ich sehne mich danach, darin mitzuspielen.«

»Die Gefahr kommt unbemerkt«, sagte Vivien. »Fang lieber an zu essen.«

»Es wird nichts passieren. Man kann es sich nicht herbeiwünschen. Es ist einfach so . . . Die Natur ist ungerecht. Immer wenn ich« – sie beugte sich vor, um in Viviens Ohr zu flüstern – »an diese Dinge denke, werde ich geil. Manchmal rufe ich dann Allen an und bitte ihn, schnell vorbeizuschauen. Er lehnt es jedesmal ab.«

»Dann ruf doch einen deiner . . .« Vivien konnte sich nicht dazu bringen, den Satz ganz auszusprechen, als ob er obszön wäre.

Margo kicherte.

»Du machst das nicht mit einem Fremden. Was wäre, wenn er dein Angebot zurückweisen würde? Nein. Solch einen Vorschlag kann man nur dem Ehemann machen.« Sie hob ihr Glas.

»Das würde mir nie einfallen«, sagte Vivien. Sie fühlte sich dabei weder minderwertig noch moralisch überlegen. Sie hielt sich selbst für tolerant. Außerdem hatte sie erkannt, daß Margos sexuelle Nöte nicht gerade zu ihrem Glück beitrugen.

»So bleibt mir nichts anderes übrig, als mir ein anderes Ventil zu suchen«, sagte Margo, und Vivien kicherte plötzlich.

Margo war enttäuscht über Viviens Lachen.

»Du bist einfach nicht die Richtige, um solche Sachen zu besprechen«, sagte sie beleidigt.

»Wenn du endlich aufhörst den *Cosmopolitan* zu lesen, werden sich deine Probleme in Luft auflösen«, sagte Vivien.

»Ich weiß, daß du das alles für trivial hältst.«

»Nicht für trivial«, sagte Vivien höflich. »Sondern für unwichtig. Ich habe meinen ganzen Glauben und meine ganze Hoffnung an einen Mann verschenkt, an seinen Körper und an seine Seele.«

»Soll das eine Beschuldigung oder ein guter Rat sein?«

»Es steht mir nicht an, Ratschläge zu geben«, sagte Vivien lächelnd. »Und ich beleidige niemanden, den ich mag.«

»Das bist genau du. Typisch. Allen machst du es recht. Die gute Mutter Erde.«

»So fühle ich mich manchmal wirklich. Du hättest den Schneemann sehen sollen, den ich mit Ben gebaut habe.«

Sie bestellten das Essen. Margo eine Quiche Lorraine und einen Salat und Vivien russische Eier. Sie lehnte einen zweiten Martini ab. Margo kämpfte sichtlich mit sich, aber dann bestellte sie doch keinen dritten. Würde sie wohl, so überlegte Vivien, eine dieser traurigen Washingtoner Typen werden, die zu lange beim Essen saßen, sich betranken und erst das Lokal verließen, wenn es nicht mehr zu übersehen war, daß sie die letzten Gäste waren? Sie hörte zu, wie Margo weiter plauderte. Das Essen schien ihre Laune zu heben.

»Du mußt mich für schrecklich halten, Viv.«

»Vielleicht hast du einfach zu viel Zeit, Margo. Vielleicht solltest du dir einen Job suchen.«

»Irgendwann«, seufzte Margo. Aber ihr Leben schien zementiert zu sein: Clubs, Tennis, Golf, ausgedehnte Essen, Alkohol und hin und wieder ein Seitensprung. Das Ganze begleitet von einem undefinierbaren Unwohlsein.

Als Margos Freundin hätte Vivien zu einer größeren Vertrautheit bereit sein müssen, als sie wollte. Irgendwie hatte ihr Margo die gute Laune verdorben. Vielleicht war es auch der grausige Anblick. Oder Margos ausgesprochene Unzufriedenheit. Manchmal dachte Vivien, daß sich die ganze Welt verschworen hatte, viele Frauen unglücklich zu machen, und sie war entschlossen, dieser Verschwörung Widerstand zu leisten. Margo hatte recht gehabt: Sie war zufrieden. Margo hatte diesen Zustand als eine Krankheit hingestellt.

Beim Kaffee glitt ihr Blick wieder über den Fluß. Sie sah den Bagger und schaute weg. Wenn man sich den Schmerz bewußt machte, den das Leben bringen konnte, dann waren Margo und sie selbst ziemlich glückliche Leute.

»Du scheinst dich leicht deprimieren zu lassen, Margo«, sagte Vivien.

»Nun, dann verrate mir doch das Geheimnis deiner guten Laune.«

»Ich wünschte, ich könnte das.«

Margo lächelte nicht. Sie ließ sie im Gefühl, daß sie als Freundin völlig versagt hatte. Sie teilten die Rechnung, gaben sich auf dem Parkplatz einen Abschiedskuß, und Vivien fuhr zum Flughafen. Bei dem Gedanken an Orson kehrte ihre gute Laune wieder zurück.

8

Als sie am Flughafen ankam, war die Concorde aus Paris gerade gelandet. Sie stand geduldig im Wartesaal und verrenkte sich den Hals, um einen Blick in den Abfertigungsraum zu werfen, wenn die automatische Tür aufging. Orson würde völlig verdutzt sein. Sie freute sich über ihre kleine Boshaftigkeit und dachte plötzlich an Margos Worte: Ich wünschte, in meinem Leben würde sich etwas ändern. Sie kicherte. Es mußte nicht alles großartig sein, gefährlich und katastrophal. Was sie tat, hatte seinen eigenen geheimen Reiz, und Orson würde entzückt sein. War es nicht immer herrlich, ein vertrautes, geliebtes Gesicht zu sehen, wenn man am Ziel ankam?

Jetzt kamen allmählich die Reisenden mit ihren Koffern durch die automatischen Türen. Die üblichen Begrüßungszeremonien folgten, und langsam lichtete sich der Halbkreis der an der Tür Wartenden. Sie wurde nicht nervös, bis jemand einen Passagier fragte, ob er mit dem Flug der Trans World Airlines aus London gekommen sei. Der Passagier nickte.

»Sind alle Passagiere von dem Flug aus Paris bereits durch die Kontrolle?« fragte sie einen Gepäckträger, der aber lediglich mit den Schultern zuckte.

»Vielleicht nicht. Sie sind heute langsam.«

Sie schaute auf ihre Uhr. Es war fast vier Uhr. Sie fragte sich, ob sie ihn wohl verpaßt hatte. Vielleicht hatte er einen früheren, normalen Flug genommen. Sie wartete noch zwanzig Minuten, dann ging sie zum Pan-American-Schalter und fragte nach der Concorde.

»Ich bin sicher, daß jetzt jeder weg ist«, meinte der Mann am Schalter.

»Mein Mann muß einen anderen Flug genommen haben.«

»Wie heißt er?« Vivien nannte ihren Namen, und er gab ihn in den Computer ein. »Simpson?«

»Ja.«

»Es tut mir leid. Sind Sie sicher, daß er diesen Flug genommen hat?«

Sie wurde verlegen. »Ich habe ihn vielleicht mißverstanden.«

»Möchten Sie, daß ich die Passagierliste von morgen überprüfe?«

»Nein«, sagte Vivien schnell, ohne eigentlich zu wissen, warum. Vielleicht wollte sie ihre Unruhe nicht noch verstärken. Sie war sicher, daß es eine ganz einfache Erklärung dafür geben würde. Schließlich hatte sie ihm nicht gesagt, daß sie ihn abholen wollte. Sie ging in eine Telefonzelle und wählte ihre Nummer. »Ist Mr. Simpson schon angekommen?« fragte sie Alice.

»Noch nicht, Mrs. Simpson. Sollte er denn gleich nach Hause kommen?«

Die Frage kam ihr seltsam vor, aber sie beachtete sie nicht. Sie fragte nach Ben und hing dann ein. Sie fühlte sich verloren. Sicher hatte sie alles falsch verstanden. Oder er hatte seine

Pläne geändert. Es gab eine Unzahl von Möglichkeiten. Wenn sie ihn nicht hätte abholen wollen, hätte sie sich vielleicht den Ärger erspart. Ein Anruf oder ein Telegramm würden bald eintreffen und einen späteren Flug ankündigen. Schließlich rief sie Orsons Büro an und sprach mit seiner Sekretärin Jane Sparks.

»Welchen Flug wollte Orson eigentlich nehmen?« fragte sie beiläufig. »Ich habe es vergessen.« Ihre Beziehung zu Miß Sparks war rein geschäftlich. Insgeheim aber mochte sie sie nicht.

»Ich glaube, die Concorde«, sagte Miß Sparks kurz angebunden.

»Ich bin hier am Flughafen. Er ist nicht unter den Passagieren.«

»Das ist seltsam...« Eine lange Pause entstand. »Aber ich habe den Flug nicht reserviert. Er kann also auch eine andere Maschine genommen haben.«

»Jetzt bin ich erleichtert«, sagte Vivien und atmete tief ein. Dann fragte sie: »Er hat nicht vielleicht angerufen?«

»Nein, ich habe seit Montag morgen nichts mehr von ihm gehört.«

Vivien erinnerte sich, daß er vor seiner Abfahrt mit dem Büro telefoniert hatte.

»Er hat nicht einen der Geschäftspartner angerufen?«

»Das weiß ich nicht genau. Ich erkundige mich aber gern.«

»Danke.« Aber sie hängte nicht ein. Irgend etwas beunruhigte sie. Miß Sparks organisierte gewöhnlich alles für ihn und ganz besonders seine Reisen. »Ist es nicht ungewöhnlich, daß Sie nicht den Flug gebucht haben, Miß Sparks?«

»Es war ungewöhnlich, Mrs. Simpson, aber...« Sie zögerte recht lange. »Manchmal erledigt er solche Sachen selbst. Ich hatte vielleicht gerade etwas zu erledigen. Es scheint jedenfalls ein neuer Kunde zu sein. Ich weiß wirklich kaum etwas davon.«

»Ein neuer Kunde?«

»Ein potentieller neuer Kunde, glaube ich.«

Sie hatte immer geglaubt, daß Miß Sparks über jeden Schritt in Orsons Leben Bescheid wußte. Deshalb hatte sie sich immer etwas von oben herab behandelt gefühlt.

Ihr Zögern beunruhigte sie.

»Würden Sie mich bitte mit Mr. Martin verbinden?« fragte sie höflich.

»Natürlich«, sagte Miß Sparks steif.

Dale Martin war einer der Geschäftspartner. Orson und er waren beide gleichzeitig in die Firma gekommen. Dale würde sicher Bescheid wissen.

»Was gibt's, Vivien?«

»Ich dachte, Sie wissen vielleicht, welches Flugzeug Orson nehmen wollte.«

Eine lange Pause entstand. Sie fühlte, wie ihr die Eier und der Martini aufstießen.

»Hmm, das weiß ich nicht. Er sagte etwas von einem neuen Kunden in Paris.«

»Ja, Miß Sparks hat mir das auch schon gesagt.«

»Aber welches Hotel hatte er denn reserviert?« Die Frage schien eher an jemand anderen als an sie gerichtet, vielleicht an Miß Sparks. Sie hörte ihn sagen: »Sie wissen es nicht? Er hat es selbst gemacht? Das ist seltsam.« Die Worte wurden nicht in den Hörer gesprochen, und sie klangen seltsam zögernd. Als er direkt in den Hörer sprach, hatte sich seine Stimme wieder gefestigt. »Es wird nicht schwierig sein, das herauszufinden. Wir erkundigen uns im Büro. Wo können wir Sie erreichen?«

Die Frage hing in der Luft. Sie war noch immer durcheinander, und es dauerte eine Weile, bis sie sich gesammelt hatte.

»Vivien?«

»Zu Hause, nehme ich an.«

Auf dem Nachhauseweg wurde sie endlich ihrer Angst Herr. Sie tadelte sich für ihre Überreaktion und kam sich dumm vor. Nichts war schlimmer als eine hysterische Ehefrau, besonders eine, die ihrem Mann nachzuspionieren schien. Vertrauen war immer sehr wichtig für Orson gewesen. Sie hatte sich bei den Geschäftspartnern ihres Mannes und seiner Sekretärin lächerlich gemacht. Jede Frau, die etwas auf sich hielt, kannte die Reise ihres Mannes, und wenn es nur darum ging, ihn in Notfällen erreichen zu können.

Als sie zu Hause ankam, war sie bereits ruhiger geworden. Ihre Unruhe richtete sich gegen sich selbst.

»Hat jemand angerufen?« fragte sie Alice.

»Nicht Mr. Simpson.«

Vivien merkte, wie Alice sie beobachtete. Sie fühlte sich elend und dumm. Den restlichen Abend versuchte sie ganz normal zu verbringen, indem sie Bens Fragen nach Orsons Ankunft auswich. Sie hatte ihm gesagt, daß Orson da sein würde, wenn er aus der Schule zurückkam.

»Wird Vati heute nacht nach Hause kommen?«

»Ich weiß nicht.«

»Wenn er spät kommt, weckst du mich dann auf?«

»Ja, wenn er spät kommt.«

»Hat er mir etwas mitgebracht?«

»Ganz sicher.«

»Weißt du was?«

»Um Himmels willen, Ben...« Sie mußte sich zusammenreißen. Sie schaute aus dem Fenster und sah die Umrisse des großen Schneemanns, den sie mit Ben gebaut hatte. Er erinnerte sie an den Tag, an dem Orson weggefahren war, und sie versuchte sich an alles zu erinnern, was er gesagt hatte. Hatte sie etwas überhört? Sie versuchte das Gespräch zu rekonstruieren. Paris? Die Concorde? Donnerstag? Sie hatte nicht viel von den dreihundert Dollar verbraucht, die er ihr gegeben hatte. »Es sind ja nur vier Tage«, hatte sie zu ihm gesagt. Nun, die vier Tage waren vorbei.

Nach dem Essen setzte sie Ben vor den Fernseher und ging in Orsons Arbeitszimmer. Sie wollte seine Papiere durchsehen, um Rückschlüsse auf sein Verbleiben ziehen zu können. Nichts schien mit der Reise zu tun zu haben. Sie war völlig durcheinander und rief Margo an.

»Er war nicht unter den Passagieren«, platzte sie heraus.

»Ist wahrscheinlich in Paris geblieben«, sagte Margo leichthin. »Eine kleine Affäre.«

»Ich meine es ernst, Margo. Ich mache mir Sorgen um ihn. Orson ist nicht der Typ, der nicht anruft, wenn sich etwas ändert.«

Margo wurde sofort ernst.

»In welchem Hotel hat er übernachtet?«

»Ich weiß es nicht.«

»Nun, dann ruf doch im Büro an, Vivien. Das wirft mich um.

Jedesmal wenn ich dich sehe, scheinst du hilfloser zu sein. Seine Sekretärin weiß sicher Bescheid. Sie wissen immer alles.«

»Sie weiß es nicht.«

»Das gibt's doch nicht.«

»Sie weiß es einfach nicht, und sein Geschäftspartner weiß es auch nicht«, sagte Vivien mutlos. Sie schämte sich, weil sie keine Ahnung hatte, was sie tun sollte.

»Vielleicht hat er den Flug einfach verpaßt.«

»Warum hat er dann nicht angerufen?« rief Vivien und kämpfte gegen eine aufsteigende Hysterie an. »Tut mir leid, daß ich dich aufrege«, sagte Vivien und haßte gleichzeitig ihre Entschuldigung. Plötzlich hörte sie ein Klicken. Sie hatte eines der Telefone, bei dem man hören konnte, wenn jemand anrief. »Ich rufe dich später an. Das ist vielleicht Orson.«

Das Gefühl der Erleichterung hielt nur kurz an. Es war Miß Sparks. »Haben Sie etwas von Mr. Simpson gehört?« fragte sie.

»Noch nicht.« Vivien versuchte, es ruhig zu sagen. Aus der Stimme schloß sie, daß Miß Sparks diese Antwort erwartet hatte.

»Ich habe die morgigen Flüge der Concorde überprüft. Auch die normalen Flüge...«

Vivien ärgerte sich zunächst, daß Miß Sparks die Leute von der Concorde noch einmal bemüht hatte. Sie selbst hatte vergessen oder war zu müde gewesen, um die normalen Flüge überprüfen zu lassen. Sie hörte bereits an Miß Sparks' Stimme, daß sie keinen Erfolg gehabt hatte.

»... und eine Anzahl von in Frage kommenden Hotels in Paris.«

Sie hörte ein Seufzen. Miß Sparks machte sich also auch Sorgen, dachte sie und fühlte sich dadurch nicht gerade ermutigt. »Ich bin sicher, daß ich noch diese Nacht etwas von ihm hören werde«, sagte Vivien, als ob sie Miß Sparks beruhigen wollte.

»Oh, davon bin ich auch überzeugt«, sagte Miß Sparks mit einem künstlich wirkenden Optimismus. »Ich kenne Ihren Mann, und ich bin sicher, daß es eine logische Erklärung dafür gibt.«

»Ich verstehe nur nicht, warum Sie nicht alles organisiert haben«, sagte Vivien. Eine Pause entstand.

»Ich verstehe es auch nicht«, sagte Miß Sparks. »Aber ich bin sicher, daß alles in Ordnung ist.«

»Ich verstehe es einfach nicht«, sagte sie. »Es sieht ihm nicht ähnlich.«

»Das stimmt, Mrs. Simpson«, sagte Miß Sparks. Sie konnte ihre tiefe Besorgnis nicht länger hinter ihrer steifen Fassade verbergen. Einen Augenblick lang hielt sie Vivien für eine echte Verbündete.

»Wenn ich heute nacht etwas höre, rufe ich Sie an«, sagte Vivien.

»Machen Sie das? Ich wäre Ihnen dankbar.«

Als sie aufgelegt hatte, ging sie im Arbeitszimmer auf und ab. Am meisten haßte sie das Gefühl der völligen Hilflosigkeit. Ihre Gefühle schwankten von Angst zu Panik und Wut. Wie konnte er ihr das antun? Es war roh und gedankenlos. Dann richtete sie ihre Wut gegen sich selbst. Sie war dumm gewesen, eine typische nichtsnutzige Hausfrau, die ihrem Mann alles überließ. Sie war ein Kleingeist, die übliche unsichere Hausfrau. Es geschah ihr ganz recht. Sie hätte wissen sollen, wohin er fuhr, wie und wann er zurückkam, anstatt sich auf andere zu verlassen. Das würde sich ändern, das schwor sie sich. Vielleicht war sie tatsächlich zu zufrieden geworden. Ein Rindvieh.

Sie brachte Ben zu Bett und mußte dabei einen weiteren Schwall von Fragen über sich ergehen lassen, was sie wieder völlig aus dem Gleichgewicht brachte. Um sich abzulenken, schaltete sie den Fernseher ein. Die Nachrichten brachten als erstes den Flugzeugabsturz und ängstigten sie dadurch noch mehr. Schnell schaltete sie den Fernseher wieder aus und dachte nach. Wenn es ein Unfall *war*, dann konnte man ihn identifizieren. Zitternd verdrängte sie den Gedanken und überlegte, ob sie ihre Eltern in Vermont anrufen sollte. Sie verwarf die Idee. Es hatte keinen Sinn, auch noch andere nervös zu machen.

Lange saß sie schweigend im ruhigen Haus und schaute in den Garten auf das unbewegliche Gesicht ihres Schneemannes, der ruhig in der kalten Nacht stand und mit seinen Plätzchenaugen in eine feindliche Welt schaute. Dann machte sie eine Flasche Cognac auf, goß sich ein Glas ein und trank es langsam aus. Die Wärme des Alkohols tat ihr gut und beruhigte sie etwas.

Bald würde sich eine völlig logische Erklärung finden, davon war sie überzeugt. Dieser Gedanke ließ sie ruhiger werden, aber nur für kurze Zeit.

9

Am fünften Tag hatte sich das Wetter wieder gebessert, und die Rettungsaktion im Fluß wurde wieder aufgenommen. Bereits am frühen Morgen hob der Kran den hinteren Teil des Flugzeuges. Als es aus dem halb zugefrorenen Fluß auftauchte, glitten zwei Leichen heraus und fielen ins Wasser zurück, wo sie sofort untergingen. Man markierte die Stelle, an der sie verschwunden waren und schickte Taucher in die Tiefe, die sie herausholen sollten.

Später hob der Kran den Rumpf, der wie ein riesiges, aus der Tiefe auftauchendes Ungeheuer aussah. Man fand mehrere Leichen, die noch in den Sitzen festgeschnallt waren. Weil sich die Opfer in der Nähe der Gepäcknetze befanden, konnten sie schnell identifiziert werden. Es gelang der Rettungsmannschaft anhand des Sitzplans sogar die Besitzer der im Gepäcknetz liegenden einzelnen Habseligkeiten zu ermitteln.

Die ungewöhnliche Kälte störte Sergeant McCarthy genausowenig wie an den ersten Tagen. Mit dicken Handschuhen, langer Unterwäsche und Ohrenschützern gut ausgestattet, betrat er das aufgeschlagene Hilfszelt. Die Identifizierung der Leichen machte keine Schwierigkeiten. Es gab keine weiteren Jane Does. Das einzig Seltsame war eine Gruppe von geheimnisvollen Tauchern, die mit den Tauchern der Armee in die Tiefe stiegen.

»Irgendeine Geheimsache«, sagte jemand. »Verteidigung.«

Es waren Militärs an Bord gewesen, und die plötzliche Geheimnistuerei verbreitete während des Tages ein ungutes Gefühl. Alles hatte bis dahin wie Routine gewirkt.

An diesem Tag wurden weitere dreiundzwanzig Leichen

geborgen, so daß nicht einmal mehr zwanzig noch auf dem Grund des Flusses lagen. Darunter befanden sich der Pilot und der Copilot, die natürlich im Cockpit des Flugzeuges waren. Aber das Cockpit war noch nicht gehoben worden. Jeder war zufrieden mit dem Fortschritt der Rettungsaktion. Die Organisatoren lobten ihre Leute und hielten die Fernsehleute auf dem laufenden, die mit ihren Kameras noch immer am Unglücksort herumgeisterten, wenn auch etwas weniger begeistert als am Anfang. Diese stellten immer wieder die Frage, ob Sabotage mit Sicherheit auszuschließen sei. Das wurde mit Entschiedenheit bejaht.

McCarthy schaute die Habseligkeiten der Opfer durch und verteilte sie auf die angeführten Namen, denn man hatte die Absicht, die Leichen mit ihren Habseligkeiten so schnell wie möglich an die Verwandten zu geben. Gelegentlich kam es zu Auseinandersetzungen zwischen der Polizei und den verzweifelten Angehörigen. Einige beschwerten sich, daß Schmuck fehlte. Ein anderer behauptete, daß aus der Brieftasche eines der Opfer zehntausend Dollar Bargeld entnommen worden waren. Ein weiterer, der Mann einer Frau, deren Arm abgerissen worden war, schwor, daß dies absichtlich geschehen sei, um den Diebstahl eines dreikarätigen Diamantringes zu kaschieren. Die Angehörigen beschuldigten die Polizei. Die Polizei beschuldigte die Taucher der Armee. Der Mensch war wohl so, dachte McCarthy. Er glaubte nicht an das Gute im Menschen.

Er und sein Partner Wally Forbes brachten abwechselnd die Angehörigen herein. Man konnte angesichts der Gefühlsausbrüche nicht völlig unberührt bleiben. Nicht einmal der härteste Profi. Viele der Angehörigen mußten gestützt werden, wenn man sie zum Kühlraum führte, wo ihnen die schrecklichen Überreste gezeigt wurden. Die ganze Sache nahm die Leute so mit, daß die Polizei schon jeweils nach kurzer Zeit die Schicht wechseln mußte. Einer allein konnte soviel nicht ertragen.

Am Abend hatte man immer noch keinen Hinweis auf die Identität Jane Does. Und für das Ehepaar Marlboro waren auch noch keine Angehörigen unter den im Mariott wartenden Leuten aufgetaucht. McCarthys Vorgesetzter setzte ihn unter stärkeren Druck, denn er wurde von dem South-Air-

Team, das den Absturz bearbeitete, gedrängt, den Fall aufzuklären. Der junge Vizepräsident Jack Farnsworth hatte vor Erschöpfung tiefe Augenringe, er war ganz blaß, und seine Kleider waren völlig zerknittert.

»Wir können keine mysteriösen Fälle gebrauchen«, sagte Farnsworth zu McCarthy.

»Genau das ist der Sinn meiner Arbeit. Keine Geheimnisse.«

»Geheimnisvolle Fälle würden die Medien noch lange beschäftigen«, erklärte er.

McCarthy war derselben Meinung. Er haßte die Medien, und so wollte er alles tun, um ihnen einen Strich durch die Rechnung zu machen.

»Ich bin froh, daß wir uns verstehen«, sagte Farnsworth. Aber es war nicht so entscheidend, denn viele Informationen wurden den Medien ohnehin vorenthalten: der Ring der abgerissenen Hand, die geheimnisvollen Taucher, der grauenvolle Zustand der Leichen, einige Tatsachen in bezug auf die Piloten und Stewardessen. In der Reisetasche einer Stewardeß war ein Revolver Kaliber zweiundzwanzig gefunden worden.

»Ich hoffe, daß das nicht bekannt wird«, sagte der Vizepräsident zu McCarthy und seufzte.

»Ich würde gern wissen, wie die da hineingekommen ist.«

»Ich auch.«

»Gibt es irgendwelche Hinweise, warum das Flugzeug abgestürzt ist?« fragte McCarthy.

»Noch nicht. Die ganze Welt scheint das wissen zu wollen.«

»Was glauben Sie?«

»Es wäre schön, wenn es sich nicht als unsere Schuld herausstellen würde«, antwortete er düster.

Wie immer, dachte McCarthy, wollte niemand die Schuld auf sich nehmen. Es war ihm egal. Er mußte nur einen geheimnisvollen Fall lösen. Das übrige war nicht seine Angelegenheit. Er mußte lediglich die Identität Jane Does und des Ehepaars Marlboro aufdecken, um seine offizielle Arbeit abschließen zu können.

10

Als Edward aufwachte, hatte er das Gefühl, daß er überhaupt nicht geschlafen hatte. Seine Haut fühlte sich ausgetrocknet an, und er hatte einen schlechten Geschmack im Mund. Er war angezogen eingeschlafen. Sobald er seine Augen aufmachte, stieg auch die Angst wieder in ihm auf. Wo war Lily? Er schaltete den Fernseher ein und hörte zu, während er nach Mr. Parks' Telefonnummer suchte. Er hörte den Wetterbericht, Informationen über die Russen und einen Bericht über die Bergung der Leichen vom letzten Flugzeugabsturz. Sonst wurde kein weiterer Absturz erwähnt. Als er Mr. Parks' Nummer gefunden hatte, schaute er auf die Uhr. Es war halb acht. Was soll's, flüsterte er und wählte die Nummer.

Eine Frau war am Telefon.

»Ich hätte gern Mr. Parks gesprochen.«

»Er ist unter der Dusche.«

»Es ist sehr dringend.«

Die Frau schien gerade aufgewacht zu sein, denn sie hatte nicht gerade große Lust, ihm behilflich zu sein. Er mußte seinen Namen nennen, und erst die Dringlichkeit der Angelegenheit ließ sie völlig wach werden, so daß sie den Hörer niederlegte, um Mr. Parks zu holen.

»Tut mir leid, Sie zu stören.«

»Das macht nichts.« Er war es offensichtlich gewohnt, sich mit aufsässigen und hysterischen Kunden auseinanderzusetzen.

»Ich mache mir um meine Frau Sorgen. Sie hätte gestern abend aus L. A. zurückkommen sollen.«

»Vielleicht kommt sie heute morgen.«

»Sie hat keinen der in Frage kommenden Flüge gebucht.«

»Darf ich Sie etwas fragen?« fragte Mr. Parks höflich.

»Natürlich.«

»Warum rufen Sie mich eigentlich an?«

Die Frage war nicht böse gemeint, aber sie überraschte Edward doch.

»Sie war geschäftlich verreist für Sie«, sagte er und ärgerte sich über die Gleichgültigkeit des Mannes. Er hoffte, daß Mr. Parks dies nicht für einen Zornesausbruch hielt.

»Für mich?«

»Die Modetage in L. A. Ist das keine Geschäftsreise?«

Mr. Parks' Zögern zerrte an seinen Nerven und verriet doch schon, was Edward sogleich hören sollte.

»Es gibt keine Modetage in L. A.«, sagte Mr. Parks mit überraschender Freundlichkeit.

»Sind Sie sicher?«

»Das ist doch mein Geschäft.«

Edward zögerte, als ob er auf eine Antwort wartete. Es fiel ihm einfach nichts ein.

»Außerdem hätte ich die Reise genehmigen müssen. Es tut mir leid, aber ich verstehe Sie nicht.«

»Ich auch nicht«, sagte Edward. Sein Magen krampfte sich zusammen, und seine Hände fingen zu zittern an.

»Wie lange ist sie schon weg?«

»Heute ist der fünfte Tag.«

»Mein Gott!« rief Mr. Parks. Offensichtlich störte ihn sein Gefühlsausbruch, denn er versuchte, Edward zu beruhigen. »Es ist sicher nichts passiert. Manchmal ist der Druck in unserem Geschäft einfach zu groß. Vielleicht wollte sie ein paar Tage allein sein.« Er mußte begriffen haben, daß er sich immer tiefer in ein angsterzeugendes Gespräch eingelassen hatte. Er hielt inne und änderte dann seinen Tonfall. »Wissen Sie was? Ich werde die Sache überprüfen, wenn ich im Büro bin. Vielleicht habe ich mich getäuscht. Man weiß das nie so genau in diesem verdammten Geschäft. Sicher. Vielleicht habe ich doch die Reise genehmigt.«

Edward legte auf und fühlte sich schlechter als zuvor. Aber er konnte sich nicht auf ein bestimmtes Gefühl konzentrieren. Seine Gefühle schwankten zwischen Wut auf Lily, Selbstmitleid, Frustration angesichts seiner Hilflosigkeit und einer immer größer werdenden Verzweiflung.

Er rief den Abgeordneten Holmes in seiner Wohnung an und erklärte seine Lage.

»So ein Miststück«, sagte Holmes.

»Ich weiß nicht, was ich machen soll«, sagte Edward düster. »Wer überprüft solche Sachen?«

»Ich weiß nicht. Die Polizei nehme ich an. Vermißte Leute. Hören Sie, ich bin nur ein Abgeordneter. Ich kann nicht alles wissen.«

Edward war sich nicht sicher, ob dies humorvoll gewesen sein sollte. Er hoffte, daß er es nicht so gemeint hatte. Gefühlloser Hund, dachte er.

»Ich kann an nichts anderes denken«, sagte er.

»Dann werden Sie heute nicht kommen?«

Natürlich nicht, du Arschloch, dachte Edward. »Ich werde mich jedoch auf dem laufenden halten«, log er. »Ich rege mich sicher unnötig auf.«

»Hoffe, daß Sie recht haben«, sagte Holmes. Seine Bemerkung hatte einen vielsagenden Tonfall.

Als er aufgelegt hatte, wußte er wieder nicht, was er tun sollte. Er nahm eine heiße Dusche und drehte dann den Kaltwasserhahn voll auf, weil er hoffte, daß ihn der Schock auf eine sinnvolle Idee bringen würde. Beim Anziehen schaute er sich in der Wohnung um. Irgendwie fühlte er Lilys Anwesenheit. Er seufzte und fiel auf die Knie, wobei er sich mit den Ellenbogen auf einen Küchenschemel abstützte. Er war eigentlich nicht religiös, und er hatte dies lange nicht mehr gemacht.

»Bitte, lieber Gott, laß Lily zu mir zurückkommen. Sie ist mein Leben. Bitte, lieber Gott, bring Lily nach Hause.«

Dann bemerkte er, daß er laut und hysterisch schluchzte. Es störte ihn nicht. War ihm das je zuvor passiert? Jemals? Er erinnerte sich an seinen Großvater, den er bewundert hatte. Eines Sommers schwebte der Mann zwischen Leben und Tod, und Edward war in den Wald gegangen und hatte gebetet und genauso gefleht wie jetzt. Sein Großvater hatte überlebt. Bis zu diesem Augenblick hatte er den Vorfall völlig vergessen.

Er wußte, daß er nicht in der Wohnung bleiben konnte. Aber er mußte etwas unternehmen, irgend etwas Sinnvolles tun. Es hatte keinen Sinn, neben dem Telefon zu warten, denn das war genauso, als wollte man das Gras wachsen hören. Als er sich endlich wieder zusammenriß, rief er im Büro an, um mit Jan zu sprechen. Aber es war noch immer keine Nachricht von Lily eingetroffen.

»Schlimm, Edward?« fragte Jan. Ihr sogenannter Mutterinstinkt schien ihn an der Kehle zu packen. Er gab keine Antwort.

»Wütet er herum, weil ich nicht da bin?« fragte er statt dessen.

»Hör mal zu. Dir gehen jetzt andere Dinge durch den Kopf«, gab sie ihm ausweichend zur Antwort.

»Das habe ich nicht gefragt.«

Eine lange Pause entstand.

»Nun, er hat nicht gerade gute Laune.«

»Sauer?«

»Das könnte man sagen.«

»Kann ich ihm wohl nicht übelnehmen.«

»Jeder versucht zurechtzukommen, Edward.« Sie senkte ihre Stimme. »Nicht jeder kann es verstehen.«

»Denkt wohl, es ist ein Eheproblem?« sagte Edward angewidert.

»Was kümmert es Sie, was er denkt?« fragte Jan kampflustig. Er gab ihr recht und sagte ihr das auch.

»Nimm dich zusammen, Edward. Es wird schon wieder alles in Ordnung kommen.«

Bevor er aus der Wohnung ging, rief er noch Lilys Schwester in Baltimore an. Ihre Mutter unterrichtete er absichtlich nicht, weil sie eine sehr gefühlvolle Frau war, die kaum in der Welt zurechtkam. Sie hätte seine Angst sofort bemerkt. Lily hatte zwei Schwestern und einen Bruder, aber sie verstand sich am besten mit Anna, die zwei Jahre älter war als sie selbst. Anna war nicht so klug wie Lily, aber sie mochte ihre Schwester sehr gern und bewunderte ihren Erfolg. Edward war sehr vorsichtig, weil er sie nicht beunruhigen wollte.

»Nein, sie hat nicht angerufen«, sagte Anna, nachdem er sie so vorsichtig wie möglich gefragt hatte.

»Es hat mich nur interessiert.«

»Ihr habt doch wohl nicht gestritten?«

»Nichts Ernstes.« Er war froh, daß sie ihm diese Ausrede in den Mund gelegt hatte.

»Sie wird schon anrufen. Lily ist nie lange beleidigt.«

Er hoffte, daß er kein Problem in die Welt gesetzt hatte, denn es war eine typisch italienische Familie, die sich über Familienangelegenheiten immer schrecklich aufregte. Lily schien überhaupt nicht zu ihnen zu passen, ein völlig fremdes Wesen.

»Irgend jemand muß in diesem Durcheinander die Vernunft bewahren«, hatte Lily nach seinem ersten Besuch bei ihrer Familie zu ihm gesagt. Sie hatten ihn behandelt, als läge er auf dem Operationstisch, und sie testeten jedes Organ, indem sie es auseinanderschnitten – ganz besonders ihr Bruder Vinnie, ein großer, grobschlächtiger Mann, der den Obstgroßhandel der Familie führte. Er hatte sich besonders beleidigend verhalten.

»Was habe ich ihm denn getan?«

»Du bist weder ein Italiener noch katholisch oder aus Baltimore. Du bist ein Fremder.«

»Ich bin ein Amerikaner«, sagte er sarkastisch.

»Amerikaner sein, zählt nicht.«

»Wette, daß er versucht hat, dir die Hochzeit mit mir auszureden.«

»Das hat er. Bis ich ihm sagte, daß ich schwanger sei.«

»Das hast du nicht gemacht.«

»Nein.« Sie lachte. »Ich wollte nicht, daß du noch vor der Hochzeit ermordet wirst.«

Die Erinnerung glitt an ihm vorbei, er wollte sie aufgreifen, doch dann versuchte er sie zu verdrängen. Es würde ihn nur zum Weinen bringen. Hör sofort damit auf, befahl er sich selbst. Es wird alles wieder gut werden. Du wirst schon sehen, versprach er sich selbst, ohne davon überzeugt zu sein.

Aber all die Lügen brachten ihn nicht weiter. Er war überzeugt, daß unbekannte Kräfte an ihm zerrten. Es war eine Art Spiel. Er entschloß sich, ins Woodies zu gehen und mit Mr. Parks persönlich zu sprechen.

Edward wurde sofort zu ihm hineingeführt. Parks hatte eine Glatze und ein schmales Gesicht mit dicken Lippen. Über seinen großen, traurigen Augen hingen schwere Augenlider.

»Ich habe alles überprüft, Mr. Simpson. Lily hatte keinen geschäftlichen Auftrag.«

»Vielleicht hat sie einfach die Reise gemacht, um sich weiterzubilden.«

»Wer weiß? Sie ist sehr engagiert« – er war auf einmal verlegen – »sehr engagiert.« Er räusperte sich. »Ich weiß nicht, was ich sagen soll.« Er schwieg. »Sie hat das noch nie gemacht?«

»Nie.«

»Haben Sie gestritten?« Er wußte, daß er indiskret war, und so fühlte er sich sichtlich unwohl.

»Überhaupt nicht«, sagte Edward.

»Haben Sie alle Möglichkeiten überprüft?«

»Welche zum Beispiel?«

»Ich weiß nicht.«

Glaubte er, daß sie absichtlich weggelaufen war, absichtlich verschwunden? Oder schlimmer? Er nahm sich zusammen. Schließlich wollte er Lilys Chancen im Geschäft nicht noch mehr schädigen, als er es ohnehin schon getan hatte.

»Wir schätzen uns gegenseitig sehr, Mr. Parks.«

»Ich wollte nicht...«

»Ich weiß.«

Schweren Herzens verließ er Mr. Parks' Büro. Vielleicht war sie einfach weggelaufen, hatte ihr Gedächtnis verloren und war verschwunden. Draußen blieb er durchgefroren, traurig und völlig hilflos vor dem Eingang stehen.

Lily, bitte, sag mir, wo du bist, so flehte er aus ganzem Herzen.

11

»Sie schauen müde aus, Mrs. Simpson«, sagte Alice, als sie am nächsten Morgen kam. Vivien hatte ihre ganze Kraft zusammengenommen, um Ben zum Kindergarten zu schicken. Verzweifelt versuchte sie, ihre Angst und ihre Tränen zu verbergen.

»Tut dir etwas weh, Mami?« fragte Ben, als sie ihm den Mantel anzog.

»Bauchweh«, murmelte sie.

»Vielleicht«, sagte er, »hast du wieder etwas Schlechtes gegessen.« Sie umarmte ihn ungewöhnlich wild.

»Jetzt tust du mir weh, Mami.«

»Tut mir leid, mein Lieber«, sagte sie und ließ ihn los.

Sie konnte Alice nicht ins Vertrauen ziehen, weil sie eine sehr schlechte Meinung von den Männern hatte. Als sechzigjährige Großmutter war Alice dreimal verheiratet gewesen. Sie war aus West Virginia gekommen, um einem Leben zu entkommen, das sie als ›brutal‹ bezeichnete.

»Ich habe schlecht geschlafen, Alice«, sagte Vivien, als sie bemerkte, wie sie von Alice aufmerksam betrachtet wurde.

»Ist Mr. Simpson zurück?« fragte sie im schleppenden Ton der Südstaatler.

»Noch nicht.« Sie zwang sich zu einem fröhlichen Gesicht. »Er entschloß sich, ein bißchen länger zu bleiben.«

»Ist mir einmal passiert«, sagte Alice. »Mein Mann ist nicht heimgekommen.«

Mein Gott! Gib ihr keine Antwort, flehte sich Vivien selbst an. War sie so leicht zu durchschauen?

»Zack. Er war mein zweiter. Eines Tages ging er zum Jagen, und ich habe kein Haar mehr von ihm gesehen.«

»Vielleicht ist er erschossen worden. Ermordet?« sagte Vivien boshaft.

»Vielleicht. Jedenfalls kam er nie nach Hause. Die Polizei suchte ihn. Jeder suchte ihn. Einfach weg und kam nie mehr nach Hause.«

»Es muß schrecklich gewesen sein«, sagte Vivien. Sie wollte weg, aber schien wie angewurzelt zu sein.

»Er war kein guter Ehemann. Kein guter Mann. Ich suchte ihn anfangs, dann gab ich es auf. Wir haben uns nicht gut verstanden.«

Trotz ihrer Abneigung hatte Vivien das Gefühl, weiterreden zu müssen.

»Und Sie haben nie wieder etwas von ihm gehört?«

»Nein. Hat nicht einmal angerufen, um sich nach unseren drei Kindern zu erkundigen.«

»Glauben Sie, daß er tot ist?«

»Ich glaube, er ist einfach weggelaufen. Männer sind schwach. Die machen so was. Ich war ja auch nicht gerade ein Engel.«

Alices Bemerkungen hatten sicher keine Bedeutung für ihre Situation. Aber sie brachten ganz andere Gefühle an die Oberfläche. Sie kannte Orson seit fast acht Jahren, und nicht ein einziges Mal in dieser Zeit hatte sie diese Unzufriedenheit bei ihm entdeckt, die Alices zweiter Ehemann empfunden hatte. Die Vorstellung, daß Orson einfach weggelaufen sein könnte, war undenkbar. Aber Panik läßt jemanden sehr seltsame Möglichkeiten in Betracht ziehen. Schnell verwarf sie den Gedanken.

Sie konnte es nicht erwarten, bis Alice wieder an die Arbeit ging. Dann ging sie ins Bad hinauf und schaute in den Spiegel. Sie erschrak. Ihre Haut hatte ein teigiges, ungesundes Aussehen. Augenringe hatten sich gebildet, und rote Flecken zeigten sich auf ihren Wangen.

Als das Telefon klingelte, stürzte sie zum Hörer. Ihre Hände zitterten, und sie ließ den Hörer fallen. Als sie ihn aufhob, atmete sie tief durch, bevor sie sich meldete. Bitte laß es Orson sein. Es war Dale Martin, Orsons Geschäftspartner.

»Irgend was gehört?« fragte er.

»Nein.« Ein Seufzer kam aus ihrer Kehle.

»Vivien?«

»Hmm.«

»Ich komme vorbei.«

Sie nickte und legte auf, dann ließ sie sich auf das Bett fallen. Ihre Schultern zitterten krampfhaft, und Tränen liefen ihr aus den Augen. Sie fühlte sich schrecklich allein und verlassen, völlig leer und verletzlich. Um ihr Schluchzen zu verbergen, preßte sie sich ein Kissen vor das Gesicht, denn sie befürchtete, Alice würde ins Schlafzimmer kommen. Sie wollte nicht getröstet werden. Sie wollte Informationen. Sie wollte ihren Mann. Es gelang ihr, sich wieder in den Griff zu bekommen, bevor Dale kam. Sie schminkte sich mit zitternden Fingern. Dale schaute sie genau an, denn er wollte ihren Zustand herausfinden. Er war groß mit blondem Haar, in dem sich schon einige graue Strähnen zeigten.

»Dies sieht wirklich nicht nach Orson aus«, sagte er sanft.

»Nein, gar nicht.«

Alice brachte Kaffee, und er trank ab und zu einen Schluck, während er in der Küche auf und ab ging.

»Das ist ein toller Schneemann«, sagte er plötzlich und blieb bewundernd stehen. Dann wandte er sich stirnrunzelnd ab.

»Rege ich Sie etwa auf?«

»Zu spät.«

»Ich habe Orsons ganzen Briefverkehr und alle seine Notizen von Miß Sparks überprüfen lassen. Unser Kunde in Paris wußte nichts von einem Besuch. Orson rief auch nicht in Paris an, was an sich schon ungewöhnlich ist. Wir haben keine Ahnung, wen sonst er dort treffen wollte. Es wurde nicht einmal bei unserer wöchentlichen Besprechung erwähnt, obwohl wir uns dunkel daran erinnern, daß er einmal von einer neuen Sache in seiner Arbeit gesprochen hat. Tatsächlich aber war es nicht – nun, offiziell.«

Vivien fühlte, wie sie ein Schauer überlief, aber sie sagte nichts.

»War er irgendwie anders als sonst, Vivien?«

»Anders?«

»In seiner Haltung oder seinem Auftreten . . .« Er schaute sie lange durchdringend an. »In seiner Beziehung zu Ihnen?«

»Ich verstehe Sie nicht.«

»War er irgendwie geheimnisvoll? Verbarg er etwas?«

»Ich habe nichts bemerkt. Er ist ein zurückhaltender Mann, müssen Sie wissen. Er ist ein guter Vater und ein liebevoller Ehemann . . .« Sie redete plötzlich nicht weiter. »Haben Sie vielleicht etwas bemerkt, irgend etwas im Büro?«

»Ich glaube, ich habe Miß Sparks richtig aufgeregt. Ich glaube, sie war beleidigt, weil er die Reisevorbereitungen selbst getroffen hatte. Sie fand, daß er in letzter Zeit recht reserviert war. Aber das ist ein subjektives Urteil. Es muß nicht viel besagen.«

»Dale«, sagte Vivien ernst, »was glauben Sie?«

»Ich weiß nicht, was ich davon halten soll.«

»Dale, ich kenne Rechtsanwälte. Was halten Sie davon?«

»Es ist unwichtig, was ich denke. Es wären nur Spekulationen.«

»Sie können sie mir ebensogut sagen.« Sie zögerte. Ihre eigenen Befürchtungen waren schonungslos herausgekommen.

Er blieb stehen und hob den Kopf. Er benutzte seine Finger, um die in Frage kommenden Möglichkeiten aufzuzählen.

»Ein Unfall? Ein Zusammenstoß? Eine Art Bewußtlosigkeit? Vielleicht ein Nervenzusammenbruch? Unterschlagung? Wir haben die Firmenbücher überprüft. Tut mir leid, aber wir sind schließlich ein Geschäft. Nichts gefunden. Alles ist ganz normal. Wir haben sogar seine Rechnungen durchgeschaut. Nichts. Ein großer Fehler, von dem wir noch nichts wußten? Nichts. Noch nicht. Hatte er die Nase voll? Vielleicht ist er einfach vor irgendeinem Druck weggelaufen?«

»Ich habe auf ihn keinen Druck ausgeübt.«

»Eine andere Frau?«

»Lächerlich.«

»Das dachten wir auch.«

»Wir?«

»Die anderen Geschäftspartner.«

Es tat ihr weh, daß die anderen ihr persönliches Leben durchkauten. Orson wäre entsetzt.

»Wir können das alles vergessen. Das sieht meinem Orson überhaupt nicht ähnlich. Nicht meinem Orson.« Sie war entrüstet. Ihre Stimme hatte sich erhoben.

»Tut mir leid, Vivien.«

Sie fühlte, wie Panik in ihr hochstieg, eine Schwäche, die sie wieder in Tränen ausbrechen lassen würde. Sie stand auf und wandte sich gegen die Tränen ankämpfend ab.

»Sollte ich vielleicht die Polizei verständigen?« fragte sie.

»Noch nicht. Warten Sie noch einen Tag. Wir haben uns vielleicht alle zu früh aufgeregt.«

Wie soll ich noch solch einen Tag überstehen? dachte sie. Aber sie nickte, weil sie wußte, daß er an die Firma dachte. Er war praktisch und schützte seine Interessen. Ebenso wie die ihren.

»Keiner löst sich in Luft auf«, sagte Dale.

Sie mußte an ihr zuvor geführtes Gespräch mit Alice denken. »Zack hat das getan«, sagte sie.

Er schaute sie neugierig an, aber sie erklärte nichts.

12

Am sechsten Tag wurde zuerst die Leiche eines einjährigen Kindes geborgen. Ein Taucher fand es auf dem schlammigen Grund des Flusses. Trotz des Schlamms wirkte das Kind noch rosig und gesund.

Als das Kind in dem kleinen Sarg lag, wurde es für McCarthy und seine Kollegen zum tragischen Symbol des ganzen Unglücks, ein Bild, das sie sicher nie vergessen würden. Das Wetter war wärmer geworden, und vom schmelzenden Eis stieg ein feiner Nebel auf. Sie hatten beide Fahrbahnen auf der Brücke wieder für den Verkehr freigegeben. Außerdem waren nun nicht mehr so viele Leute für die Rettungsaktion eingesetzt.

Der Kran hatte den vordersten Teil des Flugzeuges einschließlich des Cockpits mit den Leichen des Piloten und Copiloten aus dem Wasser gehoben. Ein Schweißgerät war nötig, um den Copiloten herauszubekommen. Bei Tagesende mußten noch fünf Leichen geborgen werden. Das ganze Gepäck im Rumpf war gehoben und sorgfältig aufgestapelt worden. Das meiste konnte identifiziert und an die Angehörigen ausgehändigt werden. Nichts in dem Gepäck gab den kleinsten Hinweis auf die Identität Jane Does, und niemand hatte sich bisher gemeldet und sich nach ihr erkundigt. Ihre Leiche lag noch immer im Kühlraum.

McCarthy suchte aus der Passagierliste die Namen der noch nicht aufgefundenen Leichen heraus. Außer Mr. und Mrs. Marlboro fehlte noch ein etwa siebzigjähriges Ehepaar, dessen Kinder im Mariott warteten. Außerdem wurde noch ein Teenager vermißt, dessen Eltern auch in der Nähe waren. Aber niemand hatte sich für die Marlboros eingefunden.

Da nur noch fünf Leichen geborgen werden mußten, wurde am nächsten Morgen die Rettungsmannschaft aufgelöst. Den meisten Leuten wurden andere Arbeiten zugewiesen. Da jedoch Jane Does Identität noch nicht geklärt war, blieben McCarthy und sein Partner Forbes am Unglücksort. Sie waren beide Junggesellen und somit für die Arbeit wie geschaffen. Die letzte Woche hätte sich für jedes Familienleben als die reinste Hölle erwiesen, und der Leiter der Mordkommission, zufrieden mit der Arbeit seiner Leute, hatte einen Anfall von Großzügigkeit. Außerdem war es Sonntag.

McCarthy tauchte wie immer bei Tagesanbruch an der Unglücksstelle auf. Wally Forbes brachte eine Kanne Kaffee und sechs klebrige Hörnchen mit. Während sie frühstückten, beobachteten sie die Taucher und hofften, daß es wohl das letzte Mal sein würde.

Als erstes wurde die Leiche des Teenagers geborgen. Sie wurde in einen Sack gesteckt und gekennzeichnet. Dann wurden die ältere Frau und zwei männliche Leichen herausgezogen – eine davon war ungefähr siebzig, die andere in den Dreißigern. Beide Leichen steckten hinter einem kleinen Teil des Flugzeugrumpfes, der unerklärlicherweise vom Hauptteil des Flugzeuges abgebrochen war. Schnell wurde der alte Mann identifiziert. Nachdem die Leiche gekennzeichnet worden war, wandte man sich dem jüngeren Mann zu. McCarthy durchsuchte seine Taschen und zog eine Geldbörse heraus.

»Marlboro?«

»Neues Gesicht. Heißt Simpson und wohnt in McLean.«

»Aber wo ist dann Marlboro?« fragte Forbes.

»Könnte ein falscher Name sein«, sagte McCarthy. »Auf dem Blatt steht Mr. und Mrs. Marlboro.«

»Das ist alles«, sagte einer der Taucher. »Da unten ist nichts mehr außer ein paar verstreuten Gepäckstücken.« Er stieg noch einmal in das trübe Wasser.

»Bleibt noch Jane Doe«, sagte McCarthy.

»Die Frau«, kicherte Forbes.

»Vielleicht.«

Leute reisen öfter unter falschem Namen, dachte McCarthy. Er hatte die Gewohnheit, das Offensichtliche zunächst nicht zu beachten und es als letzte Möglichkeit aufzusparen. Wenn es Betrüger sind, warum sollten es dann nicht zwei voneinander unabhängige sein? Warum sollten sie als Paar reisen? Vielleicht sind sie eine Art Team und geben sich aus Vorsichtsmaßnahme als verheiratetes Paar aus. Vielleicht sind sie mit den Flugtickets anderer Leute gereist? Vielleicht kannten sie sich gar nicht, und sie haben nur bei einem guten Angebot zugegriffen? Vielleicht waren sie auch wirklich verheiratet?

Ohne Überzeugung dachte er all diese Möglichkeiten

durch. Er kannte die eheliche Untreue zu gut. Noch nach sechs Jahren tat es ihm in der Seele weh, empfand er das alte Gefühl der Hilflosigkeit, die häßlichen Bilder. Er hatte sie ertappt, seine Frau und seinen besten Freund, die beiden Leute, die ihm am wichtigsten waren. Es riß eine Wunde, mit der er nicht leben konnte, und sogar jetzt loderte noch manchmal Haß auf.

Was er für eine Oase gehalten hatte, hatte sich als eine Luftspiegelung herausgestellt. Sogar der härteste Detektiv der Mordkommission brauchte einen geschützten Ort, an dem er seine Menschlichkeit pflegen konnte. Billie war für ihn dieser Ort gewesen. Geliebte, Mutter und Freundin. Drei Monate zuvor hatten sie Timmy, nach seinem geliebten Vater, getauft. »Kann nicht von mir sein!« hatte er gebrüllt und ihr mit der Faust ins Gesicht geschlagen. »Ich schwöre es, ich schwöre es!« hatte sie geschluchzt. Sogar als sie ihn mit gefalteten Händen und mit tränenverschmiertem Gesicht auf dem Boden des Hotelzimmers um Verständnis angefleht hatte, hatte er sich von ihr abgewandt. Sein sanftes Empfinden war für immer zu einem undurchdringlichen Stein geworden.

Wenn das Vertrauen verlorengeht, ist alles zerstört. Er brauchte keine Erklärungen. Er wollte keine Entschuldigungen.

Der Verrat hatte den Glauben an seine eigenen Instinkte schwer in Mitleidenschaft gezogen. Wie hatte er nur die ausgefeilte Täuschung seiner Frau entdeckt? Es war genau vor seiner Nase passiert. Jim, sein Freund, sein Nachbar und Saufkumpan. Wie lange war die Sache schon gelaufen? Würde er es jemals wissen?

Die Wunde, das wußte er, würde niemals heilen. Sie zerstörte sein ganzes Leben, sein Selbstbewußtsein, die Beziehung zu seinen Kindern. Konnte er für die zwei älteren seine Hand ins Feuer legen? Nichts würde wieder das gleiche sein. Nein! Mr. und Mrs. Calvin Marlboro waren kein Geheimnis. Überhaupt nicht.

Sie zogen den Reißverschluß des Sackes zu, in dem sich Orsons Leiche befand. Dann tauchte wieder einer der Taucher auf und brachte einige Reisetaschen und eine lederne Handtasche zum Vorschein. McCarthy nahm die nasse Ledertasche und steckte sie in einen kleinen Plastiksack. Sicher gehörte sie

Jane Doe. Er schickte sie zusammen mit dem übrigen Gepäck und mit den vier Leichen zum Büro der ärztlichen Untersuchung.

Die Arbeit war beendet, aber er half noch den anderen beim Abbau der Geräte. Als alles aufgeladen war, machte einer der Taucher eine Flasche Scotch auf und reichte sie als Abschiedstrank herum. Es wurde nicht viel dabei gesprochen.

Es war bereits dunkel, als er und Forbes zu den Räumen der medizinischen Untersuchung kamen.

»Packst du es für heute?« fragte Forbes.

»Du kannst schon gehen«, sagte McCarthy. »Ich bleibe noch eine Weile hier.«

Forbes schaute ihn einen Augenblick an und verabschiedete sich dann. Sie waren Kollegen, aber keine Freunde. McCarthy sorgte schon dafür. Jeder, der ihn kannte, wußte, wie hoch McCarthy seine Mauern gezogen hatte. Als Forbes sich auf den Weg machte, brummte er ein auf Wiedersehen.

Als Forbes weg war, leerte McCarthy den Inhalt von Jane Does Handtasche auf einen der Metalltische. Da waren die üblichen Sachen, die eine Frau so brauchte: Make-up, Geldbörse, Schlüsselbund, Geld, Parfüm, eine halbe Rolle Pfefferminz und verstreutes Kleingeld. Die Frau hieß Lily Corsini Davis. Es stand alles auf den verschiedenen Papieren: ihrem Führerschein, einer American-Express-Karte, ihrem Krankenversicherungsschein von Woodies. Auf einigen ihrer Papiere wurde sie als Mrs. Edward Nelson Davis ausgewiesen. Ihre Adresse war ›Q‹-Straße in Georgetown. Ein Meter siebenundfünfzig, sechzig Kilo, schwarzes Haar, braune Augen. Das kleine Bild des Führerscheins zeigte eine hübsche, dunkle Frau, vielleicht eine Schönheit. Er überprüfte die Informationen mit den Daten der medizinischen Untersuchung, Größe, Gewicht, körperliche Merkmale. Es gab keinen Zweifel an ihrer Identität.

Aber nichts in der Tasche schien auf eine Verbindung mit dem Mann hinzuweisen. Auf einem anderen Stück des Metalltisches breitete er die Sachen aus, die man in den Taschen des Mannes gefunden hatte: eine Brieftasche, ein Bündel Geldscheine, das von einer Klammer zusammengehalten wurde, etwas Kleingeld, ein ledernes Schlüsseletui, sieben verschiedene Kreditkarten, einen Führerschein, das Foto eines kleinen Jungen. Aus dem Führerschein konnte man ersehen, daß der Mann Orson Oscar Simpson hieß, daß er fünfunddreißig Jahre alt war, neunzig Kilo wog, ein Meter achtzig groß war, dunkles Haar und braune Augen hatte. Tatsachen, die man zum Teil mit den Augen überprüfen konnte. Es gab auch eine Adresse in McLean.

Ein durchgeweichtes Flugticket bestätigte, daß der Mann tatsächlich als Calvin Marlboro gereist war. Dies bedeutete auch, daß die Frau mit größter Wahrscheinlichkeit die gesuchte Mrs. Marlboro war. Wenn es nicht noch eine weitere Leiche gab, mußte dies einfach die gesuchte Frau sein. Ein ungebrauchtes Flugticket ließ auf eine vier Tage später geplante Rückkehr aus Miami schließen. Das war vor drei Tagen. Er fühlte eine seltsame Angst in sich aufsteigen, aber sie ebbte wieder ab. Irgend jemand mußte ganz krank vor Sorge sein.

Mit größter Genauigkeit durchsuchte er den Inhalt der gefundenen Reisetaschen. In jeder Tasche waren Sommerkleider und die üblichen Toilettenartikel. Er konnte noch immer keine klare Verbindung herstellen. Nichts Ungewöhnliches für die Augen eines erfahrenen Detektivs. Er blätterte die durchnäßten Geldscheine durch, zog sie aus der Geldklammer und zählte neunhundert und dreißig Dollar, einschließlich acht Hundertdollarnoten.

Das war eine ganze Menge Geld für eine viertägige Reise, insbesondere wenn man auch noch die vielen Kreditkarten mit in Betracht zog. Aber das schien ihm ganz folgerichtig, denn ein Betrüger würde die Kreditkarten nicht benutzen. Nur Bargeld. Keine schriftlichen Beweise. Er hatte kaum Zweifel, daß die beiden zusammengehörten.

Irgendwo, vielleicht unter den Dingen auf dem Tisch, mußte sich ein unwiderlegbarer Beweis für ihre Zusammengehörigkeit finden lassen. Er fragte sich, warum er eigentlich danach suchte? Es sei denn, es mochte zu einem Hinweis führen, warum das Flugzeug abgestürzt war. Aber mit dieser Aufgabe waren schon andere betraut. Man hatte den kleinen schwarzen Kasten mit dem Flugschreiber bereits gefunden. Außerdem hatte er gehört, daß die aus dem Wasser gezogenen Flugzeugteile in eine scharf bewachte Flugzeughalle gebracht worden waren. Aber es würde ihn trotzdem stören, wenn etwas übersehen würde – Mord, Rache oder ein politischer Anschlag. Sicher, das war der Stoff für einen Thriller, aber es war eben auch nicht auszuschließen. In solch einem Fall war ungeheures Leid geschehen. Diese Hunde, dachte er, und fühlte, wie die Wut in ihm hochstieg, auch wenn sich sein Verdacht auf nichts Konkretes richten konnte.

»Alles erledigt?«

Hinter sich hörte er die vertraute Stimme des jungen Vizepräsidenten der South Air, Jack Farnsworth. Der Mann wirkte blaß und abgespannt, schlechter als er ihn je zuvor gesehen hatte.

»Sieht so aus.«

»Die Marlboros?«

»Decknamen.«

McCarthy erzählte, wie sie die richtige Identität der beiden herausgefunden hatten.

»Was halten Sie davon?« fragte Farnsworth. Er zündete sich eine Zigarette an und zog den Rauch tief in die Lunge ein.

»Es gibt noch keinen stichhaltigen Beweis für deren Verbindung.« McCarthy zögerte. »Noch nicht. Kann es sein, daß es noch zwei Leichen gibt, die nicht aufgeführt sind?«

»Man versicherte uns, daß keine weiteren Leichen im Wasser liegen.«

»Dann müssen sie es sein«, sagte McCarthy. Unbewußt ergriff er den Schlüsselbund der Frau und wirbelte ihn um seinen Finger.

»Macht nichts«, seufzte Farnsworth.

»Aber den Ehepartnern macht es etwas aus.«

»Vielleicht wissen sie alles. Vielleicht ist es ihnen egal.«

»Nein«, sagte McCarthy leicht irritiert.

»Warum haben sie keine Vermißtenmeldung aufgegeben?«

»Hmm, das ist ein gewichtiger Schritt, und viele Leute tun ihn nicht, bevor sie nicht völlig verzweifelt sind, was jetzt wohl der Fall sein dürfte.«

Farnsworth seufzte.

»Lästige Sache«, sagte er. »Sind Sie sicher?«

»Völlig«, sagte McCarthy. »Jetzt kommt der schlimmste Teil der Angelegenheit. Die Benachrichtigung.«

»Verdammt«, sagte Farnsworth und wurde noch weißer. »Schwierigkeiten. Meine Aufgabe ist es, alles so schnell wie möglich in geordnete Bahnen zu lenken.« Er schaute McCarthy mit traurigen Augen an. »Müssen es die Reporter erfahren? – Ich meine, wenn es keine faule Sache ist, keine Vernachlässigung, wenn es unbedeutend ist? Sie werden nicht mehr lebendig, aber der Skandal ist da.«

»Da haben Sie recht«, sagte McCarthy und zeigte damit Farnsworth, daß er seine Abneigung gegen die Medien teilte.

»Außerdem besteht ja vielleicht doch keine Verbindung. Warum soll man sich auf Vermutungen einlassen, wenn es keine stichhaltigen Beweise gibt?«

McCarthy grinste. Er mochte den jungen Mann.

»Wir wissen nichts mit Sicherheit«, meinte er.

»Und wir wissen immer noch nichts Genaues über die Ursache des Absturzes.«

»Warum sollte man also aus der Mücke einen Elefanten machen?«

»Richtig.«

In dem Moment brachte ihn der Schlüsselbund, den er um seine Finger wirbelte, auf eine Idee. Er öffnete das lederne Etui des Mannes und verglich die Schlüssel.

»Getroffen«, sagte er und hielt zwei völlig gleiche Schlüssel hoch.

»Sie sind ein unschlagbarer Detektiv«, sagte Farnsworth, »aber ich wünschte, Sie wären es nicht.« Wieder schaute er McCarthy in die Augen. »Müssen Sie ihnen das erzählen?«

»Ich hoffe nicht.«

»Warum hoffen? Wir machen es einfach nicht.«

McCarthy dachte einen Moment nach. Wenn es keine faule Sache war, dann war es vielleicht unwichtig, andernfalls aber konnte das Pärchen der wichtigste Beweis sein. Wenn sich aber menschliches Versagen als Ursache für den Absturz erweisen sollte, dann würde das tote Paar die Angelegenheit nur noch tiefer ins Bewußtsein der Leute eingraben. Die Leute merkten sich meist gerade diese kleinen schmutzigen Geschichten.

»Warum sollte man ihren Familien noch mehr Leid bereiten?« drängte Farnsworth. »Ich habe seit Montag soviel davon gesehen, daß ich für mein ganzes Leben genug habe.«

»Sie sind noch jung.«

»Können Sie bis morgen warten?«

McCarthy schaute auf seine Uhr. »Nur noch ein paar Stunden«, flehte Farnsworth.

Beide wußten, worum sie nicht herumkommen würden. Die nächsten Angehörigen mußten persönlich von einem Polizisten und einem Vertreter der Fluggesellschaft informiert werden. Das war das festgelegte Vorgehen. Die meisten Angehörigen, die im Mariott gewartet hatten, waren auf diese Weise verständigt worden.

»Können wir machen.« McCarthy zuckte mit den Schultern. Es war fast zwei Uhr morgens. Er fragte sich, was grausamer war; ein paar Stunden Verzögerung oder die schreckliche Nachricht mitten in der Nacht. »Aber nur bis die Sonne aufgeht«, willigte er ein.

»Danke. Vielleicht habe ich Glück und überlebe die Nacht nicht«, antwortete Farnsworth.

13

Als erstes klopften sie an der Tür von Edward Davis. Es war sieben Uhr morgens. Die Sonne schien bereits, und die Luft war klar und von einer beißenden Kälte.

Der Mann, der die Tür öffnete, zeigte Spuren von sorgenvoll verbrachten Tagen und Nächten. Er sah aus, als hätte er in Kleidern geschlafen, und seine Augen waren rot und angeschwollen. Seit Tagen schien er sich nicht rasiert zu haben. Mein Gott, wird das weh tun, dachte McCarthy. Armes Schwein.

»Sind Sie Edward Davis?« fragte er höflich und wies seinen Ausweis vor.

Der Mann nickte, und McCarthy konnte bereits an seinen Augen erkennen, daß der Mann ahnte, was nun kommen würde. Davis trat zurück und ließ die Tür offen, damit sie eintreten konnten. Er fiel schwer auf die Couch und bot Farnsworth und McCarthy Platz auf den beiden Sesseln gegenüber.

»Geht es um Lily?« fragte der Mann müde. Er sah leidend aus. Angst und Panik hatten ihm schwer zugesetzt. »Sie ist seit Donnerstag verschwunden«, sagte der Mann. »Ich wollte gerade anrufen.«

»Ja«, sagte McCarthy leise. Er schaute zu Farnsworth hinüber, dessen Hände sich verkrampft hatten.

»Es tut mir leid, Ihnen mitzuteilen, daß Ihre Frau bei dem Flugzeugunglück ums Leben gekommen ist.«

»Bei dem Flugzeugunglück?« wiederholte der Mann verständnislos.

»Das Flugzeug ist letzte Woche in den Potomac gestürzt«, sagte McCarthy.

Das Gesicht des Mannes fiel völlig zusammen, so daß es an einen Totenschädel erinnerte.

»Das gibt's nicht«, schrie er. »Das muß ein Fehler sein. Warum sollte sie in diesem Flugzeug gewesen sein? Es flog doch nach Florida. Einen Augenblick lang haben Sie mir einen wirklichen Schrecken eingejagt. Sie ist nach L. A. geflogen. Ich glaube, daß Sie etwas verwechselt haben. Vielleicht haben die Computer ...«

Er wollte weiterreden, doch McCarthy unterbrach ihn.

»Wir haben ihre Handtasche, ihre persönlichen Sachen und leider auch ihre Leiche.«

»Aber das ist doch völlig unmöglich.«

»Ich hoffe, daß Sie recht haben, Mr. Davis«, mischte sich Mr. Farnsworth voller Mitleid ein. Es war so offensichtlich, wie er darunter litt. »Sie müssen mitkommen und ihre Leiche identifizieren. Ein Auto wartet draußen, um Sie zum Büro der medizinischen Untersuchung zu fahren.«

»Ich sage Ihnen doch, daß das Zeitverschwendung ist.«

Seine Lippen zitterten, und seine Brust bebte, als er tief Luft holte.

»Sie können sie nicht da liegen lassen, Mr. Davis«, sagte Farnsworth sanft. Einen Augenblick lang dachte McCarthy, daß auch er zusammenbrechen würde.

»Wo liegenlassen?« fragte Davis. Er war völlig zerstreut.

»In der Innenstadt. Bei der medizinischen Untersuchung.«

»Mein Gott.« Langsam drang die Realität in sein Bewußtsein ein. Er stand auf und zog seinen Mantel an, der nachlässig auf den Eßtisch geworfen war. Er machte sich nicht die Mühe, einen Pullover darunter zu ziehen.

»Also gut«, sagte er. »Nur um Ihnen zu beweisen, daß Sie unrecht haben.«

Sie ließen ihn zuerst hinausgehen.

McCarthy hatte nicht gedacht, daß Mrs. Simpson so attraktiv sein würde. Sie trug einen Rollkragenpullover und beige Hosen, die ihre wohlproportionierte Figur betonten. Sie war nicht geschminkt, aber ihre Haut war hell und klar, und ihr kurzgeschnittenes, kastanienfarbenes Haar umrahmte in weichen Wellen ihr Gesicht. McCarthy fand, daß die Frau Helligkeit ausstrahlte, die sogar dieses schreckliche Unglück nicht ganz zerstören konnte. Aber die Tränensäcke unter ihren braunen Augen und die gerunzelte Stirn verrieten, daß sie nicht viel Schlaf gefunden hatte.

Ein kleiner fünfjähriger Junge, der McCarthy sofort an das Bild in der Brieftasche des toten Mannes erinnerte, hing am Bein seiner Mutter, die ihm übers Haar strich. Als sie hinter ihr in das Haus gingen, betrachtete ihn Farnsworth zunächst, dann schaute er mit feuchten Augen zur Decke. McCarthy wußte, daß es das Kind war. Es machte alles noch schlimmer und ließ sie schwankend werden. Sie mußten sich zusammennehmen und eine weitere emotionale Barriere aufbauen.

Sie führte den Jungen in ein anderes Zimmer und schaltete den Fernseher ein. Dann kam sie zurück. Sie versuchte verzweifelt, ihre Haltung zu bewahren.

Sie wollten besonders mitfühlend sein, aber McCarthys Stottern schien bereits alles zu sagen, bevor er noch die harten Tatsachen vorbringen konnte. Als es schließlich heraus war, bestritt sie nicht diese Möglichkeit, sondern saß nur wie versteinert da.

»Das kann doch nicht wahr sein«, flüsterte sie.

McCarthy fiel auf, daß sie fast genauso reagierte wie Mr. Davis, aber er erlaubte sich noch kein Urteil. Er war froh, daß sie nicht zusammengebrochen war. Sie schien eher die Orientierung verloren zu haben. Es würde für sie schwierig sein, die Tatsache zu begreifen, das wußte McCarthy. Sie würde nur langsam in ihr Bewußtsein eindringen.

»Ohne persönliche Identifikation könnte ich mich täuschen«, sagte er. Er fragte sich, ob sein Gesicht den Profi in ihm verriet. Der Junge kam wieder ins Zimmer und kletterte auf den Schoß seiner Mutter. Sie schickte sich nicht an, ihn zurückzubringen, sondern umarmte ihn und wiegte ihn hin und her. McCarthy und Farnsworth schauten sich gegenseitig an. Dabei wischte sich Farnsworth verstohlen eine Träne von der Wange. Es erstaunte McCarthy, daß der Mann nach solch einer schrecklichen Woche immer noch Tränen vergießen konnte.

»Das ist unmöglich«, sagte die Frau. »Er ist nach Paris geflogen.«

»Das ist er nicht, Mrs. Simpson«, sagte McCarthy und ermahnte sich selbst. Er mußte nicht gerade jetzt widersprechen. Sie würde die schreckliche Wahrheit noch früh genug erfahren.

»Es war schrecklich«, flüsterte sie und umarmte noch immer den Jungen, der sie neugierig anschaute.

»Kennen Sie meinen Papi?« fragte der Junge plötzlich.

McCarthy lächelte und wuschelte durch das Haar des Jungen.

»Meine Haushälterin ist noch nicht hier.« Sie setzte den Jungen neben sich und stand auf. Ihre Hände strichen nervös durch ihr Haar. »Aber ich dachte, er wäre in Paris.« Es schien ihr schwerzufallen, etwas zu tun.

»Haben Sie jemanden, der bei dem Jungen bleiben kann?« fragte Farnsworth.

»Dem Jungen?« Sie versuchte verzweifelt, in der Realität Halt zu finden. Frauen reagierten manchmal langsamer, aber dafür dann um so heftiger. Er würde sie genau beobachten müssen. Als sie sich in dem ordentlichen, luxuriösen Haus bewegte, mußte er sie einfach mit dem toten Mädchen vergleichen. Sie waren beide ungefähr gleich alt und gleich attraktiv, obwohl das Gesicht des Opfers nicht mehr gerade schön ausgesehen hatte. Was hatte dieser Simpson gewollt? Er mußte an seine Frau denken, und die alte Wunde riß wieder auf. Was hatte Billie gewollt?

»Darf ich den Geschäftspartner meines Mannes anrufen?« fragte sie wie ein Kind, als ob sie um Erlaubnis fragen müßte.

»Natürlich.«
Sie ging hinaus, aber der Junge blieb im Zimmer. Er nahm McCarthys Hand und zog ihn ans Fenster.
»Siehst du meinen Schneemann?«
»Wie heißt er denn?« fragte McCarthy und dachte an seine eigenen Kinder und alles, was er verloren hatte.
»Er sieht wie Papi aus«, sagte der Junge.
Die Frau kam mit feuchten Augen ins Zimmer zurück.
»Er möchte mit Ihnen sprechen.« Sie zögerte, weil sie den Namen vergessen hatte. Er nannte seinen Namen nicht, denn es war unwichtig.
»Sergeant McCarthy, Mordkommission«, sagte er am Telefon.
»Sind Sie sicher?« fragte die Stimme am Telefon.
»Ja, aber jemand muß die Leiche persönlich identifizieren.«
»Mein Gott.«
»Schlimme Sache«, sagte McCarthy, als er den Mann tief Atem holen hörte.
»Ich komme. Meine Frau kann den Jungen nehmen.«
McCarthy kam ins Zimmer zurück. Die Frau starrte mit dem Jungen an der Hand aus dem Fenster und schaute auf den Schneemann. Sie stand stocksteif, und er wußte, daß sie einen tapferen Versuch machte, nicht die Herrschaft über sich zu verlieren.
»Ich ziehe Ben an«, flüsterte sie. Dann führte sie den Jungen aus dem Zimmer.
»Nichts läßt die Leute zufrieden sein«, sagte McCarthy, als sie hinausgegangen war. »Dieser Hund hatte alles.« Wieder mußte er an Billie denken.
»Manche Leute sind Schweine«, sagte Farnsworth. »Sie können nie genug kriegen.«
»Arme Frau.«
»Armes Kind.«
Sie schwiegen, bis sie ins Zimmer zurückkam.
»Wohin gehen wir, Mami?« fragte der Junge, als sie ihm seinen Mantel anzog.
»Wir machen eine Autofahrt.«
»Werden wir Papi treffen?«
Die Frau drehte sich um und schaute die beiden mit

bebenden Lippen verzweifelt an. Sie mußte schluchzen, und ihre Augen füllten sich mit Tränen. Um ihren Kummer zu verbergen, knöpfte sie schnell ihren Steppmantel zu.

»Geht es?« fragte McCarthy.

Sie nickte, nahm den Jungen an die Hand und ging dann hinaus. Sie machten die Hintertür auf, und die Frau stieg mit dem Jungen ein.

Der Verkehr war ziemlich dicht, und die weiß verschneiten Denkmäler glitzerten im gleißenden Licht der hellen Sonne. Das Wetter schien eine grausame Ironie zu sein, wenn man an das Bevorstehende dachte.

Die Frau sagte kein Wort. Sie hielt ein Taschentuch in der Hand und wischte sich damit von Zeit zu Zeit über die Augen. Sie strengte sich ungeheuer an, ihren Kummer vor dem Kind zu verbergen, das weiterplapperte. Farnsworth unterhielt sich mit dem Jungen, um ihn abzulenken.

»Ich habe auch einen kleinen Jungen«, sagte Farnsworth. »Er ist ein Jahr alt.«

»Das ist doch kein Junge. Das ist ein Baby.«

Am Eingang wartete bereits ein Ehepaar auf sie. Der Mann nahm Mrs. Simpson in den Arm und klopfte ihr auf den Rücken. Sie hielt sich noch immer aufrecht, denn sie wollte sich nicht von ihrem Kummer überwältigen lassen.

»Ich verstehe das nicht«, war alles, was sie sagte.

Der Mann stellte sich den beiden Polizisten als Mr. Dale Martin vor, Mr. Simpsons Geschäftspartner. Er tauschte mit Mr. Farnsworth vielsagende Blicke aus, und nachdem Mrs. Martin den Jungen übernommen hatte, führte er sie in das Gebäude.

»Kannst du es machen?« fragte Martin, der einen Arm um Viviens Schulter gelegt hatte.

»Ich weiß nicht«, antwortete sie. »Ich weiß überhaupt nichts mehr.«

McCarthy war überrascht, daß Davis immer noch teilnahmslos in einer Ecke des Büros saß. Neben ihm stand eine Plastiktasche, die die Sachen seiner Frau enthielt. Forbes, der in der Nähe saß, gab ihm zu verstehen, daß er die Leiche seiner Frau identifiziert hatte. Offensichtlich war der Schock so groß, daß er nicht die Energie hatte, wegzugehen. Solch ein Verhalten war nicht selten, und die Polizei drängte niemanden wegzugehen. Forbes spielte lediglich ›Babysitter‹.

Sie gingen in den Kühlraum. McCarthy blickte Mrs. Simpson nicht an. Wie oft hatte er dies schon erlebt? Der Mann auf der Bahre tat ihm nicht leid, er haßte ihn, weil er dieses unnötige Entsetzen verursacht hatte.

Sie blieben mitten im Kühlraum stehen, und ein Angestellter zog eine Kühllade auf. Blinzelnd zwang sich Mrs. Simpson nach unten zu schauen. Dann sank ihr Körper wie eine leblose Hülle zusammen, sie glitt vor der Leiche ihres Mannes zu Boden. Martin fing sie auf. Überraschenderweise hatte sie keinen einzigen Laut ausgestoßen. Sie war jedoch nicht in Ohnmacht gefallen. Als sie sich etwas erholt hatte, nickte sie als Zeichen ihres Erkennens.

»Er ist es«, murmelte Martin und warf McCarthy einen bösen Blick zu. Sie führten die Frau zurück, wo sie auf einem Stuhl zusammensackte. Farnsworth brachte ihr in einem Papierbecher etwas Wasser zum Trinken.

»Bilden Sie sich bloß nicht ein, daß Sie nichts mehr von mir hören werden«, sagte Martin wütend.

McCarthy schaute ihn verwirrt an.

»Es wird sicher ein gerichtliches Nachspiel geben.«

»Da bin ich mir sicher«, sagte Farnsworth.

»Vernachlässigung, Uneffektivität, Idiotie der Polizei.«

McCarthy schaute den Mann an.

»Idiotie der Polizei?«

Martin kniff die Lippen zusammen. Er trat beiseite und deutete mit dem Kopf an, daß die Männer ihm folgen sollten, weil er offensichtlich nicht wollte, daß Mrs. Simpson zuhörte.

»Warum haben Sie ihr das angetan? Sie wußten doch, daß er da unten lag. Sie hatten eine Liste der Passagiere. Warum haben Sie sie denn nicht sofort benachrichtigt? Sie ist durch zwei – nein, drei Tage der Hölle gegangen. Sie haben nicht zum letztenmal von mir gehört.«

McCarthy erinnerte sich an ihr letztes Gespräch und schaute zu Farnsworth hinüber. Da haben wir es, dachte er. Irgend jemand macht immer einen Strich durch die Rechnung. Farnsworth verstand, was McCarthy meinte und zog die Brauen hoch.

»An Ihrer Stelle würde ich die Sache nicht an die große Glocke hängen.«

»Warum, verdammt noch mal, sollte ich das nicht? Sie waren grausam und herzlos.« Er schaute Farnsworth ins Gesicht. »Ihre Gesellschaft sollte vom Erdboden verschwinden.«

»Wir wußten es nicht«, murmelte Farnsworth. Wenn er nicht diese schreckliche Woche hinter sich gehabt hätte, dann hätte er ihm wahrscheinlich in einem anderen Ton geantwortet.

»Wieso konnten Sie es nicht wissen?« fragte Martin. Unter anderen Umständen hätte sich vielleicht auch er anders verhalten.

»Weil er nicht seinen richtigen Namen angegeben hatte«, sagte Farnsworth.

»Das hat er nicht? Was für einen Namen hat er denn angegeben?«

»Ich glaube, Sie sollten mich lieber ...« sagte McCarthy, der jetzt nichts mehr zurückhalten wollte.

»Was ist hier eigentlich los?« fragte Martin und schaute mißtrauisch von einem zum anderen. McCarthy hatte das schon oft erlebt. Der eingebildete Akademiker, der sich dem einfachen Polizeibeamten überlegen fühlte. Wie eine zum Platzen gefüllte Eiterbeule, so fühlte er den Schmerz, so fühlte er die absolute Notwendigkeit, die Wunde aufzustechen, damit der Schmerz nachließ. Er beachtete Martin nicht weiter. Er ging zu Mrs. Simpson hinüber und legte ihr eine Hand auf die Schulter.

»Wie geht es Ihnen?« flüsterte er sanft. Als sie keine Antwort gab, sagte er: »Haben Sie die Kraft, die Erklärung zu hören? Sie werden sie früh genug wissen wollen.« Langsam hob sie ihren Kopf und nickte. Er konnte sehen, daß sie die Frage bereits beschäftigte. Manchmal, so hatte er inzwischen gelernt, war es besser, die ganze Wahrheit auf einmal zu sagen, statt sie in schmerzhaften Häppchen zu servieren. Außerdem würde die oberflächlichste Nachforschung sofort die Tatsachen klarlegen, ganz besonders, wenn dieser Hund von Martin eine öffentliche Angelegenheit daraus machen wollte.

Er ging zu Martin zurück und sagte höflich: »Könnten Sie bitte draußen warten, Mr. Martin.«

»Ich verlange...« setzte Martin an.

»Sie werden noch genügend Gelegenheit dafür finden«, sagte McCarthy, und Martin kochte förmlich.

»Ich bin ihr Rechtsanwalt.«

»Natürlich. Das ist ihr Recht. Wenn wir mit ihr gesprochen haben, kann sie tun, was sie will.«

Martin schaute verwirrt auf Mrs. Simpson.

»Ist schon in Ordnung, Dale.«

»Sind Sie sicher?«

Sie nickte, und er ging beleidigt hinaus.

»Es wird nicht lange dauern«, rief McCarthy mit übertriebener Höflichkeit hinter ihm her, eine Höflichkeit, die oft einschüchternd wirkte.

Er sah, wie auf der anderen Seite des Zimmers Davis von seinem Stuhl aufstand und seine Plastiktasche aufhob. Er wandte sich an Forbes.

»Wally, bitte Mr. Davis, noch einen Augenblick zu warten.«

Davis drehte sich verwirrt um und runzelte die Stirn.

»Ich hoffe, Sie wissen, was Sie tun«, sagte Farnsworth.

»Man muß es ihnen sagen. Sie müssen damit fertig werden.«

»Sind Sie sicher?« fragte Farnsworth.

»Es ist ihr Leben. Es geht sie beide etwas an.« Er machte eine Pause. »Sie haben ein Recht, es zu wissen. Aber nur sie. Was sie mit diesem Wissen anfangen, ist ihre Sache.«

Farnsworth nickte zustimmend.

Er führte sie in ein kleines Büro und machte die Tür zu. Farnsworth blieb zurück, um sich um den wütenden Martin zu kümmern.

Der Mann und die Frau wirkten auf McCarthy wie verwirrte Kinder. Er stellte sie gegenseitig vor, und beide nickten gleichgültig. Aus ihrer Reaktion schloß er, daß keiner der beiden den anderen bis zu diesem Zeitpunkt gesehen hatte.

McCarthy setzte sich hinter einen kleinen Metalltisch und bat die beiden, davor Platz zu nehmen. Er mochte diese

Anordnung nicht gerade, aber es blieb keine andere Möglichkeit. Er schaute schnell von einem Gesicht zum anderen. Schmerz und Schock hatten jedes Zeichen von Wachheit ausgelöscht. Beide hätten es vorgezogen, allein und unsichtbar zu sein.

»Mr. Davis«, fragte McCarthy mit ruhiger, geschäftsmäßiger Stimme, »sagt Ihnen der Name Oscar Orson Simpson etwas?«

Als sie den Namen ihres Mannes hörte, zuckte das Kinn der Frau. Mache ich hier wirklich keinen Fehler, fragte sich McCarthy. Nein, entschied er. Ich mache nur, was unumgänglich ist. Er wußte genau, welchen Schmerz er beiden zufügen würde.

Stirnrunzelnd schaute Davis die Frau an und schüttelte verneinend den Kopf.

»Mrs. Simpson, sagt Ihnen der Name Lily Corsini Davis etwas?«

Wieder schaute Davis mit gerunzelter Stirn zu der Frau hinüber.

McCarthy erwähnte nicht, daß irgendwelche Unklarheiten von Privatdetektiven oder Vertretern der Fluggesellschaft überprüft werden konnten. Er wußte, daß manche Leute sehr weit gingen, um einen treulosen Gatten loszuwerden. Wenn er jedoch diese beiden Opfer betrachtete, dann wußte er in seinem Inneren, daß sie unschuldig waren. Aber er hatte gelernt, solchen Gefühlen zu mißtrauen. Er hatte sich schon einmal getäuscht.

»Ich habe ...« fing Mrs. Simpson an und schluchzte.

»Lily Corsini Davis«, wiederholte McCarthy und beobachtete, wie die Frau darum kämpfte, eine Antwort herauszubringen. War da ein leichtes Zittern, das ein Wiedererkennen verriet? Die Frau hob den Kopf; ihre Augen wanderten zuerst zu Davis und dann zu McCarthy, während sie versuchte, etwas zu begreifen.

»Kennen Sie Lily?« fragte Davis und räusperte sich.

»Lily?«

»Meine Frau.«

Mrs. Simpson runzelte unsicher die Stirn, die Augen waren vor lauter Verwirrung zusammengekniffen.

»Mrs. Davis ist auch bei dem Absturz ums Leben gekommen«, erklärte McCarthy sanft. Sie haben keine Ahnung, entschied er, und der alte Schmerz quälte ihn wieder von neuem.

»Es tut mir leid«, sagte die Frau mit einem kaum hörbaren Flüstern. Tat es ihr leid für Mrs. Davis oder weil sie sie nicht kannte, fragte sich McCarthy. Oder tat es ihr einfach leid, daß sie am Leben war. Wenn sie die Namen nicht kannten, dann würden sie vielleicht die Gesichter wiedererkennen. Aber er war fest entschlossen, ihnen das nicht anzutun. Sag es ohne Umschweife, wies er sich selbst an. Wie ein Profi.

»Sie reisten mit einem Flugticket« – McCarthy räusperte sich – »das sie als Ehepaar ausgab.«

»Ehepaar«, wiederholte Davis und war plötzlich so wach, als hätte er einen harten Schlag bekommen. Die Frau schüttelte den Kopf.

»Sie reisten unter falschem Namen«, fuhr McCarthy fort, »Mr. und Mrs. Calvin Marlboro.« Er wartete auf eine Reaktion.

»Irgend etwas stimmt nicht«, sagte Davis und stand auf. »Vielleicht...« Er holte tief Luft und sagte lange nichts.

»...war es nicht meine Frau«, führte McCarthy den Satz zu Ende. Dann fügte er hinzu: »Möchten Sie die Leiche noch einmal sehen?«

Davis sank sofort wieder auf den Stuhl nieder und schüttelte den Kopf.

»Sie täuschen sich nicht?« fragte McCarthy sanft. »Sie waren sehr mitgenommen.«

Die Erinnerung ließ Davis kreideweiß werden. McCarthy fragte sich, ob er in Ohnmacht fallen würde. Langsam kehrte jedoch Farbe in sein Gesicht zurück.

»Sie war es«, flüsterte er.

McCarthy drehte sich zu der Frau um. »Keine Zweifel, Mrs. Simpson?«

Die Frau schüttelte den Kopf und versuchte, etwas zu sagen. Dann gab sie es auf.

»Es kann nicht sein«, sagte Davis und brauchte dazu die ganze Entschlossenheit, die ihm noch verblieben war.

»Ich habe das Flugticket«, sagte McCarthy. »Es kann nur ihr Ticket gewesen sein.« Er beobachtete ihre Reaktionen. Es war ein grausames Geschäft. »Sie sind nicht eher benachrichtigt worden«, sagte McCarthy steif, »weil wir es nicht wußten.« Er wandte sich an den Mann. »Wir haben die Leiche von Mrs. Davis schon seit vier Tagen, aber wir konnten sie einfach nicht identifizieren. Erst als wir ihre Handtasche fanden...« Er mußte schlucken und konnte nicht weitersprechen. »Die Leiche von Mr. Simpson fanden wir erst ziemlich spät. Auf der Passagierliste waren nur noch die Namen von Mr. und Mrs. Marlboro übrig.«

»Wollen Sie damit sagen...« fing Davis an. Er versuchte vom Stuhl aufzustehen und sank dann wieder zurück.

»Es tut mir wirklich leid«, sagte McCarthy.

Die Frau schüttelte den Kopf, als ob sie die Wahrheit vor sich allein verbergen wollte. Er fühlte sich gezwungen, es ihnen noch einmal klarzumachen.

»Keiner von Ihnen wußte etwas von der Geschichte?« Er war sich dessen sicher, aber er drängte trotzdem weiter. »Kein Hinweis, keine Ahnung, warum...«

»Da muß ein Fehler sein«, sagte Davis wenig überzeugt. Er schaute auf die Frau, die ihren Blick auf ihn gerichtet hielt. »Könnte etwas mit der Firma zu tun gehabt haben«, sagte er und klammerte sich damit an den letzten Hoffnungsschimmer. »Vielleicht, um billiger zu reisen. Irgend so was. Außerdem« – der Mann winkte die Sache mit der Hand ab – »ist es nur ein Flugticket. Nur ein einziges Flugticket.« McCarthy ließ den Mann reden. »Sie kennen einfach Lily nicht. Es ist nicht ihre Art...« Er brach ab.

»Nein«, sagte die Frau. Ihre im Schoß liegenden Hände waren so fest gefaltet, daß die Knöchel ganz weiß waren.

McCarthy schwieg lange, damit sie die Realität begreifen konnten. »Es gibt noch etwas«, sagte er schließlich seufzend. Jetzt würde er die letzte Hoffnung vernichten. Er griff in die Tasche und zog das Schlüsseletui des Mannes und den Schlüsselbund der Frau heraus. Beide Augenpaare verrieten durch ihr Blinzeln, daß sie die Schlüssel erkannten – und sie zeigten auch Angst. »Es gibt eigentlich nur das Ticket, das die beiden in Verbindung bringt. Und das hier.« Mit einem sicheren Sinn für Inszenierung nahm er einen Schlüssel aus dem Schlüsseletui des Mannes und einen aus dem Schlüsselbund der Frau.

Dann hielt er die beiden zwischen Daumen und Zeigefinger gegeneinander. »Sie passen genau aufeinander.« Keiner der beiden zeigte eine Reaktion, als ob sie dieser neue Schlag nicht hatte treffen können. »Sehr wahrscheinlich die Schlüssel zu einer Wohnung, die... Ich bezweifle sehr, daß die Schlüssel zu ihren Häusern passen.«

Der Mann und die Frau schauten sich gegenseitig an und wandten sich dann wieder ab. Ich weiß genau, was ihr jetzt fühlt, dachte McCarthy und spürte einen neuen Stich.

»Schauen Sie«, sagte er sanft. »Das hier ist eine Privatangelegenheit. Ich will wirklich nicht in Ihrem Privatleben herumschnüffeln. Offen gesagt, ich versuche lediglich, Sie vor neuen Problemen zu bewahren.« Er schaute die Frau an. »Der Geschäftspartner Ihres Mannes wollte eine Katze aus dem Sack lassen, die er besser darinnen läßt. Wenn er Ihnen helfen will, dann soll er sich um die Versicherungsansprüche kümmern.« Er nahm sich wieder zusammen, denn er war plötzlich wütend geworden. »Es tut mir leid, daß ich so offen sein muß, aber ich glaube, daß es Ihnen allein überlassen sein sollte, die Sache weiterzuverfolgen.« Ich bin auf eurer Seite, Leute, ein Verbündeter.

»Sergeant...« fing Mrs. Simpson an. Sie nahm offensichtlich ihre ganze Kraft zusammen.

»McCarthy.«

»Muß ich mich jetzt darum kümmern?«

»Nein. Sie müssen sich eigentlich um nichts kümmern. Ich hatte nur das Gefühl, daß jeder weitere Schritt Ihnen überlassen sein sollte.« War das wirklich eine Großzügigkeit seinerseits? fragte er sich. Oder der Wunsch, daß auch andere das erlitten, was er durchstehen mußte? Das Wissen und der Schrecken, betrogen zu sein? Er stand auf. »Haben Sie verstanden, was ich Ihnen sagen wollte?« sagte er unnötigerweise.

Die Frau nickte.

»Ich glaube schon«, seufzte der Mann.

»Ich mußte es Ihnen mitteilen«, sagte McCarthy ruhig und versuchte, bewußt eine emotionale Distanz aufzubauen.

Er befestigte einen der Schlüssel wieder am Schlüsselbund der Frau und überreichte ihn dem Mann. Dann legte er den anderen Schlüssel in das Schlüsseletui des toten Mannes und überreichte es der Frau.

»Das ist alles, was ich Ihnen sagen wollte«, sagte er.

»Alles?« fragte Davis mit gezwungenem Sarkasmus.

Die Frau sagte nichts.

14

Die helle Nachmittagssonne schimmerte durch die geschlossenen Jalousien. Edward lag angezogen auf seinem Bett, ihrem Bett. Er lag mit offenen Augen da, denn er hatte Angst, sie zu schließen, Angst, einen Alptraum zu erleben. Er hatte versucht, sich zu betrinken und eine halbe Flasche Scotch auf einmal ausgetrunken. Da er es nicht gewohnt war, mußte er sich neben dem Bett übergeben.

Ein Polizeiwagen hatte ihn zusammen mit Lilys Sachen nach Hause gebracht. Als er die Wohnung betrat, läutete fast im gleichen Augenblick das Telefon, und er nahm mechanisch den Hörer ab. Lilys Schwester war am Apparat.

»Edward?«

Er räusperte sich, und das wurde wohl als zustimmende Meldung aufgefaßt. Bis dahin war ihm die Sorge, wie er Lilys Tod ihrer Familie beibringen sollte, noch gar nicht gekommen.

»Noch nichts gehört?«

Kein Grund, den harten Schlag zu dämpfen. Hatte er nicht ihre Überreste gesehen? »Lily ist tot«, sagte er sofort. Er war überrascht, daß die Worte nicht schluchzend ausgesprochen wurden. Er mußte blinzeln, Tränen liefen ihm über die Wangen, und er fragte sich, ob er sie wegen Lily oder sich selbst vergoß. Seine Schwägerin hatte aufgeschrien, ein Schrei der Trauer. Stumpf starrte er auf den Telefonhörer, während er darauf wartete, daß der seltsame Schrei verstummte. Dabei gingen ihm die verrücktesten Ideen durch den Kopf. Hatte er wirklich die echte Lily gesehen? War die Lily, über die sie gesprochen hatten, wirklich seine Lily? Hatte er sich vielleicht getäuscht? Konnte sich dieser Polizist getäuscht haben? Er fühlte sich verpflichtet, eine Erklärung abzugeben.

»Sie war in dem Flugzeug, das letzte Woche abgestürzt ist. Ich hatte keine Ahnung davon.«

Er antwortete absichtlich ungenau. War er entschlossen, ihnen nicht die Wahrheit zu sagen? Die Wahrheit? Gab es hier eine Wahrheit? Dann hörte seine Schwägerin auf zu schreien, und ihre Stimme war ernst und klar.

»Wieso hast du es nicht gewußt?« schnauzte sie ihn hart und anklagend an. »Du hast gesagt, daß sie nach L. A. geflogen ist.«

»Sie mußte es sich im letzten Moment anders überlegt haben.«

»Warum wußtest du das nicht? Du bist schließlich ihr Mann!«

»Das war ich.« Er hatte das Gefühl, sich verteidigen zu müssen.

»Wieso weiß ein Ehemann nicht, wohin seine Frau fährt? Wie ist das möglich? Was bist du für ein Mann?«

Die Sache war heraus. Ja, was war er eigentlich für ein Ehemann? Offensichtlich ein dummer, wenn nicht schlimmer.

»Ich habe es nicht gewußt«, sagte er und empfand das ganze Ausmaß seines Unwissens.

»Wie soll ich das nur Mama beibringen?«

»Ich weiß nicht.«

»Lily war ihr Liebling.« Die Worte verrieten eine für Geschwister übliche Rivalität. »Du bringst sie besser nach Hause. Sie war zwar nicht katholisch verheiratet, aber sie sollte katholisch begraben sein.« Die Drohung war unverhohlen, und sofort hatte er das Bild Vinnies, ihres älteren Bruders, vor Augen.

»Natürlich«, sagte er fast erleichtert, weil er einen klaren Auftrag hatte. Bis dahin war er wie gelähmt gewesen. »Ich werde alles in die Wege leiten.«

»Wie soll ich es bloß Mama sagen?«

»Vielleicht sollte ich es tun?« Er hatte eine schreckliche Angst davor.

»Nein.« Keiner sagte etwas. »Ich wünschte, sie hätte dich

nie kennengelernt. Wie konntest du nicht wissen, wohin deine Frau fuhr?«

Ein bösartiger Gedanke fuhr ihm kurz durch den Kopf. Ich werde euch schon noch sagen, was sie getan hat, dachte er. Dann wies er ihn zurück. Aus Schande, fragte er sich? Er konnte seine Demütigung nicht verleugnen. Aber was änderte es schon? Für Lilys Familie war er immer ein Feind gewesen.

»Ich werde alles in die Wege leiten«, wiederholte er. »Wie heißt die Kirche?«

Sie sagte es ihm, und er schrieb es auf einen Notizblock.

»Wie soll ich es bloß Mama sagen?«

»Überlaß es Vinnie.«

»Vinnie! Vinnie wird dir die Eier abschneiden.«

Er hörte das Klicken des Telefons und zuckte mit den Schultern. Das ist bereits erledigt, dachte er.

Durch ein Wunder an Konzentration gelang es ihm, mit Hilfe der Telefonauskunft ein Beerdigungsinstitut in der Nähe der Familienwohnung in Baltimore ausfindig zu machen. Der Mann am Telefon beschrieb ihm alles genau und nannte den Preis. Er war ziemlich sicher, daß die Familie einen Friedhofsplatz haben würde. Sie lebten seit zwei Generationen in dieser Gegend. Der Mann bat um eine Anzahlung, und er versprach, sofort Geld zu schicken. Er wollte die ganze Sache so schnell wie möglich los sein. Er ging zum Schreibtisch, nahm ihr gemeinsames Scheckheft heraus, schrieb einen Scheck aus, schrieb die Adresse auf den Umschlag und klebte eine Briefmarke darauf. Es war alles so banal, so gewöhnlich, dachte er.

Als das Telefon wieder läutete, ließ er es läuten, bis er es nicht mehr hören konnte. Es war die *Washington Post*. Sie wollten ein Bild von Lily.

»Ich habe keines«, log er. Er konnte die Vorstellung nicht ertragen, es neben – wie hieß er noch einmal – Simpson – abgedruckt zu sehen.

»Sie haben doch sicherlich ein Foto.«

»Hauen Sie ab«, sagte er und knallte den Telefonhörer auf die Gabel.

Er hatte nie diese Gefühle empfunden. Als seine Eltern

starben, lernte er, was Schmerz bedeutete. Der Verlust schien damals schrecklich, ja unerträglich. Vor Lilys Leiche hatte er einen ähnlichen, schrecklichen Schmerz empfunden, eine verständliche Reaktion. Jetzt vermischte sich dieses Gefühl mit Wut, so daß er sich von neuen, ungekannten Gefühlen ergriffen sah.

Aber was der Sergeant angedeutet hatte, war undenkbar. Eine Ausgeburt der Fantasie. Eine absurde Vorstellung. Vielleicht hatte sich sein hysterischer Verstand das alles nur ausgedacht? Er konnte sich Lily nur als treue, liebevolle Frau vorstellen. Aber dieses neue Bild drängte sich trotz seiner Versuche, es zu verdrängen, in sein Bewußtsein. Logisches Denken kämpfte mit der Erinnerung. Nicht Lily. Wie konnte so etwas möglich sein? Nachdem das scharfe Messer der Vernunft sein Werk getan hatte, blieb immer noch eine Lüge wie ein unverrückbarer Fels übrig. Diese Lüge hing mit ungeheurer Macht über ihm, so daß er ihr nicht entkommen konnte: Lily hatte die Reise nach L. A. derart ausgemalt – die Modetage, die Zeiten des Abflugs und der Rückkehr. Er hatte damals kaum zugehört, aber jetzt stieß ihm alles als abgestandene Lügen auf, wie der Geruch eines verstopften Abflußrohres. Er hatte ihr vertraut. Er hatte an sie geglaubt. Sie in Frage zu stellen, wäre unvorstellbar gewesen.

»Du kleine schmutzige Hure«, murmelte er, und sein Körper gewann etwas an Spannkraft. Dann drängte sich ihm das Bild ihres zerschmetterten Gesichts auf. »Gott hat dich bestraft«, schrie er. »Wie konntest du das nur machen?«

Wo war sein Mitleid, fragte er sich. Seine Bereitschaft zu vergeben? Bis jetzt hatte er nur Wut und Bitterkeit empfunden. Die Demütigung machte ihm hart zu schaffen. Was war mit seiner Liebe geschehen? Wenn er noch tiefer in sein Innerstes blickte, dann fand er nur ein haßerfülltes Herz.

Er fragte sich, ob es Kollegen gab, die es wußten: Mr. Parks, Milly Halpern und andere? Sicher wußte es irgend jemand. Die Ehepartner waren oft ahnungslos, aber hatten sie die ganze Welt zum Narren halten können? Er erinnerte sich an die identischen Schlüssel. Plötzlich verlor er jede Kontrolle und fing an zu heulen.

»Das kann nicht sein. Das kann einfach nicht wahr sein«, stöhnte er.

Er zog seine schmutzigen Kleider aus, stellte sich unter die Dusche und blieb dort so lange, bis es kein warmes Wasser mehr gab. Tropfnaß streckte er sich auf der Couch aus, machte die Kissen ganz naß und fror dabei erbärmlich. Er hatte jegliche Selbstachtung verloren. Mit Lily war seine eigene Persönlichkeit gestorben. Schließlich nahm er eine Beruhigungstablette und fiel in einen Halbschlaf. Mitten in der Nacht wachte er auf. Seine Haut war eiskalt, und seine Zähne klapperten, aber nicht vor Kälte. Er wußte genau, warum er so fror. Er war allein, auf brutale, grausame Weise alleingelassen. Um zu überleben, um gerettet zu werden, brauchte er jemanden zum Anfassen, jemanden, der den Grund seiner Angst verstehen konnte. Das aschgraue Gesicht einer Frau tauchte in seiner Erinnerung auf. Sie würde ihn verstehen.

Er hatte den Vornamen des Mannes vergessen, aber wenn er die Telefonbücher durchschaute, würde er sich daran erinnern. Orson Oscar Simpson. Er hatte keine Ahnung, wie die Frau mit Vornamen hieß. Und er konnte sich auch nur undeutlich an ihre Gesichtszüge erinnern, aber die Blässe ihres Gesichts war ihm gegenwärtig. Einen Augenblick lang hatten sie sich in die Augen geschaut. Hatten sie beide die Ähnlichkeit ihres Schmerzes erkannt? Sie hatten sich beide gleichzeitig abgewandt. Mit zitternden Fingern wählte er ihre Nummer.

»Ja, bitte?«

Es strengte die Frau offensichtlich an, sich zu melden. Er hörte ihr zögerndes Atmen.

»Mrs. Simpson?« fragte er vorsichtig.

»Ja.«

»Entschuldigen Sie, bitte. Es tut mir sehr leid. Ich bin Edward Davis.«

Er fühlte die Spannung, als keiner etwas sagte.

»Ich habe nicht geschlafen«, sagte sie mit heiserer Stimme.

»Ich ...« stotterte er, weil er auf einmal vergessen hatte, was er sagen wollte. Aber es hatte keinen Sinn, sich mit Höflichkeiten aufzuhalten. »Hatten Sie irgendeine Ahnung, Mrs. Simpson?«

»Ahnung?«

»Von den beiden.«

Er merkte, wie er wütend wurde. »Hier spricht Davis, der Ehemann der Frau.«

»Ich weiß.«

»Verstehen Sie, was ich sage?«

»Natürlich.«

»Ich muß Sie danach fragen. Ich möchte Sie damit nicht verletzen.« Er schluckte. Bitterer Schleim sammelte sich in seiner Kehle. »Hatten Sie wirklich keine Ahnung?«

Wieder entstand eine lange Pause. Dann war ein Seufzer zu hören. Ihre Atmung war unregelmäßig.

»Wie hätte ich es wissen sollen?« fragte sie und versuchte, ihre Entrüstung zu verbergen.

»Ich wußte es auch nicht. Ich bin völlig schockiert.«

»Nur das?«

»Glauben Sie es?«

»Ich weiß nicht, was ich glauben soll.«

Er wollte noch mehr hören, noch mehr sagen, die Barriere des Mißtrauens überwinden. Wir haben die gleichen Feinde, wollte er sagen. Statt dessen fragte er: »Haben Sie – irgend etwas in die Wege geleitet?«

»Bitte«, begann sie. »Ist das denn notwendig?«

»Es tut mir leid. Bitte verstehen Sie mich nicht falsch. Es gibt einfach niemanden, mit dem ich reden könnte.«

»Warum muß man darüber reden?«

»Ich weiß es nicht.«

Er wollte schon den Hörer auflegen, doch dann überlegte er es sich anders.

»Mrs. Simpson.«

Sie gab keine Antwort, aber sie hatte den Hörer nicht aufgelegt.

»Vielleicht werden wir eines Tages darüber sprechen können«, sagte er in ihr Schweigen hinein. »Ich meine nicht jetzt. Jetzt ist nicht die Zeit dafür.« Er fühlte, wie die Worte eine eigene Gewalt entwickelten. »Es stört mich wahnsinnig... Diese Person... die Frau, von der sie sprechen, die ich identifiziert habe.« Er mußte an das zerschmetterte Gesicht denken und unterdrückte ein Schluchzen. »Sie war gar nicht die Frau, von der sie sprechen.« Die Worte erstickten ihm im Hals. »Ich sehe, daß es nicht an der Zeit ist. Hören Sie, ich wohne in Georgetown. Edward Davis. Falls Sie anrufen möchten ... Entschuldigen Sie bitte.«

Er hängte ein. War es eine irrationale Handlung? Hatte er seine Beherrschung verloren? Er schaute zum Fenster. War die Morgendämmerung schon zu sehen? Kein Zeichen davon. Der Tag würde bald grau und düster anbrechen. Der dunkle Himmel schien weitere Schneefälle anzudeuten.

Als das Telefon wieder läutete, klang es anders, unwirklich. Lily, dachte er. Sein Denken war nun völlig durcheinander. Sie ruft an, um sich zu entschuldigen. Er nahm den Hörer ab.

»Also gut«, sagte Mrs. Simpson, als ob das letzte Gespräch nicht beendet worden wäre, »ich bin bereit, darüber zu sprechen.«

»Ich bin Ihnen wirklich dankbar.«

»Ich kann mir nicht denken, warum.«

»Wen gibt es denn sonst?«

»Da mögen Sie recht haben«, sagte sie düster.

»Ich weiß nicht, ob es uns beiden gut tun wird.«

»Wir wissen es nicht, bevor wir es nicht versuchen.« Lag da Sarkasmus oder Angriffslust in ihrer Stimme. Er war sich nicht sicher.

»Nicht am Telefon. Ich kann das Telefon nicht ausstehen«, sagte sie.

»Ich treffe Sie, wo Sie wollen.«

»Wieviel Uhr ist es?«

Er schaute auf seine Digitaluhr.

»Halb sechs. Meinen Sie jetzt?«

»Nun, wir schlafen doch beide nicht.« Jetzt schien sie es sehr eilig zu haben. »Und meine Haushälterin ist wegen Ben hier.«

»Ben?«

»Der Junge.«

Es klang seltsam, und er fragte sich, ob der ›Junge‹ ihr Kind war.

»An der Lee-Autobahn gibt es ein Café, das die ganze Nacht offen ist.« Man konnte ihre Entschlossenheit jetzt nicht mehr überhören. Sie hatte die Führung übernommen. »Sagen Sie...« Sie zögerte. »Wo sagten Sie, liegt Ihre Wohnung?«

»In Georgetown.«

»Vierzig Minuten von hier.«

Er ließ sich noch einmal die Adresse geben und legte dann auf. Ein innerer Zwang schrieb sein eigenes Drehbuch. Es erschreckte ihn.

Sie trug Jeans und einen beigen Rollkragenpullover, der ihren vollen Busen betonte. Er schämte sich ein wenig, weil ihm solch ein Detail auffiel. In seiner Vorstellung war sie ihm geschlechtslos erschienen, wie er selbst. Ihre Haut war so weiß wie Alabaster und so glatt wie polierter Marmor. Ihre frühere Aura der Verletzlichkeit war verschwunden. Statt dessen drückten ihre zusammengepreßten Lippen eine große Entschlossenheit aus. Er war sehr gespannt. Woher hatte sie diese neue Stärke?

Sie setzten sich in eine Ecke des Cafés. Ständig kamen und gingen die Leute, Nachtvögel und Frühaufsteher. Sie schienen sich ganz deutlich von den Menschen zu unterscheiden, die tagsüber aktiv waren.

»Ich war noch nie in solch einem Lokal, das die ganze Nacht auf hat«, sagte sie, nachdem die Kellnerin ihnen automatisch Kaffee eingeschenkt hatte. »Ich habe mich lediglich an die Reklame erinnert.« Ihre Finger zitterten nervös, bis sie die Kaffeetasse ergriffen hatte. »Es schien ein passender Ort. Nur zehn Minuten von mir.«

Sie schaute ihn kurz an, dann wandte sie die Augen wieder ab.

»Praktisch«, er zuckte mit den Schultern.

»Es ist schrecklich. Einfach schrecklich«, sagte sie plötzlich. »Als ob sich der Boden unter meinen Füßen aufgetan hätte.«

»Unseren Füßen, Mrs. Simpson.«

Sie versuchte, ihre Tasse zu heben, aber ihre Hände zitterten zu sehr. Mit einem Klappern stellte sie sie wieder auf die Untertasse zurück, wobei sie ein paar Tropfen verschüttete.

»Ich komme mir so dumm und hilflos vor«, sagte sie und schüttelte den Kopf. »Sogar hier zu sein ist... nun, bizarr. Ich weiß eigentlich gar nicht, warum ich gekommen bin.« Sie senkte die Augen. »Wie Sie schon sagten, wen gibt es denn schon?«

»Niemand sonst, fürchte ich, niemand außer Ihnen und mir.«

»Wir stecken in der gleichen Zelle. Man würde meinen, daß wir ausbrechen wollten.«

»Ich wünschte, ich wüßte wie.«

Er fragte sich, ob es ihr leid tat, daß sie gekommen war.

»Vielleicht war es keine so gute Idee«, sagte er.

»So gut wie jede andere. Was würde ich schon zu Hause machen? Mich ruhelos herumwälzen. Außerdem habe ich mich leer geheult.«

»Ich mich auch.«

»Ich kann immer noch nicht begreifen, daß wir beide keine Ahnung hatten«, sagte sie. »Ich kann es einfach nicht begreifen.« Sie schaute ihn anklagend an.

»Ich schwöre es Ihnen, Mrs. Simpson. Ich bin völlig schockiert.«

»Aber sie war doch Ihre Frau. Wie konnte sie es vor Ihnen verborgen halten?« Sie schaute in ihre Kaffeetasse. »Aber das ist eine dumme Frage. Sie könnten genausogut fragen, wo ich die ganze Zeit war.«

»Also gut, ich frage Sie das jetzt. Wo waren Sie? Man sagt, daß eine Frau solche Sachen fühlt.«

»Wir müssen Verallgemeinerungen sein lassen«, sagte sie verärgert.

»Es tut mir leid«, sagte er. Sie hatten die Sache ungeschickt angepackt. Vielleicht war es tatsächlich keine so gute Idee.

»Ist es schon einmal zuvor passiert?« fragte sie und ging überhaupt nicht auf seine Entschuldigung ein.

»Was?«

»Daß sie untreu war.«

»Sie war keine Hure«, sagte er mit zusammengepreßten Zähnen, sofort in Verteidigungsstellung. »Wie war das denn bei ihm?« Versuchte er ihr eine Schuld zuzuweisen?

Sie schüttelte den Kopf.

»Niemals?« fragte er vorsichtig.

»Wer kann das heute sagen? Ich werde nie wieder niemals sagen.«

Er fuhr über sein Kinn und bemerkte seine langen Bartstoppeln.

»Ich auch nicht«, murmelte er spöttisch. »Vielleicht war sie eine Hure. Jedenfalls war sie eine Meisterin im Lügen.«

»Das waren wohl beide, Mr. Davis. Das waren wohl beide.« Sie hob wieder ihre Tasse hoch. Verschütteter Kaffee sammelte sich in der Untertasse, aber es gelang ihr, einen Schluck zu trinken.

»Aber wie? Warum?«

»Ich weiß nicht. Deshalb sind wir wohl hier.«

»Wohin, um Gottes willen, wollte sie noch mal fahren?«

»Nach L. A. Sie ist eine – war eine – Einkäuferin für Woodies. Ich habe mir bei ihren Reisen nichts gedacht. Sie ist ab und zu verreist. Schließlich hatte sie eine leitende Position.« Sein alter Stolz auf ihre Karriere gewann die Oberhand. Als er es bemerkte, verfluchte er sie aus ganzem Herzen.

»Einkäuferin für Woodies? Wo kann sie Orson nur begegnet sein? Er war Rechtsanwalt. Firmenvertreter, ein völlig anderes Gebiet.«

»Sie konnten sich überall begegnet sein, nehme ich an.« Und nach einer Weile: »Das ist jetzt wohl egal.«

»Das sage ich mir auch die ganze Zeit. Aber es geht mir einfach nicht aus dem Kopf. Ich habe mir schon alles mögliche ausgedacht, aber ich habe nichts gefunden. Nichts. Und doch frage ich mich immer wieder: Bin ich so unsensibel, so dickhäutig und dumm?«

»Das Pronomen, Mrs. Simpson. Verwenden Sie den Plural.« Es schien ein falscher Humor zu sein. »Wir!«

»Was es noch schlimmer macht« – sie senkte die Stimme – »ist, daß ich mehr Wut als Leid empfinde.«

»Ich weiß, was Sie meinen.«

Ihre braunen Augen schauten ihn genau an, und er mußte ihren Blick erwidern.

»Ich wünschte, ich würde nicht so empfinden. Ich habe noch nie so etwas gefühlt. Und ich sage mir immer wieder, daß ein Fremder umgekommen ist, nicht mein Orson.«

Er nickte. »Auch nicht meine Lily.«

»Ich hatte keinen Grund, an unserer Ehe zu zweifeln. Ich kann mir Orson in dieser Rolle nicht einmal vorstellen. Zuerst dachte ich, daß es irgendeine andere Erklärung geben müsse, eine gespaltene Persönlichkeit. Ich bin sicher, daß es das gibt. Aber dann, die Ähnlichkeit mit Ihrem Fall... zwei gespaltene Persönlichkeiten? Was spricht nicht alles dagegen?«

»Eine ganze Menge, vermute ich.«

»Und wie erging es Ihnen?« Sie hatten sich die ganze Zeit in die Augen geschaut. Jetzt wandte er sich ab und schaute auf seine Finger.

»Genau wie Ihnen. Auch ich hatte keinen Grund, etwas anderes anzunehmen. Ich fühlte mich in unserer Ehe wohl. Ich tat nicht so, als wäre ich der tollste Mann. Ich habe meine Fehler.« Er gebot sich Einhalt. Instinktiv wollte er sich heruntermachen, aber irgend etwas hielt ihn davor zurück. Er wollte nicht, daß diese Frau seine kleinen Fehler kannte, obwohl er nicht genau wußte, warum.

»Es könnte noch eine andere Erklärung geben.« Es klang fast wie ein Wunsch. »Eine CIA-Sache, irgend so was. Ein geheimer Auftrag wie im Fernsehen.« Sie sperrte die Augen ganz weit auf. »Halten Sie mich für verrückt?«

»Nicht für verrückt.«

»Festhalten am Strohhalm?«

»Schon eher«, sagte er sanft.

»Irgend etwas, was es erklären könnte. Um sie und uns zu entschuldigen.«

»Uns?«

Er wollte hier nicht weiter denken. Als nächstes würden sie sich selbst für die Schuldigen halten.

»Wir werden es wohl nie mit Sicherheit wissen«, seufzte er.

»Der Polizist hat gesagt, daß die einzige Verbindung zwischen den beiden der Schlüssel war.« Sie zog das Schlüsseletui aus ihrer Handtasche. Dann machte sie es auf und zog die Schlüssel heraus. »Ich weiß nicht einmal, welcher es war.«

»Ich habe den Schlüsselbund im Haus gelassen.«

»Ich habe viel an diesen Schlüssel gedacht. Zu welcher Tür

er wohl paßt? Lediglich eine weitere unerträgliche Frage, mit der wir leben müssen. Mein Gott, wie ich es hasse, nur daran zu denken.« Sie schaute auf und schloß dann ihre Augen. »Ich hasse es sogar, darüber zu sprechen.«

»Es tut mir leid.«

»Mir auch. Alles tut mir leid. Wissen Sie was?« Er fühlte, daß sie über intime Dinge sprechen wollte. Er mochte das nicht, aber sie sagte: »Ich glaube nicht, daß ich jemals wieder jemandem glauben kann. Ich traue nicht einmal mir selbst. Wenn ich schon nicht gemerkt habe, was genau unter meiner Nase vorging, wie kann ich mich dann jemals wieder auf mein Gefühl und auf meine Urteilsfähigkeit verlassen?«

Sie beugte sich weit über den Tisch und hob die Tasse wieder hoch. Als ihre Hände zitterten, setzte sie sie wieder nieder und legte die Hände auf die Tischkante. Edward betrachtete ihre Finger. Sie wirkten empfindlich und zart. Er hatte das Gefühl, daß sie irgendwie Schmerzen lindern konnten, und er wünschte, von ihnen berührt zu werden.

»Wie lange, glauben Sie, lief die Sache schon?« fragte sie.

»Ich habe es nicht gewagt, mir diese Frage zu stellen«, murmelte er.

»Sehr lange? Monate? Jahre?«

Ihre Alabasterhaut schien noch weißer zu werden.

»Geht es Ihnen gut?« fragte er, wobei er seine Hand hob, sie aber nicht berührte.

»Es wird mir nie gut gehen.«

Draußen wurde es hell, und immer mehr gewöhnliche Leute kamen herein. Vivien und Edward saßen lange schweigend da. Edward fühlte sich nervös und ohne jede Lebenskraft. Vivien nickte mit dem Kopf, als ob sie den Fettfilm auf ihrem lauwarmen Kaffee betrachten wollte.

»Ich lebe von einem Tag zum andern«, sagte er schließlich und räusperte seine rauhe Kehle. »Am schlimmsten wird es sein, der Familie meiner Frau gegenüberzutreten. Sie werden glauben, daß ich Lily ermordet habe ...«

»Lily?« Sie warf ihm einen schnellen bösen Blick zu, als ob ihr Name irgendwie eine Obszönität darstellen würde.

»Ein bißchen altmodisch, Kinder nach Blumen zu nennen. Ihre Eltern sind altmodische Italiener.«

»Kitschig. Wie Orson. Seine Mutter ist gestorben, aber seine Schwester lebt noch.« Sie gab einen seltsamen, glucksenden Laut von sich. »Sie will nicht, daß ich Orson einäschern lasse. Deshalb wird sie nicht zur Beerdigung kommen.«

Er suchte auf ihrem Gesicht ein Zeichen von Ironie, aber ihre Gesichtszüge waren undurchdringlich.

»Sie nannte es eine Verbrennung.«

»Das ist eine ganz normale Beerdigung«, sagte er, weil er das Gefühl hatte, sie verteidigen zu müssen.

»Ganz normal.« Sie schaute ihn kampflustig an. Ihre Blicke trafen sich.

Er glaubte, in ihren Augen einen Kampf zwischen Wut und Resignation zu sehen, einen Spiegel seiner eigenen Seele.

»Seltsame Art etwas auszudrücken«, sagte sie. In seinem Innersten begrüßte er ihre Wahl, denn er glaubte, daß sie sie ganz bewußt getroffen hatte. Aber er verfolgte den Gedanken nicht weiter, denn er hatte Angst, daß sich seine eigene Wahl von Lilys Beerdigung als Feigheit herausstellen könnte.

»Es war alles so seltsam. Wie er aussah. Alles rosig und gesund. Wie er so still und unschuldig dalag.« Sie spitzte ihre Lippen.

Plötzlich drängte sich ihm das letzte Bild von Lily auf. Der obere Teil ihres Kopfes war eingedrückt. Vergeltung? Die Frage stellte sich ihm, ohne daß er es wollte. Sein Magen hob sich, und ein kalter Schauer lief ihm den Rücken hinunter. Solch schreckliche Gedanken waren ihm völlig fremd, verzerrte Bilder eines Alptraumes.

Er schaute sich um, damit ihm die Wahrnehmung des Ortes seinen Sinn für die Realität wiedergeben würde. Er war vollkommen wach und lebte in diesem Augenblick, sagte er zu sich selbst.

»Jedenfalls wird diese Sache morgen nachmittag überstanden sein.« Sie holte tief Atem.

»Ich werde nach Baltimore gehen und ihrer Familie gegenübertreten müssen. Ein Clan emotionaler Italiener. Es wird eine scheußliche Erfahrung sein. In gewisser Weise haben sie ein Argument. Wenn sie mich nicht geheiratet hätte, wäre sie noch am Leben.«

»Das bezweifle ich. Solche Frauen machen immer irgendeinen Unsinn.« Sie gewann sofort ihre Beherrschung wieder zurück, aber es war zu spät.

»Wie zum Beispiel?« Unglaublich, aber er verteidigte Lily noch immer. Als er sie beobachtete, schien sie zu überlegen, was sie als nächstes sagen sollte. Ihre gespannte Haltung kündigte schon ihre Antwort an. Seltsamerweise schien er sich dagegen zu wappnen.

»Sie wollen es doch nicht leugnen. Die Frau muß mitmachen. Es ist schließlich keine Vergewaltigung.« Ihre Gesichtszüge waren vor Wut ganz verzerrt.

»Und der Mann? Ist er denn nicht gewöhnlich der Verführer?«

»Orson war es nicht«, stotterte sie.

»Zwei tanzen einen Tango«, sagte er. Versuchte sie wirklich, Lily die Schuld zu geben? »Vielleicht drei«, murmelte er. »Oder vier.«

»Vier?«

Diese Vorstellung warf ein neues Licht auf die Sache. Bis dahin war sie auf Kampf eingestellt.

»Wir. Etwas, das bei uns fehlte«, sagte er. »Etwas, das sie von uns vertrieben hat, so daß sie sich gegenseitig in die Arme gefallen sind. Vielleicht sind wir kalt, gleichgültig und lieblos.«

Er beobachtete, wie ihre Gesichtsmuskeln zusammenfielen.

»Ich war eine liebende und hingebungsvolle Frau, eine altmodische Hausfrau und Mutter. Ich versorgte das Haus. Ich war ein braves kleines Schaf.«

»Das niemals untreu war.«

»Niemals.« Entrüstet schnappte sie nach Luft.

»Ich auch«, seufzte er. Flaschen, dachte er. Wenn sie ihn nicht anlog.

»Vielleicht sind wir doch schuld«, sagte sie nach einer langen Pause. Sie nahm ihre Hände vom Tisch und faltete sie, damit sie nicht zitterten.

»Vielleicht.«

»Nun, sie sind nicht hier, um es uns zu erklären.« Ihre Stimme wurde lauter, so daß sich die Leute an den Nebentischen umdrehten.

»Das steht wohl fest«, sagte er bitter.

»Und sogar, wenn sie noch lebten...« Sie preßte ihre Lippen zusammen und versuchte, sich unter Kontrolle zu halten.

»Haben Sie es irgend jemandem erzählt?« fragte er und war von seinem Gedankengang ganz überrascht. Ein Gefühl der Schande war ihm völlig fremd. Doch aus irgendeinem Grund jagte es ihm jetzt einen heillosen Schrecken ein. Er betrachtete die Sache als eine Herausforderung an seine Männlichkeit. Er dachte plötzlich an Jan Peters, die sich über seine Treue lustig gemacht hatte.

»Um Himmels willen, nein.« Die Eindringlichkeit ihres Tonfalls erstaunte ihn, aber sie entsprach schließlich seinem eigenen Empfinden. »Ich habe es nicht einmal Dale erzählt, dem Geschäftspartner meines Mannes. Es geht ihn nichts an. Er hat mich stark bearbeitet. Er wollte die Fluggesellschaft verklagen, weil sie die Namen so lange zurückgehalten hatte. Ich habe es ihm verboten. Es würde Orson nicht wieder lebendig machen.« Sie wirkte sehr entschlossen. »Ich habe es niemandem erzählt. Meine Eltern kommen morgen. Ich erzähle ihnen fast alles. Aber das nicht.«

»Glauben Sie, daß es in den Zeitungen stehen wird? Die *Post* hat wegen eines Fotos angerufen. Ich habe ihnen nichts gegeben.«

»Ich auch nicht.« Sie sagte eine Weile nichts. »Ich könnte es nicht ertragen, sein Bild in der Zeitung zu sehen.«

»Trauen Sie dem Polizisten? Ich meine, daß er es nicht weitererzählt. Es würde eine saftige Geschichte abgeben.«

»Ich habe es Ihnen schon gesagt. Ich werde nie wieder jemandem trauen.«

»Das würde ich nicht so laut sagen.«

»Niemals.«

Er nickte und unterstrich damit seine Entschlossenheit. Sie streckte ihre Finger und ballte sie dann zu Fäusten. Ohne sich dessen bewußt zu sein, hatte er das gleiche getan. Sie schienen jeweils die Wut des anderen genau nachempfinden zu können.

»Jedenfalls steht fest, daß keiner von uns etwas wußte. Überhaupt nichts.«

»Was glauben Sie, wohin sie fliegen wollten?« Blinzelnd schaute sie ihn an.

»Ist das wichtig?«

»Wahrscheinlich nicht.«

»Vier Tage, hat sie mir gesagt.«

»Mit der Concorde nach Paris und zurück.«

»Das hat er gesagt?«

Sie nickte.

»Was für Lügen. Was für schreckliche Lügen.« Diesmal redete er so laut, daß sich einige Gäste umschauten.

»Vielleicht sollten wir die Sache auf sich beruhen lassen«, sagte sie und stellte die Kaffeetasse in die Mitte des Tisches. »Wenn wir alles immer wieder durchkauen, kann uns das nicht gut tun. Ich habe ein Kind, um das ich mich kümmern muß. Sein Kind«, sagte sie, wobei sich ihre Augen verengten. »Sie?«

»Keine Kinder.«

Er sollte wohl dankbar dafür sein. Doch er mußte an etwas anderes denken. Er hatte nichts Lebendiges, was ihn immer an sie erinnern würde. Sein Magen krampfte sich zusammen. Ihr Verrat!

»Eines Tages wird mich mein Sohn danach fragen, wie sein Vater ums Leben gekommen ist«, sagte sie.

»Was haben Sie ihm jetzt gesagt?« Die Frage kam ihm wie eine Einmischung vor.

»Daß er in den Himmel gekommen ist.« Sie lächelte leicht.

»Himmel. Das ist schon fast Ironie.«

»Wenn er alt genug ist, wird er die Wahrheit herausfinden. Dann wird er mir wahrscheinlich vorwerfen, daß ich ihm nicht alles erzählt habe.«

»Sie müssen das Geheimnis für sich behalten.« Es fiel ihm auf, daß das ›Geheimnis‹ eine Art Band zwischen ihnen geschaffen hatte, wie bei zwei unabhängigen Zeugen eines Mordes.

»Vielleicht ist es noch zu früh, an so etwas zu denken.« Sie seufzte.

Zu früh, um sich in irgendeiner Weise festzulegen, dachte er, angesichts des Chaos seiner eigenen Gedanken und Gefühle.

»Verdammt«, sagte er abrupt, in dem Bedürfnis, seinen Zustand zu beschreiben. »Wenn ich nachdenke, bin ich von meinen Gefühlen angewidert.«

Plötzlich wurden ihre Augen ganz weit.

»Ja, genau das ist es.« Sie schwieg und nickte. »Ja. Sollten wir vor Kummer ganz gebrochen sein? Ich kann nichts dergleichen empfinden. Sollten wir nicht tolerant, verständnisvoll sein und alles vergeben? Haben sie schließlich nicht ihre gerechte Strafe erhalten? Wo ist unser Mitleid? Ich weiß nicht, wie es Ihnen ergeht, aber ich fühle lediglich...« Ihre Stimme zitterte, und ihre Nackenmuskeln waren ganz gespannt, um die aufsteigende Hysterie zu unterdrücken.

»Wut?« schlug er vor.

»Mehr als das. Ich fühle so viel...«

Während er wartete, war er sicher, daß sie genau das sagen würde, was auch er empfand.

»Haß.« Sie schnappte nach Luft. »Und ich hasse mich für dieses Gefühl. Aber ich kann einfach nicht anders. Sie hatten kein Recht...«

»Ich weiß«, sagte er sanft. Er legte eine Hand auf ihre noch immer geballte Faust. »Wer außer uns könnte das schon verstehen?«

Sie nickte, zog ihre Hand aus seiner Hand und wischte sich eine Träne ab.

Seine Gedanken schweiften ab. Wieder mußte er an die bevorstehende Prüfung in Baltimore denken.

»Ich hoffe, daß ich es meinen Verwandten nicht ins Gesicht schreien werde. Sie halten Lily für das, was ihr Name repräsentiert – für weiß und rein.« Er kicherte leise.

Es war die einzige Waffe, die er gegen ihre Familie noch in der Reserve hielt. Wenn sie ihm zu sehr zusetzten, würde er diesen Pfeil aus seinem Köcher ziehen.

»Ich hoffe, daß Sie widerstehen können«, sagte sie plötzlich erschrocken, als ob er geschworen hätte, das Geheimnis unter allen Umständen zu bewahren.

»Ich werde es versuchen«, sagte er ehrlich und wußte gleichzeitig, daß es nicht leicht sein würde.

»Eigentlich macht mir der andere Mann Sorgen. Nicht

der Polizist. Der Vertreter der Fluggesellschaft«, sagte sie. »Glauben Sie, daß er Bescheid weiß?«

»Wahrscheinlich. Ich habe auch schon daran gedacht. Ich glaube nicht, daß die Fluggesellschaft es absichtlich publik machen wird. Wenn er etwas verlauten läßt, dann höchstens zu einem späteren Zeitpunkt. Vielleicht als Witz auf einer Cocktailparty.«

»Auch das werde ich ihnen nie verzeihen. Sie haben unser Leben zu einem schmutzigen Witz gemacht.«

»Einer unter vielen.« Er zuckte mit den Schultern.

»Mr. und Mrs. Calvin Marlboro.«

»Sehr komisch.«

»Es macht uns zum Gespött der Leute.«

»Die Leute werden in zwei Gruppen zerfallen.«

»Ich könnte es nicht ertragen«, sagte sie.

»Hoffen wir, daß es nicht soweit kommt.«

»Dale meint, daß wir eine hohe Entschädigung bekommen werden.«

»Daran habe ich noch gar nicht gedacht.«

»Aber ich. Ich werde keinen Cent davon anrühren. Keinen Cent von diesem dreckigen Geld.« Rote Flecken tauchten plötzlich auf ihren Wangen auf.

»Vielleicht ist es noch zu früh, hier Entscheidungen zu fällen«, sagte er vorsichtig.

»Nicht für mich«, murmelte sie. Sie schien schwächer zu werden. Ihre Lebhaftigkeit war vorbei. »Ich gehe jetzt besser«, sagte sie.

Sie reichte ihm die Hand. Er ergriff sie und drückte sie leicht. Als sie den Druck erwiderte, griff er etwas fester zu. Es kam ihm wie ein Ritual vor, das Besiegeln eines lebenslangen Versprechens.

»Ich bin froh, daß wir miteinander gesprochen haben«, stotterte er. »Es ist, als ob wir einen Bund geschlossen hätten. Geheime Verschwörer.«

Ein verwirrtes Stirnrunzeln überschattete ihr Gesicht.

Sie stand auf, aber er ließ ihre Hand noch nicht los. Ihm war eine vage Idee gekommen.

»Glauben Sie ...«

Sie wartete an der Ecke des Tisches.

»Glauben Sie, daß wir die Wohnung finden könnten, wo sie – wo sie sich getroffen haben? Jetzt hängt es noch in der Luft, aber wenn wir sie finden würden, sie sähen, es bestätigt fänden, dann könnte vielleicht alles etwas anders aussehen?« Er wußte nicht genau, was er meinte.

»Ich bezweifle das«, sagte sie. Sie ließ seine Hand los und ging langsam. Dann blieb sie stehen. »Was würde es schon beweisen?«

»Ich weiß nicht. Es war nur ein Gedanke.« Aber er wollte nicht, daß sie ging.

»Vielleicht.« Sie zuckte mit den Schultern und ging. Während er ihr folgte, zog er seine Brieftasche heraus. An der Tür wurde sie auf ihn aufmerksam. Als sie sich umdrehte, gab er ihr seine Visitenkarte. Dann beobachtete er, wie sie in den kalten, grauen Morgen hinausging. Mit einem Gefühl der Leere blieb er zurück.

15

Zuerst wußte sie nicht genau, warum sie ihn getroffen hatte. Als sie nach Hause fuhr, wußte sie es. Sie hatte ihn getroffen, um das Leid zu vergleichen, und sie war zufriedengestellt. Sein Schmerz war nicht geringer als der ihre. Es war, als ob sie im gleichen Krankenhaus ein Zimmer teilten. Irgend jemand hatte entschieden, daß zwei Leute in der gleichen Situation sich am besten zusammentun sollten.

Dieses seltsame Gespräch mit dem Mann der Geliebten ihres Ehemannes hatte ihre Stimmung etwas gehoben. Im Wagen brach sie in hysterisches Lachen aus. Elend braucht Gesellschaft, dachte sie.

Den ganzen Tag über hatte sie den Eindruck, auf einer Schnitzeljagd zu sein, bei der sie der einzige Jäger war. Jeder Schritt wies ein seltsames neues Hindernis auf, für das sie sich schlecht vorbereitet fühlte.

»Ich werde mich um alles kümmern, Vivien«, sagte Dale, nachdem er sie vom Leichenschauhaus nach Hause gebracht hatte. Der Geschäftspartner ihres Mannes hatte in ihrem alten

Leben keine große Rolle gespielt. Alle Ereignisse vor dem Absturz bezeichnete sie bereits als ihr altes Leben. Vielleicht hatte jemand anderer sie erlebt.

Mit der Hartnäckigkeit eines Rechtsanwalts hatte er sie ausgefragt. Er war kein Dummkopf. Sicher ahnte er, warum der Polizist sie beide gleichzeitig in sein Büro gebeten hatte. Aber er wußte es nicht genau. Sie hatte es abgelehnt, die Sache gerichtlich zu verfolgen, wie er es vorgeschlagen hatte, und das gab seiner Neugierde neue Nahrung. Außerdem würde er sich hüten, sogar wenn die Sache klar wäre, die Rechtsanwaltsfirma und ihre Klienten in einen Skandal hineinzuziehen. Sogar ohne den Makel der Untreue war es schon schwierig genug, seiner geordneten Welt klarzumachen, daß sein Partner heimlich verreist war, ohne das Büro oder seine Frau informiert zu haben.

Dale Martin hatte nicht von ungefähr das Management der Firma übernommen. Als Zögling der angesehensten und traditionsreichsten Universitäten trug er sogar seine altmodischen Hosenträger, die er bei passender Gelegenheit immer herzeigte, um sich als treuer Diener von Geld und Macht auszuweisen. Lediglich die Achtung für ihren Mann hinderte Vivien daran, ihm ihren Abscheu zu zeigen.

»Er ist ein Mitglied der Episkopalkirche«, hatte Orson einmal gesagt.

»Erklärt das alles?«

Jetzt erinnerte er sie an Orson, den Orson, den sie gerade erst kennengelernt hatte, den Orson, der hinter einer Mauer von Lügen gelebt hatte. Orson, der betrog. Der echte Orson.

»Ich bin der Testamentsvollstrecker Ihres Mannes«, sagte Dale und setzte sich im Wohnzimmer in einen Sessel. Er schenkte sich selbst einen Drink ein und saß breitbeinig da, so daß man seine gestreiften Marinesocken sehen konnte. »Ich habe die Einzelheiten des Testaments vergessen, aber ich werde sie mir noch einmal genau anschauen und Ihnen morgen Genaueres sagen können. Ich habe es selbst verfaßt. Ich bin sicher, daß Sie in nächster Zeit keine finanziellen Sorgen haben werden.«

Sie ließ ihn ohne Kommentar gehen. Es war für sie ein völlig unbekanntes Gebiet. Was wußte sie denn schon über den Tod und seine Einzelheiten? Sogar Orsons Leiche hatte nicht tot ausgesehen, sondern rosig und gesund gewirkt. Er hatte oft so ausgesehen, wenn er auf dem Rücken schlief.

»Ich nehme an, daß Sie ihn in Boston beerdigen wollen. Es gibt dort sicher noch einen Platz auf dem Friedhof. Neuengländer kümmern sich im allgemeinen rechtzeitig um einen Platz. Es sei denn, er hat hier etwas organisiert. Wissen Sie etwas darüber, Vivien?«

Sie hatte gleichgültig mit den Schultern gezuckt, obwohl es sie daran erinnerte, daß sie seine Schwester anrufen mußte. Sie hatte sich nie besonders gut mit ihr verstanden, eine blutleere Frau, für die Vivien immer unter der Würde ihres Bruders gestanden hatte, was Intellekt oder Herkunft anbelangte. Sie hatte plötzlich das Bild dieser Frau vor Augen. Sie hatte die gleichen kantigen Gesichtszüge wie Orson – attraktiv bei einem Mann, häßlich bei einer Frau. Die Vorstellung, ihr bald gegenübertreten zu müssen, ließ sie schwindlig werden. Hatte sie sich in diesem Augenblick zur Einäscherung entschlossen?

»Möchten Sie, daß wir Ben über Nacht bei uns behalten?« fragte Dale.

Sie dachte kurz nach und sagte dann: »Nein.« Sie würde Alice anrufen. Ihre Reaktion beim Gedanken an Orsons Schwester beunruhigte sie. Es war ihr nie zuvor bewußt geworden, daß sie die Frau haßte. Ja eigentlich hatte sie sich nie erlaubt, irgend jemanden zu hassen. Bis jetzt.

»Man darf nie jemanden hassen«, hatte ihr Vater immer gesagt. »Man muß immer versuchen, Verständnis zu haben.« Nun, das war eine Lektion, die sie erst wieder lernen mußte. Sie fragte sich plötzlich, ob sie wohl mit der Zeit Ben genauso hassen würde, weil er Orsons Sohn war. Allein der bloße Gedanke an solch eine Möglichkeit ließ sie zittern.

»Ich glaube, ich wäre jetzt gern allein, Dale«, sagte sie und fühlte sich beschämt ob solcher Gedanken über ihren Sohn. Sie konnte Dale und Orsons Schwester hassen, weil sie sie an Orson erinnerten, aber auf keinen Fall Ben, den kleinen Ben.

Ein leichtes Kratzen war plötzlich an der Tür zu hören. Hamster kratzte an der Tür. Sie hatte ihn an diesem Morgen hinausgelassen.

»Was ist das?« fragte Dale.

»Der Hund. Er will herein.«

Aber sie blieb sitzen. Auch Hamster erinnerte sie an Orson. Er hatte ihn ihr geschenkt. Er soll ruhig draußen bleiben, beschloß sie, und war sich dabei einer bisher ungekannten Bosheit bewußt.

Bevor Dale ging, gab er ihr noch einen Kuß auf die Wange. Ihre Haut juckte, wo er sie berührt hatte.

Als er weg war, rief sie ihre Eltern an. Ihre Mutter war am Apparat, und sie erzählte eine andere Version der Tragödie, in der sie echte Betroffenheit vorspielte.

»Es tut mir so leid, Vivien. Wie schrecklich.« Die Frau löste sich ganz in Tränen auf.

Ihr Vater kam zum Telefon. »Wie geht es dir selbst, mein Liebes?« fragte er. »Und Ben?«

»Wir schaffen es schon, Vati.«

»Armer Orson.«

»Ja, Vati, armer Orson.« Aus Wut biß sie die Zähne zusammen. Es war ihr völlig gleichgültig, und als ihr Vater Genaueres wissen wollte, schnitt sie ihm das Wort ab.

»Wir werden darüber sprechen, wenn du hier bist.« Sie schwor sich aber, ihnen niemals die wahre Geschichte zu erzählen. Sie wären entsetzt. So etwas passierte immer nur anderen Leuten.

Am schwersten fiel es ihr jedoch, Orsons Schwester Bescheid zu sagen.

»Er lag die ganze Zeit in dem Wrack«, erklärte Vivien. »Ich habe es erst heute morgen erfahren.«

»Wie schrecklich.« Selbstkontrolle war ein Charakterzug der Simpsons, das hatte ihr seine Schwester einmal erklärt. »Armer Orson. Oh, wie schrecklich.«

Sie gab seiner Schwester die Gelegenheit, sich wieder zu fassen. Sie war immer stolz auf Orson gewesen und hatte ihn sehr verehrt.

»Ich nehme an, daß du ihn in der Nähe von Vaters Grab in Boston begraben lassen willst. Vielleicht können wir dort auch einen Gottesdienst halten lassen. Ich werde unsere Kusinen verständigen.«

»Ich werde ihn einäschern lassen«, sagte Vivien abrupt.

»Einäschern?« Seine Schwester räusperte sich. »Die Simpsons lassen sich nicht einäschern«, sagte sie.

»Ich will es so.«

»Hat es auch Orson gewollt?«

»Er ist tot.«

Sie hörte, wie sie tief Luft holte.

»Dann werde ich nicht kommen.«

»Wie du willst.«

»Das kannst du doch nicht machen.«

»Doch.«

Seine Schwester wollte etwas erwidern, aber Vivien legte einfach auf. Ich werde dir die geliebte Asche schicken, schwor sie sich.

16

Orson wurde am nächsten Tag eingeäschert. Eine ansehnliche Zahl von Kollegen hatte sich eingefunden. Außerdem war ihre Freundin Margo Teeters und deren Mann gekommen. Ihre Eltern waren da und andere Leute, die sie im Laufe der Zeit kennengelernt hatten. Der Gottesdienst war sehr kurz. Sie hatte es so gewünscht. Sie hatte auch Dale gebeten, seine Ansprache knapp zu halten. »Ich will es so«, hatte sie gesagt, ohne weiter etwas zu erklären. Eine kurze Zeitungsnotiz berichtete nur, daß die letzten Opfer des Flugzeugabsturzes geborgen waren. Die Namen wurden genannt. Nichts weiter.

Sie trug einen schwarzen Schleier und versuchte, die Rolle der mitgenommenen Witwe zu spielen. Wie es sich gehörte, saß sie mit ihren Eltern in der ersten Reihe. Sie hielt ein zerknülltes Taschentuch in der Hand, aber es war nicht feucht. Der Priester hielt eine glühende, aber dumme Lobrede.

Dale schilderte alle Leistungen Orsons, eine gekürzte Fassung allerdings, und sie wirkte ausgesprochen grotesk. Sei tapfer, ermahnte sie sich, und überstand so die Aufzählung sämtlicher Verdienste, wobei ihre Gedanken in eine andere Richtung schweiften. Mußte sie diese Verletzung ihrer Selbstachtung passiv über sich ergehen lassen? Sie fühlte sich herabgesetzt und mißbraucht. Orson war gestorben und all ihren Fragen entkommen. Das Verbrennen seiner Leiche konnte zwar als dramatisches Symbol verstanden werden, aber es brachte ihr nur wenig Befriedigung. Er hatte kein Recht, sich ohne Erklärung aus dem Staub zu machen, so daß alle seine Geheimnisse bewahrt blieben. Mr. Davis hatte da schon recht, wenn er sagte, man müßte alles in der richtigen Perspektive sehen. Warum? Wie? Wo? Das waren jetzt wichtige Fragen. Sie war betrogen und verletzt worden, ihre Hoffnungen waren zerstört. Sie hatten sich als Illusionen erwiesen. Wie konnte sie mit der Zukunft fertig werden, wenn sie diese Antworten nicht kannte? Ihr weiteres Leben stand auf dem Spiel.

»Ich muß es einfach wissen«, flüsterte sie, während Dale noch redete.

»Was ist los, Liebes?« fragte ihre Mutter.

»Nichts.«

Nein, dachte sie, sie würde ihnen nicht ein perfektes Verbrechen gönnen. Jeder hinterließ Spuren.

»Was geschieht mit der Asche?« fragte ihr Vater, als sie nach dem Gottesdienst zum Parkplatz gingen.

»Sie wird nachgeschickt«, log sie. Tatsächlich hatte sie bereits Vorkehrungen getroffen, daß die Asche direkt zu Orsons Schwester geschickt würde.

Bevor sie in den Wagen stieg, warf sie den schwarzen Schleier in eine Aschentonne.

»Ich werde ihn hoffentlich nie wieder brauchen«, sagte sie, um ihre Eltern zu besänftigen, die sie vorwurfsvoll anschauten.

»Was für eine positive Haltung«, rief ihre Mutter und drückte mit einem schüchternen Lächeln ihre zögernde Billigung aus.

»Das Leben muß weitergehen«, sagte ihr Vater.

»Ja«, stimmte sie zu.

Ihre Eltern waren einverstanden, Ben mit nach Vermont zu nehmen. Sie hatte keine zeitliche Begrenzung gesetzt. Wenn der Junge nur nicht das lebende Abbild seines Vaters wäre! Mit solchen Gedanken schien sie sich zu versündigen. Ihr eigenes Kind! Aber als sie ihn an diesem Morgen betrachtet hatte, hatten sie Orsons Augen angeschaut, Orsons ehemals unschuldige Augen. Jetzt bildete sie sich ein, daß sie sie mit List und Gerissenheit anschauten. Und sie hatte sich wütend von ihrem eigenen Fleisch und Blut abgewendet. Auch dem von Orson. Ihr ganzes Inneres schien sich in eine einzige Auflehnung zu verwandeln.

»Es gibt noch so viele Dinge zu erledigen. Ich wäre dir sehr dankbar, Mutti.«

»Unsinn. Aber wirst du zurechtkommen?«

»Ich schaffe es schon.«

Ihre Eltern betrachteten sie unsicher und versuchten ihren Geisteszustand zu ergründen. Sie ahnten, daß etwas nicht ganz so war, wie es sein sollte. Die Balance ihrer Beziehung war ein wenig aus dem Gleichgewicht geraten. Sie hatten versucht, durch versteckte Fragen mehr zu erfahren, aber sie konnte sich nicht überwinden, sie direkt anzulügen. So hatte sie zwar ausgewählte, aber doch wahre Erklärungen abgegeben. Nein, sie hatte nicht gewußt, daß er in diesem Flugzeug war. Um weiteren Fragen aus dem Weg zu gehen, hatte sie ihnen einfach gesagt, daß sie noch nicht über diese Sache sprechen könne. Das konnten sie akzeptieren.

»Wenn du alles erledigt hast, kommst du dann nach Vermont?« fragte ihre Mutter.

»Es würde dir gut tun«, ermutigte sie ihr Vater.

»Wir werden sehen«, gab sie zur Antwort. Zuerst mußte sie noch andere Sachen herausfinden.

Sie verabschiedete sich von Ben mit leidenschaftlichen Küssen und vielen Versprechungen, die so hohl klangen, als kämen sie von jemand anderem als ihr selbst.

»Mami wird dich bald besuchen. Sei brav bei Oma und Opa.«

»Und werden wir dann einen andern Schneemann bauen?«

»Natürlich.«

Sie fühlte das klopfende Herz ihres Sohnes auf ihrer Brust. Ein gequälter Seufzer ließ sie zittern, aber es flossen keine Tränen. Irgend etwas in ihr verhärtete sich immer mehr. In dem lebendigen Wesen, das sie umschlungen hielt, fühlte sie wieder Orsons Anwesenheit. Sie zog ihn fester an sich.

»Du tust mir weh, Mami«, beschwerte sich Ben.

Sie löste ihre Umklammerung und hielt ihn auf Armeslänge von sich.

»Ich würde meinem Baby nie weh tun. Niemals.«

Diese Beteuerung war an sie selbst gerichtet, und es erschreckte sie. Das ist mein Kind, dachte sie, entschlossen, diese schrecklich abartigen Gefühle abzuwehren.

»Ich habe dich sehr lieb«, sagte sie. Die Worte wurden förmlich herausgestoßen.

»Ich hab' dich auch lieb, Mami.«

War der Haß stärker als die Liebe? Sie hatte sich hingekniet, um Ben zu umarmen. Als sie ganz wacklige Knie hatte, stand sie auf.

»Komm schon, Hamster«, rief Ben. Der kleine Hund bellte und beschnüffelte Ben.

»Du kannst Hamster nicht mitnehmen, Ben.« Ihre Worte klangen schrecklich streng.

»Das macht überhaupt nichts«, sagte ihre Mutter.

»Es tut mir leid, aber ich möchte dir nicht noch mehr aufhalsen.«

»Aber es ist...«

»Bitte, Mutter.«

Ihre Mutter nickte und wandte sich an Ben: »Deine Mutter hat recht«, sagte sie.

Ben wischte sich mit einem Jackenärmel eine Träne von der Wange. Sie hatte das Gefühl, jemand habe sie in zwei verschiedene Hälften geschnitten, zwei Hälften, die miteinander Krieg führten.

»Er wird mir Gesellschaft leisten«, sagte die eine Hälfte, während die andere diese Vorstellung verabscheute und etwas ganz anderes mit Hamster vorhatte.

»Mein Kleines, bist du sicher, daß du mit allem fertig wirst?« flüsterte ihr Vater, der ein wenig zurückgeblieben war, während ihre Mutter und Ben in den Wagen stiegen. Sie ließ sich von ihm umarmen und sich einen Kuß auf die Wange geben, aber sie gab ihm keine Antwort. Sicher? fragte sie sich. Würde sie sich je wieder irgendeiner Sache sicher sein?

Als sie weg waren, fühlte sie sich unendlich erleichtert. Sie hatte das angenehme Gefühl einer verbotenen Freiheit. Sie konnte jetzt in aller Ruhe das Haus durchsuchen und die Spur von Orson Oscar Simpson aufnehmen, ohne für andere eine falsche Miene aufsetzen zu müssen.

Sie fing bei den Schränken an. Sie nahm jedes Kleidungsstück heraus und durchsuchte alle Taschen nach versteckten Notizen oder Hinweisen. Sie empfand die Lust eines Raubtieres, als sie sich mit einer unerschütterlichen Entschlossenheit an die Arbeit machte. Bald lag ein riesiger Haufen unachtsam auf den Boden geworfener Kleider im Schlafzimmer. Aber die Durchsuchung der Taschen brachte nichts Wesentliches zum Vorschein. Sie fand nichts, was sie in irgendeiner Richtung weiterbringen konnte. Er war offensichtlich sehr vorsichtig gewesen.

Bis zum Spätnachmittag hatte sie jedes nur erdenkliche Kleidungsstück Orsons durchsucht. Sie packte alles in einen großen Abfallsack aus Plastik und stellte ihn vor die Tür. Nachdem sie alles ausgesondert hatte, was man als das ›seine‹ bezeichnen konnte, rief sie die Heilsarmee an, um die Sachen abholen zu lassen. Sie war mit sich sehr zufrieden, weil sie nicht die geringsten Gewissensbisse empfand.

Sie arbeitete bis spät in die Nacht und schaute alle seine Papiere, Bücher, seine Scheckhefte, seine alten Schecks und Stöße von alten Briefen durch. Nirgends konnte sie einen einzigen Hinweis auf sein anderes Leben finden. Seine alten Telefonrechnungen studierte sie ganz genau, genauso die alten Belege der Kreditkarten. Immer wenn sie überzeugt war, daß eine Sache nichts mit seinem anderen Leben zu tun hatte, warf sie sie in einen Plastiksack. Sie wollte nichts von ihm behalten.

Sie suchte irgend etwas Greifbares, obwohl sie keine klare Vorstellung davon hatte, was sie eigentlich suchte. Sie war aber davon überzeugt, daß sie es schon erkennen würde, wenn sie darauf stieße. Wenn ein liebgewonnener Gegenstand eine angenehme Erinnerung in ihr wachrief, dann warf sie ihn beiseite und bestimmte ihn für den Abfallhaufen. Mit all diesen gefühlsbeladenen Sachen warf sie ihr altes Leben weg – das heuchlerische Leben, das Leben, in dem sie ein Opfer war. Nie wieder, schwor sie sich.

Irgendwo mußte ein Hinweis zu finden sein. Manchmal klammerte sie sich kurz an die Idee, daß Orson das unmöglich wirklich getan haben konnte. Wenn sie solch eine Vorstellung heimsuchte, geriet sie in einen Gedankenstrom, den sie kaum noch kontrollieren konnte. Hatten sie nicht auch gute Zeiten zusammen verlebt? Aber solche Sentimentalitäten waren meist von kurzer Dauer.

In dem Café hatte Edward Davis gesagt: »Es ist, als ob wir in die gleiche Sache verwickelt sind. Wie Verschwörer.« Das schien eine unangreifbare Wahrheit zu sein. Alle Beziehungen kamen ihr jetzt wie Verschwörungen vor. Orson und die Frau von Davis. Vielleicht Dale und Mrs. Sparks, McCarthy und der Vertreter der Fluggesellschaft. Margo, die sich gegen ihren Mann verschwört. Sie selbst gegen ihre Eltern. Gegen Ben. Mein Gott! Schuldgefühle brannten in ihrer Seele.

Um mit ihrer Frustration fertig zu werden, rief sie sich Mr. Davis vor Augen. Sie konnte sich genau an sein Aussehen erinnern, und auch seine Stimme war unauslöschlich in ihrer Erinnerung. »Welche Lügen! Welche schrecklichen Lügen!« hatte er in dem Café geschrien, ein weiterer Spiegel ihrer Angst. Spiegel? Ja, er war jetzt ihr Spiegel. In ihm konnte sie sich selbst erkennen, das gequälte und entstellte Bild ihres verlassenen und betrogenen Ichs. Sie mußte ihm wieder gegenübertreten, und zwar gleich.

Sie kramte in ihrer Brieftasche, bis sie seine Karte gefunden hatte. Dabei bemerkte sie zum erstenmal, daß er für einen Abgeordneten arbeitete. Auf der Karte stand auch seine Telefonnummer, so daß sie ihn gleich anrief. Als das Telefon bereits lange läutete, erinnerte sie sich daran, daß er gesagt hatte, er wolle seine Frau in Baltimore beerdigen. Als er schließlich doch den Hörer abnahm, war sie überrascht.

»Ich dachte, Sie wären nicht zu Hause«, sagte sie, ohne ihren Namen zu nennen. Aber seine Stimme verriet nicht das geringste Zögern. Er hatte sie sofort erkannt.

»Morgen«, sagte er. »Ich habe sie hinbringen lassen. Ich konnte es nicht ertragen, mit ihnen herumzusitzen. Ich werde im allerletzten Augenblick in der Kirche auftauchen«, erklärte er. »Ich bin ohnehin ein Außenseiter. Warum auch nicht?«

»Ich habe alles überstanden«, sagte sie. »Er wurde heute eingeäschert.«

»Also ist alles vorbei«, sagte er voller Mitleid.

»Glauben Sie?«

»Eigentlich nicht. Es wird nie ganz vorbei sein.«

»Könnten wir miteinander sprechen?« fragte sie, ohne ihre Ungeduld zu verbergen.

»Natürlich. Am gleichen Ort?«

»Nein.«

»Wo dann?«

»Irgendwo, aber nicht in der Öffentlichkeit. Aber auch nicht hier.« Sie schaute sich im Haus um. »Vielleicht bei Ihnen?«

Es entstand eine kleine Pause. »Hier ist ein fürchterliches Durcheinander. Ich bin ein schrecklicher Hausmann.«

»Sie sollten mein Haus sehen.« Sie betrachtete das Chaos, das ihre Suche angerichtet hatte.

Sie notierte sich den Weg zu seiner Wohnung. Dann kämmte sie ihr Haar zurück und wusch sich das Gesicht. Zuvor hatte sie Hamster wieder hinausgelassen. Dunkel erinnerte sie sich daran, wie er an der Tür gekratzt hatte. Sie hatte ihm zu fressen gegeben. Orsons Geschenk. Sogar ihr Verhältnis zu Hamster würde nie mehr das gleiche sein.

Sie fuhr über die Key-Brücke. Zu dieser Zeit war kaum Verkehr, so daß sie in erstaunlich kurzer Zeit ankam.

Er machte die Tür auf, müde und zerzaust sah er aus, schlechter als bei ihrem Treffen im Café. Sie bemerkte, daß er einen halbherzigen Versuch gemacht hatte, die Wohnung aufzuräumen, aber er war nicht sehr erfolgreich dabei gewesen.

»Ich habe Ihnen ja gesagt, wie es hier aussieht. Lily war die Ordnung in Person.«

Handtücher, Kleidungsstücke und leere Pizzaschachteln lagen herum. Bilder hingen schief, und Kissen waren zerknautscht. Krümel lagen überall zerstreut. Der in der Luft hängende Duft eines Fichtennadelsprays schien überhaupt nicht zu der aus den Fugen geratenen Umgebung zu passen. Wahrscheinlich hatte er in der Eile zu viel davon versprüht.

Er trug Jeans, einen zerrissenen Pullover und heruntergelaufene Schuhe ohne Socken. In seinem ausgemergelten Gesicht sprossen Bartstoppeln. Sie schaute sich ein wenig zu lange um, so daß er sich langsam unwohl fühlte.

»Ich habe den ganzen Tag nur hier herumgesessen«, sagte er und strich sich über den Bart. Dann räumte er schmutzige Hemden und Socken von einem Stuhl. »Morgen fahre ich nach Baltimore. Es wird schrecklich werden.«

Sie zog ihren Mantel aus und setzte sich. »Bei mir verlief alles erstaunlich normal. Ein knisterndes Feuer. Und alles war vorbei.« Sie tätschelte ihre Knie. Dann stand sie plötzlich auf, ging zum Fenster, zog mit ihren Fingerspitzen den Vorhang auseinander und schaute auf die dunkle Stadt. Sie merkte, wie er sie beobachtete. Sie mußte sich umdrehen, um ihm zu sagen, warum sie gekommen war, sich umdrehen und ihm ins Gesicht sehen. Er wirkte völlig verloren.

»Ich möchte wissen, was sich zwischen den beiden abgespielt hat.«

»Wirklich? Ist das nicht masochistisch?« Seine veränderte Haltung überraschte sie.

»Warum muß man es benennen? Ich muß es einfach wissen.«

Er verschränkte seine Hände.

»Ich habe den ganzen Tag versucht, diesen Gedanken loszuwerden. Aber es ist das einzige, woran ich denken kann.« Er schaute sich im Zimmer um. »Wie Sie sehen, komme ich mit der Sache nicht gut zurecht.«

»Wenn wir mehr finden würden – die Wahrheit –, würden wir wahrscheinlich besser mit der Zukunft fertig werden. Vielleicht können wir herausfinden, was bei uns beiden nicht geklappt hat. Warum sie es getan haben.« Sagte sie das tatsächlich selbst?

»Wollen Sie das wirklich wissen?«

Sie nickte.

»Ja, ich brauche es.« War dies der eigentliche Grund? Als sie ihr Bild in einem Wandspiegel sah, erblickte sie ihre Entschlossenheit: ein vorgezogenes Kinn, schmale Augen und ein hochgehaltener Kopf. Wer war dieses Wesen? fragte sie sich, als sie wieder zu ihm hinschaute. Er war auf der Couch zusammengesunken.

»Ich würde es lieber vergessen«, murmelte er. Er schaute sie wie ein hilfloses Hundebaby an. »Aber es geht nicht.«

»Sehen Sie?«

»Was soll das Ganze schon bringen?« Er schüttelte den Kopf und lachte gezwungen. »Das ist genauso, als ob man jemanden fragte, wie es ihm geht, und er würde die ganze Wahrheit sagen. Wer will sie denn schon wissen?«

»Ich will sie wissen. Ich habe acht Jahre mit einem Mann gelebt, dem ich mein ganzes Vertrauen gegeben habe, jemand, mit dem ich mein ganzes Leben verbringen wollte, der Vater meines Sohnes. Dieser Mann hat mich betrogen, und ich möchte wissen, warum.«

»Nein, das stimmt nicht«, sagte Davis. »Sie wollen wissen, wie er das getan hat. Sie werden nie erfahren, warum er es getan hat. Mein Problem ist das ›Wer‹. Wer, verdammt noch mal, war Lily? War sie der Mensch, den ich kannte und liebte, den ich geheiratet und mit dem ich gelebt hatte? Oder die zerschmetterte Frau auf der Bahre? Das ist mein Problem. Wenn ich den Menschen nicht durchschaut habe, zu dem ich die engste Beziehung hatte, wie kann ich mich dann jemals wieder auf mein Urteil verlassen?«

Er schien über diesen Ausbruch selbst überrascht. Er wurde rot, kleine rote Flecken auf der Wange, so daß sein Gesicht wie das einer Puppe aussah. Ein Haarbüschel fiel ihm in die Augen, und sie mußte sich beherrschen, es nicht zurückzustreichen. Aber sie konnte nicht leugnen, daß ihre gemeinsame Zwangslage sie verband, nicht leugnen, daß sie sich in seiner Gegenwart wieder attraktiv vorkam.

»Darf ich Sie anrufen...« Sie zögerte, da sie seinen Vornamen vergessen hatte.

»Edward. Aber warum denn nicht?«

Sie verhielt sich absichtlich ein wenig einschmeichelnd. Natürlich, so sagte sie sich, brauchte sie seine Hilfe. »Und ich heiße Vivien.«

»Viv.«

»Von mir aus. Ist mir alles recht. Ich bin immer noch die gleiche, im Gegensatz zu Ihnen...« Wenn sie sich beim Vornamen nannten, so überlegte sie, kamen sie sich weniger als Fremde vor.

»Also gut, Viv, aber ich bin immer noch nicht davon

überzeugt. Ich gebe zu, daß es gut wäre, alles zu wissen, aber sie sind beide tot und haben uns nicht viele Hinweise gelassen.«

»Wir haben zumindest diese Schlüssel«, sagte sie und beobachtete seine Reaktion. »Wir brauchen nur noch eine Adresse.«

»Und dann?«

»Dann benutzen wir die Schlüssel...« Sie hatte noch nicht soweit gedacht. Das schien der Endpunkt ihrer Suche zu sein.

»Die Büchse der Pandora«, murmelte er. »Mein Gott, ich will nicht einmal daran denken.«

Sie merkte, wie sie angesichts seiner Unentschlossenheit ungeduldig wurde.

»Ich will Sie zu nichts zwingen«, sagte sie gereizt.

»Es ist nur gerade jetzt so viel zu bedenken.«

»Sie haben mich zuerst angerufen.«

»Das war vielleicht dumm. Wenn man solche Schläge in die Magengegend bekommt, macht man manchmal seltsame Sachen.« Er stand auf und ging zu ihr hin. »Schauen Sie, es tut mir jetzt leid. Ich hatte nicht beabsichtigt, daß wir uns noch öfter treffen. Ich will einfach alles vergessen, alles aus meinem Gedächtnis auslöschen.«

»Ich habe die gleiche Hoffnung.«

»Aber warum...«

»Verdammt«, schrie sie. »Sie haben mir diese Idee in den Kopf gesetzt, als ich gestern nacht wegging.«

»Es war nur so eine Idee, die mir durch den Kopf ging... Ich kann es nicht erklären.«

Sie hatte, so erinnerte sie sich gut, sein unmißverständliches Drängen verspürt. Vielleicht auch noch etwas anderes, das sie noch nicht so recht fassen konnte. Was auch immer es sein mochte, es war bei ihr auf fruchtbaren Boden gefallen.

»Dann hatten Sie also gar nicht die Absicht?« fragte sie herausfordernd.

»Doch«, erwiderte er scharf. »Damals hatte ich durchaus die Absicht. Aber dann habe ich darüber nachgedacht. Vielleicht sollten wir es lieber sein lassen.« Verwirrt und unsicher schwieg er. »Warum soll man darauf herumhacken? Ich habe meinen Beruf, der mich voll in Anspruch nimmt. Ich will die ganze Angelegenheit aus meinem Kopf bringen und wieder an die Arbeit gehen. Ich bin bereit, die Tatsachen zu akzeptieren. Aus und vorbei. Lily war untreu. Sie hat mich belogen und betrogen. Zur Hölle damit.«

Sie bemerkte seine Angst. Seine Augen waren durch Schmerz und Verwirrung ganz gebrochen.

»Ich möchte das einfach nicht alles durchstehen müssen.«

»Glauben Sie, einfach neu anfangen zu können? Ohne jede Erinnerung?«

»Ich würde es gern versuchen.«

»Die Zeit wird es nicht heilen«, sagte sie. »Es wird Sie nie in Ruhe lassen.«

»Das wird sich herausstellen.« Trotz seiner nach außen getragenen Entschlossenheit wirkte er irgendwie unsicher.

»Wollen Sie mir damit sagen, daß Sie mir nicht helfen werden?« fragte sie bedauernd.

»Ich weiß nicht, wie ich Ihnen helfen könnte.«

»Indem wir alle möglichen Quellen überprüfen.«

Sie nahm es ihm übel, daß er ihr die Idee in den Kopf gesetzt und sie dann im Stich gelassen hatte. Aber es schien wenig Sinn zu haben, darüber zu streiten. Sie stand auf und zog ihren Mantel an. Er hatte sich wieder hingesetzt und schien ganz in Gedanken verloren.

»Ich werde die Sache anpacken, sogar wenn Sie mir nicht helfen sollten. Früher oder später werde ich schon finden, was ich suche.«

Als er keine Antwort gab, zuckte sie mit den Schultern und ging allein hinaus. Letzten Endes hat man immer nur sich selbst, dachte sie bitter, und versuchte, ihn aus ihrem Gedächtnis zu streichen. Unglücklicherweise sollte sein Fall genauso wie Orsons Vermächtnis seine eigene Dynamik entwickeln.

17

Edward saß auf dem Beifahrersitz der ersten Limousine. Vor ihm fuhr der auf Hochglanz polierte Leichenwagen mit Lilys Leiche. Dahinter folgte eine lange Wagenkolonne, in denen alte Freunde und Verwandte der Familie Corsini saßen.

Es hatte ihn nicht überrascht, daß die Kirche voller Trauergäste war. Die Familie Corsini war in diesem Stadtteil von Baltimore tief verwurzelt. Mit einem Handwagen hatte Lilys Großvater eine Großhandelsfirma gegründet, die Obst und Gemüse an verschiedene Supermärkte lieferte.

Lilys Bruder Vinnie, ein kräftiger und ungehobelter Bursche, leitete das Geschäft, das verschiedene Schwager, Neffen, Nichten und einige Söhne und Töchter alter Familienfreunde unterstützten. Nur wenige Nachkommen der Corsinis hatten sich aus dieser Gemeinde räumlich entfernt. Lily war eine von ihnen. Sie hatten es Edward nie verziehen. Es war fast egal, daß er sie erst kennengelernt hatte, als sie schon ausgezogen war. Sie hatten immer das Gefühl gehabt, daß ihr Aufenthalt in Washington nur vorübergehend sein würde. Sie hatten letzten Endes doch recht behalten, dachte er.

Wie hatte er sie einmal um ihre Familienbande beneidet! Als eine Festung hatte er sie bezeichnet. Wenn er sie mit seiner eigenen Verwandtschaft verglich, dann stellte sie für ihn eine Art Wunder dar. Es war schon lange her, daß sein älterer Bruder Harald bei einem Autounfall ums Leben gekommen war. Er hatte jetzt nur noch eine alte, unverheiratete Tante in Seattle. Von ihr bekam er einmal im Jahr eine Weihnachtskarte.

Vinnie saß im Fond des Wagens zwischen seiner Mutter und seiner Schwester Rose. Neben Edward saß noch die schluchzende und in tiefe Trauerkleidung gehüllte Anna. In der Kirche saß er neben Lilys Mutter, die sich vor Kummer kaum aufrecht halten konnte. Ihr Gesicht war von einem schwarzen Schleier verdeckt, und ihre arthritischen Finger hielten einen Rosenkranz umschlungen. Was es noch besonders schlimm machte, war, daß Lily die Jüngste der Familie gewesen war.

So sehr er sich auch auf den eisigen Empfang vorbereitet

hatte, so war er doch nur schwer zu ertragen. Er war den Leuten völlig fremd, und sie ließen es ihn deutlich spüren.

»Du hast nicht gewußt, wo sie war?« hatte ihn Vinnie angeschrien, wobei er seine ausgestreckte Hand ignorierte. Vinnies Augen glühten haßerfüllt, sein dickes, lockiges Haar hing ihm in die Stirn, und sein Unterkiefer war bedrohlich nach vorne geschoben. »Geh zum Teufel.«

Vinnies Verhalten bestimmte auch die Haltung der übrigen Familienmitglieder, was an eine Mafia denken ließ. Früher hatte er über solch einen Vergleich noch gelächelt. Jetzt wurde ihm bei dem Gedanken ganz mulmig zumute. Er fragte sich, ob sie sich wohl für Lilys Tod an ihm rächen würden.

Während des Gottesdienstes geriet er ins Schwitzen. Seine Ohren waren wie verstopft, so daß er die Rede des Priesters nicht verstehen konnte. Er hatte das Gefühl, daß er vor der schlimmsten Prüfung seines Lebens stand. Es war schlimmer als der Tod seines Bruders Harald, schlimmer als der Tod seiner Mutter und seines Vaters. Damals hatte er kein Geheimnis verbergen, hatte nichts verzweifelt zurückhalten und nur mit seinem persönlichen Leid fertig werden müssen. Verdammt, dachte er, er war schon so oft mit dem Tod konfrontiert worden, daß er für ihn inzwischen nicht mehr als ein Naturphänomen war. Aber was er jetzt zu überstehen hatte, war keine Naturkatastrophe. Lily wurde von diesen Leuten zu einer Heiligen hochstilisiert, und er war die Inkarnation des Teufels.

Lediglich um den Schein zu wahren, hatten sie ihm erlaubt, vorn im Wagen zu sitzen. Und aus dem gleichen Grund ließ man ihn in der ersten Reihe neben seiner Schwiegermutter sitzen. Doch diese hatte nicht einmal genickt. Beachte das gar nicht, bat er sich selbst, und versuche, ruhig zu bleiben. Sage nichts. Laß ihnen ihre Illusion.

»Der Priester hat eine schöne Messe gehalten«, flüsterte Rose und wischte sich über die Augen.

»War nicht nötig«, sagte Vinnie.

»Laß die Sache auf sich beruhen«, sagte Anna mit einem Seitenblick auf Edward.

»Wie kann ich das tun? Was hat er nicht alles Mama angetan.«

»Es war nicht seine Schuld«, bat Anna.

»Wessen Schuld soll es dann gewesen sein?« fragte Vinnie. »Ein Mann, der nicht weiß, wo seine Frau ist, ist ein Schlappschwanz. Er hatte eine Frau, und er hatte für sie zu sorgen.«

»Man konnte doch nichts Besseres erwarten«, sagte Rose. Sie hatte vom ganzen Clan immer am stärksten gegen ihn gesprochen. Einmal hatte er sie gefragt: »Warum magst du mich nicht?« Und sie hatte geantwortet: »Du riechst komisch.«

Lily hatte behauptet, daß Rose bösartig war.

»Wenn er nicht für diesen blöden Abgeordneten arbeiten würde, dann wäre sie nach Baltimore zurückgekommen. Wir hätten hier schon für sie gesorgt.«

Ich liebe sie, aber ich kann sie nicht ausstehen, hatte Lily zu ihm gesagt. Er selbst hätte es lieber gehabt, wenn sie ihn gemocht hätten. Jetzt befürchtete er, daß sie ihn vielleicht nicht so falsch eingeschätzt hatten. Vielleicht hatte er Lily nicht genug geliebt. Wenn er es getan hätte, würde er ihr dann nicht aus ganzem Herzen verzeihen? Statt dessen fühlte er nur Wut, Erniedrigung und Haß.

»Warum machst du es ihm so schwer, Vinnie?« sagte Anna, als Vinnie seine Schmährede im Wagen fortsetzte, als ob Edward gar nicht da wäre. »Nicht wie wir. Schau Mama an«, sagte Rose.

Edward sagte kein Wort. Es war wichtig, sich unter Kontrolle zu halten und alles zu verschweigen. Es könnte ihm irgend etwas auskommen, was sie als Rachsucht oder Lügen auslegen könnten. Die Vorstellung, daß sein verstümmelter Körper in ein offenes Grab geworfen würde, ging ihm durch den Kopf, und er zitterte vor Angst. Er wollte weinen und ihnen so das Leid zeigen, das sie sehen wollten. Aber es gelang ihm nicht.

»Wenn man einen von den andern heiratet«, zischte Vinnie, »dann ergeht es einem eben so. Wenn das meine Kinder machen sollten, schneide ich ihnen das Herz raus. Er ist nicht einmal katholisch geworden. Von Anfang an hat ihnen kein Priester den Segen gegeben. Er hat sie völlig verändert.«

Er steigerte sich in eine ungeheure Wut hinein, und Edward befürchtete jeden Moment einen Schlag auf den Hinterkopf zu erhalten. Wenn ihn Vinnie berühren würde, so schwor er sich, dann würde er es ihm ins Gesicht schreien: Deine Schwester war eine Fotze, eine Hure. Er würde ihnen die Wahrheit sagen.

»Zum Glück hatten sie keine Kinder«, sagte Vinnie, als die Limousine durch den Friedhofseingang fuhr.

Zitternd stand er neben dem offenen Grab, als sie Lilys Sarg unter dem lauten Gejammer der Frauen in die Erde hinunterließen. Das da drin kann einfach nicht Lily sein, beteuerte er sich, als er sich ihr zerstörtes Gesicht vorstellte. Er war der einzige von all den Leuten, der es gesehen hatte. Wohin war die echte Lily verschwunden? Einen flüchtigen Moment lang mußte er an Mrs. Simpson, an Vivs Worte denken. Das kann nicht der Orson sein, den ich kannte, hatte sie gesagt. Sie hatte seine Leiche zu Asche verbrennen lassen, zum Vergessen bestimmt. Lily wurde in die Erde gelegt, in einer Kiste, damit sie sich langsamer zersetzte. Man wollte ihrer gedenken. Sie würden an ihrem Geburtstag Blumen bringen. Während er das Bestattungszeremoniell beobachtete, zog er seinen Ehering vom Finger. Als er an der Reihe war, eine Handvoll Erde in das offene Grab zu werfen, warf er mit der Erde seinen Ehering hinein. Er bildete sich ein, sein Klicken auf dem Metallsarg zu hören.

Sie stiegen wieder in das Auto ein, und die Wagen fuhren in lockerer Formation nach Hause. Das Leben mußte schließlich weitergehen. In einer Nebenstraße nicht weit vom Friedhof befahl Vinnie dem Fahrer, den Wagen anzuhalten.

»Jetzt kannst du aussteigen, Schlappschwanz«, schrie er.

»Vinnie«, protestierte Anna. Mrs. Corsini zollte der Szene gar keine Aufmerksamkeit. Sie hatte ihren Kopf an eine Wagenseite gelehnt und trauerte um ihr totes Baby.

»Ist ja gut«, flüsterte Edward. »Ich verstehe schon.«

»Du verstehst einen Dreck«, sagte Vinnie.

»Laß ihn gehen«, sagte Rose.

»Komm schon, Vinnie«, bat Anna.

»Ich will nichts mehr von ihm sehen. Ich für meinen Teil bin überzeugt, daß er Lily getötet hat.«

»Das ist idiotisch, wirklich idiotisch«, schrie Anna zwischen krampfhaften Schluchzern. Sie machte die Tür auf ihrer Wagenseite auf. »Wenn er geht, gehe ich auch.«

Edward drehte sich zu ihr um. »Ist schon gut, Anna«, sagte er und machte die Tür auf. Er setzte ein Bein auf den Boden und drehte sich dann zu Vinnie um. Er wollte es sagen, aber statt dessen sagte er: »Ich habe sie geliebt, das Mädchen, das ich geheiratet habe. Ich habe sie geliebt. Ich...« Er merkte, wie die Worte ihre Bedeutung verloren.

»Du bist ein Ekel, Vinnie«, schrie Anna, aber sie stieg nicht aus.

Aus Angst, daß er herausstürzen könnte, schlug Edward schnell die Tür zu und rannte in einen Drugstore. Er hörte, wie der Wagen wegfuhr.

»Kann ich Ihnen helfen?« fragte der Verkäufer hinter der Theke.

Er schüttelte den Kopf. Keiner kann mir helfen, dachte er. Außer... Viviens Gesicht tauchte vor ihm auf. Er ging in eine Telefonzelle und rief sie an. Ihre Stimme klang warm und vertraut nach dem frostigen Empfang, den er an diesem Tag zu überstehen hatte.

»Ich habe über Ihren Vorschlag nachgedacht... Was Sie machen wollten«, stotterte er. »Vielleicht wäre es doch sinnvoll, wenn wir die Sache zusammen in Angriff nähmen.«

»Es war Ihre Idee.«

»Es war das einzige, woran ich denken konnte«, sagte er, dankbar für ihr warmes Entgegenkommen, dankbar, daß sie am anderen Ende der Leitung für ihn da war.

»Es ist, als ob...« Er zögerte, weil er nach dem richtigen Ausdruck suchen mußte, »... als ob man allein vor einem Berg steht.«

»Ja, so ähnlich«, stimmte sie zu. Er konnte ihre Vorsicht fühlen.

»Sie ist begraben«, platzte er heraus. »Ich rufe aus Baltimore an.«

»War es so, wie Sie befürchtet haben?«

»Schlimmer«, sagte er. »Sie können sich das überhaupt nicht vorstellen.«

Er wollte ihr noch mehr erzählen. Wer sonst könnte ihn schon verstehen?

»In ein paar Stunden werde ich zurück sein. Wir könnten uns bei Nathan treffen. Sagen wir um sieben Uhr?« Das war ein Restaurant in Georgetown. Die Idee schien grotesk. Sollte es eine Art Feier werden?

»Ich komme«, sagte Vivien und legte auf.

»Danke«, flüsterte er in die tote Leitung.

18

Sie hatten an einem kleinen Tisch im hinteren Teil des Lokals Platz genommen. Es waren nur wenige Leute da.

»Haben Sie jetzt ein komisches Gefühl?« fragte er. Er hatte Ente à l'orange und sie hatte gegrillten Lachs bestellt. Der Ober schenkte ihnen einen kalten Chablis aus einer Karaffe ein.

»Sehr gut«, sagte er, nachdem er ihn probiert hatte. Er wiederholte seine Frage.

»Komisch?«

»Ich meine, unangemessen.«

»Nein, das Gefühl habe ich nicht.«

Er nippte an seinem Wein. Er fühlte sich auf der Zunge herb, aber im Gaumen ganz mild an. In dem sanften Licht betrachtete er ihre Gesichtszüge: Über den hohen Wangenknochen schauten ihn tiefliegende Augen an. Ihre Nase wirkte von vorn etwas flacher. Auf ihren sanft geschwungenen Lippen hatte sie einen dunklen Lippenstift aufgetragen, so daß sie ganz anders aussah. Selbstsicherer vielleicht. Er wußte es nicht genau.

Ihre schmalen, bleichen Finger spielten mit dem Stiel ihres Weinglases. Obwohl sie ihm gestern schon aufgefallen waren, war er überrascht, daß ihre Hände so klein waren. Lilys Hände waren schmal und lang gewesen, ihre Finger feingliedrig, aber doch kräftig, ihre Handgelenke hatten auf jeder Seite einen hervorstehenden Knochen.

»Ich bin froh, daß es vorbei ist«, sagte er, wobei er den Blick von ihr abwandte und in sein Weinglas schaute. »Ihr Bruder beschuldigte mich, der Mörder von Lily zu sein.«

»Nette Leute.«

»Nur ein bißchen krank«, sagte er sanft, obwohl es seine

eigenen Gefühle Lügen strafte. Sie waren wirklich grausam gewesen. Er erzählte ihr noch andere Einzelheiten von dem Begräbnis.

»Ich wollte niedergeschlagen wirken«, sagte er, »aber ich glaube nicht, daß ich ein besonders guter Schauspieler war.«

»Ich weiß, was Sie meinen.«

Er hatte keine Lust, sich weiter darüber zu unterhalten. So kramte er in seiner Tasche herum und zog den Schlüssel heraus.

»Ich habe ihn mitgebracht«, sagte er und hielt ihn hoch. Ihre Augen wurden ganz weit, als sie ihn anschaute.

»Jetzt müssen wir das Schloß finden. Ich habe mich bei einem Schlosser erkundigt. Wenn es ein Medeco wäre, dann wäre es registriert und numeriert. Wir haben aber nur einen Yale-Schlüssel, und der wird oft benutzt.«

»Ich habe auf der Suche nach einer Adresse das ganze Haus auseinandergenommen. Ich wußte nicht einmal genau, was ich eigentlich suchte.« Sie nahm einen tiefen Schluck Wein. »Ich habe alles rausgeschmissen, was Orson gehörte, aber ich habe die Bilder behalten. Ben soll sie einmal haben. Erinnerungen an seinen Vater. Ich hebe sie nur für ihn auf.« Ihre Augen sahen auf einmal überzogen aus, als ob sie eine tief in ihrem Inneren steckende Angst verbergen würden. Nach einem kurzen Augenblick waren sie jedoch wieder klar wie zuvor.

»Ich habe bisher noch nicht den Mut gehabt, ihre Sachen durchzugehen.«

»Aber Sie müssen es tun«, sagte sie. »Irgendwo muß es einen Hinweis geben. Irgendwo...«

Ihre Bitte hatte nichts von ihrer Dringlichkeit verloren.

»Ja, ich werde es heute abend versuchen.«

Er hatte es absichtlich vermieden, Lilys Schränke aufzumachen oder in ihre Schubladen zu schauen und ihre Toilettenartikel zu berühren. Zu schmerzhaft? Hatte er Angst, daß er davon überwältigt werden würde? Er war sich dessen nicht sicher.

»Wenn Sie möchten, dann helfe ich Ihnen«, sagte sie unsicher.

»Es hat Sie nicht gestört – seine Sachen zu durchsuchen?«

Sie schaute ihn an.

»Es hat mich gestört, daß ich nicht gefunden habe, was ich suchte.«

»Sie hatten dabei kein …«, er suchte nach dem richtigen Wort, »… komisches Gefühl?«

»Ich kam mir wie ein Durchsuchungsbeamter vor, aber das ist auch alles.«

»Seine Sachen …« Wieder zögerte er.

Als sie ihn genau anschaute, verengten sich ihre Augen. Man konnte sie nicht mißverstehen, dachte er. Sie wußte genau, was sie wollte.

»Ich habe es Ihnen schon gesagt, Edward.« Sie sprach seinen Namen etwas langsam aus. »Sie müssen sich mir nicht anschließen.«

»Aber ich will es ja«, sagte er schnell. Seine Augenlider blinzelten, und sie schaute weg. »Ich fühle mich dazu verpflichtet. Es war ja ursprünglich meine Idee, erinnern Sie sich?«

Er hatte das Verb verpflichten benutzt, hatte aber Angst bei dem Gedanken, daß er das tatsächlich sein könnte. Verpflichtung bedeutete für ihn auch Verstrickung. Seine Hände waren ganz feucht geworden, denn er hatte das Gefühl, daß er in einem immer feinmaschigeren Netz gefangen wurde. Um seine Verwirrung zu verbergen, schenkte er ihr Wein nach. Als er seine Hand hob, zitterte sie.

»Schauen Sie mich an«, sagte er. »Dieses verdammte Begräbnis. Es hat meine Nerven völlig ruiniert …« Plötzlich schilderte er ihr zwanghaft seine Empfindungen, als wäre sie eine uralte Freundin.

»Als mich Vinnie, Lilys Bruder, beschuldigte, der Mörder seiner Schwester zu sein, hab' ich ihm schon halb geglaubt. Ich glaubte in diesem Moment, daß ich vielleicht etwas getan habe, was sie in die Arme eines anderen Mannes getrieben hat.« Als er aufschaute, begegneten sich ihre Blicke.

»Genau das wollen sie ja. Sie wollen, daß wir uns schuldig fühlen.«

Uns? Wie konnte sie so sicher sein, daß es beide betraf? Verwechselte sie ihn vielleicht mit Orson?

»Einen Moment lang hatte ich aber wirklich dieses Gefühl.«

»Deshalb müssen wir dieses Geheimnis lüften«, flüsterte sie.

Der Ober kam mit ihren bestellten Gerichten. Sie aßen wenig und lustlos. Sie sagten nichts, auch wenn sie sich gelegentlich scheu in die Augen blickten.

»Warum?« fragte er tapfer. »Ich habe nicht das Gefühl, daß ihm etwas abging.« Er schaute ihr nur kurz ins Gesicht, dann senkte er wieder die Augen. Ihr Körper schien eine Vollendung zu besitzen, die Lily nicht gehabt hatte.

»Ich könnte Sie das gleiche fragen«, sagte sie sanft und wirkte leicht verwirrt.

Er merkte, wie er rot wurde.

»Ich bin kein guter Kauf«, murmelte er. Er sagte dies nicht aus Bescheidenheit, aber schließlich hatte sein Selbstbewußtsein einen harten Schlag erhalten. »Ich habe mir nie Illusionen über mich gemacht. Ich war froh, daß ich sie hatte.« Er seufzte.

»Margo« – sie lächelte, so daß man ihre schönen Zähne sehen konnte – »eine Freundin von mir, mit der ich vor kurzem beim Mittagessen war, meinte, daß ich stumpfsinnig sei.«

»Das ist eine Freundin!«

»Eigentlich war ich sogar ihrer Meinung. Vielleicht war das der Grund. Vielleicht fand mich Orson stumpfsinnig.«

»Nun, ich habe nicht diesen Eindruck.«

»Sie wollen nur nett sein.«

»Was ist daran so schlimm?«

Er befürchtete, daß sie das Gefühl haben könnte, er würde sie herablassend behandeln, und diesen Eindruck versuchte er zu korrigieren.

»Ich habe mir oft gedacht, daß ich vielleicht zu sehr mit mir selbst beschäftigt war«, sagte er. »Vielleicht war ich deshalb nicht mehr aufregend für sie. Wir waren so beschäftigt, so in unsere Arbeit und in ihre Anforderungen verwickelt. Ich hatte oft Gewissensbisse, daß ich sie vernachlässigen könnte.« Er wurde nachdenklich. »Aber auch sie hatte viel zu tun. Wir verfolgten beide unsere Karriere. Sie war sehr erfolgreich.«

»Ich war nur Hausfrau und Mutter, die am wenigsten geschätzte Aufgabe der Frau in der heutigen Welt – in meiner

Generation. Der Nestbauer.« Sie seufzte. »Vielleicht hat *Cosmo* doch recht.«

»Gerede über kaputte Menschen.«

»Es tut mir leid«, sagte sie gedankenverloren, »aber ich muß zugeben, daß ich diese Vorstellung verteidigt habe. Sie wissen schon, eine Familie mit Kind braucht eine Frau im Haus. Wie meine Mutter. Der Stein.« Sie zuckte mit den Schultern. »Ich habe mir etwas vorgemacht. Ein Stein ist unbeweglich und unbelebt, er rührt sich nicht von der Stelle.« Sie stieß ein leises, freudloses Lachen aus. »Er dagegen war ein rollender Stein.«

»Das ist alles unwichtig.« Er wollte das nicht als rüde Abweisung verstanden wissen, und so redete er weiter, bevor sie antworten konnte. »Ich meine, daß es nicht so wichtig ist, wie wir uns und sie definieren. Viel wichtiger ist, daß sie sich ganz bewußt einen Plan ausgedacht haben, um uns bösartig und völlig systematisch zu betrügen. Sie gaben vor, andere Leute zu sein, und das genau vor unserer Nase.« Er fühlte wieder die Erniedrigung, so daß er in Wut geriet. »Wie ist ihnen das nur gelungen?«

»Und warum haben wir nichts bemerkt? Sind wir so unsensibel? So blind? Wie war es nur möglich, daß wir nichts wußten?« Sie klopfte sich mit ihren Fingerknöcheln an die Stirn. »Es entzieht uns den Boden unter den Füßen. Wer sind wir? Was nehmen wir eigentlich mit unseren Sinnen wahr? Was empfinden wir?« Sie beugte sich weit über den Tisch, so daß er ihre Nähe deutlich spüren konnte, als ob sie den ihn umgebenden Raum voll in Besitz genommen hätte.

»Zwei Seiten derselben Medaille«, sagte er.

»Wenn wir nichts über sie wissen, wie können wir dann je etwas über uns wissen?«

Ihre Blicke bezeugten stillschweigend ihre Übereinstimmung, und er fühlte den Beginn einer – Verbindung, einer Freundschaft?

»Wenigstens haben wir jetzt ein Ziel und« – er merkte, wie er verlegen wurde – »wir sind ein Team«, sagte er dümmlich. Sie nickte.

»Obwohl wir wohl nach einer Nadel im Heuhaufen suchen müssen, wenn wir die Wohnung finden wollen«, sagte sie.

»Wenigstens haben wir einen Anfang. Das ist ja schon etwas.«

»Er muß uns aber irgend etwas verraten, uns irgendeinen Hinweis geben.«

»Die Durchsuchung meines Hauses hat leider nichts erbracht. Es ist genauso, als ob ihr anderes Leben gar nicht wirklich existiert hätte.«

»Sie haben sich verdammt geschickt angestellt.«

»Genauso müssen wir es auch machen. Wir müssen genauso denken wie sie. Wir müssen uns in ihre Köpfe hineinversetzen.«

»Aber wir haben sie eigentlich gar nicht gekannt«, sagte er. »Wie wir jetzt entdeckt haben.« Er begann sich in das Problem zu verbeißen. »Wir müssen Vermutungen über sie anstellen, sie neu erschaffen. Wir müssen verschiedene Theorien durchspielen.«

»Also gut. Schlagen Sie eine vor.«

Er beobachtete, wie sie über ihr Kinn strich und kurz an ihrer Unterlippe nagte. Der Ober kam zum Tisch und nahm die Teller weg. Sie hatten nicht viel gegessen.

»Nicht gut?« fragte der Ober.

»Wir, nicht das Essen«, sagte Edward. Der Ober zuckte mit den Schultern. »Nicht, daß wir nicht gut wären«, sagte er dümmlich und schaute zu ihr hin. »Wir sind nur nicht hungrig.«

»Wir sind gut«, nickte sie und blähte dabei ihre Nasenflügel auf.

»Daran wollen wir festhalten.«

»Unwiderruflich«, sagte er und fühlte dabei die Stärke, die von ihrer Unterstützung ausging.

»Fangen wir einmal mit folgender Theorie an: einfach Langeweile. Aus irgendwelchen Gründen langweilten sie sich mit uns«, begann Vivien.

»Aber das würde bedeuten, daß wir daran beteiligt waren.«

»Vielleicht waren wir das auch.«

»Kann irgend jemand für die Langeweile eines anderen verantwortlich sein? Müssen wir ständig Unterhalter sein?«

»Vielleicht.«

»Vielleicht war sich Orson seiner Langeweile nicht einmal

bewußt.« Sie schaute ihn an. »Ich kann nur versuchen, ihn aus früheren Beobachtungen wieder zu erschaffen. Er hatte bestimmte Gewohnheiten – die Art, wie er sich kleidete, wie er sich ausdrückte und wie er handelte. Sein ganzes Verhalten war sehr kontrolliert. Fast steif. Unser Leben verlief in geregelten Bahnen. Ruhig. Ich dachte, daß es ihm so gefiel.«

»Eine gerechtfertigte Annahme.«

»Bevor Ben geboren wurde, war das anders.«

»Wie denn?«

»Wir hatten nur jeweils den anderen, um den wir uns zu kümmern brauchten.« Sie dachte kurz nach. »Nein. Eigentlich muß es heißen, daß ich mich nur um ihn kümmern mußte. Er hatte seine Arbeit.«

»Was für ein Mann war er?« fragte Edward, obwohl er wußte, daß sie auf diese Frage keine Antwort geben konnte, schon gar nicht in dieser Situation.

Sie starrte ins Leere, wobei ihre Augen zur Decke gerichtet waren, ein Ausdruck ihrer Konzentration. Auch er kehrte in solchen Momenten immer wieder zu einer typischen Geste zurück. Er starrte auf seine Fingernägel, wobei seine Handflächen nach oben gekehrt waren und er die vier Finger angewinkelt hielt. Als Lily ihn einmal darauf aufmerksam machte, wurde ihm bewußt, daß dies eine gute Ausrede war, um niemandem in die Augen schauen zu müssen. Sie schien nun das in ihrer Erinnerung gefunden zu haben, was sie suchte, und so senkten sich ihre Augen wieder auf normale Augenhöhe.

»Fragen der Moral interessierten ihn sehr. Recht und Unrecht. Es störte ihn manchmal, wenn er Rechtsfälle nur wegen des Geldes vertreten mußte. Das hat mir an ihm gefallen. Es hat mich an meinen Vater erinnert.«

»Dann haben Sie also mit einem moralischen Mann gelebt.« Er hatte eigentlich nicht so sarkastisch sein wollen, aber als er es ausgesprochen hatte, war er doch froh. Verdammter Heuchler, dachte er, wobei er sich an Lily erinnerte, die die Falschheit der Politik verabscheut hatte. »Holmes ist ein Scheißkerl«, hatte sie ihm mehr als einmal gesagt.

»Integrität war ihm wichtig«, fuhr Vivien fort. »Auch das hat mir gefallen, denn es gab unserer Beziehung eine geistige

Note. Ich war immer stolz auf Orsons Intelligenz gewesen. Er hat sein Examen in Harvard mit magna cum laude abgelegt. Ich war davon sehr beeindruckt. Außerdem mochte ich seine Art zu sprechen: Er konnte sich gut ausdrücken, und seine Argumente waren immer ausgewogen und nie von Emotionen bestimmt.« Sie klopfte auf den Tisch und trank dann einen Schluck Wein. »Ich hatte immer Angst davor, einen Mann zu heiraten, der nicht klug ist. Ich bin zwar keine Intellektuelle, aber an ihm hat mir das gefallen.«

Als sie erzählte, versuchte er, sich ihre Beziehung vorzustellen und machte sich sein eigenes Bild. Orson war ein schlauer und gerissener Hund, ein mit allen Wassern gewaschener Fuchs aus der Ivy Leage. Er kannte den Typ recht gut: Er fühlte sich überlegen, war arrogant und selbstbewußt. Er dachte einen Augenblick nach. Zog er voreilige Schlußfolgerungen? Er hatte seine eigenen, verdammt guten Gründe, diesen Hund zu hassen, und gleichzeitig fürchtete er den Augenblick, in dem sich das Gespräch ihm und Lily zuwenden würde.

»Wir haben dieses wunderschöne Haus in McLean gekauft«, fuhr Vivien fort. »Ich habe eine ganze Menge Zeit damit verbracht, es schön herzurichten. Er selbst interessierte sich nicht sehr für die Einrichtung, aber ich wußte, daß es ihm gefiel. Er war sehr konservativ. Sie verbreitete die Atmosphäre Neuenglands. Er war solch ein zurückhaltender Mann. Ich nahm an, daß es ihm gefiel, daß er seine Arbeit und unser Leben liebte. Ein glücklicher Mann. Jedenfalls schien er ein glücklicher Mann zu sein. Das zeigt wohl, wieviel ich begriffen hatte.«

»Sie sagten, daß er ein zurückhaltender Mann war. Wollen Sie damit sagen, daß er schüchtern war?«

»Ja, er war sehr schüchtern. Ich war es immer, die zuerst mit den Leuten Freundschaft schloß.«

»Das hätte Lily auch übernommen«, murmelte er. Ein Stirnrunzeln verriet ihre Verwirrung. »So haben sie sich vielleicht kennengelernt«, erklärte er. »Sie gab vielleicht den Ton an. Ich meine, sie hat vielleicht zuerst das Wort ergriffen. So haben wir uns auch kennengelernt.« Er wollte ihr nicht die Geschichte ihres Kennenlernens erzählen. Sie schien so banal. Sie hatten sich an einem regnerischen Tag ein Taxi geteilt. Er selbst hätte nie eine Unterhaltung begonnen. Genau diese Eigenschaft bewunderte er an ihr am meisten. Sie hatte keine Angst. Sie konnte gut mit Leuten umgehen. Das kam wahrscheinlich durch diese große, italienische Familie. Alle redeten immer gleichzeitig.

»Dann glauben Sie also, daß sie den ersten Schritt getan hat?«

»Wenn ich bedenke, was Sie mir über ihn erzählt haben, dann möchte ich das fast annehmen.«

»Aber wo sollte das gewesen sein? Sie bewegten sich in völlig verschiedenen Kreisen. War sie nicht im Modegeschäft?«

»Ja, bei Woodies. Sie war Einkäuferin für elegante Kleider.«

»Er hat sich nicht im geringsten für Mode interessiert. Ich hätte Sackleinen tragen können, und er hätte es nicht bemerkt. Außerdem ging er nur einkaufen, wenn er selbst etwas Neues brauchte, und dann ging er zu Brooks Brothers.«

»Ein Zufall also – ein Zug, ein Bus, ein Flugzeug. Irgend so etwas. Vielleicht sogar eine Cocktailparty.«

»Orson haßte Cocktailpartys, obwohl er aus Geschäftsgründen oft nicht darum herumkam. Er benutzte nie den Zug oder den Bus.«

»Lily ging hauptsächlich zu Modeschauen und Partys für Einzelhändler.«

»Damit hatte Orson überhaupt nichts zu tun.«

Die Gedanken flogen ihm jetzt nur noch so durch den Kopf.

»Also gut, ein Flugzeug. Lily flog immer wieder nach New York.«

»Orson auch.«

»Erster Treffer«, sagte Edward. »Sie saßen im Flugzeug nebeneinander. Sie bat ihn wahrscheinlich um einen Teil seiner Zeitung. Dann unterhielten sie sich miteinander.«

»Dann hat sie so was also schon früher gemacht?«

»Sich mit Leuten unterhalten? Mit Fremden? Ja, das habe ich Ihnen doch schon erzählt.«

Der Ton ihrer Stimme wurde anklagend.

»Männer aufgegabelt, meine ich«, sagte Vivien.

Er war verärgert und hatte seltsamerweise das Gefühl, sie verteidigen und beschützen zu müssen. Er schaute sich Viviens Gesicht genau an. Sie wirkte streitsüchtig.

»Sie wollen damit hoffentlich nicht sagen, daß Orson das unschuldige Opfer war. Ich habe nur gesagt, daß Lily offen und freundlich war. Ich kann mir überhaupt nicht vorstellen, daß sie Männer aufgegabelt hat, wie Sie es ausdrücken. Sie ging nicht mit irgendwelchen Leuten ins Bett.«

»Sind Sie sicher?«

»Manches weiß man instinktiv.«

Er fing zu schwitzen an, so daß sich Feuchtigkeit auf seiner Oberlippe sammelte. Er mußte sie mit einer Serviette abtupfen. Er wünschte, er könnte seine letzte Bemerkung über die instinktive Wahrnehmung zurücknehmen. Sie paßte irgendwie nicht. Wenn er sich auf seinen Instinkt verlassen konnte, dann hätte er gemerkt, was vorging. Er hatte das Gefühl, eine Erklärung abgeben zu müssen.

»Es paßte nicht zu ihrem Charakter«, sagte er und räusperte sich dabei. »Sie mochte Leute, und sie wollte gern mehr über sie herausfinden.« Er wollte damit sagen, daß Sex keine so große Rolle für sie spielte. Sie kuschelte gern und liebte es, wenn man sie in den Arm nahm, aber Sex schien nicht unbedingt dazuzugehören. Im College, so hatte sie ihm erzählt, war sie nur mit dem Mann befreundet gewesen, der ihr erster Liebhaber war. Vielleicht gab es noch andere, bevor sie geheiratet hatten. Aber außer von diesem ersten hatten sie nie über dieses Thema gesprochen, als ob es sie beide in Verlegenheit brachte.

»Sie glauben also, daß sie sich in einem Flugzeug begegnet sind«, sagte Vivien und nickte dabei. »Das ist eine ungeheure Ironie.«

»Man lebt durch das Schwert und stirbt durch das Schwert«, platzte er heraus. Seine Bemerkung gab ihm das seltsame Gefühl, daß er sich noch nicht ganz mit der Vorstellung von Lilys Tod und der Enthüllung abgefunden hatte. »Ein Spiel des Zufalls.«

»Auch ein Trost für uns, denn es würde bedeuten, daß sie nicht absichtlich jemand anderen gesucht haben.«

»Nicht bewußt«, korrigierte er. »Sie mußten doch irgend etwas ausgestrahlt haben.«

»Damit müssen wir uns dann wohl abfinden«, sagte sie gereizt. Ihr Unbehagen war nicht zu übersehen, und sie vergrößerte auch den Abstand zwischen ihnen.

Er bemerkte es sofort. »Vielleicht sollten wir von hier weggehen«, sagte er.

Das Restaurant war jetzt vollbesetzt, so daß die intime Stimmung verlorengegangen war.

»Ich bin fertig«, sagte sie und stand auf.

»Wir gehen zu mir.« Der Vorschlag hatte einen Beigeschmack, den er nicht gemeint hatte. »Sie sagten, daß Sie mir bei der Sichtung ihrer Sachen helfen wollten.«

»Ja, das werde ich machen.«

Er bezahlte die Rechnung und half ihr in den Mantel. Als sie sich bemühte, in die Ärmel zu schlüpfen, stieg ihm ein Hauch ihres Parfüms in die Nase, und er atmete den Duft genießerisch ein. Er hatte auch ihre Schultern und ihr Gewicht verspürt, weil sie sich dabei versehentlich an ihn gelehnt hatte. Es überraschte ihn, wie empfindsam er durch ihre physische Nähe geworden war.

Sie gingen gemeinsam zu seiner Wohnung zurück. Die Straßen waren durch den leichten Nieselregen ganz rutschig. Es war noch immer ziemlich kalt, und ihr Atem wurde sogleich zu Dunst. Er zog den Kragen seines Mantels hoch und kuschelte sein Kinn in den Pelzbesatz. Es lag noch immer Schnee auf der Straße, und manche Stellen waren noch ganz eisig, so daß sie sich bei ihm einhing, um nicht auszurutschen. Er sagte nichts, obwohl er ihre Nähe ungeheuer intensiv wahrnahm.

19

Er leerte den Inhalt ihrer Schubladen, schaute ihre Unterlagen durch, meist Gehaltsabrechnungen oder herausgerissene Blätter aus der *Vogue* und aus *Harpers Bazaar*. Sein Blick fiel auf das dicke Scheckheft ihres gemeinsamen Kontos. Wenn er

Zeit fand, machte er die Abrechnungen, aber meist hatte er sich auf sie verlassen. Er blätterte die Abschnitte durch. Es gab auch noch etliche andere Sachen: ihren Paß, ihr Briefpapier, Bleistifte, kurze Schnurreste, eine zerbrochene Sonnenbrille und anderen Kram des täglichen Lebens. Er hatte kein Mitleid. Das waren nur Dinge, unbelebt und jetzt wertlos.

Vivien durchsuchte Lilys Schlafzimmerschrank.

»In den Taschen steckt nichts Wertvolles. Nur die üblichen Sachen einer Frau.« Sie wurde nachdenklich. »Sie hatte eine tolle Garderobe. Größe sechsunddreißig.«

»Sie bekam Prozente beim Kauf der Kleider.«

»Sie muß also ziemlich gut ausgesehen haben«, überlegte Vivien.

Er zeigte auf ihren Paß.

»Überzeugen Sie sich selbst.«

Sie nahm ihn in die Hand und schaute sich das Bild lange an.

»Eine dunkelhäutige Schönheit.«

»Das kann man bei diesem Bild kaum beurteilen. Sie hatte die Nase der Familie geerbt, was man jedoch auf diesem Brustbild nicht sehen kann. Eine Adlernase nennt man das, glaube ich. Aber sie stand ihr gut. Sie paßte zu ihren Augen.« Erstaunt stellte er fest, daß er immer noch stolz auf sie war.

»Gegensätze. Vielleicht war es das«, sagte sie.

Vivien war hellhäutiger, größer, etwas knochiger und hatte einen größeren Busen. Sie sah im Spiegel, wie er sie anschaute und wurde rot. Er stellte sich neben sie und gab ihr so die Gelegenheit zu einem Vergleich.

»Orson war ein Meter neunundachtzig«, sagte sie zu seinem Spiegelbild.

»Zwölf Zentimeter größer. Wahrscheinlich hatte er auch eine bessere Figur.« Er klopfte auf sein Bäuchlein, das in den letzten Tagen abgenommen hatte. »Ich war eigentlich immer etwas dünner.«

»Orson war ein Jogger. Er verbrannte so die überschüssigen Kalorien. Er paßte aber auch beim Essen auf. Mehr als ich selbst.«

»Er war also größer, sah besser aus und war sicherlich auch klüger. Ich bin wahrscheinlich keine große Konkurrenz.«

»Ich auch nicht.«

»Sie sind anders. Sie war eher...«

»Zart.«

»Sie war ziemlich stark, und sie hatte viel Energie. Ich würde eher schlappmachen.«

»Ich auch. Ich habe es oft auf Ben geschoben. Er hat mich viel Energie gekostet. Vielleicht hat das auch eine Rolle gespielt.«

Er gab ihr keine Antwort, denn er wollte nicht wieder auf dieses Thema zu sprechen kommen, aber er schaute sie weiter im Spiegel an. Sie hatte eine füllige und doch sehr attraktive Figur. Sein Blick schien ihr unangenehm zu sein, denn sie wandte sich ab.

»Ich glaube nicht, daß ich etwas gefunden habe«, sagte er. Es kam ihm irgendwie unheimlich vor, wie sie beide Lilys Sachen durchwühlten, eine Verletzung ihrer Privatsphäre. Geht nicht anders, dachte er. Sie war selbst schuld daran.

»Es muß einfach etwas geben«, sagte Vivien, während sie sich über das Kinn strich und sich im Zimmer umschaute.

»Es gibt wahrscheinlich auch etwas. Wir wissen nur nicht, was wir eigentlich suchen. Wenn sie schlau waren, dann haben sie sicher keine Adresse rumliegen lassen.« Plötzlich wurde Vivien auf eine kleine Digitaluhr mit grünen Zeigern aufmerksam. Sie war völlig gedankenverloren, und er beobachtete sie schweigend, wobei ihm die Intensität, mit der sie nachdachte, besonders auffiel.

»Zeit«, sagte sie schließlich und drehte sich zu ihm um. »Sie mußten Zeit haben« – ihre Halsmuskeln pulsierten, weil sie kaum schlucken konnte, als sie die Worte herauswürgte – »füreinander.«

Er wurde wieder wütend. Er überlegte, welche Ausreden Lily wohl gebraucht haben, welche Märchen und Lügen sie ihm erzählt haben mochte. Die steigende Wut beflügelte seine Erinnerung. Er versuchte sich an ihre tägliche Routine, an ihre Gewohnheiten zu erinnern und ordnete das Durcheinander der alten Bilder. Er wußte, daß er nach plötzlichen Veränderungen, ungewöhnlichen Handlungen und seltsamen Momenten suchte. Eine Liebesaffäre verlangte die körperliche Begegnung. Wann hatten sie sich getroffen? Wie?

Er ging immer früh aus dem Haus, noch vor sieben Uhr. Das gab ihm die Gelegenheit, früh genug ins Büro zu kommen, um die Arbeit einzuteilen. Es war ihm zur Gewohnheit geworden. Lily lag dann immer noch schläfrig im Bett. Er hatte sogar einen Aberglauben entwickelt. Er befürchtete, daß es ein schrecklicher Tag werden könnte, wenn er sie am Morgen nicht geküßt hatte. Weil sie aber noch schlief, zeigte sie nie eine Reaktion. Er war sehr sanft, weil er sie nicht aufwecken wollte. Wie rücksichtsvoll, machte er sich über sich selbst lustig.

Lilys Arbeitstag begann – vorausgesetzt sie verreiste nicht – um zehn Uhr. Sie erzählte ihm oft, wie hektisch ihr Tag war. Er arbeitete bis spät in die Nacht. Sie nicht. Sie hatte also Gelegenheit gehabt, sich mit Orson zu treffen, während Edward arbeitete. Aber ihr Tagesablauf war verschieden, und ihre Beziehung verlangte eine Parallele.

»Orson war ein Frühaufsteher«, sagte Vivien.

»Lily überhaupt nicht.«

»Er ging morgens immer zum Laufen.« Sie strich sich mit der Hand über das Kinn und schaute auch wieder an die Decke, eine jetzt schon vertraute Bewegung. »Dann hat er damit aufgehört und begann dafür, abends zu laufen.« Sie war ganz aufgeregt und schaute ihn an. »Aber er stand immer noch um sechs Uhr auf und ging noch vor sieben ins Büro. Er behauptete, daß er mehr erledigen könnte, bevor die Leute ins Büro kamen.«

»Da hatte er wohl recht.«

»Er blieb selten lange im Büro. Er kam fast immer zum Abendessen nach Hause. Zuerst ging er eine halbe Stunde zum Laufen, dann duschte er. Anschließend aßen wir zusammen im Eßzimmer. Danach ging er in sein Arbeitszimmer und arbeitete.«

»Sie konnten sich also nicht abends getroffen haben.«

»Wenn man von Orsons Tagesablauf ausgeht, konnte es jedenfalls nicht regelmäßig gewesen sein.«

»Vielleicht beim Mittagessen?« Eine oft benutzte Gelegenheit für solche Treffen, dachte er. Kein Geheimnis.

»Die Rechtsanwaltfirma hatte eine Kantine, die auch Kunden besuchen konnten.«

»Also tagsüber? Nachmittags?«

Waren sie wirklich so mit sich selbst beschäftigt gewesen? Waren sie so schlechte Beobachter?

»Sie kennen Rechtsanwälte nicht. Sie haben einen ganz genauen Terminkalender.«

»Er hat vielleicht gelogen oder falsche Informationen hineingeschrieben.«

»Miß Sparks, seine Sekretärin, hätte es bemerken müssen. Sie wußte über alles Bescheid.«

»Vielleicht wußte sie es, hat aber nichts gesagt. Sie hat ihren Mund gehalten.«

»Vielleicht.«

»Am Wochenende?« Er stand auf und ging hin und her. »Der Samstag war für uns beide ein Arbeitstag. Am Sonntag schliefen wir lange und verbrachten ihn immer gemeinsam.«

»Orson hat am Wochenende viel Zeit mit Ben verbracht. Man könnte sagen, daß er ein liebevoller Vater war.«

»Ist es nicht nur eine Vermutung von uns, daß sie sich häufig trafen? Vielleicht haben sie sich nur gelegentlich getroffen. Einmal in der Woche. Vielleicht auch nur einmal im Monat?«

»Aber wann? Und wo? Und wie oft?«

»Ich fürchte, daß wir wegen der Schlüssel doch davon ausgehen müssen, daß es recht häufig war.«

»Warum müssen wir es befürchten?«

»Nur so eine Redeweise«, stotterte er.

»Natürlich. Um unsere Ahnungslosigkeit zu entschuldigen.« Sie schaute ihn schelmisch an, bis sie den versteckten Humor bemerkte.

»Geheimnisvolles Rätsel«, seufzte sie. »Schlüssel! Mr. und Mrs. Calvin Marlboro! Wie...« Sie sagte eine Weile nichts. »Wenn ich weinen könnte, müßte ich mich fragen, um wen ich eigentlich weinen würde, um sie oder um uns.«

»Und wenn das Flugzeug nicht abgestürzt wäre, hätten wir es je herausgefunden?«

»Wahrscheinlich nicht. Wir waren zu kurzsichtig und unaufmerksam.«

Eine tiefe Traurigkeit erfaßte ihn plötzlich. Er kam sich

wirklich dumm vor und war gleichzeitig verlegen und verletzt. Er fing an zu zittern, und seine Lippen bebten leicht.

»Ist Ihnen kalt«, fragte sie sanft.

Sie streckte ihren Arm zu ihm aus, und er ergriff ihre Hand, wie ein Ertrinkender eine Rettungsleine packen mochte.

»Sie sind ganz kalt«, sagte sie und rieb seine Finger zwischen ihren Händen.

»Kalte Hände, warmes Herz«, sagte er.

Sie hielten sich lange an den Händen gefaßt. Sie zog sie als erste weg und stand auf. Aber ihre Berührung hatte ihn warm gemacht.

»Wir sollten darüber schlafen«, sagte sie. »Ich bin jetzt müde. Ich gehe besser nach Hause. Nach Hause?« Ein seltsamer Laut, als ob sie zu lachen versuchte, entwich ihrer Kehle. Er stand auf und trat auf sie zu. Zwischen ihren Körpern war nur wenig Raum. Er bemerkte, daß er ihr tief in die Augen schaute. Er wollte nicht, daß sie wegging, aber er sagte nichts dergleichen. Er half ihr in den Mantel.

»Glauben Sie, daß wir etwas weitergekommen sind?« fragte sie.

»Ja. Ja, das glaube ich schon.«

»Wenigstens machen wir irgend etwas – und sitzen nicht einfach herum.« Sie schüttelte den Kopf. »Nie wieder«, sagte sie entschlossen.

»Nie«, wiederholte er.

Sie schauten sich lange in die Augen. Schwerverletzte, die gerade noch gerettet worden waren, die große Schmerzen hatten. Er lauschte ihren Schritten, bis er nichts mehr hören konnte. Dann war ihm wieder kalt, und er fühlte sich völlig leer.

20

Als sie allein war, warf sie sich im Bett des Gästezimmers herum, weil ihr die Sache nicht aus dem Kopf ging. Jetzt, da sie ein genaueres Bild von Orsons Geliebter hatte, wurden ihre Vorstellungen immer wilder. Immer wieder tauchte Edwards Gesicht in ihrem Kopf auf. Wenn sie sich an die Berührung seiner Hand erinnerte, bekam sie eine Gänsehaut. Ja, sie war überzeugt, daß es gut war, daß sie sich in dieser Sache zusammengetan hatten. Schließlich betraf es sie beide gleich stark.

Sie hatte die Idee erst, als schon das Morgenlicht durch die Schlitze der Rolläden schimmerte. Natürlich, sagte sie und saß sofort senkrecht im Bett. Aber bald wurde das vernünftige Denken von der alten Wut verdrängt, die sie mit erneuter Gewalt ergriff.

»Natürlich«, schrie sie.

Um sechs Uhr war sie bereits angezogen und auch erstaunlicherweise voller Energie. Das war jedoch immer so, wenn sie genau wußte, was sie wollte. Und sie brauchte jetzt eine Bestätigung. Sie würde es Edward erzählen.

Um sieben stand sie vor der polierten Doppeltür von Orsons Büro. Auf der Tür stand immer noch in Messingbuchstaben ›und Simpson‹. Bradley, Martin, Conte, Barnes und Simpson. Bradley, der die Firma in der Roosevelt-Ära gegründet hatte, starb vor langer Zeit. Die Tür war auf, und sie ging hinein.

»Mrs. Simpson«, sagte Miß Sparks überrascht. Sie trug eine Brille, die mit einem Kettchen um ihren Hals hing. Als sie sprach, nahm sie die Brille ab. Mit ihren grauen Haaren und ihrer tadellosen Kleidung, ein Kaschmirpullover lässig über einer weißen Bluse getragen, schaute sie aus wie die Inkarnation einer Chefsekretärin. Eine heiße Tasse Kaffee stand zusammen mit einem halbgegessenen Krapfen vor ihr auf dem Schreibtisch. Aber ihre Anwesenheit ließ vermuten, daß Orson tatsächlich so früh am Morgen schon arbeitete. Vivien mußte sich anstrengen, um ruhig zu bleiben.

»Möchten Sie eine Tasse Kaffee?« fragte Miß Sparks.

»Nein, danke.«

Hinter Miß Sparks' Schreibtisch konnte sie Orsons Büro sehen. Die Morgensonne spiegelte sich auf dem polierten, leeren Schreibtisch. Sie hatten also keine Zeit verloren, dachte sie und wurde ärgerlich. Miß Sparks hatte den Gottesdienst besucht, denn Vivien hatte sie kurz gesehen.

»Es tut mir so leid für Sie«, sagte Miß Sparks.

»Ich dachte mir, daß ich vorbeikomme, um die persönlichen Sachen meines Mannes abzuholen.«

»Ich habe alles in einen Karton gepackt«, sagte sie entschuldigend. »Wir wollten sie Ihnen zustellen lassen.« Miß Sparks' verschlagene Augen beobachteten sie. Ihr Besuch war ihr jetzt peinlich. Ihr ganzes Selbstvertrauen schmolz nur so dahin. Sie wünschte, Edward wäre bei ihr.

»Kann ich Ihnen irgendwie helfen?« fragte Miß Sparks. Eine ganze Menge, dachte Vivien. Auch dies war ein Teil von Orsons geheimem Leben. Hier war sie immer eine Fremde gewesen, seine Frau, der Eindringling. In dieser anderen Welt hielt Miß Sparks die Zügel in der Hand. Sie, Vivien, war immer ein Bittsteller –, jemand, der abgehalten werden mußte. Wie gutmütig war sie doch gewesen, wie gehorsam.

»Kommen Sie immer so früh zur Arbeit, Miß Sparks?« fragte Vivien. Es wurde ihr bewußt, daß sie sich nicht mehr um Höflichkeiten kümmern mußte. Miß Sparks schien sich ihre Antwort zu überlegen.

»Es ist für mich die beste Zeit am Tag«, sagte sie vorsichtig, während sie auf ihre Uhr schaute. »Zwei Stunden, dann wird es hier hektisch.«

Sie sagte »für mich«, bemerkte Vivien. Nicht »für uns«.

»Ich ordne seine nicht abgeschlossenen Fälle.« Sie setzte ihre Brille wieder auf. »Er hatte sich eine ganze Menge aufgeladen.« Sie sagte nichts und nahm ihre Brille wieder ab. »Wir alle vermissen ihn, Mrs. Simpson. Welch eine schreckliche Tragödie.«

Vivien fühlte die ausgesprochene Vorsicht von Miß Sparks.

»Ich kann mir gut vorstellen, daß Sie beide um diese Zeit eine ganze Menge Arbeit erledigen konnten?« sagte Vivien.

»Er legte auf eine sorgfältige Vorbereitung ganz besonderen Wert. Deshalb habe ich mich daran gewöhnt, so früh hereinzukommen. Ich wollte alles für ihn fertig haben, wenn er kam.« Ihre Antwort legte sie auf keine Weise fest.

Vivien war mit ihrer kühlen Haltung zufrieden. Sie nickte und wandte sich mit klopfendem Herzen ab, um ihr Gesicht zu verbergen.

»So hatte er mehr Zeit für seinen Morgenlauf«, sagte Miß Sparks. »Wir waren ein gutes Team. Er war ein Mann, bei dem jede Minute zählte. Er verschwendete keine Zeit. Wenn er gegen zehn kam, war gewöhnlich alles für ihn fertig.« Stolz schwang in ihrer Stimme mit.

Vivien war auf eine perverse Weise stolz auf ihre deduktiven Fähigkeiten. So fand sie den Mut, ihre Befragung fortzusetzen. Zehn Uhr morgens. Das war es. Verschiedene Bilder tauchten in ihrem Kopf auf, und sie fühlte, wie sie schwächer wurde.

»Geht es Ihnen nicht gut, Mrs. Simpson?«

»Doch«, sagte Vivien und räusperte sich, um ihre plötzliche Schwäche zu verbergen. »Bin noch ein bißchen mitgenommen.« Sie versuchte zu lächeln. Sie holte tief Luft und nahm die ganze Kraft zusammen, die sie aufbringen konnte.

»Miß Sparks«, fragte Vivien spitz, »ich dachte, Sie wüßten alles.«

Miß Sparks setzte ihre Brille auf und schaute Vivien an.

»Ich schwöre Ihnen, Mrs. Simpson ...« Sie senkte ihre Stimme. »Ich schwöre Ihnen, daß ich keine Ahnung hatte. Ich kann mir nicht vorstellen, was ihn in dieses Flugzeug brachte. Ich dachte, ich wüßte alles über seine Arbeit. Ich weiß, wie peinlich das für Sie sein muß, aber ich versichere Ihnen ...«

Vivien ließ sie weiterreden. Sie hatte herausgefunden, was sie wissen wollte.

»Ich glaube Ihnen ja, Miß Sparks.« Auch sie hatte also den Stachel des Betrogenseins zu spüren bekommen.

»Ich verstehe es einfach nicht. Ich habe immer seine Reisen organisiert. Immer.«

Es war deutlich zu erkennen, daß es ihr die Geschäftspartner, wahrscheinlich Dale, nicht leichtgemacht hatten und daß ihre Tage in der Firma vermutlich bereits gezählt waren. Trotzdem hatte sie kein Mitleid.

Die Bestätigung ihrer Befürchtungen traf sie ungeheuer hart. Auf der Straße spürte sie das ganze Ausmaß ihrer Wut. Die Schärfe ihres Verstandes ließ sie schwindlig werden, und sie mußte sich an eine Straßenlampe lehnen.

Länger als ein Jahr. Orson hatte seinen morgendlichen Lauf vor über einem Jahr aufgegeben. Sie erinnerte sich, daß es Winter war. Er hatte ganz plötzlich damit aufgehört. Sie war ein bißchen neugierig gewesen. Abends geht es besser, hatte er erklärt. Sie kämpfte gegen eine aufsteigende Übelkeit an und lief in die Eingangshalle eines Bürogebäudes. Als sie ein Telefon gefunden hatte, wählte sie Edwards Nummer. Niemand hob den Hörer ab. Dann schaute sie auf die Uhr. Erst acht Uhr. Sie erinnerte sich, daß auch er früh ins Büro ging. Aber sie hatte den Namen des Abgeordneten vergessen, für den er arbeitete. Sie rief bei der Auskunft des Capitols an und fand so seine Nummer heraus.

»Es tut mir leid«, fing sie an.

»Lassen Sie das, Viv«, sagte er. »Ich freue mich, Ihre Stimme zu hören.«

»Ich möchte Ihnen etwas sagen«, sie zögerte, »aber nicht am Telefon.« Es öffentlich auszusprechen, kam ihr irgendwie obszön vor, ein schmutziges kleines Geheimnis. Es war etwas, das persönlich mitgeteilt werden mußte. »Verdammt, Edward, es wird immer schlimmer.«

»Als allererstes habe ich Sie heute morgen angerufen«, sagte er. »Ich habe mir Sorgen um Sie gemacht.« Er schien darüber verlegen zu sein.

»Ich bin zu Orsons Büro gegangen. Ich glaube, ich weiß etwas Neues.«

Eine halbe Stunde später war sie vor dem Rayburn-Gebäude, und er stieg zu ihr in den Wagen.

»Lassen Sie uns einfach irgendwo parken«, sagte er. Sie fuhr in Richtung Independence Avenue und bog dann zur Brücke ab, weil sie auf die Seite von Virginia fahren wollte, wo sie sich besser auskannte.

»Müssen wir über die Brücke fahren?«

»Wie dumm von mir.«

Aber es gab keine Möglichkeit noch umzudrehen. Deshalb bog sie in die Straße ein, die zum Jefferson Memorial führte.

»Ist schon gut hier«, sagte er. Sie parkte auf einem verlassenen Parkplatz und stellte den Motor ab. Von ihrem Parkplatz aus konnten sie den gefrorenen Teich in der Sonne glitzern sehen. Auf der anderen Seite des Teiches standen kahle Kirschbäume, die auf den Frühling warteten. Über ihnen ragte die riesige Statue Jeffersons von griechischen Säulen umgeben in den Himmel.

»Wenn es zu kalt wird, schalte ich die Heizung ein.«

»Ist schon gut«, sagte er.

»Ich weiß nicht genau, wie ich es sagen soll«, fing sie an. »Es war morgens«, platzte sie dann heraus. »Sie haben sich morgens getroffen. An jedem Arbeitstag.«

»Aber sie schlief doch immer...« begann er. Dann fing er langsam an zu verstehen. »So hat es wenigstens ausgesehen«, sagte er traurig.

»Er war nie vor zehn Uhr im Büro.«

»Mein Gott.« Sie bemerkte seine geballten Fäuste.

»Er ist um sieben Uhr aus dem Haus gegangen. Das sind drei Stunden.«

»Sobald ich weg war«, sagte er wütend, »muß sie aus dem Bett gesprungen sein. Unserem Bett. Dann stieg sie zu ihm ins Bett. Wie ekelhaft. Wie unglaublich ekelhaft.«

»Es gibt noch etwas.«

Er schaute ihr nicht in die Augen.

»Erinnern Sie sich, daß ich Ihnen erzählte, er ging jeden Morgen zum Joggen? Dann fing er auf einmal an, abends zu joggen?«

»Ja.«

»Das war vor einem Jahr.«

»Ein ganzes Jahr!«

»Ich fürchte schon.«

»Ich habe mich immer über sie gebeugt und ihr einen Kuß gegeben. Ich habe das jeden Morgen gemacht, und immer habe ich das Haus mit einem guten Gefühl verlassen...«

»Sie waren sehr schlau«, sagte Vivien, »indem sie den Morgen gewählt hatten. Die Stunden der Unschuld.«

»Diese verlogene Hure. Wie konnte sie das nur machen?«

»Und er?«

»Und das länger als ein Jahr.«

»Entwürdigend, nicht wahr?«

Er gab keine Antwort. Das Undenkbare schien erstaunlich rational. Unbeabsichtigt waren sie sich im Wagen immer näher gekommen. Sein Arm lag auf der Rückenlehne, und seine Hand berührte ihre Schulter. Sie spürte den leichten Druck, aber sie bewegte sich nicht.

»Keiner kennt irgend jemanden«, sagte er, nachdem sie lange geschwiegen hatten. »Das können wir daraus lernen.«

»Ein ganzes Jahr«, sagte sie nachdenklich. Allein daran zu denken, daß sie keine Ahnung hatten, war schon ein Grund zur Verlegenheit. Nein! Sie würde nicht auf ihrer Selbstachtung herumtrampeln lassen. »Stellen Sie sich nur vor, was sie sich alles ausgedacht haben mußten, um sich nicht zu verraten. Es war mehr als nur eine Lüge.«

Als sie redete, kam ihr der Druck seiner Hand wieder zu Bewußtsein. Obwohl sie sie als angenehm empfand, machte sie sie unruhig, als ob *sie* untreu gewesen wäre. Sie schaute sich um. Die Situation wies alle Attribute eines heimlichen Stelldicheins auf, eine Affäre in der Mittagspause: der verlassene Parkplatz, der Mann neben ihr im Wagen, das seltsame Gefühl einer sinnlichen Erwartung. Sie hörte bereits Margos wissendes Lachen.

Dann hatte sie eine andere Vorstellung. Wenn sie sich umdrehte, so bildete sie sich ein, säße Orson neben ihr, mit seinem schönen kantigen Gesicht und seinen aufgeweckten Augen, hinter denen sich eine machiavellische Intelligenz verbarg, so daß sein anklagender Blick ihr das Gefühl gab, sie wäre die Schuldige und er hatte die Falle gestellt. Plötzlich rückte sie zur Seite.

»Was ist denn los?«

Edwards Stimme rief sie in die Wirklichkeit zurück. Sie schaute über den Teich auf die kahlen Kirschbäume, die wie sie selbst schläfrig warteten.

»Was ist denn los?« fragte er wieder. Sein Ellenbogen lag immer noch auf der Rückenlehne, aber er hatte die Hand wie ein ängstlicher Teenager bei seinem ersten Rendezvous hochgehoben.

Irgendwie besänftigte sie diese Geste, denn sie rutschte wieder auf ihren alten Platz zurück. Sie konnte sein Bedürfnis, ein anderes menschliches Wesen zu berühren, verstehen. Sie fragte sich, ob er ihr mehr als Trost geben wollte und ob sie auch mehr als das brauchte. Es war unwichtig, beschloß sie. Und wenn man die Umstände bedachte, auch ein wenig seltsam.

Er legte seinen Kopf auf die Kopfstütze und schloß die

Augen. Seine Hand streichelte ihre Schulter. Trotz ihrer Besorgnis verflüchtigte sich ihre Unruhe.

»Vielleicht haben wir sie für uns erfunden«, sagte er.

Er atmete tief ein und seufzte.

»Eher als sie sich selbst.«

»Ein ganzes Jahr.« Er schüttelte ungläubig den Kopf. »Da muß doch irgend etwas gewesen sein. Irgend etwas! Sie haben doch sicherlich intuitiv irgendwelche Veränderungen gespürt?«

»Was man auch von der Intuition der Frau halten mag. Meine muß sich in Mottenkugeln verkrochen haben.«

»Ich war zu sehr mit mir selbst beschäftigt. Hab' mich halb tot gearbeitet. Ich wäre nie auf den Gedanken gekommen. Sie sind Hausfrau. Sie waren immer um ihn herum...«

»Soll mir wohl den Schwarzen Peter zuschieben?«

»Das habe ich nicht gemeint.«

»Was dann?«

»Genau das, was ich gesagt habe. Wie eine Anklage gegen Ihr – Geschlecht.«

Genug, schrie sie innerlich. Sie war zu erschöpft, um auch noch ihre Rolle verteidigen zu müssen. Außerdem haßte sie jetzt diese Rolle der treuen Frau, die immer die Lampe im Fenster angezündet hatte. Es schmerzte sie, nur daran zu denken.

»Sie haben ein Verbrechen begangen gegen, nun gegen die Idee der Ehe«, sagte er. »Stellen Sie sich nur vor, wie raffiniert sie vorgehen mußten. Sie mußten unsere Gewohnheiten kennen, unseren Tagesablauf berücksichtigen. Sie mußten im voraus ihre Spuren verwischen, unser Vertrauen ausnützen und sich gegen uns verschwören. Mein Gott, wie geschickt sie alles angestellt hatten.«

»Alles mußte ganz genau stimmen. Ein Fehler, und wir wären mißtrauisch geworden. Oder wären wir das nicht? Für wie dumm müssen sie uns nur gehalten haben?«

Ein unterdrückter Ton kam aus seiner Kehle, ein süffisantes Lachen.

»Was ist los?«

Er schüttelte den Kopf.

»Man sagt so etwas nicht«, murmelte er.

»Wir dürfen keine Geheimnisse haben«, sagte sie leichthin. Ihre Hand hatte fast spielerisch seine Brust gestreift.

»Also gut. Wir haben die gleichen Bakterien. Alle vier.«

»Wie ekelhaft.« Sie unterdrückte ein Kichern. Die Vorstellung war zum Lachen.

»Wie Herpes.« Er lachte jetzt lauthals. Sein ganzer Körper bebte. »Es tut mir leid«, sagte er, als er sich beruhigt hatte und sich über die Augen wischte. »Es ist kein glückliches Lachen, eher ein hysterisches«, entschuldigte er sich.

»Ich verstehe«, sagte sie. »Schwarzer Humor.« Plötzlich drängte sich ihr eine Frage auf. »Aber warum hatten sie gerade zu diesem Zeitpunkt Florida gewählt?« Sie beantwortete ihre eigene Frage. »Vielleicht wollten sie eine Entscheidung treffen. Vielleicht brauchten sie einen Ort zum Nachdenken? Ein Ort, der weit von uns weg war. Das würde zu Orson passen. Der Verstand eines Rechtsanwalts.«

»Aber sie hatten doch einen Ort«, sagte Edward.

Sie merkte, wie sich plötzlich alles in ihr zusammenkrampfte.

»Geht es Ihnen nicht gut?«

»Nein, leider nicht.«

Er lehnte sich über sie und kurbelte das Fenster herunter, so daß die kalte Luft hereinkam. Sie atmete tief ein und fühlte sich etwas besser.

Ein anderer Wagen fuhr auf den Parkplatz und parkte auf der anderen Seite des Monuments. Als sie in den Rückspiegel schaute, beobachtete sie, wie sich zwei Köpfe gegenseitig näherten, weil sich die Silhouetten gegen den weißen Hintergrund deutlich abhoben. Auch er schaute in den Spiegel.

»Ehebetrug«, sagte Edward. »Letzte Woche hätte ich vielleicht gesagt, ein verliebtes Paar.«

»Letzte Woche hätte ich es nicht bemerkt. Oder mich nicht darum gekümmert.«

Sie sah, wie sich die Köpfe wieder voneinander lösten und sich durch das Hinterfenster nach ihnen umschauten.

»Sie müssen der Meinung sein, daß wir das gleiche machen«, sagte sie.

»Warum sollte ein Pärchen auch sonst hierher kommen« –

er schaute auf seine Armbanduhr – »um elf Uhr morgens an einem Wochentag im Winter?«

Durch das Hinterfenster konnten sie beobachten, wie die Leute noch immer zu ihnen herüberschauten. Endlich drehte sich das Pärchen wieder um und beschäftigte sich mit sich selbst.

»Offensichtlich keine besondere Sache. Wir lagen nur nicht auf der gleichen Wellenlänge«, sagte sie und schaute in den Spiegel. »Können Sie sich die Belastung vorstellen, wenn man immer Angst haben muß, erwischt zu werden?«

»Es schien sie nicht so sehr zu beunruhigen.«

Sie stellte den Rückspiegel wieder in die alte Position und schaute ihn an. Sein Gesicht war ganz blaß, und seine Wangen wirkten ein wenig eingefallener als bei ihrem ersten Treffen. Er hatte dunkle Ringe unter den Augen. Sie fragte sich, ob auch er solche Zeichen an ihr sah. Ein Krampf hatte sie plötzlich wieder gepackt, aber er ging schnell vorbei.

»Edward«, sagte sie nach einer Weile.

»Ja?« Sein Kinn zuckte, als er über den gefrorenen Teich schaute.

»Ich bin froh, daß sie gestorben sind.«

»Ich auch.«

Sie sagte nichts mehr, sondern ließ den Motor an.

21

Als Edward zum Büro zurückkam, war der Abgeordnete mit seinen Leuten gerade beim Mittagessen. Nur Jan Peters saß am Schreibtisch und las die Zeitung, während sie ein Brötchen aß.

»Sind Sie in Ordnung?« fragte sie. Es gab keine Möglichkeit, unbemerkt an ihrem Schreibtisch vorbeizugehen. Seit er hier arbeitete, mußte er eine gnadenlose Überwachung über sich ergehen lassen.

»Sie hätten sich mehr Zeit lassen sollen«, sagte sie zu ihm an diesem Morgen. Das war bevor er mit dem Abgeordneten eine kleine Unterredung hatte. Für den Abgeordneten war jede

Minute, die außerhalb des Büros verbracht wurde, eine Todsünde, egal aus welchen Gründen. Edward erwartete zwar kein Mitleid, aber der Abgeordnete hätte sich seine Gefühlsduselei sparen können, da sie ohnehin nur allzu durchsichtig war. Wie man so sagt, die Dinge ändern sich mit der Umgebung. Was hätte er außerdem schon mit dem Tag anfangen sollen? Er konnte nicht um Lily trauern. Wenn überhaupt, dann trauerte er um sein verlorenes Leben, das Ende der Unschuld. Sogar Selbstmitleid schien unangebracht. Wenigstens gab es Vivien. Viv.

»Die Arbeit wird Ihnen guttun«, hatte der Abgeordnete gesagt, wobei er die richtige Miene für solch eine Gelegenheit aufgesetzt hatte, den Ausdruck ernster Besorgnis.

»Ja, das glaube ich auch«, stimmte Edward zu.

»Ich weiß, daß es hart für Sie ist.«

Wie sollte er das denn wissen? fragte sich Edward. Früher war es für ihn noch leicht gewesen, mit der Heuchlerei und den kleinen Lügen für die Öffentlichkeit fertig zu werden, Lügen, die geradezu ein Ausdruck für Politik waren. Aber jetzt war das Ganze zu einer persönlichen Frage geworden, sein eigenes Leben war betroffen, und er konnte es nicht ertragen. Eine Lüge war eine Lüge. Es gab keine kleinen Lügen.

»Wenn es etwas gibt, was ich für Sie tun kann...« sagte der Abgeordnete, erledigte damit die unumgänglichen Beileidbezeugungen und wandte sich wieder dem Geschäft zu. Er ratterte eine Reihe von Presseverlautbarungen herunter und nannte einige Gesetzesanträge, die eine Wirkung auf die öffentliche Meinung haben sollten – sein einziges wirkliches Ziel. Pflichtgemäß machte sich Edward Notizen, unleserliches Gekritzel, das jedoch nach außen den Eindruck ernsthaften Interesses hervorrief.

»Öffentlichkeitsarbeit, Edward. So heißt das Spiel. Ein kontinuierliches Schlagen der Werbetrommel. Im ganzen Land. Der Name muß bekannt werden. Wir müssen alle unsere Ressourcen einbringen. Das ist der wichtigste Vorteil gegenüber jedem Herausforderer. Haben Sie mich verstanden?«

»Natürlich«, antwortete Edward und lächelte, wie er

hoffte mit hingebungsvollen Augen. Lily hätte das besser gemacht, dachte er bitter. Sie hätte hier sicher ihre Tapferkeit bewiesen.

Vivien hatte ihn mit ihrer Entdeckung wirklich überrascht. Morgens! Vielleicht jeden Morgen. Es war demütigend. Aber es war seltsam, wie diese Ereignisse Viviens logisches Denken geschärft hatten. Es war wirklich schade, daß er die Freuden der Rache nicht genießen konnte. Er hatte keine Ahnung, wie er auf diese Enthüllung reagiert hätte, wenn Lily noch am Leben wäre. Wäre er zu einem Mord fähig gewesen? Und wie hatte sie es nur fertiggebracht, mit ihm unter einem Dach zu leben und intim zusammen zu sein, während sie tatsächlich die Heuchelei in Person war und ihn mit unglaublichen Lügen abspeiste?

Er fragte sich, ob all diese Erkundungen die erhoffte Wirkung auf ihr Leben, auf ihre Zukunft hatten. Rissen sie sich damit nicht immer wieder von neuem eine Wunde auf? Sie brannte, aber die ungesunden Bakterien wurden nicht beseitigt. Die Heilung liegt im Wissen. Das war im wesentlichen ihr Ziel – mehr zu wissen. Sie konnten jetzt unmöglich aufhören.

Aber um weiterzukommen, mußten sie ihren ganzen Einfallsreichtum und ihre ganze Schlauheit aufwenden, eine Schlauheit, die auch Orson und Lily bewiesen hatten. Sie mußten genau wie sie denken lernen. Doch was würde passieren, wenn sich die Spur verlor? Er erinnerte sich an die Schlüssel. Welches Schloß mochten sie öffnen? Vor allem das mußten sie herausbekommen. Sie mußten einfach dieses dreckige Rattennest finden.

Wie sollten sie das anfangen? Da fiel ihm der Polizist ein, und er versuchte, sich an seinen Namen zu erinnern. Dann nahm er den Hörer und wählte das Polizeipräsidium. Hatte nicht McCarthy als erster die Verbindung zwischen den beiden Schlüsseln erkannt?

»Sie müssen etwas lauter sprechen.« Die Stimme am anderen Ende der Leitung war barsch und ungeduldig. Sie hatte eine erstaunliche Ähnlichkeit mit Vinnies Stimme.

»Sergeant McCarthy?«

Die Stimme wurde leiser und fragte in den Raum hinein: »Ist Mac hier?«

Nach einer kurzen Pause war die Stimme wieder laut zu vernehmen.

»Er hat keinen Dienst. Wollen Sie eine Nachricht hinterlassen?«

Er ließ seinen Namen und seine Telefonnummer zurück. Es tat ihm sofort leid, aber dann sagte er sich, daß er schließlich nicht mit einem Fremden sprechen würde.

Er saß in seinem Büro und starrte auf eine weiße Schreibmaschinenseite. Seine Gedanken gingen völlig durcheinander. Er fühlte sich benommen und kam sich ein wenig dumm vor.

»Sagen Sie mir, wie Sie sich fühlen«, hatte Vivien wissen wollen, bevor er aus dem Wagen stieg.

»Wie ein riesiger Dummkopf.«

»Ich habe das gleiche Gefühl«, hatte sie gesagt, als ob sie wußte, wie sehr er ihr bestätigendes Echo brauchte.

Jan Peters kam herein und setzte sich.

»Ich finde, Sie haben eine ganze Menge Mut, so schnell wieder zu arbeiten nach...« Sie sprach nicht weiter. »Beweist, daß Sie Klasse haben.«

»Danke«, sagte er, während er auf der Schreibmaschine immer wieder tippte ›schneller, brauner Fuchs‹. Dabei merkte er, wie sie ihn beobachtete.

»Ich möchte nur, daß Sie wissen, daß Sie an mir eine Freundin haben«, sagte sie flüsternd.

»Danke. Ich weiß das zu schätzen«, sagte er, ohne aufzuschauen.

»Jemand, dem Sie vertrauen können.« Sie beugte sich vor und berührte seinen Arm. »Ich meine das wirklich, Edward.«

Er nickte, weil er seine Ruhe haben wollte.

»Vergiß das nicht, Edward.«

»Ich brauche jetzt viel Zeit zum Nachdenken«, sagte er und schaute ihr ins Gesicht. Er wußte, daß sie es ernst meinte.

»Sie hat Ihnen alles bedeutet, nicht wahr?«

»Fast.«

Es fiel ihm ein, daß er sich verstellen und die Rolle des getroffenen Ehemanns spielen mußte. Nur bei Viv konnte er sein wahres Gesicht zeigen.

»Es ist gefährlich, wenn einem jemand so viel bedeutet.«

Er hatte das Gefühl, daß sich ihre geschäftliche Beziehung aufzulösen begann, und er kämpfte dagegen an. Aber sie war so vollkommen und unleugbar weiblich, körperlich und symbolisch. In seiner pathetischen Unwissenheit unterschätzte er das ganze Geschlecht. Wer waren diese Menschen? Er wußte nichts über sie, fand er, und er hatte nichts dazugelernt. Er verstand von den Frauen so wenig, als wären sie Marsmenschen. Er schaute auf und betrachtete sie kritisch. Vielleicht konnte sie ihm helfen, ihm eine neue Erkenntnis liefern. Seinem Unwissen ein Ende setzen.

»Wie ist das bei Ihnen?« fragte er. Er kam sich dabei vor wie ein Baby auf dem Schoß, wie ein Kind bei der Mutter.

»Haben Sie viele ...« Verunsichert sprach er nicht weiter. Er hatte Geliebte sagen wollen. »Freunde?«

»Mehr als mir zustehen«, antwortete sie und zog mißtrauisch die Brauen hoch.

»Ist einer davon in Sie verliebt?« Er wußte, daß dies eine unmögliche Frage war.

»Ich hoffe, daß es fast alle sind.« Sie kicherte aus mädchenhaftem Stolz.

»Und Sie?«

»Ich?« Ihr Flirten war unübersehbar. Lern daraus, sagte er sich. Traue niemandem.

»Ich liebe sie alle.«

»Ich meine es ernst.«

Sie schaute ihn nachdenklich an.

»Wirklich?«

»Ich habe es Ihnen doch gesagt.«

Sie schien plötzlich verwirrt.

»Also gut. Ich liebe keinen besonders innig.«

»Noch nie?«

»Was ist denn mit Ihnen auf einmal los?«

»Ich möchte es gerne wissen.«

»Was?«

»Wie verliebte Frauen sind«, sagte er kleinlaut. »Ich möchte wissen, ob es jemals einen Mann gab, der Sie so stark beeindruckt hat, daß Ihr Urteil ganz blind wurde. Verletzend.«

»Verletzend?« Ihre Augen wurden so groß wie Untertassen.

Vorsichtig protestierte sie: »Ich habe niemals jemanden absichtlich verletzt.«

Er merkte, daß er sie getroffen hatte. Sie wurde ganz still und warf ihren Kopf zurück. Dann verschwand ihre Angriffslust.

»Ja«, sagte sie. »Einmal war ich wirklich in meinem Innersten getroffen. Für ihn hätte ich alles getan. Ich meine alles. Ich wäre für ihn gestorben. Darum geht es.«

Sie stand auf. Je mehr sie ihre Verletzlichkeit zeigte, desto mehr trat ihre Sexualität in den Hintergrund. Eigentlich, so fand er, mochte er sie so lieber.

»Und was ist passiert?«

Sie schaute ihn mit einer zitternden Unterlippe an. Sie schien die kümmerlichen Reste ihres schwachen Stolzes zusammenzuraffen. »Warum wollen Sie das wissen?«

»Ich bin zu neugierig«, sagte er. »Sie müssen es mir nicht erzählen. Ich bin nur ein bißchen durcheinander.«

Das stimmte auch. Er wandte sich von ihr ab und schaute aus dem Fenster. Aber seltsamerweise war sie ganz begierig, ihm ihre Wunden zu zeigen. Sie erzählen entweder zuviel oder nicht genug, dachte er. Und er fragte sich, ob das wohl eine universale Wahrheit darstellte. Lily hatte ihn absichtlich in Unwissenheit gelassen.

»Es war der süßeste Schmerz, den ich je gefühlt habe. Das Problem ist nur, daß es wie Feuer ist: sehr heiß, wenn es brennt, kalt, wenn das Öl ausgeht. Man sagt, so etwas passiert nur einmal im Leben, wenn überhaupt. Wenigstens habe ich das gehabt. Also tut es mir nicht leid.«

Er dachte über das nach, was sie gesagt hatte. Hatte er nie für jemanden sterben wollen? Nicht einmal für Lily? Niemals. Dessen war er sich sicher.

Er merkte, wie sie ihn beobachtete. Er befürchtete, daß sie eine Gegenfrage stellen könnte. Aber sie tat es nicht. Vielleicht will sie mich nicht kennen. Vielleicht sind Männer für sie kein Geheimnis.

Sie ging hinaus.

Der Abgeordnete kam am Spätnachmittag ins Büro zurück. Er war ärgerlich und gereizt. Jedes nach außen gezeigte Verständnis für Edwards Zustand war verschwunden.

Edward reichte dem Abgeordneten Harvey Mills Presseverlautbarung.

»Das ist Mist«, schimpfte er stirnrunzelnd.

»Ich werde es überarbeiten, bevor ich es weitergebe.«

»Hier muß eine ganze Menge überarbeitet werden«, sagte der Abgeordnete, während er sich umdrehte und den Hörer abnahm.

Ich bin vielleicht kein Frauenkenner, dachte Edward, aber ich kenne diesen Scheißkerl.

Wie immer blieb er lange im Büro. Er hob jedesmal die Augen von der Schreibmaschine, wenn sich einer verabschiedete. Sogar der Abgeordnete steckte seinen Kopf herein.

»Es wird Ihnen guttun«, sagte er besänftigend. »Bringen Sie hier alles wieder in Schwung.« Als er weg war, starrte Edward weiter auf seine Schreibmaschine. Er hatte die Verlautbarung nicht an Harvey Mills zur Überarbeitung zurückgegeben, und er hatte keine Ahnung, wie er sie aufmöbeln sollte.

Harvey kam herein. »Kann ich gehen?« fragte er. Er sah gepflegter aus als früher. Ein neuer Haarschnitt, das ist es wohl, dachte Edward. Er will sich meinen Job unter den Nagel reißen. Es war keine Paranoia, nur die Feststellung einer Tatsache. Sein Instinkt hatte sich also geschärft. Das war ein beruhigender Gedanke. Er schien völlig die Gewalt über sich und andere verloren zu haben. Du begreifst schon langsam, stellte er fest.

»Sicher, Harvey«, sagte er.

»Hat dem Alten die Verlautbarung gefallen?«

»War ganz begeistert. Geht als erstes am Morgen raus.«

Sie würde so rausgehen, wie sie war. Der Abgeordnete kümmerte sich selten um Anordnungen. Er vertraute ganz darauf, daß Edward es richtig erledigte.

Jan kam mit neuem Make-up herein. Sie hatte keinen Mantel an und kam auch nicht herein, um sich zu verabschieden. Es wurde ihm auf einmal klar, daß ihr Gespräch eine Vertrautheit geschaffen hatte, die er nicht beabsichtigt hatte.

»Wollen wir was trinken gehen?« fragte sie herausfordernd. Einen Augenblick lang überlegte er es sich ernsthaft, aber dann bekam er wieder die alten Gewissensbisse.

»Sie ist tot, Edward«, sagte Jan.

»Tot?«

Eigentlich dachte er an Vivien, und das verwirrte ihn einen Augenblick lang.

Das Telefon läutete. Er nahm den Hörer ab und drehte sich weg von ihr. McCarthys Stimme übertönte den Lärm des Hintergrunds.

»Ich wollte gern mit Ihnen über etwas sprechen«, sagte Edward.

»Gern.«

Als keiner etwas sagte, wurden die Geräusche noch lauter.

»Ich bin im Dubliner gegenüber dem Bahnhof. Kennen Sie das Lokal?«

Es war nicht weit. Er konnte durch den Park vor dem Capitol laufen. Nachdenklich drehte er sich um und schaute zu Jan hinüber, die sich noch immer anbot. Nein, beschloß er, sie gehörte nicht dazu.

»Ich werde in fünfzehn Minuten da sein«, sagte er.

»Vielleicht ein anderes Mal.« Jan zuckte mit den Schultern, aber sie konnte ihre Enttäuschung nicht verbergen.

22

Von seinem Platz an der Rückwand des Lokals aus sah McCarthy, wie Edward in das rauchige Lokal blinzelte. Man sieht ihm den Schaden jetzt deutlich an, dachte McCarthy. Der arme Hund hatte in den Apfel gebissen. McCarthy trank seinen Whisky aus und spülte ihn gerade mit einem Schluck Bier hinunter, als sich Edward zu ihm setzte.

»Was trinken Sie?«

Er bemerkte, daß der Mann auf sein Angebot gar nicht einging. Es war die Gleichgültigkeit des Schocks. Wie ein betrunkener Kämpfer. Der Alltag hatte sich also wieder eingestellt, aber es war nicht mehr der gleiche Alltag. Alles war anders.

»Das gleiche wie Sie.« Edward zuckte mit den Schultern. Ein anderes Symptom. Entscheidungen zu fällen, ist unmöglich, ja nur mit großen Schmerzen verbunden. Die Urteilsfähigkeit war eingeschränkt. Der Mann war in einen großen Berg Scheiße geraten und wußte keinen Weg heraus.

Eine schlampige Kellnerin brachte ihnen den Whisky und das Bier. Edward schaute sich im Lokal um, und McCarthy konnte sehen, daß es für ihn eine fremde Welt war.

»Die alte Herkunft«, sagte McCarthy. »Wir Iren kommen uns immer entwurzelt vor. Deshalb brauchen wir uns gegenseitig.«

Edward folgte seinem Blick. »Wie die Italiener«, sagte er. »Meine Frau war eine.«

»Spaghettifresser, Chinesen, Schwarze – die Familien der Menschheit. Bei seiner eigenen Rasse weiß man wenigstens, woran man ist.«

»Tatsächlich?«

Der Mann seufzte und schaute in sein Glas, seine Finger spielten mit einem metallenen Aschenbecher. Grübelnd, dachte McCarthy. Verständlich. Die Welt des Mannes war zusammengebrochen. Verdammt noch mal, ich habe für diesen traurigen Köter alles getan, was ich konnte.

»Schließ deinen Frieden damit, Davis«, sagte McCarthy, wobei er seinen Whisky hinunterschüttete, sich mit dem Ärmel die Lippen abwischte. Dann besiegelte er das Ganze mit einem Schluck Bier und wischte sich wieder in der gleichen Weise ab.

»Ich komm schon zurecht«, verteidigte sich Edward.

Er sah nicht so aus. McCarthy fragte sich, was der Mann wollte, aber er drängte ihn nicht. Er würde es schon erzählen. Schließlich teilten sie ein Geheimnis. Das war zwar nicht viel, aber doch genug, um eine Verbindung zwischen ihnen herzustellen. Mrs. Simpson war härter, fand er. Hat ihn verbrannt. Das gefiel ihm. Frauen waren härter und gemeiner. Sie ließen die Männer immer auf der Strecke. Wie Billie. Wenn man seinen Schutz einmal aufgibt, dann machen sie Kleinholz aus einem.

Während er wartete, überlegte sich McCarthy, was er tun sollte. Er konnte irgendeinen dummen Rat geben, der völlig wertlos war, oder er konnte ihm sagen, was er hatte lernen müssen, daß es nämlich gegen den Betrug einer Frau kein Mittel gab. Er würde es herausfinden. Alles hing vom Vertrauen ab. Wenn das Vertrauen verloren war, war alles beim Teufel. Das beste, was man dann noch machen konnte, war das, was auch er gemacht hatte, sich beim Riemen zu reißen und auf den Abgang zu warten.

Du solltest mir dankbar sein – er betrachtete den grübelnden Mann schweigend –, daß ich den Schmerz ein wenig gelindert habe. Zu viel zu wissen, war der eigentliche Feind. »Timmy ist von dir«, so hatte Billie ihn im Hotelzimmer auf den Knien liegend zu überzeugen versucht und dabei ein Kreuzzeichen auf ihre nackte Brust gemacht, als ob das ein Beweis wäre. Jim saß nur stumm auf dem Bett, die Hände vors Gesicht geschlagen, zusammengekauert, damit seine obszöne Nacktheit verborgen war. Aber der eigentliche Feind war die Frau – Billie. Jim war genau wie er nur ein Instrument. Ein Schwanz. Damals war er sich todsicher gewesen, wer Timmys Vater war, und obwohl diese Sicherheit im Laufe der Zeit etwas nachgelassen hatte, war er immer noch verunsichert. Was es noch schlimmer machte, war das Aussehen des Jungen: blaue Augen, helle Haut, rote Haare, klein und zartgliedrig. Er hatte nicht die geringste Ähnlichkeit mit ihm. Aber auch nicht mit Jim. Als ob er sie beide absichtlich ausgestochen hätte, indem er genau wie sie aussah.

»Ich werde ein paar Gedanken nicht los, die mich stören«, sagte Edward und räusperte sich.

Wem geht das nicht so? McCarthy kicherte in sich hinein. »Ich habe dir einen Rat gegeben, Freund. Laß die Sache auf sich beruhen«, sagte McCarthy.

»Man denkt erst an diese Sachen, wenn es zu spät ist.«

»Genauso ist es.«

»Ich muß immer wieder an das gleiche denken.«

»Ich habe alles für mich behalten, oder?« Edward nickte, aber McCarthy fand nicht, daß er besonders dankbar war. »Dieser Rechtsanwalt hätte die Sache an die große Glocke gehängt. Das hätte keinem geholfen. Verdammte Rechtsanwälte. Dann hätten es die Reporter in die Finger gekriegt. Besser für jeden. Auch für sie. Und das Kind.«

McCarthy schaute sich nach der Kellnerin um und streckte zwei Finger hoch. Er machte ein finsteres Gesicht, als er merkte, daß Edward seinen Drink nicht einmal angerührt hatte.

»Tut Ihnen gut«, befahl ihm McCarthy.

Gehorsam hob Edward mit zitternden Fingern seinen Drink. Er trank ihn in einem Zug aus und schwappte das Ganze schnell mit einem Bier hinunter, so daß er einen gehörigen Bart aus Schaum hatte. Du würdest dir einen Doppelten genehmigen, wenn du alles wüßtest, dachte McCarthy.

»Ich habe sie gestern beerdigt«, sagte Edward, als er wieder zu Atem gekommen war.

»Bester Ort für sie«, murmelte McCarthy und merkte, wie der Ärger wieder in ihm hochstieg. Wenn er trank, wurde er manchmal grausam. Was zum Teufel wollte dieser arme Hund nur?

»Wir haben Informationen ausgetauscht, Mrs. Simpson und ich«, platzte Davis heraus.

»Tatsächlich?«

»Wir haben die Schlüssel. Wir brauchen nur noch den Ort.«

»Brauchen?«

»Nun, ich glaube«, stotterte Edward, »es ist wichtig, so viel wie möglich zu wissen.«

»Was würde das beweisen?«

Edward ignorierte die Frage. »Unser Problem ist, wie wir das zum Schlüssel passende Schloß finden können.«

McCarthy lächelte. »Das kann man nicht, außer man hat einen Schlüssel, der wie ein Medeco registriert ist, oder man schickt eine ganze Armee von Leuten aus, die Schlüssel in Schlüssellöcher stecken – mindestens ein Bataillon. Es gibt Hunderttausende von Türen.«

Die Kellnerin brachte zwei neue Drinks. McCarthy starrte sie an und zögerte. Diesmal war Edward der erste, der nach dem Glas griff und es hinunterschüttete, ohne jedoch ein Bier nachzugießen.

»Ungelöste Rätsel lassen einen nicht in Ruhe«, sagte Edward.

»Ist der Papst katholisch? Das liegt mir mehr.«

»Wir haben viel darüber gesprochen. Das Puzzle zusammengesetzt. Nur Theorien, Spekulationen, versteht sich.«

Seine Wangen waren ganz rot geworden, und seine Augen bewegten sich nicht mehr unruhig hin und her, sondern schauten McCarthy an. »Sie müssen verstehen, wir sitzen beide im gleichen Boot, Mrs. Simpson und ich. Es hat uns beiden einen Tiefschlag versetzt. Ich meine, man kann es noch nicht einmal sich selbst erklären, geschweige denn einem anderen. Wir hatten keine Ahnung, was da gespielt wurde. Sie können es uns nicht vorwerfen, daß wir jetzt herausfinden wollen, was eigentlich los war. Es gibt Sachen, die wir wissen sollten, die wir wissen *müssen*.«

McCarthy sagte nichts, sondern schaute auf seinen Drink. Obwohl ihm schon das Wasser im Mund zusammenlief, hielt er sich zurück. Er fing unter den Armen zu schwitzen an. Er beobachtete, wie Edward nur schwer schlucken konnte, wie der Adamsapfel in seinem Hals zitterte. Ich werde Ihnen nur noch mehr sinnlosen Schmerz zufügen, dachte McCarthy.

»Also Sie beide wollen das Puzzle zusammensetzen«, sagte er und wußte, daß seine Warnung nichts nützen würde.

»Ich versuche es lediglich zu verstehen«, erwiderte Edward. »Aber jetzt zu den Schlüsseln.«

»Man muß die Möglichkeiten einschränken. Man muß sich überlegen, was erreichbar und praktisch war. Die Zeit bedenken.«

»Wir glauben, daß sie sich morgens getroffen haben.«

»Ja?«

»An irgendeinem Ort, den sie von beiden Wohnungen aus gut erreichen konnten.«

»Dazwischen.«

McCarthy gefiel, gegen seinen Willen, die Idee immer besser. Er konnte noch nie einem Geheimnis widerstehen. Er griff nach dem Glas und trank es aus, schwappte es mit dem Bier hinunter und bestellte zwei neue. Dann nahm er einen Kugelschreiber und faltete eine Serviette auseinander.

»Ziehen Sie einen Kreis. Sagen wir fünfzehn Minuten von beiden Wohnungen entfernt. Dann zehn Minuten. Dann fünf. Teilen Sie die Kreise in überschaubare Abschnitte ein. Dann arbeiten Sie sich systematisch von einem Abschnitt zum anderen und überprüfen Sie jedes Schloß. Achten Sie auf Yales und lassen Sie die anderen aus.«

»Das kann Wochen, ja Monate dauern.«

»Sie haben mich nach einer Möglichkeit gefragt. Was macht es denn schon? Sie haben noch ein ganzes Leben vor sich.«

»Gibt es keine andere Möglichkeit?«

»Sie finden vielleicht diese verdammte Adresse in ihren Unterlagen.«

»Wir haben alles durchsucht.«

»Dann haben Sie es übersehen.«

»Wir waren sehr gründlich.«

»Man übersieht immer etwas.«

»Wir sind keine Profis.« Edward zögerte. »Sie waren die Füchse, und wir sind nur dumme Hunde.«

»Das kann man sagen.«

Die Kellnerin kam wieder und brachte zwei weitere Drinks. Edward lehnte seinen ab, und McCarthy vernichtete beide. »Und wenn Sie es finden?«

»Wir machen einen Schritt nach dem anderen.«

»Sie haben ja keine Ahnung«, sagte McCarthy, der wieder wütend wurde.

»Wenn es Ihnen passiert wäre, würden Sie uns verstehen«, sagte Edward.

»Es ist vorbei! Je mehr Sie wissen, desto unruhiger werden Sie. Finden Sie sich damit ab. Die beiden haben Sie übers Ohr gehauen, und sie haben ihren Teil dafür gekriegt. Das Schicksal hat die Arbeit für Sie geleistet. Es gibt Millionen, die froh wären, wenn ihnen das passiert wäre. Wumm! Krach! Alles vorbei!«

»Sie verstehen uns nicht.«

Er sah jetzt rot. »Glauben Sie, daß sie Karten gespielt haben? Sie haben sich ausgefickt.« Er fühlte, wie sich ein Schrei aus seiner Brust löste. »Das Hausgemachte hat ihnen nicht geschmeckt. Nicht ihr eigenes, sondern das von Ihnen zubereitete. Erzählen Sie mir nichts über verlorenes Vertrauen, Verpflichtung, Beziehungen oder Ehre. Als ich noch ein Kind war, haben sie über Ehre gesprochen. Scheiße! Wissen Sie, was Sie in dieser Wohnung finden werden? Ein Bett, zehntausend dreckige Bilder und verfleckte Bettlaken mit einer Million verlorener Kinder.« Er rülpste. »Außer einem.« Verdammt, er hatte versucht, diesem Kerl einen Gefallen zu tun, aber er wollte es einfach nicht dabei belassen. McCarthy merkte, wie er grausam wurde. »Sie sind bereits von einem Lastwagen getroffen worden. Sie werden noch von einem Panzer überrollt werden.«

Edward runzelte die Stirn.

Armer Hund, dachte McCarthy. Aber warum, verdammt noch mal, sollte er um die ganze Wucht des Aufpralls herumkommen? Teilt den Schmerz, Jungs.

»Sie war schwanger.«

»Schwanger?«

Edward Davis wurde ganz fahl und fiel gegen die Banklehne, als ob er gestoßen worden wäre. McCarthys Wut war wieder verflogen.

»Sitzt neben einem Iren und glaubt, daß er ein Priester ist.«

Er beobachtete, wie der Mann tief Atem holte und den Mund verzog. McCarthy wurde jetzt nüchterner, aber der Schaden war schon angerichtet.

»Also«, sagte er ruhiger, »je mehr Sie wissen, desto besser ist es?«

»Warum?« fing Edward an.

»Ungelöste Rätsel.« Er zuckte mit den Schultern. »Ich sagte Ihnen schon, daß ich ungelöste Rätsel nicht mag. Die Stewardeß war auch schwanger. Das hat mich auf die Idee gebracht. Die Ärzte haben sie untersucht, bevor wir sie herausgaben. Eine gute Idee. Es war erst vorgestern. Ich hätte Sie anrufen können.« Er stand unsicher auf. Fall abgeschlossen. Genug für heute.

»Gibt es noch ungeklärte Fragen?«

»Für Sie. Nicht für mich. Finden Sie doch alles heraus!«

Er wollte gehen. Edward stellte sich hinter ihn.

»Wie lange?« fragte er. McCarthy drehte sich um und schaute ihm ins Gesicht.

»Ungefähr sechs Wochen. Sagt Ihnen das etwas?«

Der Mann drehte sich um und ging weg.

»Geben Sie nicht mir die Schuld«, rief McCarthy hinter ihm her. »Ich habe das Gift nicht in den Becher getan.«

23

Vivien hatte sich noch im Mantel auf einen Küchenstuhl gesetzt und beobachtete, wie Hamster an dem Schneemann herumschnüffelte, der von seinem unaufhörlichen Pinkeln schon ganz gelb war. Schwarze Stellen waren zu sehen, wo der Schnee verschwunden war, und die große Wiese sah mickrig und ungepflegt aus.

Als Hamster wieder an der Tür kratzte, stand ihr Entschluß fest. Hamster war Orsons Geschenk, seine Wahl, und er und Ben hatten ihn aufgezogen, was ihrer Meinung nach genügend Absolution für ihre Pläne lieferte. Sie machte die Tür auf und ließ ihn herein. Er lief schnurstracks zu seinem Napf, schnüffelte daran herum und leckte den Rest aus dem Plastiknapf. Dann drehte er sich zu ihr um und wedelte mit dem Schwanz, wobei seine runden, braunen Augen vor Erwartung ganz naß waren.

»Tut mir leid, mein Kerlchen«, flüsterte sie, während sie sich hinunterbeugte und ihn hochhob.

Fest entschlossen hielt sie ihn mit einer Hand gepackt. Zuerst hatte sie noch nicht genau gewußt, was sie mit ihm machen wollte. Aber jetzt war es ihr ganz klar, und sie freute sich über diese Erkenntnis. Es war nicht so sehr eine Frage von Recht und Unrecht, sondern eher eine Art Exorzismus. Was Orson gehört hatte, was seine Einstellung, seinen Geschmack, seine Vorlieben oder seine Ausstrahlung betraf, mußte zum Abfall geworfen werden. Diese Richtlinie war ihr mit jeder neuen Entdeckung klarer geworden. Die Heilsarmee hatte bereits alle möglichen materiellen Sachen, die von seinem Leben in diesem Haus zeugten, weggeschafft.

Sobald sie wieder zu Hause war, hatte sie bemerkt, daß seine fehlenden Sachen auch das Gefühl seiner Anwesenheit verminderten. Sie hätte natürlich alles verbrennen können. Für die Heilsarmee war es immerhin eine Art Bonanza, eine scheinbar nicht versiegende Quelle des Nachschubs: die gesamte Ausstattung eines Washingtoner Rechtsanwalts mit mehr als einem Dutzend Schuhen, seiner Sportausrüstung – Tennisschlägern und Golfschlägern. Dann gab es noch die verschiedensten Magazine, Schreibmaterial, Briefbeschwerer und andere Kleinigkeiten. Sie hatte alle Bilder von den Wänden seines Arbeitszimmers genommen, seine alten Pfeifen und sogar seine Kaffeetasse hinausgeschmissen. Alles!

Es waren noch ein paar Sachen von ihm in ihrem Schlafzimmer übrig: sein Schmuck, sein Rasierapparat, sein Rasierwasser und sein Aftershave. Keine weitere Nacht durfte mit diesen Sachen im Haus verstreichen.

Jetzt war Hamster an der Reihe. Hamster tatsächlich wegzuschaffen, betrachtete sie als eine wirkliche Prüfung ihrer Entschlossenheit. Sie trug ihn zum Wagen und setzte ihn auf den Beifahrersitz. Er fuhr gern Auto und stellte sich auf die Vorderpfoten: er hielt Ausschau nach anderen Hunden, die er mit einem Bellen begrüßen konnte.

Wenn sie mit Orson früher aufs Land gefahren war, hatte sie Ben zu ihren Eltern geschickt und Hamster bei einer in der Nähe gelegenen Farm untergebracht. Diese Leute gabelten oft ›herrenlose‹ Hunde auf und versuchten, für sie ein Zuhause zu finden. Es war nicht das gleiche, so versicherte sie sich selbst, als ihn einschläfern zu lassen.

Als sie auf den Schotterweg einbog, der zur Farm führte, wurde Hamsters Körper ganz gespannt. Er zitterte vor Angst, und sie zog ihn ganz nahe zu sich heran.

»Ich werde es versuchen«, sagte die Frau, die die Farm leitete. »Aber es ist nicht so einfach, wie Sie sich das vorstellen.«

»Ich komme solange für seine Verpflegung auf.«

»Also gut, aber ich kann Ihnen keine Garantie geben.«

»Das kann ich verstehen«, sagte Vivien und schrieb einen Scheck für einen Monat aus.

Exil oder Tod, dachte sie, und war sich ihrer ganzen Bosheit dabei sehr wohl bewußt. Sie hatte es absichtlich verhindert, daß das Tier mit Ben und ihren Eltern nach Vermont fuhr. Wenn er kein neues Zuhause finden würde, würde sie vielleicht später den Mut aufbringen, ihn einschläfern zu lassen, eine Vorstellung, die sie trotz ihrer wilden Entschlossenheit erschreckte.

Als sie nach Hause kam, läutete das Telefon. Atemlos vom Laufen hob sie den Hörer ab, weil sie hoffte, daß es Edward war. Es war aber Dale Martin.

»Wir haben Orsons Versicherungspolicen durchgeschaut«, sagte er, nachdem die üblichen Höflichkeitsrituale ausgetauscht waren. »Sie werden bequem leben können. Dann ist da noch der Prozeß gegen die Fluggesellschaft...«

Sie hörte uninteressiert zu. Auch Dale gehörte zu dem Leben, mit dem sie nichts mehr zu tun haben wollte.

»Sind Sie noch da, Vivien?« fragte Dale, nachdem er die ganze Zeit gesprochen hatte, ohne daß sie eine Zwischenbemerkung gemacht hatte.

Sie fühlte sich gezwungen, eine Antwort zu geben.

»Sie werden eine sehr reiche Witwe sein, das kann ich zum Glück sagen. Die Versicherungsverträge allein umfassen siebenhundertundfünfzigtausend Dollar, und Sie bekommen zweifellos das Doppelte, wenn die Fluggesellschaft zahlen muß.« Er machte eine Pause. »Ich weiß, daß es Ihnen Orson nicht zurückbringt, aber es wird doch Ihre persönliche Situation erleichtern, zumindest finanziell.«

Damit war das Gespräch an dem Punkt, auf den sie gewartet hatte.

»Ich will nichts davon haben«, sagte sie entschlossen. »Überschreiben Sie alles Ben.«

»Sagen Sie das noch mal!«

Sie wiederholte es.

»Das ist Unsinn«, explodierte er, dann wurde er etwas weicher. »Sie sind immer noch mit den Nerven runter, Vivien. Sie denken nicht rational. Wir sprechen von einer ganzen Menge Geld.«

»Ich will nur das Haus und mein eigenes Konto.« Das sind die einzigen Sachen, die mir wirklich gehören, dachte sie. Sie hatte das Haus ausgesucht und mit Liebe eingerichtet. »Ich werde es verkaufen.« Es war unmöglich, Orsons Gegenwart völlig loszuwerden. Auch das Haus mußte wie alles andere verschwinden.

»Der Markt ist zur Zeit sehr schlecht, Vivien. Sie werden nicht dafür bekommen, was es wert ist.«

»Wir werden sehen.«

»Schauen Sie, Vivien, ich bin Ihr Rechtsanwalt...«

»Ich weiß. Überschreiben Sie nur alles Ben. Ich muß noch nicht einmal der Vermögensverwalter sein.«

»Sie können das doch nicht ernst meinen. Im Testament sind Sie die einzige Erbin. Orson hat es so aufgesetzt, um Sie abzusichern.«

Wogegen, fragte sie sich. Betrug ist keine Absicherung. Als sie jedoch wieder an das vergangene Jahr voller Lügen dachte, stand ihr Entschluß fest. Wenn sie einen Pfennig Geld von ihm annahm, würde das ihre Unbescholtenheit und Selbstachtung beleidigen. Sein Geld anzunehmen, hieße – sie suchte nach dem richtigen Wort – das Böse zu rechtfertigen.

»Das ist keine rationale Entscheidung, Vivien.«

»Der Kunde ist immer der Chef.« Das waren Orsons Worte, die sie noch weiter in Zorn brachten. Sie wollte auch das loswerden. »Machen Sie einfach, was ich möchte«, sagte sie und legte auf. Eine Auseinandersetzung war unnötig. Um ihre Wut zu besänftigen, ging sie hinauf und machte sich an ihr gemeinsames Schlafzimmer. Alle Kleinigkeiten, die von ihm noch übrig waren, schmiß sie in einen Abfallsack. Aber auch nachdem sie alle seine Sachen entfernt hatte, roch das Zimmer immer noch irgendwie nach ihm. Sie sah die Kuhle in seiner Matratze. Auf dem Nachttisch neben seinem Bett stand eine Reihe von Büchern, die er hatte lesen wollen, bevor er einschlief. Bücher für Männer. Als sie sie bemerkte, wurde ihr bewußt, wie viele von seinen Büchern und Platten noch im Haus waren. Einige davon schienen noch mehr zu ihm zu gehören als seine Kleider. Sie würden als nächstes hinausgeworfen werden.

Schließlich steckte sie den Abfall in den Müllzerkleinerer und hörte zu, wie alles zerquetscht wurde. Flaschen zerbrachen, so daß ein Duft von Parfüm und Aftershave entströmte. Der Schmuck wurde plattgedrückt. Er hatte eine kleine Leselampe besessen, die nur er benutzte. Sie hörte jetzt, wie die Birne mit einem Knall zerplatzte. Schließlich war alles zu einem festen Viereck zusammengepreßt, das sie hinaustragen und in die Aschentonne werfen konnte. Als das erledigt war, machte sie sich an die Bücher und Platten, die sie in alte Kartons steckte. Sorgfältig teilte sie die Bücher. Die meisten gehörten ihm, während die meisten Platten ihr gehörten. Es erstaunte sie nicht im geringsten, wie wenige dieser Sachen ihnen eigentlich beiden zusammen gehörten. Sie waren zwei

Fremde gewesen, die nebeneinander gelebt hatten, dachte sie verbittert, als sie die Kartons in die Einfahrt stellte – eine weitere Fundgrube für die Heilsarmee.

Aber trotz ihrer Wut und der Gründlichkeit, mit der sie Orson aus dem Haus verbannen wollte, blieb seine Person irgendwie fühlbar. Es war, als ob seine Persönlichkeit die ganze Luft erfüllte.

Als sie endlich den letzten Karton hinausgeschleppt hatte, war es schon dunkel. Noch immer war sie irgendwie unzufrieden, und die Spannung war, statt abzuflauen, eher noch gestiegen. Um sich zu beruhigen, schenkte sie sich ein halbes Glas Whisky ein und trank es in ein paar schnellen Schlucken aus. Es beruhigte sie jedoch keineswegs. Statt dessen ergriff sie ein jämmerliches Gefühl, und sie verfiel in unkontrolliertes Schluchzen. Sie wußte, daß sie nicht wegen Orson weinte. Vielleicht trauerte sie um ihr verlorenes Leben, mit dem sie eigentlich zufrieden gewesen war. Wenn es schon nicht die große Liebe oder Leidenschaft gewesen war oder andere emotionale Erdbeben hervorgerufen hatte, so war es doch zumindest heiter, ruhig und sicher gewesen. Das war es. Als sie sich etwas erholt hatte, beugte sie sich über das Waschbekken und erfrischte ihr Gesicht mit Wasser. Sie fühlte sich unsicher und getrieben. Wer um alles in der Welt sollte ihren Zustand begreifen? Nur Edward.

Sie griff zum Telefon und wählte seine Privatnummer. Sie ließ es eine Ewigkeit läuten. Dann legte sie verzweifelt auf. Die Bevölkerung ihrer Welt umfaßte nur noch zwei Menschen. Zwei Überlebende. Sie hatte irgendwie Angst, weil er nicht da war. Sie sollte ihn erreichen können, wenn sie ihn brauchte, schmollte sie. Dann fiel ihr die Frage ein, die sie ihm vor einiger Zeit gestellt hatte:

»Wenn sie noch am Leben wäre und alles zugegeben hätte, hätten Sie ihr dann verziehen?«

»Sie ist es nicht«, hatte er ihr zur Antwort gegeben und drückte damit eine unveränderliche Tatsache aus.

Das Telefon erschütterte die schweigende Dunkelheit. Edward! Nein. Ihre Mutter war am Telefon, und sie hatte wegen ihrer Enttäuschung Gewissensbisse. Sie hatte Ben versprochen, daß sie anrufen würde. Wo war Ben überhaupt? fragte sie sich. Auf welcher Seite der strengen Linie, die sie sich im Geiste gezogen hatte, stand er eigentlich? Es bereitete ihr Schmerzen, sich damit auseinandersetzen zu müssen. Ihr eigenes Fleisch und Blut. Wenn er doch nur Orson nicht so gleichen würde. Eine lebendige Erinnerung. Sicherlich waren solche Gefühle unnatürlich. Sie hatte deswegen Schuldgefühle. Aber sie konnte sie trotzdem nicht verleugnen. Nicht vor sich selbst.

»Geht es dir gut, Liebes?« fragte ihre Mutter.

»Ja. Ich bringe gerade alles in Ordnung.«

»Du mußt tapfer sein, Vivien.«

»Das bin ich, Mutter.«

»Ben geht es gut«, sagte ihre Mutter.

Sie hörte zu, wie sie Bens Tagesablauf in allen Einzelheiten beschrieb, als ob jeder Augenblick seines fünfjährigen Lebens wertvoll und ereignisreich wäre. Er war in guten Händen, das wußte sie. Als ihre Mutter sprach, drängten sich ihr Bilder auf, Bilder von den majestätischen Bergen mit ihren Schneehauben, der klaren frostigen Winterluft, den geröteten Wangen, den zugefrorenen Fenstern und der Apotheke ihres Vaters, wo sie als junges Mädchen glückliche Nachmittage verbracht hatte. Ben würde in dieser Atmosphäre sicherlich gut gedeihen. Diese Vorstellung dämpfte ihre Gewissensbisse.

»Mami!« Bens Stimme war plötzlich zu hören. Sie hatte gehofft, das vermeiden zu können. Ein Klumpen setzte sich in ihrer Kehle fest und hinderte sie am Sprechen.

»Mami?«

»Ich bin ja da, mein Liebling«, sagte sie und räusperte sich. »Ist es da oben bei Oma und Opa nicht wunderschön?«

»Werde ich bald heimkommen?« Die Worte rissen ihr das Herz heraus. Sie hörten sich wie ein Echo von Orsons Stimme an und versetzten ihr einen Schlag.

»Sei ein lieber Junge, Ben«, sagte sie und war über ihre eigene Reaktion schockiert.

»Aber wann werde ich heimkommen, Mami?« sagte Ben. »Ich möchte bei dir und Hamster sein.«

Es war zu schrecklich, um es auszusprechen, das wußte sie. Zu schrecklich, um sich damit auseinanderzusetzen. Zu irrational, unnatürlich und voller Haß. Ich kann mir nicht anders helfen, wollte sie schreien. Als sie weitersprach, zitterte ihre Stimme.

»Mami muß noch einige Sachen erledigen« – sie zögerte – »zuerst.« Das Ausmaß ihrer Heuchelei erschreckte sie. Das Vermächtnis Orsons, sagte sie sich. Er hatte ihren Instinkt zerstört und ihre Gefühle durcheinandergebracht. Sie hörte Bens Stimme, aber sie hatte nicht den Mut, ihm zu antworten.

»Geht es dir gut, Liebes?« fragte ihre Mutter in diesem sanften, besorgten Tonfall, der ihr ebenso durch ihre Kinderkrankheiten wie die unausweichlichen Nöte eines jungen Mädchens geholfen hatte, weil er immer ein todsicheres Heilmittel war. Aber jetzt half er überhaupt nichts. Als Ben nicht mehr am Telefon war, gewann sie wieder etwas von ihrer Haltung zurück.

»Ein bißchen mitgenommen, Mutter.«

»Du solltest dort nicht allein sein.«

»Ich brauche diese Zeit, Mutter.« Sie merkte die Entschlossenheit in ihrer Stimme.

»Ich will dich nicht drängen, Liebes. Wir behalten Ben so lange hier, wie du willst.« Sie flüsterte jetzt. »Es geht ihm gut. Wirklich.« Sie schwieg und räusperte sich dann. Vivien merkte die Überprüfung ihrer Psyche. Diese Frau fühlte immer die Gefahr. Hatte sie nicht unmittelbar nach dem Flugzeugabsturz angerufen? Dieser Gedanke erinnerte sie jedoch wieder an das ganze Ausmaß des Betruges, so daß sie von einer maßlosen Wut ergriffen wurde.

Sie waren in den Weihnachtsferien oben gewesen. War das erst ein paar Wochen her? Es schien eine Ewigkeit her zu sein. Die Ferien? Die freudigen Tage verschwanden und ließen die rauchende Asche der Wut in ihrem Kopf zurück.

Am ersten Tag nach Weihnachten war er weggefahren und einen Tag vor Neujahr wiedergekommen. Wenn sie sich sein Verhalten während der letzten Weihnachtsferien durch den Kopf gehen ließ, dann fiel ihr auf, daß er das gleiche auch ein Jahr zuvor gemacht hatte. Wichtige Fälle, die er im Büro erledigen mußte, hatte er zu ihr gesagt, und es hatte sie nicht im geringsten beunruhigt oder ihrem Gefühl der Sicherheit auch nur einen Kratzer versetzt. Er war so teuflisch schlau gewesen, so hinterhältig. Sie empfand wieder die ganze

Wucht ihrer Erniedrigung. Orson hatte auf ihrer am meisten geschätzten Tugend herumgetrampelt: ihrem Sinn für Vertrauen. Er hatte nicht nur sie und Ben, sondern auch noch ihre Eltern täuschen müssen, wobei er ihre Bewunderung und ihren Stolz auf Orson als Schwiegersohn verletzte. Vermont und Neuengland, er hatte die Bilder und Erinnerungen zerstört, die ihr so ans Herz gewachsen waren.

»Du solltest Ben vielleicht in einer Tagesschule anmelden, Mutter.«

»Tagesschule?«

»Es wäre, glaube ich, das beste.« Sie wartete, bis ihre Mutter die ganze Bedeutung erfaßt hatte.

»Meinst du nicht, daß das vielleicht schlecht für ihn sein könnte?« Der Tonfall ihrer Mutter war etwas schärfer geworden. »Es sei denn, du hast vor, zu uns zu ziehen?«

»Das habe ich bis jetzt nicht vor«, sagte sie und war sich dabei ihrer Kälte wohl bewußt.

»Es ist dein Kind«, sagte ihre Mutter mit einem Seufzer. »Bitte vergiß das nicht.« Vivien erwiderte absichtlich nichts und wartete darauf, daß ihre Mutter weitersprach, wobei sie schon genau wußte, was sie sagen würde. »Aber ich mache natürlich, was du sagst. Ich nehme an, daß es unter den Umständen das beste für ihn ist.«

»Ja, das ist es, Mutter.« Sie holte tief Luft. Bevor sie sich verabschiedete, sagte sie noch: »Und gib Ben einen Kuß von mir.« Wie oft würde sie das wohl noch sagen? fragte sie sich.

Sie legte auf, setzte sich auf die Couch und starrte an die Decke, wobei sie versuchte, ihre Schuldgefühle abzuwehren. Aber sie hatte natürlich die Erinnerung an Orson, die ihr dabei nach Kräften half.

24

Edward war dankbar, daß die Straßen zum Rayburn-Gebäude verlassen waren. Er hatte keine Angst vor irgendeiner Gefahr. Er war bereits zum Opfer geworden. Unerklärlicherweise hatte er hauptsächlich Angst davor, daß ihm jemand seine

Schande ansehen könnte. Er mußte Vivien sehen. Nur Vivien konnte er dieses neue Wissen mitteilen. Nur Vivien würde es verstehen. Er ging in eine Telefonzelle und begann ihre Nummer zu wählen, doch dann hing er wieder ein.

Die Information war noch zu neu. Er brauchte Zeit, um darüber nachzudenken, sie zu ordnen und vielleicht etwas abzuschwächen. Er wollte sie nicht mit dem Schmerz und der Verwirrung gleichzeitig überschütten. Es würde vielleicht zu viel Schmerz auf ihn zurückfallen, denn genau das empfand er nun gegenüber McCarthy, der doch schließlich nur der Überbringer der schrecklichen Botschaft war.

Außerdem betraf diese neue Information sein ganz persönliches Leben. Es hatte eine biologische Bedeutung, das Phänomen der Fortpflanzung. Er hatte sich immer abgestoßen gefühlt von den klinischen Details der Empfängnis. Aber zwischen Paaren und damit auch zwischen ihm und Lily war dieses Thema unvermeidlich. War denn nicht neues Leben das eigentliche Ziel der Ehe?

Als er den Parkplatz erreicht hatte, konnte er den Gedanken, nach Hause zu gehen, nicht ertragen. Ein Zuhause existierte nicht länger in seiner Vorstellung. Es war kaum ein Ort zum Schlafen. Morgen, so beschloß er, würde er eine Anzeige aufgeben und alles, außer seinen Kleidern, verkaufen. In seinem Herzen hatte er auf einmal den bösartigen Wunsch, die Wohnung anzuzünden und damit jede Erinnerung an sein Leben mit Lily auszulöschen.

Er mußte mit Vivien teilen, was ihm McCarthy gesagt hatte. Er konnte sie nicht verschonen, und sie würde es auch nicht wollen, daß er sie vor diesem Wissen verschonte. Es war ein Teil der Wahrheit. Und sollte nicht die Wahrheit letztlich Heilung bringen? Er rief sie von einer Telefonzelle auf dem Parkplatz aus an. Sie hob den Hörer beim ersten Läuten ab, als hätte sie nur darauf gewartet.

»Ich muß Sie sehen«, sagte er. »Kann ich zu Ihnen kommen?«

»Natürlich. Haben Sie schon gegessen?« fragte sie.

»Nein.« Er schluckte und spürte, wie ihm der Whisky sauer aufstieß.

»Ich werde schnell etwas machen.«

»Machen Sie sich auf etwas gefaßt«, sagte er, bevor er einhängte. Es war unfair und undankbar. Sie hatte ihm keine Antwort gegeben. Worauf sollte sie sich gefaßt machen? Es schien in erster Linie ein männliches Problem zu sein. Von wem war das Kind? Er zerbrach sich den Kopf, weil er eine sichere Antwort finden wollte. Als er keine fand, konzentrierte er sich auf die Fahrt, weil er merkte, daß er nicht nüchtern war.

Im Dunkeln konnte er nicht viel vom Haus erkennen. Er bemerkte nur, daß es ziemlich groß und ganz mit Efeu bewachsen war. Er wurde auf einmal eifersüchtig. Orson war nicht nur erfolgreicher als er selbst, sondern auch reicher gewesen.

Bevor er noch läuten konnte, hatte sie schon die Tür aufgemacht und ihn hineingeschoben. Sie schien ihn genau zu mustern, als ob sie dadurch schon etwas erfahren konnte. Er ließ es geschehen und zuckte lächelnd mit den Schultern.

»Es hört nie auf«, sagte er.

»Eines Tages, vielleicht.«

Er zog seinen Mantel aus. Als er ins Wohnzimmer ging, schaute er sich nach der Bar um. Einige Flaschen standen auf einem Wagen.

»Bedienen Sie sich.«

»Ich habe heute schon viel getrunken, mit einem Iren in einer irischen Kneipe.«

Er wollte einfach damit herausplatzen. Statt dessen trank er das halbe Glas aus.

»Ich habe den Weizen von der Spreu getrennt«, sagte sie und erzählte ihm, was sie mit Orsons Sachen und dem Hund gemacht hatte.

»Sogar den Hund!« rief er.

»Er gehörte eher ihm als mir.«

»Ich weiß, was Sie meinen. Ich habe vor, die Wohnung aufzugeben.«

Sie gab keine Antwort darauf.

»Ich habe die Versicherungsprämie und die Entschädigung der Fluggesellschaft zurückgewiesen. Ich werde bettelarm sein.«

Diesen Eindruck hatte er bisher noch nicht gewonnen.

»Ich komme mir dadurch sauberer vor«, sagte sie. Er setzte sich. Aus der Küche zog Essensgeruch herein. »Hackbraten«, sagte sie, als sie sein Interesse bemerkte. »Das ist leider alles, was ich im Kühlschrank hatte.«

Sie hatte sich einen Sherry eingeschenkt und saß ihm wartend gegenüber. »Ich habe mich gewappnet«, sagte sie und lächelte.

Es hatte keinen Sinn, Konversation zu betreiben. Das Wichtigste mußte zuerst erledigt werden. Sie mußten alles herausfinden. Eine Beziehung beruhte auf gegenseitigem Einverständnis. Und nur darauf. Oder etwa nicht? Seine Frage überraschte ihn. Er empfand eine leichte Sehnsucht, die er jedoch verdrängte. Wonach sehnte er sich? Nach wem?

»Ich habe den Polizisten McCarthy aufgesucht. Ich wollte wissen, wie man mit den Schlüsseln weiterkommen könnte. Sie wissen schon ... Wie man das halt macht.« Er stotterte und drückte sich ungeschickt aus, weil er merkte, wie sie ihn anschaute. Er schämte sich und wollte ihr sagen, daß sie wegschauen sollte.

»Verdammt, Vivien«, sagte er impulsiv. »Lily war schwanger. Seit sechs Wochen.«

Um ihren Einwänden zuvorzukommen, fuhr er unsicher fort, McCarthys Haltung zu beschreiben, eine Haltung, die er nur als vollen Haß bezeichnen konnte. Aber er war überzeugt, daß seine Information trotz McCarthys Haltung korrekt war.

Ihr Gesicht zeigte die gleiche, völlige Verständnislosigkeit wie bei McCarthys erster Enthüllung. Ihr Körper schien steif zu werden, als sie den Schlag erhielt. Aber als er weitersprach, ließ die äußere Spannung nach. Sie schaute ihn lange an, und ihre Augen verengten sich dabei, als ob eine psychische Kurzsichtigkeit sie am Verständnis hindern würde.

»Er glaubt wirklich, daß er uns einen Gefallen getan hat, indem er uns reinen Wein einschenkte. Als er das Gefühl hatte, daß wir ohnehin unter den Teppich schauen würden, beschloß er wohl, uns gleich selbst zu zeigen, was darunter gekehrt war.«

Ohne etwas zu sagen, stand sie auf und ging in die Küche. Er hörte, wie die Teller klapperten und die Kühlschranktür auf und zu gemacht wurde. Als sie zurückkam, brachte sie kleine Würstchen auf einer Platte, von denen jedes mit einem Zahnstocher aufgespießt war. Das Zittern ihrer Hand verriet jedoch ihre Angst. Sie stellte die Platte auf den Cocktailtisch und setzte sich auf den von ihm am weitesten entfernten Stuhl. Gib nicht mir die Schuld, wollte er sagen. Sie hatte ihre Hände um ihre Knie geschlungen.

»Wessen Kind?« Es war eine unmißverständliche, knallharte Frage.

»Ich weiß es nicht«, sagte er, und die Worte erstickten ihm dabei in der Kehle.

Es war ihm sehr unwohl zumute. Er stand auf und ging hin und her. Er merkte, wie ihn ihre Augen verfolgten. »Vielleicht kann man es herausfinden, wenn man das Blut untersucht hat. Aber die eigentliche Frage lautet doch: Ist es überhaupt wichtig?«

»Natürlich ist es wichtig«, sagte sie. Dabei hob sie ihre gefalteten Hände und schlug sie auf ihre Knie. Er blieb stehen und schaute sie an. Konnte es möglich sein, daß ein Kind von ihm umgekommen war?

»Es bringt uns der Wahrheit einen Schritt näher«, sagte Vivien.

»Außer, daß die wirkliche Wahrheit unter einer Tonne Erde begraben liegt.«

Eine andere Sache war, sie dafür zu hassen, daß sie – diese Ungewißheit verursacht hatten.

Sie schaute weg und starrte auf ihre um die Knie geschlungenen Arme.

»Edward, ich bin eine erwachsene Frau.«

»Nun gut«, sagte Edward unsicher. »Wir hatten nicht gerade eine Familie geplant. Tatsächlich war Lily ziemlich unnachgiebig. Sehr vorsichtig.«

»Hat sie die Pille genommen?«

»Nein. Sie hatte Angst vor Nebenwirkungen.« Um ihr noch weitere Fragen zu ersparen, sagte er: »Sie benutzte ein Pessar.«

»Sie konnte es vergessen haben. Das passiert. Ich habe manchmal auch meine Pille vergessen. Aber Orson hat mich immer daran erinnert.« Sie preßte ihre Lippen zusammen.

»Ich hätte gern noch mehr Kinder gehabt«, sagte sie wehmütig. »Fünf Jahre sind eine lange Zeit.«

»Lily hat es nie vergessen«, sagte er. Er erinnerte sich an ihr verschlafenes Gesicht, wenn sie sagte: »Nicht jetzt, Edward. Es ist noch nicht drinnen.« Damals hatte er noch nicht vermutet, daß ihre Gedanken woanders sein könnten. Sex hatte für sie keine große Bedeutung. Er hatte ihre Arbeit und die wachsenden Belastungen dafür verantwortlich gemacht. Ein kalter Schauer lief ihm über den Rücken. Das letzte Jahr war nicht gerade ein lustvolles Jahr gewesen, dachte er und wurde dabei noch wütender.

»Wenn Sie lieber nicht darüber sprechen möchten...«, sagte Vivien.

»Nein«, sagte er und beugte sich vor, um ein Frankfurter Würstchen aufzuspießen. Er steckte es nicht in den Mund, sondern drehte den Zahnstocher in seinen Fingern herum. »Wir liebten uns sonntags. Dann lasen wir Zeitung.« Er lachte verächtlich. »Ich sollte die Sache beim Namen nennen. Sonntags haben wir immer gefickt, schnell und wie die Hunde.« Das Bild ärgerte ihn. »Wie Missionare, verstehen Sie mich? Kein Vergnügen für sie. Sie erfüllte ihre Pflicht. Es war nicht immer so. Mein Gott, ist das schwer.« Seine Augen verschleierten sich. »Wahrscheinlich auch meine Schuld. Aber man kann halt nicht vor Begeisterung außer sich sein, wenn der andere es nur über sich ergehen läßt.« Er wandte sich zu ihr hin. »Verstehen Sie mich?«

»Ja«, sagte sie. »Ich weiß, was Sie meinen.«

Er schaute sie vorsichtig an.

»Haben Sie das auch schon empfunden? Ich meine, das gleiche wie Lily?«

»Manchmal.«

»Er auch?«

»Ich zeigte ihm immer« – sie schluckte schwer – »ein wenig Begeisterung.«

»Aber Sie hatten ein Kind?«

»Was hat das damit zu tun?«

»Ich weiß nicht, was Sie meinen.«

»Empfängnis braucht kein – Vergnügen.«

Lag da ein wenig Sarkasmus in ihrer Stimme?

»Ich meine«, sagte sie schnell, »es könnte auch Ihr Kind sein. Ein Pessar ist nicht sicher.« Es tat ihr sofort leid, daß sie so damit herausgeplatzt war.

»Nein, wahrscheinlich ist es das nicht«, seufzte er.

»Es hätte aber auch das Ihre sein können.«

»Theoretisch.«

»Und biologisch.«

Er schüttelte den Kopf.

»Sie stieg aus dem Bett und ging ins Badezimmer. Sie verhielt sich immer gleich. Es war geradezu ein Ritual. Sie war nie unvorsichtig. Ich bin ganz sicher...«

»Aber Sie waren nicht dabei. Sie haben nicht gesehen, wie sie es machte.«

»Nein, das habe ich nicht. Wäre das nicht auch – nun, geschmacklos gewesen?«

»Ich will nur alle Möglichkeiten in Betracht ziehen.«

»Sie kannten Lily nicht«, sagte er. »Sie hatte alles im Griff. Von Anfang an. Sogar bevor wir etwas miteinander hatten, war sie vorsichtig gewesen.«

Was er sagte, schien irgendwie unwirklich. Er hatte nie zuvor über solche Einzelheiten gesprochen. Sogar mit Lily hatte er es lieber umschrieben, das Geheimnis bewahrt, statt offen darüber zu reden, weil er befürchtete, es würde ihre Zuneigung und Spontaneität verändern. Aber es hatte nie eine echte Spontaneität gegeben. Wieder empfand er Schande.

»Sie war vielleicht zerstreut. Die schwere Belastung, gleichzeitig mit zwei Männern zusammen zu sein«, sagte Vivien.

»Aber auch er hatte zwei Frauen.« Er fragte sich, ob das aggressiv geklungen hatte. »Ich meine, gleichzeitig.«

»Das will ich ja gar nicht leugnen«, sagte sie verteidigend.

»Das beweist, daß sie sich noch nicht einmal gegenseitig treu waren. Wenn sie sich wirklich geliebt hätten, hätten sie uns – ganz gemieden.«

»Aber sehen Sie denn nicht, daß uns das mißtrauisch gemacht hätte?« Sie schüttelte heftig den Kopf. »In dem Stadium, in dem sie sich befanden, war das vielleicht nicht mehr wichtig. Nicht für sie. Es war eine Art Placebo für uns. Damit wir uns in Sicherheit fühlten.«

»Ein weiterer Trick?«

»Ja, aber er erklärt noch nicht das Kind.«

»Nein, das stimmt«, sagte er.

»Wir werden es vermutlich nie mit Sicherheit wissen.«

»Wie sollten wir auch?«

Sie ging in die Küche zurück. Während sie weg war, goß er sich einen neuen Drink ein und trank ihn gierig aus. Seine aufgestaute Wut hatte ein zerstörerisches Ausmaß angenommen und konnte jeden Augenblick ohne Vorwarnung ausbrechen.

Sie rief aus der Küche und kam herein. Sie hatte den Tisch in der Frühstücksecke gedeckt. Von hier aus konnte man den Garten überblicken und damit auch den Schneemann sehen. »Ich habe ihn zusammen mit Ben gebaut«, sagte sie. »Er sieht aus, als ob er zusammenschrumpfen würde.«

Er hatte seinen Drink mitgebracht und ausgetrunken. Dann lächelte er sie an.

»Schwer genug«, sagte er, »darüber zu sprechen.«

»Es muß ausgesprochen werden.«

Er aß ohne Begeisterung, während sie im Essen herumstocherte. Ein Dimmer hatte die Helligkeit verringert, so daß ihr Gesicht im Schatten lag.

»Aber McCarthy hatte doch eine Idee, wie man an das Schloß für die Schlüssel herankommen könnte«, sagte er, nachdem er fast das ganze Essen auf seinem Teller aufgegessen hatte. Während sie noch aß, erklärte er ihr die Methode, die ihm McCarthy vorgeschlagen hatte.

»Genial«, sagte sie leicht sarkastisch.

»Das kann ewig dauern.«

Sie schaute zu ihm auf, aber ihre Augen lagen im Dunkeln.

Nach dem Essen bot sie im Wohnzimmer Brandy an. Während er daran nippte, schaute er sich um.

»Scheint hier ganz gemütlich zu sein.«

»Das war es einmal.«

Sie saßen beide an den verschiedenen Enden der Couch. Sie hatte ihre Beine angezogen, während er die seinen übereinandergeschlagen hatte. Ihre Blicke trafen sich, aber sie schaute schnell in ihr Glas, während er sie weiter betrachtete.

»Man möchte denken, daß er alles hatte: ein schönes Haus,

eine hübsche Frau, zu der man nach Hause kommen kann, einen Sohn, ein gutes Leben.«

Sie schaute auf. Und diesmal war er es, der wegschaute.

»Ihr Leben hatte wahrscheinlich auch seine Vorteile.«

»Da bin ich mir nicht sicher. Orson war vielleicht die bessere Partie.«

»Wie Lily.«

Er stellte sein Glas auf den Beistelltisch und drehte sich zu ihr um.

»Ich wollte«, stotterte er, »Sie die ganze Zeit schon etwas fragen.«

»Fragen Sie doch.«

»Haben Sie ihn geliebt?«

»Haben Sie sie geliebt?«

»Man kann eine Frage nicht mit einer Frage beantworten.«

»Jedenfalls liebe ich ihn jetzt nicht mehr«, sagte sie nachdenklich. »Ich weiß nicht einmal, wer er eigentlich gewesen ist.«

»Ich meine davor.«

»Sie meinen den Mann, für den ich ihn hielt?« Sie wirkte unsicher und machte den Eindruck, als ob sie in ihrem Kopf eine Kartei durchblätterte. »Vielleicht. Vielleicht gab es einen Augenblick.«

»Nur einen Augenblick?«

»Sie wollten eine ehrliche Antwort. Ich kann nur in Augenblicken denken.« Sie lehnte sich zurück und nippte an ihrem Drink. Dann stellte sie ihr Glas neben das seine auf den Tisch.

»Wir waren im Haus meiner Eltern in Vermont, Orson und ich. Es war an Weihnachten. Nein, ein Tag nach Weihnachten. Der Schnee fiel leise, und eine weiße, weiche Decke hatte alles überzogen.« Sie wurde ganz rot im Gesicht. War es für sie zu schwer, sich der Macht der alten Bilder auszusetzen? »Sie müssen wissen, daß Orson ein sehr attraktiver junger Mann war, Student an einer Elitehochschule. Und Sie müssen sich auch die Situation vorstellen: Weihnachtskerzen, der Duft brennenden Pinienholzes, das angenehme Geräusch des knackenden Holzes, die liebkosenden Finger.«

Schnitt sie das Bild extra auf ihn zu? Unerklärlicherweise

war er eifersüchtig. Sie schien kämpfen zu müssen, damit sie die Worte herausbrachte.

»Was ich ihm in diesem Augenblick mit den unvermeidlichen Worten ›Ich liebe dich‹ gab, war – mein ganzes Wesen. Alles, was mir im Leben wichtig war, legte ich in seine Hand. Es war ein Ausdruck des Vertrauens. Freiwillig und ohne irgendwelche Vorbehalte gab ich ihm mein Versprechen. Er tat das gleiche. Ich war mir sicher, daß er auch genau das meinte, was er sagte.«

Es war, als ob sie eine verborgene Sünde enthüllte, indem sie ein Vergehen gegen die Natur selbst zugab. Plötzlich wurde sie ganz steif. »Womit bewiesen wäre, daß man sich niemals, niemals einem anderen ganz hingeben sollte. Man kommt allein auf diese Welt, und man muß auch allein wieder abtreten.«

»Dann haben Sie ihn also geliebt?« Aus irgendeinem Grund war er von ihrem Geständnis enttäuscht.

»Ich habe mich seiner Obhut anvertraut. Ist es nicht das, worum es eigentlich geht?«

Er wollte nach seinem Glas greifen, hielt jedoch mittendrin ein und zog seine Hand zurück.

»Ja, darum muß es wohl gehen. Man darf es nicht nur sagen. Man muß daran glauben. An seine bindende Macht. An seine ...« Er zerbrach sich den Kopf nach einem genaueren Ausdruck. »An seine Opferbereitschaft und Selbstlosigkeit. Auch ich muß das empfunden haben, als ich es zum erstenmal zu Lily sagte. Es war nicht so romantisch wie bei Ihnen. Ein Restaurant in Georgetown. Aber ich erinnere mich an einen rosa Blumenstrauß. Außerdem schaute ich in ihre Augen und ertrank wahrscheinlich darin. Ich habe in den letzten Jahren nicht oft daran gedacht, aber als ich es sagte, hatte ich genau das Gefühl, das Sie beschrieben haben. Jeder, der es ausspricht, muß es auch wirklich empfinden. Es muß aus ganzem Herzen kommen, nicht wahr?«

Sie nickte und holte tief Luft.

»Ich werde mich nie wieder jemandem ganz hingeben. Nie wieder«, sagte sie entschlossen und hob ihr Glas.

»Nie wieder«, wiederholte auch Edward. »Nie wieder.«

Er hob sein Glas und stieß mit ihr an. Sie nippten daran und schauten sich in die Augen. Ihre Augen wirkten auf ihn plötzlich größer, tiefer, dunkler und anziehender. Vielleicht war es das Licht, dachte er. Eine Illusion ... Die Situation wurde peinlich, als keiner von ihnen etwas sagte. Ihr Blick wurde unsicher, und sie schauten beide woanders hin. Er schaute auf seine Uhr, aber die Zahlen verschwammen darauf. Er hatte das Gefühl, daß er gehen sollte, aber er wollte bleiben. Weitermachen.

»Es scheint mir eine gute Idee zu sein«, sagte sie und durchbrach das Schweigen.

»Was?«

»McCarthys Idee. Sie wissen schon, diese Überprüfung der Türen.«

»Ja«, sagte er. »Sie scheint sinnvoll zu sein. Aber man braucht auch sehr viel Zeit dafür.« Er war sofort hellwach. Man muß es versuchen, drängte er sich. Sein Herz klopfte voller Erwartung, und er wurde ganz aufgeregt, als er sich an McCarthys Plan erinnerte. Die immer kleiner werdenden Kreise. Man brauchte eine ganze Armee, hatte McCarthy gemeint.

»Ich würde sie dafür aufbringen wollen – die Zeit«, sagte sie unsicher.

»Wir könnten auf einer Karte Kreise ziehen und die Sache ganz methodisch angehen. Warum nicht? Ich werde eine Karte holen. Wir können es zusammen ausarbeiten.«

»Aber Ihr Beruf ...« begann sie. »Vielleicht könnte ich schon tagsüber anfangen, wenn Sie noch im Büro sind.«

»Ja«, sagte er. »Aber wie steht es bei Ihnen? Ihr Sohn ...«

»Ich habe es Ihnen schon erzählt. Er ist bei meinen Eltern.« Sie runzelte die Stirn, und er hatte das Gefühl, daß sie nicht weiter über die Sache sprechen wollte.

»Nein«, sagte er entschlossen. »Wir machen es zusammen.« Er klopfte auf den Tisch. »Es ist eine Frage der Prioritäten. Es gibt nichts, was für uns wichtiger wäre.«

»Nichts«, sagte sie. Er merkte, wie sie wieder wütend wurde, was auch seinem eigenen Zorn neue Nahrung gab.

»Und es gibt keinen kürzeren Weg?«

»McCarthy wußte keinen.«

»Sie dürfen damit nicht durchkommen, Edward«, sagte sie

mit einer immer lauter werdenden Stimme. »Sie haben uns einfach zurückgelassen, vom Wind gebeutelt.«

Das Ausmaß ihrer Wut erinnerte wieder an McCarthys Worte: »Ich habe das Gift nicht in den Becher getan.«

»Das werden sie auch nicht«, versicherte er ihr.

25

Als Vivien am Morgen nach einem betäubenden Schlaf aufwachte, wußte sie nicht gleich, wo sie war. Aber Orsons Anwesenheit fiel ihr sogleich auf. Würde das denn nie verschwinden?

Obwohl nichts mehr von ihm im Bad war, war seine Aura immer noch spürbar. Mechanisch machte sie ihre Morgentoilette, wie sie es schon seit Jahren getan hatte. Sie putzte sich die Zähne, wusch sich die Nachtcreme vom Gesicht, kämmte ihr Haar und griff in den Medizinschrank. Ohne nachzudenken, nahm sie eine Pille aus einer weißen Plastikschachtel und steckte sie in den Mund.

»Mein Gott, er ist tot!« schrie sie ihrem verstörten Gesicht im Spiegel zu. Aber die alte Gewohnheit ließ sich nicht vertreiben, als ob er ihr über die Schulter schaute. Es war absurd. Sie hatte sich nicht klargemacht, daß sie sie jeden Tag genommen hatte. Die Sache mit Lilys Schwangerschaft klärte sich sofort. Sie rannte zum Telefon und wählte Edwards Nummer.

Es läutete eine Weile, bevor er antwortete. Er schien außer Atem und verärgert, bis er ihre Stimme hörte.

»Ich habe ihre Sachen zusammengesucht«, sagte er, und der Ärger war wie weggeblasen. »Sie kommen, um sie wegzuschaffen. Alles. Ich werde nie wieder hierher kommen.«

»Wo wollen Sie denn wohnen?«

»In einem Hotel. Irgendwo. Wenn es nur nicht hier ist.«

Sie zögerte, dann wurde sie ruhiger, als sie die Worte fand, aber sie sagte noch nichts. Es stimmte, sie hatten eine Vertrautheit gewonnen, die es möglich machte. Sie erinnerte sich an gestern abend. Wieder einmal hatte sich die Bedeutung ihrer Verbindung erwiesen. Sie würde nur eine weitere Sache enthüllen, wodurch sie der Wahrheit einen Schritt näher kamen.

»Edward«, sagte sie vorsichtig.

»Ja.«

»Haben Sie noch ihre Sachen? Ich meine, was sie auf die Reise mitgenommen hatte. Was geborgen wurde.«

»Ja. Sie liegen hier herum, weil ich sie wegwerfen will.«

»Es ist rein instinktiv – nichts Bestimmtes – alles ein Teil der Sachen, die wir gestern besprochen haben, diese intimen Sachen. Ich bin froh, daß ich Ihr Gesicht nicht sehen kann.« Sie selbst war auf einmal knallrot im Gesicht.

»Ich verstehe Sie nicht.«

»Vielleicht werden Sie es nicht einmal, wenn ich es Ihnen sage. Sie sagten ... nun, Sie sagten, daß Sie sonntags ...« Sie wartete auf seine Antwort.

»Ja, ich erinnere mich.«

»Sie waren sicher, daß sie das Ding benutzt hat. Sie meinten, sie habe ziemlich viel Übung darin.«

»Das Pessar?«

»Ja.«

Sie sagte eine Weile nichts, weil sie darauf wartete, daß er verstehen würde. Hier war offensichtlich eine Lücke zwischen den Geschlechtern, fand sie.

»Ich erinnere mich genau daran. Sie sagten sonntags. Sogar neulich.«

»Sie war dabei immer sehr pingelig.« Er machte eine Pause. »Sogar neulich«, murmelte er.

»Konnte sie gewußt haben, daß sie schwanger war?«

»Sie hatte einen ganz regelmäßigen Zyklus. Vor zwei Jahren war sie einmal eine Woche zu spät.«

»Durchsuchen Sie jetzt die Sachen, die beim Absturz gerettet wurden – ihre persönlichen Sachen.«

Während er sich an die Arbeit machte, mußte sie an eine Geschichte von Phillip Roth denken, in der ein Pessar zum Symbol einer Beziehung geworden war. Seltsam, wie sie immer neue Ahnungen hatte, wie ihre Instinkte arbeiteten und weit hergeholte Symbole aufgriffen, als ob sie jahrelang in einer dicken Nebelsoße gelebt hätte, während all dieser

Jahre mit Orson. Da hörte sie seine noch entfernten Schritte. Sie wurden lauter. Dann war seine Stimme wieder zu vernehmen.

»Es war nicht dabei«, sagte er. »Es lag wie immer unter dem Waschbecken.«

»Verstehen Sie jetzt?«

Seltsamerweise fühlte sie sich sehr zufrieden. Sie wußte, daß sie mit Edward eine Vertrautheit erreicht hatte, die sie bisher nie bei jemand anderem empfunden hatte, nicht einmal bei Orson. Diesem Problem war sie immer ausgewichen. Sie hatte es nicht einmal mit Margo besprochen.

»Aber wenn sie wußte, daß sie schwanger war...« Seine Stimme versiegte.

Konnte sie das alte Klischee von der weiblichen Intuition bemühen? Sie entschied sich dagegen. Er könnte sie mißverstehen. Wo war ihre Intuition bei Orson geblieben?

»Weil...« Sie zögerte, weil sie nicht über ihr Geschlecht dozieren wollte. Sie mußte den richtigen Rahmen für ihre Erklärung finden, damit er sie begreifen konnte: Lily wollte nicht mehr, daß Sie sie in ihrem Innersten berührten. Statt dessen sagte sie: »Es war ihre Art der Treue.« Dann wartete sie seine Reaktion ab.

»Klingt fast mystisch«, sagte er schleppend. »Aber ich verstehe schon, was Sie mir sagen wollen.«

Er wirkte unsicher.

»Nennen wir es eine schwesterliche Erklärung«, sagte sie leichthin. »Es ist die einzige Erklärung, die einen Sinn ergibt.« Sie schwieg eine Weile. »Und Edward, ich glaube, daß es für Sie wichtig ist, wenn Sie wissen, daß es nicht Ihr Kind war.«

»Nun, das ist also ein Rätsel, das wir gelöst haben«, sagte er. »Jetzt können wir uns den anderen zuwenden.« Er schien gegen eine aufsteigende Wut anzukämpfen.

»Es ist wichtig, daß wir Klarheit gewonnen haben, Edward.«

»Das ist es wahrscheinlich«, stimmte er zu. »Diese verdammte Lügnerin.«

»Verstehen Sie denn nicht? Nicht Ihr Kind ist umgekommen. Da können Sie ganz beruhigt sein.« Sie hatte seine

Unsicherheit beseitigen wollen. War dies nicht der Sinn ihres Unternehmens?

»Danke, Viv«, sagte er sanft. »Sie haben ja recht. Ich hätte nicht damit leben wollen.«

Dadurch, daß sie ihm die Last abgenommen hatte, hatte sie sich selbst jedoch nicht geholfen. Es ließ ihr die Galle hochsteigen, wenn sie daran dachte, daß Orson eine fremde Frau geschwängert hatte, während sie sich nach einem zweiten Kind gesehnt hatte, einem Spielkameraden für Ben.

»Wir treffen uns später, nicht wahr?« fragte sie. Einen Augenblick lang hatte es sie beunruhigt, daß sie angesichts dieser neuen Enthüllung vergessen werden könnte.

»Natürlich«, sagte er. »Wir haben noch viel zu tun...«

Sie saß lange am Telefon und versuchte, zu einem Entschluß zu kommen. Sie stand auf und wanderte durch das Haus. Obwohl sie nun alle Sachen entfernt hatte, die an Orson erinnerten, war seine Anwesenheit doch noch immer spürbar. Sie schnüffelte und vermeinte, ihn noch immer zu riechen. Sie lauschte und hörte, wie der Boden unter dem Rhythmus seiner Bewegungen knarrte. Sein Flüstern kitzelte wie ein seltsam fremder Wind ihr Ohr. »Du Hund«, schrie sie laut und rannte dabei mit den Armen um sich schlagend durch die Zimmer. In der Küche zerbrach sie die Gläser. Sie fegte die Teller auf den Boden und protestierte damit gegen seinen Sinn für Ordnung. Sie machte ein Schränkchen auf, packte einen Stoß Platten, ein Hochzeitsgeschenk seiner Schwester, und warf sie auf den Boden. Keuchend lehnte sie sich an die Wand und starrte auf die Scherben.

»Du hast mein Zuhause zerstört«, seufzte sie und versuchte, aufkommende Hysterie abzuwenden. Im Bad wusch sie sich das Gesicht mit kaltem Wasser, um das brennende Salz der Tränen abzuwischen. Als sie wieder klar sehen konnte, betrachtete sie ihr Spiegelbild. Im grausam hellen Licht sah ihre Haut rauh aus. Außerdem hatte sie vor Wut ganz rote Wangen bekommen. War das wirklich sie selbst?

Sie fuhr mit der Hand über ihre Wangen und ihr Kinn und versuchte, zu entdecken, was hier einmal als attraktiv gegolten hatte. Ihre langen, schwarzen Wimpern umrahmten die haselnußbraunen Augen, die jetzt grünlich wirkten. Wie die Augen ihres Vaters waren sie immer sanft. Ruhig begutachteten sie die Welt.

Sie schlug ihren Morgenrock auf und begutachtete ihre Brüste. Sie waren noch immer fest und hingen keineswegs herab. »Eine gut gebaute Frau«, hatte Orson gesagt. Sie betrachtete ihr Profil. Ihre nackte Haut wirkte bei diesem Licht wie Alabaster. Die Silhouette ihres Körpers hatte ausgesprochen weibliche Rundungen. Der Fleck am unteren Bauch war tiefschwarz und gekräuselt. Wenn sie sich mit anderen verglichen hatte, hatte sie sich immer als ziemlich attraktiv, ja sogar als schön empfunden.

Sexy? Für sie hatte es nur ein verläßliches Barometer gegeben, Orsons Interesse an ihr. Man konnte es nicht gerade Lust nennen. Ihr sinnliches Leben war nie besonders ausgeprägt gewesen. Und wenn sie schon einmal einen Orgasmus gehabt hatte, dann erschien er ihr blaß, verglichen mit den Beschreibungen anderer Orgasmen, von denen sie gehört oder gelesen hatte. Aber sie hatte sich ihm nie verweigert. Letztlich hatte sie jedoch kein echtes Maß seines Begehrens gehabt. Sex war zwischen ihnen nie ein Problem gewesen, hatte nie im Vordergrund gestanden und war auch nie ein Grund zum Streit gewesen. War es etwas, was bei ihr fehlte, eine geheime Quelle des Begehrens, die sie nicht wecken konnte? Hatte die andere Frau diese Fähigkeit besessen?

Fast ohne es zu bemerken, strichen ihre Finger leicht über ihre Brustwarzen, die sich aufgerichtet hatten. Ihre andere Hand streichelte ihre Oberschenkel und fuhr durch das feucht-warme Haarbüschel. Geschickt berührte sie sich und entdeckte die äußere Zone ihrer Lust. Sie fühlte, wie ein rhythmisches Pulsieren einsetzte, das ihr ganzes Innere erzittern ließ, eine seltsame, geheimnisvolle Empfindung. Ein unklares Bild tauchte in ihrem Kopf auf: männlicher Körper, drängender Moschusgeruch. Edward!

Verlegen wandte sie sich vom Spiegel ab. Schnell trat sie unter die Dusche und wusch ihr Haar. Dann fönte sie es und war sehr zufrieden, daß es glänzte und mit einer gesunden Fülle auf ihre Schultern fiel. Sie schminkte sich mit einer Sorgfalt, wie sie es seit Jahren nicht mehr getan hatte.

Als sie sich anzog, hatte sie sich wieder gefaßt.

Sie fuhr zur Bank und hob ihre siebentausend Dollar ab, die sie in den letzten Jahren vom Haushaltsgeld gespart hatte. Sie hatte es nie als privaten Besitz betrachtet. Orson wußte natürlich davon, und sie hatte es für kleine Überraschungen benutzt oder wenn sie ihm Geburtstagsgeschenke machen wollte. Es wäre unmöglich gewesen, ihn für sein Geburtstagsgeschenk um Geld zu bitten oder gar sein Konto zu benutzen, so daß er am Ende mit seinem eigenen Scheck für sein Geschenk zahlen mußte.

»Bar?« fragte der Mann am Schalter verwirrt. Bis dahin war sie sich nicht sicher gewesen. Sie hatte die vage Vorstellung gehabt, das Geld auf eine andere Bank überweisen zu lassen. Das war Orsons Bank. Sie wollte nichts damit zu tun haben.

»Ja«, gab sie zur Antwort. »Alles in Fünfzigdollarscheinen.«

Der Bankangestellte zuckte mit den Schultern und zählte das Geld.

»Das ist eine ganze Menge Geld, wenn man es so mit sich herumträgt.«

Sie steckte die Scheine in ihre Brieftasche, ohne auf die Bemerkung einzugehen. Das hätte auch Orson mit dem gleichen, verächtlichen Tonfall sagen können, und genoß das Gefühl des Ungehorsams.

Bevor sie nach Hause fuhr, hielt sie bei einem Supermarkt und kaufte Steaks und Rotwein. Einen Moment lang war sie verwirrt, weil sie nicht wußte, was Edward sonst noch gern aß.

Als sie wieder zu Hause war, sah sie sich dem Verhau der zerbrochenen Teller gegenüber und fing notgedrungen an, den Schmutz wegzuräumen. Bevor sie noch damit fertig war, läutete das Telefon. Edward? Es war Margo Teeters.

»Ich habe auf gut Glück angerufen, Vivien. Ich dachte, daß du vielleicht bei deinen Eltern bist.«

»Nein«, sagte sie ruhig. »Aber Ben ist bei ihnen. Es gibt noch etliches wegen des Vermögens zu erledigen.«

»Geht es dir gut, Vivien?« Die Frage mußte ihr überflüssig erschienen sein, denn sie sagte schnell: »Nun, dann laß uns zusammen zu Mittag essen. Ich kann dich ein wenig aufheitern.«

»Nicht heute, Margo«, antwortete Vivien.

»Wie wär's mit einem Cocktail oder Abendessen?«

»Es tut mir leid, Margo.«

»Ich will dich nur ein wenig trösten, Liebes.« Ihre gute Laune schien verschwunden zu sein.

»Bin nicht in der Stimmung, Margo, wirklich nicht. Laß uns ein anderes Mal zusammen essen.«

»Gut, wann? Ich sitze hier mit meinem Terminkalender. Wie wäre es am Dienstag?«

»Ich kann keine Verabredungen treffen.«

Sie hatte Margo nicht neugierig machen wollen, aber jetzt war es zu spät.

»Was ist denn los mit dir, Vivien? Du kannst nicht immer nur herumbrüten. Was machst du denn die ganze Zeit?«

»Ich – warte einfach.«

»Du wartest? Ich verstehe dich nicht.«

Warum habe ich nur gesagt, daß ich warte? fragte sich Vivien.

»Es geht mir gut, Margo. Ich brauche nur etwas Zeit...«

»Ich weiß, daß ich dich bedränge, Viv. Aber ich mache mir einfach Sorgen um dich. Du hast einen schrecklichen Schock erlebt. Schrecklich.«

»Vielleicht.«

Vivien legte auf und dachte nach. Dann wußte sie es. Sie wartete – wartete auf Edward.

26

Die zwei Schwarzen, die Edwards Sachen wegschafften, hatten ihn zuerst skeptisch und dann ganz begierig angeschaut.

»Alles außer diesen Sachen«, sagte er zu ihnen und deutete auf zwei Koffer und eine Umhängetasche in der Ecke. Seines Wissens nach hatte er nichts gepackt, was ihnen beiden gehört hatte. Er hatte nur ein paar seiner Lieblingsbücher mitgenommen wie die gesammelten Werke von Ernest Hemingway und einige Romane von Simenon. Lily hatte Hemingway nicht ausstehen können, und Maigret fand sie langweilig. Er hatte ihn heftig verteidigt, erinnerte er sich.

Als sie die Sachen aus der Wohnung trugen, näherte sich ihm der jüngere, vielleicht von seinem Gewissen gedrängt. Der andere kämpfte sich mit einem der schweren, gepolsterten Sessel die Treppe hinunter.

»Dies ist kein Gerümpel«, sagte er. »Sie könnten die Sachen noch gut verkaufen.«

»Für mich ist es Gerümpel.«

»Er wird es sowieso verkaufen, und Sie zahlen auch noch dafür, daß er es wegschafft.«

»Wenn es einmal von hier weg ist, existiert es für mich nicht mehr«, sagte er. Der verwirrte Mann kratzte sich am Kopf. Manchmal hatte Pragmatismus nichts mit Ökonomie zu tun. Als die Wohnung leer war, fühlte Edward sich langsam besser, als ob eine Eiterbeule aufgestochen worden wäre.

»Schau dir nur all diese Schuhe an«, rief einer der Männer, als er Lilys sorgfältig aufgestapelte Schuhschachteln sah.

»Sie hatte mehr als zwei Füße«, witzelte Edward.

Die Männer lachten.

»Ich hatte keine eigenen Schuhe, bevor ich zwölf war.«

»Das Leben ist ungerecht«, sagte Edward und haßte sich dafür.

Als sie alles außer den Koffern weggeschafft und er sie dafür bezahlt hatte, machte Edward einen letzten Telefonanruf. Er meldete das Telefon ab. Dann nahm er seine Umhängetasche und die zwei Koffer und packte sie in den Kofferraum seines Autos. Als er wegfuhr, drängte sich ihm eine Erinnerung auf.

»Ich liebe sie«, hatte Lily ausgerufen. Sie war teurer, als er gewollt hatte, aber sie lag in Georgetown. Aber er freute sich, wenn Lily glücklich war. Sie waren damals erst kurz verheiratet gewesen, und sie war der Mittelpunkt seines Lebens. »Wir schaffen es zusammen, Edward.« Die Wohnung hatte ihm selbst nicht soviel bedeutet, aber Lily hatte sie gefallen und sie hatte sie haben wollen.

Jetzt fühlte er eine seltsame Genugtuung, dies alles wegzuwerfen und ganz besonders ihren kleinen Schnickschnack, auf den sie soviel Liebe verwandt hatte. »Findest du diese Couch nicht wunderschön?« Er hatte genickt, nur genickt, weil sie sie ausgewählt hatte. Jede Kleinigkeit, alles was sie umgab, hatte sie ausgesucht. Das war ihm immer recht gewesen. Er hatte aus freien Stücken ihren Geschmack als seinen eigenen gelten lassen. »Ist dieser Teppich nicht einfach toll?« hatte sie gefragt. »Fantastisch«, hatte er geantwortet. Das einzige Kriterium war ihre Zustimmung, Wertschätzung, ihr Wunsch. Er hatte ihr zuliebe seinen eigenen Willen aufgegeben. Jetzt stieß ihn diese Vorstellung unsagbar ab. Wie Vivien festgestellt hatte, bedeutete Liebe, daß man sich selbst aufgab. Er war erschüttert über das Ausmaß seiner Kapitulation. Wofür das alles? fragte er sich. Nur um betrogen zu werden?

Was Vivien über Lilys Schwangerschaft herausgefunden hatte, weckte bei ihm gemischte Gefühle. Lily und er hatten oft über Kinder gesprochen. Sie schien die Rolle der Mutter nie mit der gleichen Achtung gesehen zu haben. Vielleicht hielt sie eine ›Familie‹ für selbstverständlich, während er als Einzelkind sich jetzt verwaist vorkam.

Es hätte ihn abgestoßen, wenn sie sein Kind aufgrund eines Versehens empfangen hätte, als Resultat eines dummen ›technischen Fehlers‹. Ein Kind, das geliebt sein sollte, mußte auch gewollt sein. Außerdem erschreckte ihn der Gedanke, daß sein eigenes Kind ertrunken auf dem Grund des eiskalten Flusses liegen könnte. Und so blieb ihm wie zuvor nur die bittere Pille des Betrugs. Egal ob bewußt oder unbewußt, sie hatte jedenfalls von Orson ein Kind empfangen. Um diese Schlußfolgerung konnte er nicht herumkommen. Vielleicht hatte sie die Mischung ihrer Gene für passender gehalten – Orson hatte schließlich die besseren Eigenschaften zu bieten. Hätte sie die Sache wohl soweit gehen lassen, daß sie das Kind geboren und ihm dann Edwards Namen gegeben hätte? Hätte er seine ganze Liebe und seinen Stolz ein ganzes Leben lang auf eine Lüge verwendet? Um der Unverschämtheit die Krone aufzusetzen, hätte sie das Kind vielleicht auch noch Orson genannt, eine Vorstellung, die seiner Wut alle Schleusen öffnete. Wie hätte er es wissen sollen? Und wie immer hätte er sich wahrscheinlich ihrer Entscheidung gebeugt, von dem seltsamen Namen in Bann geschlagen.

Als seine Wut so groß wurde, daß er sie nicht mehr ertragen konnte, wandte er seine Gedanken Vivien zu. Wie wurde sie mit der Wahrheit von Orsons Betrug fertig? Würde die Beleidigung auch das Gefühl eines weiblichen Versagens beinhalten? Sie hatte zugegeben, daß sie den Wunsch nach einem weiteren Kind gehabt hatte, und trotzdem hatte sich Orson geweigert und es vorgezogen, mit einer anderen Frau ein Kind zu zeugen. Es könnte ein Trost für sie sein, wenn sie an einen Zufall glaubte. Solche Sachen sollen angeblich passieren. Wenn man allerdings Lily kannte, war dies zu bezweifeln.

Sie mochte allerdings auch das gleiche denken und in Erwägung ziehen, daß Orson sie ein Leben lang betrogen haben könnte. Er hätte dieses dunkle Geheimnis vielleicht so lange für sich behalten, bis er es ihr wie in einer Schmierenkomödie oder einem Schauerroman auf dem Todesbett gestanden und sie dann ihrem einsamen Elend überlassen hätte. Sicherlich war Orson zu solch schändlichem Verhalten fähig.

Bevor er das Büro erreichte, hielt er an, um ein paar Stadtpläne zu kaufen. Er hatte zuvor angerufen und ihnen gesagt, daß er später kommen würde. Als er ins Büro kam, war das Mittagessen gerade beendet.

»Er steht auf Kriegsfuß mit uns«, sagte ihm Jan Peters. »Wir mußten die Veröffentlichung zerreißen und Harvey eine andere schreiben.«

Trotz seiner Befürchtungen war er nicht überrascht, daß die neue Fassung nicht auf seinem Schreibtisch lag. Er läutete nach Harvey Mills.

»Der Abgeordnete ist im Parlament.« Er schaute weg und räusperte sich. »Er hat angeordnet, daß ich es ihm dorthin zur Begutachtung schicken lasse.« Dann schaute er auf, als ob er plötzlich mutig geworden wäre. Harvey beobachtete ihn durch seine Brille. Eine neue Warnung, dachte Edward, und war über seine Gleichgültigkeit überrascht. Er entließ ihn mit einem Achselzucken und blätterte in den Unterlagen auf seinem Schreibtisch. Die Worte verschwammen ihm vor den Augen. Dann drehte er seinen Stuhl um und schaute aus dem Fenster. Schwarze Schneekrusten hatten sich an den Straßenrändern gebildet und erinnerten ihn schwach an den Schicksalsschlag. Er war verwirrt und fühlte sich fehl am Platze. Das Telefon läutete. Er nahm den Hörer erst ab, als ihm das Klingeln unerträglich geworden war. Es war Lilys Schwester Anna. Er glaubte, ein wenig Reue in ihrer Stimme zu hören.

Aber es tat ihm trotzdem leid, daß er den Hörer abgenommen hatte.

»Geht es dir gut, Eddie?«

»Ja«, antwortete er knapp.

»Ich möchte mich für Vinnie entschuldigen. Er war sehr aufgeregt. Du weißt, wie nahe er Lily stand.«

»Ist schon gut«, brummte er und hoffte, daß sie bald fertig war.

»Ich habe da eine Idee, Eddie«, er hörte, wie sie tief Luft holte, »du weißt ja, daß Lily und ich fast die gleiche Größe haben.« Sie räusperte sich. »Ich habe zwar ein kleines Bäuchlein.« Der Versuch, sich einzuschmeicheln, mißlang ihr völlig. Er verweigerte das erwartete Höflichkeitslachen. »Jedenfalls hätte ich gern Lilys Kleider.« Sie wartete. Wieder sagte er nichts. »Nun, es wäre auch eine Erinnerung an sie. Sie hatte so einen guten Geschmack, und ihre Garderobe war einfach fantastisch. Wenn du nicht zu böse auf uns bist ... Ich war nie dein Feind, Eddie.«

»Nein, das warst du nicht.« Er fühlte sich gezwungen, das zu bestätigen.

»Dann wirst du sie mir also überlassen?«

Rache, dachte er bösartig. Sie ging die seltsamsten Wege. Er fragte sich plötzlich, ob sie ihr wohl alles erzählt hatte. Verschworene Schwestern. Sie hatten immer zusammengesteckt, erinnerte er sich.

»Tut mir leid, Anna«, sagte er.

»Leid?« Während keiner etwas sagte, hörte er, wie sie lauter atmete. »Hör zu, Eddie. Hier spricht Anna, nicht Vinnie. Sie hätte sicher gewollt, daß ich die Kleider bekomme. Das weißt du. Es ist das mindeste, was du tun kannst, wo du doch jetzt diese hohe Versicherungssumme bekommen wirst.« Sie rechneten also bereits damit.

»Ich habe sie weggegeben«, sagte er ruhig.

»So schnell? Das hast du getan? Du hast nicht einmal daran gedacht, daß ich sie vielleicht haben wollte?« Er hätte sie ihr auf keinen Fall gegeben.

»Welcher Wohlfahrtsorganisation hast du sie gegeben? Vielleicht kann ich ihnen erklären ...«

»Keiner. Habe sie verramscht.«

Er war sich nicht sicher, ob ihre Reaktion ein Husten oder ein Nach-Luft-Schnappen war. Er stellte sich vor, wie den Armen die Kleider stehen würden und unterdrückte ein aufkommendes Lachen.

»Auch die Schuhe?«

»Auch die Schuhe!«

»Du bist ein Schweinehund«, sagte Anna. »Vinnie hatte doch recht.«

Er war nahe daran, es ihr zu erzählen. Wieder riß er sich zusammen, weil er wußte, daß ihn die Wahrheit in ihrer Achtung noch weiter sinken ließ.

»Du hast kein Herz, Eddie.«

»Hat sie dir das gesagt?«

Hatte sie auch der anderen etwas erzählt?

»Ich werde nie verstehen, warum sie dich geliebt hat«, sagte Anna und knallte den Telefonhörer auf.

»Hat sie das?« fragte er in die tote Leitung.

Der Abgeordnete kam erst am Spätnachmittag ins Büro zurück. Edward hatte vor sich hingebrütet und nichts erledigt. Er hatte gar nicht bemerkt, wie die Zeit vergangen war. Er fühlte, wie er sich immer mehr aus der Gegenwart entfernte. Für die Vergangenheit dagegen war er äußerst empfänglich. Erinnerungen tauchten in seinem Kopf auf. Es war fast, als ob ein Film abliefe: Lily und er rannten an einem Strand entlang, die Wellen plätscherten um ihre nackten Knöchel. Die Hochzeitsreise in Acapulco. Sie lagen in einer Hängematte auf dem Pic de la Cesta und betrachteten den ehrfurchtgebietenden Pazifischen Ozean und wurden vom Kokoswein ganz schläfrig. Hatte er damals etwas von immer der Deine geplappert, es bei seinem Herzen geschworen? Hatte sie es nicht auch beschworen? Oder bildete er sich alles nur ein? Lily und er schlenderten ziellos durch Georgetown. Mittagessen bei Clyde mit einigen Bloody Marys, dann ein Spaziergang auf dem alten Weg neben dem ausgetrockneten Kanal, Händchen haltend. Lily nachts neben ihm liegend, ruhig und sanft atmend, in seinen Armen geborgen, geschützt und sicher. Sie hatten sich an diese Art des Schlafens gewöhnt, sie lag mit angewinkelten Beinen auf der Seite, ihr Po berührte seinen Bauch, sein Arm lag in dem Zwischenraum zwischen ihren

Schultern und ihrem Hals, seine Hand umfaßte eine nackte Brust. Dann hatte plötzlich alles aufgehört. Nicht alles auf einmal. Es ging ganz langsam. Dann berührten sie sich fast gar nicht mehr. Lily meckerte an seinen Kleidern und seiner Ernährung herum, als ob er irgendeine große männliche Puppe wäre. Einmal hatte sie ihn gepflegt, als er eine Lungenentzündung hatte. Sie sorgte dafür, daß er seine Medizin nahm und überprüfte immer wieder seine Temperatur.

Manchmal hatte sie von einem Buch oder einer Modezeitschrift aufgesehen und gefragt: Liebst du mich? Und er hatte geantwortet: Natürlich. Bist du sicher? Aber sicher. Wie willst du das wissen? Ich weiß es. War dies die Vertrautheit kleiner Kinder oder Liebender? Er hatte die Vorstellung, daß sie vielleicht eine gespaltene Psyche hatte, zwei verschiedene Personen in einem Körper. Er schüttelte den Kopf und versuchte sich von den alten Erinnerungen zu befreien. Vivien tauchte vor seinen Augen auf, sein jetziges Ego. Und noch mehr. Aber er ließ auch diesen Gedanken vorüberziehen. Niemals, sagte er sich, niemals, niemals. Es überraschte ihn nicht, daß der Abgeordnete ihn nicht in sein Büro rief. Er war beleidigt. Im Büro gab es nicht sehr viel zu tun, die Leute mußten nicht auf einen ganz bestimmten Termin hinarbeiten. Der Mann war zweifellos frustriert und kochte vor unterdrückter Wut. Niemand übte einen größeren Druck aus als ein Politiker, der gewählt werden will. Vor einigen Monaten hatte Edward dem Abgeordneten einen Bericht vorgelegt, der die Notwendigkeit betonte, die Öffentlichkeit durch klare Stellungnahmen immer wieder mit seinem Namen zu konfrontieren.

»Sind Sie sicher, daß das etwas nützt, Eddie?« hatte der Abgeordnete gefragt. Edward fühlte sich damals stark, ehrgeizig und zuversichtlich.

»Ich bin absolut sicher.«

»Dann machen Sie es. Ich brauche jede Unterstützung.«

»Die haben Sie.«

Wenn ein Mann eine heimliche Oase hat, kann er jede Wüste durchqueren. Seine Oase war jetzt zu einer Illusion geworden. Und er war müde und durstig, und die Sonne verbrannte seine Augen.

Er nahm die gekauften Pläne heraus und schlug sie auf. Wenn er das machen wollte, was McCarthy vorgeschlagen hatte, dann brauchte er eine Karte von Virginia und eine von Washington. Er schnitt sie auseinander und setzte sie so zusammen, daß er das fragliche Gebiet auf einer Karte hatte. Er schätzte die größtmögliche Entfernung ab und zog einen Kreis, wie es McCarthy vorgeschlagen hatte. Dann teilte er den Kreis in überschaubare Abschnitte ein.

Als er an den Karten arbeitete, kam Jan Peters herein. Sie schaute ihn ganz verwirrt an.

»Was ist denn das?« Er hatte sich über seinen Schreibtisch gebeugt und studierte die Karten.

»Da ist ein Mann draußen, ziemlich unsympathisch. Wollen Sie ihn empfangen?«

»Wie heißt er?« Er schaute nicht auf, obwohl er Jans Unterkörper sehen konnte und damit auch die nervös auf den Oberschenkeln tippenden Finger bemerkte.

»Er wollte seinen Namen nicht nennen.« Sie ärgerte sich offensichtlich über sein mangelndes Interesse. Als er nichts sagte, sah er, wie sie näher kam. Sie beugte sich über den Schreibtisch. Er konnte ihren Atem riechen.

»Was ist denn das?«

»Einfache Karten.«

»Der Abgeordnete geht Ihnen aus dem Weg, Edward. Er kocht vor Wut. Sie werden Ihren Job verlieren. Sie wissen, daß ihm die Leute ganz egal sind.«

Ja, Menschen sind ihm egal, dachte er, aber er beachtete sie nicht, sondern kennzeichnete einige Stellen auf der Karte mit seinem Leuchtstift. Er fühlte ihre Hand auf seinem Arm und hielt in der Bewegung inne.

»Das ist kein dummer Witz«, sagte sie.

In diesem Augenblick stürmte Vinnie durch die Tür, eine riesige Masse, wie ein Tier schnaubend und stinkend. Als er aufschaute, ging ihm Jan aus dem Weg. Sie stand mit dem Rücken zur Wand. Eine Hand hatte sie vor den Mund gehalten, und ihre Augen waren vor Angst weit aufgerissen. Seltsamerweise war Edward ganz ruhig. Vinnies fleischige Hand packte sein Hemd unterhalb des Kragens und zerrte ihn hoch.

»Verfluchter Hurenbock«, zischte Vinnie, als seine freie Hand ausholte und auf seiner Wange landete. Der Schlag prallte am Knochen ab. Eine große Platzwunde zeigte sich. Er fühlte die Wärme des herunterlaufenden Blutes. Jan brach in einen lauten Schrei aus.

»Dieser verdammte Hund schmeißt meine Schwester zum Abfall«, sagte er. Dann schaute er mit wilden Augen Jan an, die keine andere Wahl hatte, als die Rolle einer Zeugin zu spielen. Edward versuchte, sich aus dem Griff des Mannes zu befreien, aber er hatte wenig Erfolg. Vinnies freie Faust holte wieder aus und schoß nach vorn. Diesmal wich Edward mit dem Kopf aus, und der Schlag ging ins Leere. Vinnies schwerer Körper verlor das Gleichgewicht, und er fiel auf den Schreibtisch, wobei Edwards Hemd zerriß.

In einem Reflex sprang Jan nach vorn und warf sich auf Vinnies Rücken, während Edward seine Arme festhielt. Alle drei stürzten zu Boden, dabei rissen sie Bücher und Ordner von den Regalen. Als sie kämpften, bemerkte Edward erschreckte Gesichter im Eingang, und er hörte die wütende Stimme des Abgeordneten.

»Hört sofort auf.«

Vinnie kämpfte weiter, aber Edward und Jan gewannen die Oberhand, und er verlor langsam an Kraft.

»Schon gut, schon gut«, schrie er. Edward und Jan ließen ihn widerwillig los. Als er still dalag, traten sie zurück. Vinnie stand vom Boden auf. Der Abgeordnete scheuchte alle außer Jan, Edward und Vinnie aus dem Büro und machte die Tür zu.

»Seid ihr alle verrückt geworden?« fragte er. Vinnie hievte seinen schweren Körper in einen großen Ledersessel, und Jan versuchte, das Blut aus Edwards Wunde an der Wange zu stillen.

»Ich bestehe auf einer Erklärung«, sagte der Abgeordnete und schaute fragend von einem Gesicht zum anderen.

»Dieser Mann kam einfach hereingestürzt ...«, fing Jan an.

»Das ist nicht Ihr Problem, Jan«, unterbrach Edward. »Er ist mein Schwager.«

»Fick dich selbst«, krächzte Vinnie und streckte seinen fetten Zeigefinger in die Höhe. »Ich kriege dich schon noch.«

»Das geht nicht so weiter«, sagte der Abgeordnete.

Edward wußte, daß es keinen Sinn hatte, Versteck zu spielen. Er wußte, daß sich hinter der Maske des Abgeordneten pure Angst verbarg. Kleine Vorfälle wie diese gerieten in die Presse und ruinierten den Ruf. Er drückte Jans Hand mit dem rotverfärbten Papiertaschentuch weg. Das Blut war bereits gestockt, obwohl immer noch ein wenig aus der Wunde sickerte. Er griff selbst nach einem Tuch und hielt es sich an die Wange. Jetzt war Vinnie etwas ruhiger geworden.

»Wenn es ihn nicht gäbe, würde sie noch leben«, sagte Vinnie mit aufgedunsenem Gesicht und haßerfüllten Augen.

»Und jetzt wird er durch sie auch noch reich werden.«

Mit Mühe hob sich Vinnie aus dem Sessel hoch. »Wir sehen uns noch«, krächzte er.

»Nein, es ist noch nicht zu Ende«, sagte Edward, als er bemerkte, daß die Augen des Abgeordneten zu den Karten gewandert waren. Es ist noch lange nicht zu Ende, dachte er. Vinnie starrte ihn an und zeigte dabei offen seine ganze Wut. Dann stolperte er aus dem Zimmer.

Als er weg war, schaute der Abgeordnete zu Jan hinüber.

»Lassen Sie uns bitte allein.«

Zögernd schaute sie zu Edward, doch dieser nickte nur. Mit feuchten Augen ging sie aus dem Zimmer.

»Verlieren Sie kein Wort über diese Sache«, rief ihr der Abgeordnete hinterher. Sie warf ihm einen verachtenden Blick zu. Dann wurde sie etwas weicher, nickte und ging aus dem Zimmer.

»Scheiße«, sagte der Abgeordnete nach einer Weile.

»Tut mir leid«, sagte Edward. Mit seiner freien Hand versuchte er, sein zerrissenes Hemd in Ordnung zu bringen.

»Haben Sie die Absicht, mich zu ruinieren«, fragte der Abgeordnete.

Diese Frage erwartete natürlich keine Antwort. Jede Erklärung, wie überzeugend auch immer, wäre nutzlos. Auch an alte Treue oder gute Dienste zu erinnern, war jetzt ziemlich sinnlos. Und zwar für beide. Es war, als ob Lily immer noch vom Grab aus die Fäden in der Hand hielt und ihn für irgendeine unbekannte Sünde bestrafen wollte, für die es keine Gnade gab.

»Ich bin jetzt wohl keine große Hilfe?« sagte Edward,

obwohl er kein schlechtes Gewissen hatte. Seine schmerzende Wange pulsierte stark und verursachte ein Augenzucken.

»Vielleicht, wenn Sie über die Sache hinweg sind ...«, fing der Abgeordnete an.

Edward wußte, daß dies eine Bemerkung war, die unterbrochen werden sollte, und genau das machte er auch brav. »Vielleicht. Inzwischen würde ich vorschlagen, sollten Sie jemand anderen einstellen. Vielleicht Harvey.«

Der Abgeordnete nickte. Edward konnte förmlich sehen, wie er sich zu einigen Höflichkeitsfloskeln aufraffen wollte. Politiker waren die besten Experten für beredte Abschiedsszenen.

»Nicht jetzt«, sagte Edward. Er hatte genug Heuchelei für ein langes Leben. Er packte seine Karten zusammen. Dann zog er seine Jacke an und ging zur Tür.

»Edward«, rief der Abgeordnete. Edward blieb in der Tür stehen. Es ärgerte ihn, daß er noch immer auf ihn reagierte. »Er gehörte doch nicht zur Mafia?«

Ein dünnes Lächeln kräuselte Edwards Lippen. Für einen Abgeordneten aus dem Mittelwesten gehörten alle Italiener zur Mafia. Edward zuckte mit den Schultern und ließ die Frage unbeantwortet in der Luft hängen. Es freute ihn, daß er dem Abgeordneten ein bißchen Angst einjagte.

27

Vivien wusch seine Wunde mit Peroxid aus und klebte ein Pflaster darauf.

»Ich bin eine Apothekerstochter«, sagte sie, als sie ihm zuschaute, wie er ihre Arbeit inspizierte. Es war ein seltsames Gefühl, mit einem fremden Menschen, der kein Hemd trug, in der intimen Sphäre des Badezimmers zu sein. Mehr als seltsam, das wußte sie. Sein zerrissenes Hemd und sein blutiges Unterhemd lagen auf einem Haufen am Boden.

»Nicht schlecht«, sagte er und klopfte auf den Verband, wobei er sie im Spiegel breit anlächelte. Sie konnte eine geheimnisvolle Aufregung nicht leugnen. Sein Körper war weicher als der von Orson, seine Brust haariger. Sie wurde rot, als sie bemerkte, daß ein dünner Haarstreifen seinen Gürtel berührte. Orson hatte nur wenige Haare auf der Brust gehabt, dafür eine breitere Brust und ausgeprägtere Muskeln an den Oberarmen. Sie war überrascht, daß ihr diese Einzelheiten so sehr ins Auge fielen.

Als er ein frisches Hemd anzog, ließ sie ihn allein und ging hinunter, um Steaks zu braten. Trotz der Kälte hatte sie auf der Terrasse einen Grill angeworfen. In der Stille hörte sie das leise Rascheln der Tannennadeln. Sie drehte sich zum Schneemann um, der schon wieder kleiner geworden war. Sie mußte an Ben denken, aber entschlossen verdrängte sie den Gedanken.

»Ich werde das machen«, rief er aus der Küche, während er sich das Hemd zuknöpfte.

Sie reichte ihm die Grillgabel, und er ging auf die Terrasse. Als sie den Salat gesäubert und die Tomaten aufgeschnitten hatte, schaute sie einmal nach ihm. Orson hatte nie gegrillt. Ja, er hatte tatsächlich äußerst selten irgendwelche Küchenarbeit erledigt. Sie beobachtete, wie er in seine Arbeit vertieft war. Er hatte sich gebückt, um besser sehen zu können, wie weit die Steaks waren. Da wurde sie neugierig. Sie fragte sich, wie er und Lily ihr Alltagsleben organisiert hatten, wie sie mit den banalen Arbeiten des täglichen Lebens fertig geworden waren. Wie hatten sie sich die Arbeit geteilt? Hatte er je gekocht? Wer hatte den Tisch gedeckt?

Sie versuchte, sich Lily in deren Wohnung vorzustellen. War sie Rechts- oder Linkshänderin gewesen? Welche Augenfarbe hatte sie gehabt? Hatte sie schöne Zähne? Sie versuchte, sich den Klang ihrer Stimme vorzustellen! War sie hart oder weich gewesen? Ihre Aufmerksamkeit richtete sich auf ihre Finger, und sie bemerkte plötzlich, daß sie noch immer ihren goldenen Ehering trug. Seit ihrer Heirat hatte sie ihn nicht ein einziges Mal abgenommen. Sie griff nach der Seife und seifte sich damit gründlich die Hände ein. Dann zog sie ihn, ohne auf den Schmerz zu achten, mit aller Gewalt über ihren Fingerknöchel. Sie warf ihn mit den faulen Salatblättern in den Abfalleimer.

Ganz rotbackig kam Edward herein. Die Steaks brutzelten

noch auf dem Holzbrett. Sie zündete die Kerzen an und drehte das Küchenlicht herunter. Selten hatten Orson und sie das Abendessen in der Küche eingenommen. Formales Essen im Eßzimmer entsprach mehr Orsons Geschmack.

»Richtig gemütlich«, sagte Edward, als er sich setzte. Sie teilte die Steaks, schenkte den Rotwein ein und reichte ihm das hölzerne Salatbesteck. Er nahm sich etwas Salat auf seinen Teller. Der Geruch von Knoblauchbutter kam von dem französischen Weißbrot, das gerade getoastet wurde.

In dem flackernden Licht wirkte Edwards Gesicht völlig anders, es war kantiger. Das kam nicht nur von den geschwollenen Striemen auf der Wange. Als sie ihn das erste Mal gesehen hatte, hatte er insgesamt rundlicher gewirkt. Sie konnte es sich aber auch nur eingebildet haben, da sie sich nur noch ganz schwach an ihr erstes Zusammentreffen bei der Identifizierung der Leichen erinnern konnte. Jetzt schien seine Anwesenheit alle ihre Wahrnehmungen zu bestimmen.

»Wir haben jetzt mehr Zeit, die Dinge zu erledigen, die wir uns vorgenommen haben«, sagte er, nachdem er ihr von seiner Kündigung durch den Abgeordneten erzählt hatte.

Obwohl sie nach außen vorgab, ärgerlich zu sein, war sie innerlich sehr zufrieden. »Es beunruhigt Sie überhaupt nicht?«

»Nicht im geringsten. Zuerst müssen wir diese Sache erledigen. Außerdem hat mich die Arbeit nicht mehr interessiert.« Er zuckte mit den Schultern. »Ich bin frei. Nichts hält mich mehr. Ich habe ein paar Dollar gespart, und außerdem wird es eine Abfindung geben.« Er spießte mit seiner Gabel ein Stückchen Steak auf. Als er seine Gabel als eine Art Zeigestab benutzen wollte, geriet er damit fast in die Kerzenflamme. »Ich finde, Sie haben sich richtig verhalten, als Sie die Versicherungsprämie abgelehnt haben. Es beweist, daß Sie Charakter haben. Ich werde das gleiche tun.«

»Aber Sie haben keine Kinder.« Gewissensbisse wegen Ben tauchten kurz auf, aber sie gingen schnell vorüber. Würde ihr Verhältnis zu Ben jemals wieder so wie früher sein? fragte sie sich und war traurig.

»Es gibt noch immer die Wohlfahrtsorganisation. Oder

ich mache das gleiche, was Sie getan haben. Ich lege es für Ihr Kind an.«

»Das scheint mir nicht richtig.«

Er biß in ein Stück Steak und kaute es, während er sie beobachtete. Sie fragte sich, welchen Eindruck er von ihr haben mochte. Wofür er sie hielt. Für eine Vertraute? Für einen Kameraden? Eine Freundin? Sie verdrängte den Gedanken. Sie fand es kindisch, sich damit zu beschäftigen. Ihre Verbindung hatte nur einen Zweck. Sie mußten herausfinden, warum sich ihre Ehepartner so verhalten hatten. Wieder empfand sie sich als Opfer eines ausgeklügelten Täuschungsmanövers, so daß sie vor Wut zu zittern begann.

»Viele würden uns beide wahrscheinlich für verrückt halten, wenn wir das Geld nicht nehmen. Die Versicherungsprämie soll uns für den Schmerz entschädigen.«

»Ich könnte es akzeptieren, wenn der Schmerz durch ihren Tod verursacht worden wäre.«

»Klingt schrecklich, wenn Sie es so laut aussprechen.«

»Ich weiß. Es ist nur ein weiterer Stachel, mit dem sie uns traktieren, lediglich eine weitere Desillusion und neuer Haß. Bevor diese Sache passiert ist, kannte ich solche Gefühle gar nicht. Jetzt steckt der Haß wie ein Stachel in meinen Eingeweiden.«

Sie legte ihre Gabel nieder. Der Appetit war ihr vergangen. Sie bemerkte, daß er seinen Wein ausgetrunken hatte und goß sein Glas wieder voll, bevor sie sich selbst nachschenkte. Schweigend aßen sie zu Ende.

Er ging ins Wohnzimmer und zog seine Karten aus der Jackentasche. Als er zurückkam, hatte sie damit angefangen, die Teller abzuräumen. Er half ihr dabei und legte dann die Karten auf den Tisch. Sie trat nahe an ihn heran und beugte sich über seine Schulter. Sie hörte genau zu, als er ihr den Plan auseinanderlegte.

»Wir werden sie finden«, sagte er überzeugt und schaute auf. Seine Hand ergriff ihren Unterarm. »Sie werden schon sehen.«

»Ich bin davon überzeugt, Edward.«

Er schaute auf die Uhr. Es war fast Mitternacht.

»Wir sollten früh aufbrechen«, sagte er und stand auf. »Ich glaube, ich sollte gehen.«

Sie folgte ihm ins Wohnzimmer.

»Einen Cognac?«

»Vielleicht einen.«

Er setzte sich und streckte seine Beine auf einem Kissen aus. Sie brachte ihm den Cognac. Bevor er trank, schaute er sich im Zimmer um.

»Die fettesten Weiden haben immer die anderen«, sagte er achselzuckend und roch genießerisch am Cognac. Dann trank er und drehte seine Augen zur Decke. Sie glitzerten im schwachen Licht, und sie wußte, daß er darum kämpfte, nicht in Tränen auszubrechen.

Sie hatte wieder die Gelegenheit, ihn genau zu beobachten. Er war dicker als Orson und weniger beeindruckend. Er war kleiner und wirkte im ganzen weicher. Sein lockiges Haar war ziemlich lang geworden und ließ ihn jünger aussehen. Wenn sie ihm durch Zufall begegnet wäre, hätte sie ihn vielleicht nicht einmal bemerkt. Er war ganz anders als Orson. Orson strahlte Selbstsicherheit, Selbstbeherrschung und Autorität aus. Er hatte seine Kleidung selbst eingekauft und sich so ausgestattet, daß seine Aufmachung genau seiner Rolle entsprach. Bei Edward bemerkte sie jetzt, daß seine Kleider herunterhingen, daß sie zerknittert waren und er offensichtlich nicht sehr viel Aufmerksamkeit darauf verwandte. Heimlich war sie immer sehr stolz auf Orsons gutes Aussehen gewesen, und hatte genußvoll beobachtet, wie andere Frauen ihn interessiert in Augenschein genommen hatten. Manchmal war sie etwas eifersüchtig gewesen. Aber er hatte nie offen mit anderen Frauen geflirtet. Nie in ihrer Anwesenheit, dachte sie bitter und haßte ihn, weil er ihre Unschuld zerstört hatte.

Vielleicht hieß das lediglich, daß alle Männer so waren. Sogar Edward. Sie zwinkerte mit den Augen und erwartete fast, daß Edwards Bild verschwinden würde. Es blieb jedoch bestehen, weich und verletzlich und entsprach überhaupt nicht der Vorstellung von Männlichkeit. Eigentlich nicht weich, fügte sie schnell für sich selbst hinzu, und auch nicht unmännlich. Sie bemerkte, daß sogar die Kerbe an seinem Kinn tiefer geworden war. Ihre Gedanken beunruhigten sie langsam, und sie war erleichtert, als er auf seine Schenkel klopfte und aufstand.

»Ich muß jetzt gehen.«

Er hatte sein Jackett über die Stuhllehne gehängt und wollte es anziehen. Orson hätte das nie getan. Er hätte es aufgehängt. Alle seine Jacketts und Anzüge hingen fein säuberlich auf Bügeln wie bei den Soldaten.

»Aber wohin?«

»In irgendein Hotel.« Er zuckte mit den Schultern. Es ist völlig egal. »Alles ist besser als diese Wohnung.«

»Das ist doch lächerlich«, platzte sie heraus.

»Ich habe es so gewollt.«

»Aber ich habe doch so viel Platz hier.« Sie schwenkte ihren Arm wie einen Zauberstab. »Glauben Sie mir, ich kann Ihr Zögern sehr gut verstehen.«

»Wirklich?« Er schaute sie prüfend an. Während sie sich abwandte und in die kalte Nacht hinausschaute, sagte sie zu ihm:

»Das Haus gehört mir, Edward. Ich habe es ausgesucht. Es ist das einzige, was ich wirklich für mich in Anspruch nehmen kann.« Panik ergriff sie. Ich brauche Sie in meiner Nähe, wollte sie hinausschreien.

»Ich bleibe im Gästezimmer«, meinte sie erklären zu müssen. »Sie können auf der Couch schlafen.«

»Wie in den alten Filmen«, sagte er lächelnd und kam sich ein wenig seltsam dabei vor. Dann willigte er gleichgültig ein.

»Es würde die ganze Sache ein bißchen leichter machen.«

»Ich werde die Couch herrichten.«

Sie ging nach oben, um das Bettzeug, eine Decke und ein Kissen zu holen. Sie hörte, wie die Eingangstür auf und zu ging, dann das Zuschlagen eines Kofferraumdeckels. Als sie wieder hinunterkam, stand sein Koffer mit der Umhängetasche auf dem Boden. Sie richtete die Couch als Bett her.

»Ich komme mir immer noch seltsam dabei vor«, sagte er und beobachtete, wie sie die Decke bezog.

»Ich finde das nicht«, erwiderte sie und strich die Decke glatt. Sie betrachtete ihr Werk noch einmal, sagte gute Nacht und ging hinauf.

28

»Wir werden eine Nadel in einem Heuhaufen suchen«, sagte er zu ihr. Und es klang wie eine gutgemeinte Warnung, als ob er prüfen wollte, wie entschlossen sie tatsächlich war.

»Egal wie lang es dauern wird«, sagte sie und schenkte den Kaffee ein. In der letzten Nacht hatte er ihre Vertrautheit ganz stark empfunden. An diesem Morgen dagegen erschreckte sie ihn.

Er hatte gut geschlafen, denn er wußte genau, wo er war. Bevor er eingeschlafen war, hatte er noch auf die Geräusche gelauscht, die sie verursachte. Mitten in der Nacht war er einmal aufgewacht. Er lauschte angestrengt und stellte sich vor, daß er ihren rhythmischen Atem hörte.

Er mußte jedoch gleich wieder eingeschlafen sein. Als er aufwachte, war er sich sicher, daß ihn ihre Schritte aus dem Schlaf geholt hatten.

Er zog sich schnell an, doch mit besonderer Sorgfalt, denn er wollte sauber und ansehnlich aussehen, bevor sie herunterkam. Er kam sich wie ein Teenager bei seiner ersten Verabredung vor.

Als sie herunterkam, sah sie frisch und erholt aus. Ihr Haar war duftig und sauber, und sie verströmte einen wunderbaren Duft. Es tat ihm gut, sie zu sehen.

»Sie riechen gut«, sagte er und bemerkte, wie ihn eine seltsame Erregung ergriff.

»Arpège, das ist alles.«

Aus den Augenwinkeln heraus bemerkte er, wie sie ihn kritisch musterte.

»Kennen Sie es?«

»Überhaupt nicht.« Es kam ihm seltsam vor, daß sie ihn danach fragte.

»Ich befürchtete schon, daß es ihr Parfüm hätte sein können«, sagte sie und wich seinem Blick aus. Aber es gab ihm den Vorwand, näher zu kommen und leicht an ihr zu schnüffeln. Es tat ihm gut, in ihrer Nähe zu sein.

»Haben Sie gut geschlafen?«

»So gut, wie schon lange ...« Er zögerte, denn er hatte das Gefühl, daß er den Satz nicht zu Ende sprechen mußte.

»Das freut mich.«

Er schlug die Karten auf, beugte sich zu ihr vor und wies auf das Gebiet, das sie sich als erstes vornehmen wollten. Der Gedanke erfüllte sein ganzes Denken, und er hatte jetzt das Gefühl, ihr den ganzen Plan darlegen zu müssen, den er während der Nacht ausgeheckt hatte. Sie würden Schritt für Schritt vorgehen, erklärte er. Zunächst würden sie alle Wohnblocks in diesem Gebiet untersuchen, die Yale-Schlösser hatten. Das würde die Suche bereits einschränken.

»Und dann?«

»Wo es möglich ist, probieren wir eine Wohnung nach der anderen aus. Manchmal werden wir uns der Hilfe der Hausmeister bedienen müssen. Irgend jemand hat im allgemeinen einen Generalschlüssel, der dann einen passenden Schlüsselbart hätte. Wir müssen flexibel sein.«

Wenn sie irgendwelche Zweifel hegte, so sagte sie nichts.

»Sie sind noch immer der Meinung, daß es nichts Wichtigeres für uns zu tun gibt?« fragte er vorsichtig. Er hatte eine ungeheure, ja fast unmögliche Aufgabe skizziert. Und er fragte sich, ob sie seinen Plan vielleicht für unausgegoren halten könnte.

»Natürlich.«

»Es ist eine psychologische Notwendigkeit.«

»Absolut.«

Konnte er bloße Zustimmung als Verpflichtung ansehen? Am meisten befürchtete er, daß sich etwas ereignen könnte, so daß sie ihren Plan aufgeben mußten. War es nötig, die Ziele noch einmal deutlich herauszustellen? Würde sie schon bald die Lust verlieren oder die Idee für sinnlos halten? Er durfte vor allem von seiner Seite keinen Zweifel aufkommen lassen.

Sie fuhr seinen Wagen. Bei jeder Wohnung in dem fraglichen Gebiet stieg er aus und überprüfte das Schloß. Wo es eine Rezeption gab, stellte er sich als Verkäufer einer Schlüsselfirma vor, um die Art des Schlosses herauszubekommen. Da die Information, die er wollte, harmlos genug erschien, erhielt er im allgemeinen schnell die gewünschte Auskunft. Wo es keinen Hausmeister gab, überprüfte er das Sicherheitsschloß mit einer Kopie seines Schlüssels. Nur selten traf er auf ein Yale-Schloß. Und wenn er einmal auf eines stieß, dann paßte der Schlüssel nicht, wofür er insgeheim dankbar war. Es war noch zu früh. Wenn er einen Wohnblock ausfindig gemacht hatte, der Yale-Schlüssel hatte, dann ging er zum Wagen zurück, und Vivien schrieb die Adresse in ein Notizbuch, das sie sich gekauft hatten.

Bereits am ersten Tag konnte er nicht umhin, einige Schlüsse zu ziehen. Wenn er sich Orsons und Lilys Gerissenheit vor Augen hielt, dann konnte er sicher annehmen, daß sie kein Haus mit Rezeption gewählt hatten. Sie brauchten eine Wohnung, die in keiner Weise überwacht wurde, und außerdem mußte sie leicht zugänglich sein. Sie brauchten auch einen bequemen Parkplatz, denn sie hatten schließlich einen vollgepackten Terminkalender. Er erklärte ihr seine Überlegungen. Sie nickte nachdenklich.

»Denke ich genau wie Orson?«

»Ja. Er würde an solche Kleinigkeiten denken.«

»Ging er sehr methodisch vor?«

»Ja. Er hatte immer alles im Griff.«

Erst auf dem Heimweg nach ihrem ersten Tagesausflug wurde ihm bewußt, daß seine Überlegungen die Suche erheblich verkürzen konnten.

Beim Essen in einem kleinen italienischen Restaurant in McLean schaute er sich die Adressen der Apartmenthäuser mit Yale-Schlössern genauer an. Er war erstaunt, wie viele es davon gab.

Sie bestellten eine Pizza und Weißwein. Edward bemerkte, daß Vivien herzhafter aß als Lily, die immer in ihrem Essen herumgestochert hatte. Er bemerkte auch, daß ihre Finger sehniger und kräftiger waren. Körperlich wirkte Lily zerbrechlicher, aber Vivien war deshalb nicht weniger feingliedrig.

Auch die Struktur ihres Haares war anders. Vivien hatte natürliche Locken, und ihr Haar besaß eine Spannkraft, so daß sie mit jedem Schritt vibrierten. Sie aß schweigend mit leicht gesenktem Kopf. Er hatte das Gefühl, daß sie seinen kritischen Blick als angenehm empfand. Er fragte sich, ob sie es genauso genoß wie er.

Viviens Augen waren kleiner, Lily hatte große Augen, dunkle Kelche in einem wohlgeformten Gesicht und eine leicht gekrümmte südländische Nase. Viviens Nase war kleiner und etwas fleischiger. Ein leichter Ärger erfaßte ihn wieder. Orsons Frauen! Als er sein Weinglas hob, zitterte seine Hand. Orsons Bild tauchte vor seinen Augen auf, ein großes, breites Gesicht. Er fragte sich plötzlich, wie seine Stimme geklungen hatte.

»Was hätte er gesagt?« fragte er vage, als ob er sich nicht so recht zu fragen getraute.

»Gesagt?«

»Ich meine, worüber haben Sie gesprochen?« Sein Ärger verklang langsam wieder, obwohl er jetzt noch neugieriger war.

»Wann?«

Er zog verwirrt die Brauen hoch.

»Jetzt zum Beispiel. Wenn er an meiner Stelle hier wäre, worüber hätten Sie geredet?«

Sie schüttelte den Kopf, so daß ihre Haare wippten.

»Über Ben, vermutlich. Ja, ich würde ihm von Ben erzählen. Ich habe ihm immer von Ben erzählt.«

»Aber worüber haben Sie sich unterhalten? Sie beide zusammen. Das klingt mir eher wie ein einseitiger Bericht.«

»Haushaltsfragen vielleicht. Er erzählte mir gewöhnlich einige Sachen vom Büro.«

»Sachen?«

»Fälle.« Sie klopfte nervös mit den Fingern auf den Tisch. »Eigentlich erzählte er nie viel vom Büro.« Sie schaute auf ihren Teller. »Das Essen. Wir hätten vielleicht über das Essen gesprochen. Nein – den Wein. Er hatte viel für Wein übrig.«

»Nichts Wichtigeres?«

»Was beispielsweise?«

»Wünsche? Ziele? Empfindungen? Zukunftspläne? Leute? Haben Sie sich über Leute unterhalten?«

»Ich habe manchmal von Leuten gesprochen«, sagte sie froh, als ob sie endlich eine richtige Antwort gefunden hätte. Dann schüttelte sie den Kopf. »Es tut mir leid, Edward. Wir haben uns natürlich unterhalten, aber ich kann mich anscheinend nicht mehr daran erinnern.«

»Politik, Bücher, Kunst, Filme, Fernsehen?«

»Er schaute selten fern, und wir gingen auch nur selten ins Kino.«

»Also gut, aber wie steht's mit der Zeitung? Irgendwelche Themen, auf die man in der Zeitung stößt.«

»Ich habe natürlich die Morgenzeitung gelesen«, sagte sie spitz. »Er war ja immer bereits weg.«

»Gesundheit? War das ein Gesprächsthema? Er war Langläufer.«

»Gelegentlich«, sagte sie. »Als er zu laufen anfing, redete er öfter über das Herz-und-Kreislauf-System. Er nahm auch regelmäßig Vitamine ein und sprach manchmal darüber. Nicht sehr oft. Manchmal, wenn wir mit anderen Leuten zusammen waren, sprach er über diese Dinge.«

»Wie war's mit Geld? Haben Sie über Geld gesprochen?«

»Nein. Nicht oft. Er überwies einfach Geld auf mein Konto, und ich nahm mir soviel wie ich brauchte. Wie Haushaltsgeld. Ich habe fast zehntausend Dollar gespart.«

»Langsam fällt mir nichts mehr ein«, sagte Edward leicht genervt. »Machen Sie sich über mich lustig?«

»Überhaupt nicht. Sie müssen doch wissen, daß nicht jede Kommunikation im Sprechen begründet liegt.« Es war nur eine schwache Verteidigung, und er war sich sicher, daß sie es auch wußte.

»Ich erhalte immer wieder das Bild eines recht stillen Mannes.«

»Er war ein stiller Mann.«

»Und Sie haben keine Spiele gemacht? Karten- oder Brettspiele?«

»Nein. Er konnte Spiele nicht ausstehen.« Sie zuckte mit den Schultern. »Tut mir leid.«

»Was hat ihn denn dann so verdammt interessant gemacht?« fragte er mit erhobener Stimme, so daß ihn ein Pärchen am Nebentisch neugierig anschaute.

»Für Lily oder für mich?«

»Für beide.«

Sie seufzte und nippte an ihrem Wein.

»Wir waren verheiratet. Wir teilten die Gegenwart, und wir hatten ein Kind. Es war nie eine Frage des Interessantseins. Er war ein Teil eines gemeinsamen Lebens. Er arbeitete sehr schwer, und er liebte seine Arbeit.« Sie blickte nachdenklich in ihr Weinglas. »Am liebsten las er Gesetzesbücher. Ich las Romane, Bestseller. Er war ein vielversprechender junger Rechtsanwalt in Washington.«

»Gut. Er war also erfolgreich.«

Sprach Eifersucht aus seinen Worten? Sie schaute auf und wartete geduldig auf seine nächste Frage. Sie verhielt sich wie eine Patientin, die eine medizinische Untersuchung über sich ergehen lassen mußte. Aber die größere Angst empfand eigentlich er.

»Ich versuche, ihm gerecht zu werden«, sagte sie.

»Es klingt sehr langweilig.«

»Aber das war es nicht.«

»Worin lag dann die Aufregung?« Er versuchte, seine Stimme zu kontrollieren.

»Aufregung?«

Das Ganze war zu einer abstrakten Befragung ausgeartet, und aus irgendeinem Grund hatte er das Gefühl, daß sie ihn absichtlich auf eine falsche Fährte lenken wollte, um ihr Innerstes zu bewahren.

»Vielleicht habe ich das falsche Wort gewählt«, verbesserte er sich.

»Wie wär's mit Zufriedenheit?« fragte sie.

»Klingt wie etwas, das man erst im Alter haben kann.«

»Gut, Edward, dann laß es uns anders nennen. Sagen wir, ich war im großen und ganzen zufrieden. Ich hatte mein Zuhause und meine Familie. Ich weiß, verglichen mit Lily, muß das unbeschreiblich langweilig klingen. Das kann schon sein ...« Sie schaute ihn mit großen, entschuldigenden Augen an. »Ich muß einfach verteidigen, was ich geworden bin. Ich bin einfach so. Ich weiß, daß ich nicht mit der Zeit gehe. Ich habe mich nicht dazu entschlossen, hinauszugehen und gegen die Welt anzutreten. Ich bin durchaus für die Gleichberechtigung der Frau, aber es ist einfach eine Tatsache, daß ich lieber eine Hausfrau bin. Ich war durchaus mit meiner Rolle ›als Frau von‹ zufrieden. Die Vorstellung verheiratet zu sein, hat mir immer gefallen. Ich hatte einen Mann. Meinen Mann. Ich kam mir nie langweilig oder unterwürfig vor. Nicht damals.« Sie hob ihr Glas hoch. »Ich dachte immer, daß auch ihm dieses Leben gefiel.« Sie nahm einen tiefen Schluck. »Vielleicht lebte er nur in meiner Vorstellung, und ich habe mir das alles nur eingebildet.« Sie kniff die Augen zusammen und lachte.

Er bezahlte die Rechnung, und sie fuhren zu ihrem Haus zurück. Sie schwieg während der Fahrt. Als sie ins Haus kamen, richtete sie die Couch für ihn zum Schlafen her, murmelte ein paar Worte der Entschuldigung und ging nach oben.

Er wußte, daß er sie verletzt hatte, und so war er voller Unruhe.

29

Mitten in der Nacht kam Wut in ihr auf. Sie hatte die ganze Zeit nicht geschlafen – vor Ärger. Wie konnte er es wagen, ihr die Schuld zuzuschreiben? Seine Anspielung war recht deutlich gewesen. Sie war ein kleines, langweiliges Hausmütterchen, und es war nur natürlich, daß Orson bei solch einem langweiligen Leben in die Arme der erstbesten ungewöhnlichen Frau getrieben wurde. Nun, das war immerhin *seine* Frau gewesen. Wie zum Teufel hatte ihr Leben ausgesehen? Vielleicht war auch sie gelangweilt gewesen. Von ihm gelangweilt worden.

Sie zog ihren Morgenmantel über, kämmte sich das Haar und ging entschlossen die Treppen hinunter. Als sie an den Treppenabsatz kam, ging die Lampe neben der Couch an. Edward blinzelte zu ihr hoch und rieb sich die Augen. Er setzte sich auf, und sie bemerkte, daß er keine Pyjamajacke trug.

»Was ist los?«

»Ich konnte nicht schlafen«, sagte sie, während sie auf ihn zuging und sich dann in den Sessel gegenüber der Couch setzte.

»Jetzt bin ich an der Reihe«, sagte sie. »Es gibt ein paar Sachen, die ich wissen muß.«

»Jetzt?« Als sie ihn anschaute, drängte sich ihr ein seltsamer

Vergleich auf. Orson hatte immer in gebügelten Schlafanzügen geschlafen, die sie sorgfältig unter sein Kissen gelegt hatte.

»Worüber hat sich denn Lily mit Ihnen unterhalten?«

Es hatte wie eine Anklage geklungen, und das tat ihr durchaus nicht leid. »Ich erwarte die gleiche Offenheit«, sagte sie warnend.

»Natürlich...« Er schwieg nachdenklich. »Ich habe viel über unser gemeinsames Leben nachgedacht, über mein Leben mit Lily. Sie ging sehr in ihrer Arbeit, der Mode, auf. Sie kannte alle Designer, und sie hat mich immer nach meiner Meinung gefragt. Was hältst du von diesem Adolpho, diesem De La Renta oder diesem Rykiel? Rückblickend wird mir klar, daß ich mir eine ganze Reihe von stereotypen Antworten dafür zurechtgelegt hatte. Antworten wie: Ein bißchen gewagt. Etwas übertrieben. Keine Grazie. Zu knallige Farben. Bemerkungen wie diese. Ich wollte interessiert wirken. Aber ich war es einfach nicht. Ich war natürlich stolz auf sie. Aber ich hatte kein großes Interesse an ihrer Arbeit.«

»Und Sie? Worüber haben Sie mit ihr gesprochen?« fragte sie weiter.

»Meine Arbeit. Den Abgeordneten. Ein bißchen Tratsch aus dem Büro. Und rückblickend wird mir auch hier klar, daß ihr Interesse für meine Arbeit wahrscheinlich genauso gering war wie meines an ihrer Arbeit. Eigentlich konnte sie Politik nie ausstehen. Und ich muß ihr zugestehen, daß sie das auch immer wieder gesagt hat. Ich dagegen habe ihr nie offen gesagt, was ich von Mode halte.«

»Aber was haben Sie dann geteilt?« Sie kam sich dickköpfig und aggressiv vor.

»Wenn wir Zeit hatten, gingen wir ins Kino«, sagte er. »Wir gingen in verschiedene Restaurants. Zweimal reisten wir nach Europa – einmal schauten wir uns England an und verbrachten dann noch zwei Wochen an der Riviera. Das hat Spaß gemacht. Wir hatten noch andere Reisepläne, und wir lasen beide gern Reisebücher.«

»Ich habe Orson auch manchmal auf seinen Geschäftsreisen nach Frankreich begleitet. Das hat mir immer gut gefallen.«

»Aber das war eigentlich nicht der Alltag. Es war eine außergewöhnliche Zerstreuung.«

»Haben Sie gestritten?«

»Nicht oft.« Er zuckte mit den Schultern. »Manchmal ärgerte es sie, daß ich nicht positiver dachte. Ich war nicht sehr hilfreich – wenn sie zum Beispiel die Wohnung einrichtete. Ich glaube, sie hätte es gern gesehen, wenn ich mich mehr dafür engagiert hätte.«

»Warum haben Sie das nicht getan?«

»Für mich zählte nur, daß sie mit den Sachen, die sie kaufte, glücklich war. Ich war mit fast allen ihren Entscheidungen einverstanden. Ich will damit sagen, daß sehr viele Dinge, die für sie wichtig waren, für mich keine große Bedeutung hatten. Ich war zufrieden ...« Er hielt inne und schaute sie verwirrt an.

»Da haben wir es«, sagte sie selbstzufrieden.

»Sagen wir, sicher.«

»Wie wär's mit glücklich? Was ist an dem Wort ›glücklich‹ falsch?«

»Also gut. Ich war glücklich.«

»Ich auch. Und Sie waren nicht gelangweilt?«

Er strich sich über das Kinn. Seine Decke rutschte immer weiter nach unten, und sie bemerkte, daß er auch keine Pyjamahose trug.

»Nein, ich war nicht gelangweilt.«

»Sie waren also gern verheiratet?«

»Ja, ich glaube schon. Es war viel besser, als allein zu sein. Bevor ich verheiratet war, war ich ziemlich viel allein.«

»Wie stand es mit Freunden?«

»Oh, ich hatte viele Freunde. Aber nach unserer Heirat haben wir den Personenkreis eingeschränkt. Unsere Freunde hatten meist etwas mit unserer Arbeit zu tun. Ich glaube, daß wir im Grunde füreinander genug waren.«

Er schluckte schwer, und sie beobachtete, wie sich sein Adamsapfel hob und senkte.

»Wenigstens habe ich das gedacht. Ja«, sagte er bitter, »das habe ich immer gedacht.«

»Sie hatten jemanden auf der Welt, dem Sie trauen konnten.«

Er nickte.
»Jemanden, dem Sie Ihr Leben anvertrauen konnten.«
»Wie das Gelübde sagt: bis der Tod uns scheidet.« Er wollte lächeln, aber es gelang ihm nur ein Grinsen. »Das ist die reinste Ironie.«
»Sie haben nie gedacht, daß Sie vielleicht einen Fehler gemacht haben? Daß das gemeinsame Leben nicht so aussah, wie Sie es sich vorgestellt haben?«
»Nein, eigentlich nicht.«
»Daß Sie eine falsche Wahl getroffen hatten?«
»Nein. Ich kam gern zu Lily nach Hause. Ich war immer gern mit ihr zusammen. Ich schaute sie gern an.« Seine Stimme wurde leiser. Er schien sich dazu zu zwingen, ihr in die Augen zu schauen. »Sie zu berühren. Neben ihr zu schlafen.«
»Vor einiger Zeit – hat das noch nicht so geklungen, als ...«
Sie konnte sich nicht dazu bringen, es auszusprechen. Als Sie über die Liebe gesprochen haben, hatte sie sagen wollen.
Wenn er ihre plötzliche Verschämtheit bemerkt hatte, ließ er es sich nicht anmerken. Sie empfand eine seltsame Erregung, tief in ihrem Inneren, ein immer stärker werdendes Bedürfnis.
»Man gewöhnt sich aneinander.« Er zuckte mit den Schultern. »Wenn man eine große Sache daraus macht, schafft man sich nur Probleme. Ich habe gut damit gelebt. Es schmilzt nicht alles bei der gleichen Hitze.« Er schaute sie an und wollte noch mehr sagen. Doch dann schwieg er.
»Bringe ich Sie in Verlegenheit?«
»Ein wenig.«
»Sie haben nie einer anderen Frau nachgeschaut?«
»Nachgeschaut? Nun, ja, das hab' ich wohl schon mal getan, aber das ist doch nur natürlich, oder? Aber ich bin nie weitergegangen. Es war für mich eine Frage der Treue ...«
Sie blieb unnachgiebig.
»Glauben Sie, daß sie frustriert war. Als Frau? Ein Körper unerfüllter innerer Bedürfnisse?«
»Vielleicht.« Er hatte es ganz langsam gesagt und sie dabei beobachtet. »Wir sind alle auf die eine oder andere Weise frustriert. Keiner bekommt genau das, was er möchte. Oder braucht.«

Aber in seinem Inneren geriet das Bild von seiner Ehe in Bewegung. Genau wie bei ihr. Es war das reinste Schlachtfeld.

Warum heiraten wir den Menschen, den wir geheiratet haben? fragte sie sich. Hatte sie es zu weit getrieben? Anderen die Schuld gegeben? Jetzt war ihr Ärger wieder verklungen, und sie hatte das Gefühl, daß sie ihm etwas schuldig war.

»Glauben Sie auch, daß Orson frustriert war?« fragte sie.

Seine Augen wurden ganz groß. »Wie soll ich denn das wissen?«

»Sie sind ein Mann. Was wollen Männer?«

»Ich kann nicht für alle Männer sprechen«, murmelte er. »Nur für mich selbst.«

»Also dann ...«

Er strich sich nachdenklich über das Kinn. »Rückblickend sehe ich viele verpaßte Gelegenheiten.« Sie hatte das Gefühl, daß er völlig durch sie hindurch schaute. »Man weiß nicht, was man verpaßt hat, bis man es vermißt. Stimmt das?«

Sie zuckte zunächst mit den Schultern und nickte dann.

»Wie sehen Sie die Sache?« fragte er. »Klingt, als ob Sie zufrieden, erfüllt und befriedigt waren, wie ein Schweinchen am Futtertrog.«

»Häßlicher hätten Sie es wohl nicht ausdrücken können?«

»Tut mir leid.«

War sie genau das gewesen, was er gesagt hatte, ein Schwein am Futtertrog? Sie war sich nicht mehr so sicher wie zuvor. Wenn man das zum Maßstab nahm, was in den Frauenzeitschriften stand, konnte man sie vielleicht als unbefriedigt bezeichnet haben. Ein Erdbeben hatte es nicht gegeben, wie man so schön sagte. Aber sie hatte auch nie wirklich geglaubt, daß dies der Fall sein müßte.

»Können wir nicht mit diesen Entschuldigungen aufhören?«

»Also gut. Aber irgend etwas schien offensichtlich doch gefehlt zu haben«, sagte Edward. Diese Bemerkung ließ ihre Wut wieder ansteigen.

»Wenn sie noch am Leben wären, könnten wir uns vielleicht alle zusammensetzen und darüber sprechen – alle vier. Dann wüßten wir vielleicht, was los war.«

»Ich habe Sie aus der Ruhe gebracht.«

»Vielleicht fehlte auch etwas bei ihnen. Haben Sie es je von dieser Seite betrachtet?«

Sie stand auf. Mußte es immer so bleiben, diese ständige Unsicherheit, dieses zermürbende Gefühl der Unzulänglichkeit? Sogar wenn sie alle Wege ausprobiert hatten und im Herzen des Labyrinths waren? Das war ihre größte Angst: daß sie vielleicht nie die Wahrheit erfahren würde. Sie hatte das Gefühl, ihn mit seiner unendlichen Unwissenheit konfrontieren zu müssen. Er war doch ein Mann, verdammt noch mal. Er hätte es wissen sollen. Konnte ein Mann denn nicht merken, ob ihn seine Frau betrog?

»Wie kann es möglich sein, daß Sie es nicht wußten?«

»Und Sie«, konterte er.

»Ich gehe jetzt hinauf«, sagte sie und schlug ihren Morgenmantel zusammen.

Als sie unbeweglich und voller Angst im Bett lag, hörte sie, wie ihr Herz laut klopfte. Die Vorstellung schien ihr etwas versprochen zu haben, einen Hoffnungsschimmer. Jetzt hatte sich der dunkle Vorhang wieder gesenkt und jegliches Licht ausgesperrt.

»Wir wollen doch alles herausfinden. Ist das nicht unser Ziel?«

Seine Stimme war auf einmal mitten im Zimmer zu hören. Sie stützte sich auf ihre Ellenbogen und sah, wie sich seine Gestalt über sie beugte. Er hatte sich die Decke um die Hüften geschlungen.

»Was herausfinden?«

Sie tastete nicht nach dem Lichtschalter.

»Wir wollten doch ganz ehrlich sein«, stotterte er.

»Ich war es.«

»Vielleicht zu sehr. Auch ich bin verletzt.«

Sie wurde etwas weicher und warf einen verstohlenen Blick auf ihn: seine nackte Brust, die kräftige Silhouette. In der Dunkelheit waren seine Gesichtszüge nur undeutlich zu erkennen, aber es bestand kein Zweifel daran, daß er verletzt war.

»Ich war nicht langweilig. Ich bin mir nie langweilig vorgekommen.«

»Ich habe nicht behauptet, daß Sie das waren.«

»Ich war hingebungsvoll, treu und liebevoll.«

»Ich auch. Man heiratet niemanden nur zur Unterhaltung.« Wieder empfand sie ihre ganze Wut.

»Ich weiß das.« Er mußte die steigende Wut bemerkt haben, denn seine Stimme wirkte sanft und beruhigend.

»Wenn Sie es ehrlich beschreiben, klingt es interessant, aber es reicht noch viel tiefer. Man lebt zusammen, ist eine Familie und gibt sich gegenseitig einen emotionalen Halt. Vielleicht haben wir nicht zusammen über Politik gesprochen oder über Kunst, Filme oder Geschäftsangelegenheiten, aber wenn er Kopfschmerzen hatte und er sich darüber beklagte, dann bin ich aufgestanden und habe ihm ein Aspirin geholt. Als was würden Sie das bezeichnen? Als bemuttern?«

»Wirklich, Viv, ich wollte nicht...«

Aber es gab jetzt kein Halten mehr...

»Nein, ich hatte keine anderen Interessen außer Orson und Ben. Ich hatte keine Hobbys. Ich besuchte keine Clubs. Man kann sagen, daß ich in gewisser Weise ein Außenseiter war. Dies hat mich vielleicht ein wenig langweilig werden lassen, obwohl ich mich selbst eigentlich nie dafür gehalten habe. Ein Teil meines Lebens war einfach dafür bestimmt, Hausfrau und Mutter zu sein. Ich kann diese biologische Uhr nicht abstellen. Einige Frauen bringen dieses Stadium so schnell wie möglich hinter sich. Bei mir war das anders. Ich habe es aus ganzem Herzen genossen.« Sie zögerte einen Augenblick lang. Eine Welle des Selbstmitleids hatte sie ergriffen. Doch sie wurde gebrochen und ging vorüber. Noch war ihre Wut nicht ganz verebbt. Sie versuchte den Schatten, der zwischen ihnen lag, zu durchdringen.

»Ich weiß, was Sie im Grunde wollen.« Sie wurde plötzlich vorsichtiger und dann wieder wütend. »Männer und ihre – ihre Angelegenheiten. Das ist für alles der Maßstab. Ihr wollt immer alles über unser sexuelles Leben wissen.«

»Es ist vermutlich nur ein Faktor. Ein Teilchen in einem Puzzle.«

»Ich habe mich ihm kein einziges Mal verweigert. Kein einziges Mal. Kleine, friedfertige Vivien. Immer zur Verfügung stehend. Das Problem war nur, daß er meistens gar nicht so scharf auf sie war. Er war nicht immer, wie man so schön sagt, zum Überlaufen voll. Aber man kann mich wahrscheinlich auch dafür verantwortlich machen.« Sie schwieg und merkte, wie ihr eine leichte Bösartigkeit in den Sinn kam. »Ich würde gerne mehr über Ihre kleine Frau wissen. Haben Sie die Erde für sie erzittern lassen?«

»Nein, das war wohl nicht der Fall«, sagte er, »wenn Sie das wissen wollen.«

Seine Antwort beruhigte sie etwas. Es war nicht zu übersehen, daß es ihm leid tat. War es denn nicht eines der wesentlichsten Züge der Männlichkeit, eine Frau befriedigen zu können? Oder war dies nur ein ausgedientes Märchen, das Frauen dazu zwingen sollte, Leidenschaft vorzutäuschen? Wie sie es getan hatte. Was sie am meisten störte, war die rüde Art, in der Männer oft den Akt vollzogen. Orson war zuerst sanft und liebevoll gewesen. Es war herrlich, sich in seine Arme zu kuscheln, ihn tief in ihrem Inneren zu spüren. Aber später hatte sich irgend etwas in ihm verändert. In ihm? Oder in ihr? Sie wußte es nicht. Jedenfalls hatte sich etwas in ihr verändert. Und trotzdem war der Akt zwischen ihnen ein Ausdruck der Treue, eine Erneuerung des Bandes, das sie geschlossen hatten. Mußte denn alles am Grad der erzielten Befriedigung gemessen werden?

Vielleicht war es sinnlos, diesem Mann weiter zuzusetzen, ihn weiter zu quälen. Vielleicht, so dachte sie, war der Abgrund zwischen Mann und Frau einfach nicht zu überbrücken. Sie streckte ihre Hand aus und berührte seinen Arm.

»Es tut mir leid«, sagte sie. »Vielleicht sind dies auch alles nur Klischees. Ich habe nie so mit Orson gesprochen.«

»Vielleicht hätten Sie es tun sollen.«

Ihre Wut hatte sich gelegt.

»Es gab einfach nichts, worüber man hätte streiten können, jedenfalls habe ich das so gesehen. Seltsam, wieviel bewußter ich jetzt manches erlebe. Ein bißchen spät.«

In der Dunkelheit fühlte sie, wie starke Finger ihre Hand ergriffen. Mit seiner anderen Hand streichelte er ihren Arm, so daß sie eine Gänsehaut bekam. Aber sie zog ihre Hand nicht zurück. Er trat ganz nahe an ihr Bett und hielt sie umschlungen. Sie fühlte die Wärme seines Fleisches, ihre Brustwarzen wurden ganz hart, als sie seine nackte Brust fühlte. Jetzt legte auch sie ihre Arme um seinen Körper und streichelte seinen Rücken und seine Schultern. Er zitterte am ganzen Leib. »Was ist denn los?« flüsterte sie.

»Ich weiß es wirklich nicht.«

Ihre Finger streichelten den Ansatz seines Halses, und er griff in ihr Haar. Schauer überliefen sie. Der unvermeidliche Vergleich drängte sich ihr auf, die andersartige Berührung, der unterschiedliche Geschmack, der weichere Körper. Seine Hände liebkosten ihre Brüste. Zog er die gleichen Vergleiche? Sie wollte unbedingt wissen, was ihm genau in diesem Augenblick durch den Kopf ging. Würde sie eine ehrliche Antwort bekommen, wenn sie ihn danach fragte? Sie fragte ihn nicht. Sex schien für Männer ein unbedingtes Muß zu sein, ein unkontrollierbarer Drang. An diesem Punkt würde Orson in sie eindringen und mit dem unvermeidlichen ersten Stoß beginnen.

Sie streckten sich auf dem schmalen Bett aus. Er hielt sie sanft umschlungen und machte keine Anstalten, in sie einzudringen. Seine Hände strichen ganz sanft über ihren ganzen Körper, als ob er Angst hätte, ihre Haut könnte bei der kleinsten Bewegung aufreißen. Umgekehrt hielt sie ihn und liebkoste ihn, als ob er ein kleiner Bub wäre. Genau wie Ben, dachte sie. Als sie ihn küßte, waren ihre Lippen fest und warm. Seine vorsichtig tastende Zunge war sanft und liebevoll.

Bei Orson hatte sie sich oft völlig auf irgendeine innere Kraft konzentriert. Sie hatte auf die Zeichen einer inneren Ekstase gewartet, die sich jedoch selten genug eingestellt hatte. Aber in ihrer ruhigen, geduldigen Art hatte sie auf seine Ekstase gewartet, die sich durch kurze Atemstöße ankündigte, eine Ekstase, auf die er mit gnadenloser Energie hinarbeitete, und die, so nahm sie an, den höchsten Genuß bereiten mußte. Dieses männliche Erleben stellte für sie immer ein wildes, unverständliches Geheimnis dar. Wenn er sich manchmal von ihr weggerollt hatte und sein gleichmäßiges Atmen andeutete, daß er sich in einer anderen Welt befand, fragte sie sich, ob das Ganze eigentlich irgend etwas mit ihr selbst zu tun hatte.

Jetzt hatte sie das Gefühl, daß sich ihr Körper und auch ihr

Verstand für eine neue Erfahrung bereit machte. Edwards Hand streichelte sie zärtlich, und als sie sich öffnete, erkundeten seine Finger alle Tiefen. Sie fühlte, wie das Blut in ihrem Körper in Wallung geriet, als auch sie seinen Körper erkundete, als ihre Hand seine harte Männlichkeit berührte, als sie seine weiche Haut spürte und gleichzeitig merkte, wie sein Herz schneller zu schlagen anfing. Lange bewegte er sich nicht. Er überließ sich ganz ihrer Liebkosung, bis seine rhythmische Bewegung einsetzte und sie von ihm verwöhnt wurde.

Bei ihm empfand sie nicht das gleiche Drängen wie bei Orson, nicht den gleichen Sinn für Unterwerfung. Ein Tun gleichberechtigter Leute, so fand sie, als sie sich gegenseitig ganz sanft in dem engen Bett umschlungen hielten, als sie es sich bequem machten, damit ihre Körper wie in einem Puzzle mit einem kaum erkennbaren Bild zusammenpaßten. Und erstaunlicherweise war sie es, die die Initiative ergriff und ihn in sich hineinzog, in ihre weiten Tiefen, die ihn dort hielt, als sie von der Intensität ihres Empfindens hinweggerissen wurde.

Sie hatte nicht auf geheime Zeichen geachtet, und als sie sich eingestellt hatten, erschreckten sie sie. Sie fühlte, wie sie von einer mächtigen inneren Hysterie ergriffen wurde, die ihren ganzen Körper erfaßte, die sie in Ekstase brachte und alles andere vergessen ließ. Und doch wußte sie, wohin auch immer sie gerissen werden mochte, daß er bei ihr war, daß sie nicht allein war. Er selbst reagierte auf sie und mit ihr. Sie ließ alles geschehen, ließ sich in dem feuchten Strudel treiben und gab sich ganz den Wellen des Genusses hin, sicher, daß sein Körper genauso reagieren würde.

Es dauerte eine lange Zeit, bis beide wieder ganz ruhig waren. Als er sprechen wollte, hob sie ihre Hand und berührte sanft seine Lippen.

»Nein.«

Sie wollte keine Erklärungen, keine eingehenden Analysen und keine endgültigen Schlüsse. Warum war dies mit Edward und niemals mit Orson geschehen? Sie hatte Angst vor der Antwort, wie immer sie auch ausfallen würde. Sie hatte Angst, daß das Wissen alles auslöschen konnte. Irgend etwas hatte sich in ihrem Inneren verändert, und sie würde es schon früh genug begreifen, so fand sie.

30

Edward teilte ihre Angst. Gefühle, die man in Worten ausdrücken will, finden oft nur eine recht verzerrte Darstellung. War es denn nicht genug, sie einfach zu empfinden? Von ihnen berührt zu sein? Reden konnte das empfindliche Gleichgewicht zerstören. Gib dich einfach deinen Gefühlen hin, sagte er.

Es war, als ob Vivien in sein Innerstes eingedrungen wäre und dort etwas gefunden hätte, das nur ihr gehörte, und er hatte sie dazu gedrängt, es auch zu nehmen. Er wußte genau, daß es nicht eine einseitige Sache war, aber er hatte nicht den Mut, sie offen darauf anzusprechen.

Aber was es auch sein mochte, er hatte keinen Namen dafür, und er hatte auch nicht vor, sich lange damit aufzuhalten, es genau zu identifizieren. Ganz abgesehen davon, daß er es gar nicht benannt und definiert haben wollte. Es benennen, hieße es trivial werden zu lassen.

Drei Wochen lang verbrachten sie jeden Tag in genau dem gleichen Rhythmus, der sich auf ganz natürliche Weise und ohne viele Worte eingespielt hatte. Sie standen gewöhnlich früh auf. Da er fast immer als erster wach war, küßte er zärtlich ihre geschlossenen Augen, bis er merkte, daß sich ihre Wimpern leicht bewegten. Dann liebkoste sie mit ihren Lippen sein ganzes Gesicht, während ihre geschickten Finger seinen Körper streichelten und er mit seinen liebevollen Fingern die Quelle ihrer Lust ertastete. Bald würden sie sich gegenseitig mit wilder Hemmungslosigkeit bedrängen. Immer wenn ihre Körper in Ekstase gerieten, war dies ein Ausdruck ihrer gegenseitigen Leidenschaft, ein Fest der höchsten Lust und der gegenseitigen Erfüllung.

Aber wenn sie aus dem Bett stiegen, hatten sie das Gefühl, in eine unendliche Leere einzutauchen, eine Umgebung der drohenden Gefahr.

Beim Frühstück vermieden sie geflissentlich, über sich selbst zu sprechen. Aber sie beobachteten einander wie Tiere, die sich vorsichtig umkreisten.

Wenn sie dann schließlich miteinander sprachen, dann wählten sie ihre Worte immer mit besonderer Sorgfalt. Außerdem sprachen sie nur über ihr gemeinsames Ziel, als ob es diesen anderen Teil ihres Lebens nicht gäbe. Sie fuhren von einem Wohnblock zum nächsten und folgten unerbittlich ihrem gesteckten Ziel, indem sie jedes Gebäude sorgfältig notierten, in dem ein Yale-Schlüssel benutzt wurde. Paradoxerweise schien jede Notiz ihr Selbstbewußtsein zu verringern und eine ungreifbare Angst hervorzurufen, daß sie nichts Gemeinsames mehr haben würden, wenn die Wohnung gefunden wäre, daß der Teufel schließlich ausgetrieben wäre und sie zwischen ihm und dem unendlichen blauen Meer hängen würden.

Fast zwanghaft fragten sie sich gegenseitig weiter über ihr früheres Leben aus, als ob sie dadurch Lily und Orson schneller verstehen könnten. Dabei kauten sie immer wieder die gleichen Sachen durch. Letztlich erkannten sie jedoch, daß der Vergleich ihrer Ehen nichts anderes war als der Vergleich zweier verschiedener Apfelsorten. Sie schmeckten ähnlich, aber es waren trotzdem zwei völlig verschiedene Sorten.

Wenn sie nicht in dem kleinen italienischen Restaurant in McLean aßen, dann aßen sie in Viviens Haus. Keiner wagte es, diese Routine zu durchbrechen.

Nach diesen drei Wochen wußten sie mehr über das Leben ihrer ehemaligen Ehepartner, als ihnen vielleicht lieb war. Und trotzdem bohrten sie weiter in ihrem früheren Leben herum, weil beide genau wußten, daß das eigentliche Geheimnis noch verborgen war. Die zentralen Fragen waren noch nicht beantwortet. Warum waren sie betrogen worden? Warum waren sie ihnen nicht auf die Spur gekommen? Warum hatten sie letztlich die Partner geheiratet, die sie geheiratet hatten? Abends gingen sie nach dem Essen in das Gästezimmer und liebten sich. Schnell hatten sie mit den Kleidern auch die Hemmungen ihres früheren Lebens abgelegt. Das Fleisch war ihr Medium der Kommunikation. Sie lebten in einer Art Euphorie – wenn man von ihrer Angst absah, daß alles eines Tages schlagartig vorbei sein könnte. So mit ihr zusammenzuleben, kam der Vorstellung vom Paradies am nächsten.

Manchmal ereignete sich etwas, was ihre Ängste noch größer werden ließ. Ihre Eltern riefen oft aus Vermont an. Wann würde sie Ben abholen? Bald, Mama. Aber wann denn? Bald. Auch über diese Sache konnten sie nicht miteinander reden. Dale Martin rief oft wegen der Versicherung an und versuchte, ihr ihre Entscheidung auszureden. Diesem Druck war schon leichter auszuweichen. Und einmal rief die Bäuerin des Gehöftes an, bei dem sie Hamster untergebracht hatte.

»Wir haben nicht viel Glück.«

»Versuchen Sie es weiter«, sagte Vivien. »Ich werde noch einen Scheck schicken.« Sie überlegte, ob es nicht vielleicht besser wäre, Hamster einschläfern zu lassen, aber sie wollte es nicht übereilen. Nicht jetzt. Bald.

Es wurde nur allzu deutlich, daß ›bald‹ eine Antwort war, die auf alles paßte. Sogar bei Edward.

»Wann glaubst du, werden wir all die Informationen haben, um die Schlüssel auszuprobieren?« fragte sie.

»Bald«, sagte er zu ihr und schaute auf die Karten.

Er hoffte insgeheim, daß bald nie bedeuten würde. Eine weitere Frage wollte noch beantwortet werden, aber er stellte sie nicht, weil die Bedeutung der Frage von ihren Erfahrungen entstellt worden war. Liebst du mich? Selbst wenn sie mit ›ja‹ antworten würde, hätte dann das Ganze noch eine Bedeutung? Und was wäre, wenn sie mit ›nein‹ antworten würde?

Wenn ihm andere Fragen unerträglich zu werden schienen, dann brauchte er sie nur anzuschauen und die Beschleunigung seines Pulses zu fühlen, dann wußte er, welch ungeheure Macht sie über ihn hatte. Nachts hielt er sie im engen Bett umschlungen, liebkoste sie und verschmolz mit ihr zur Einheit eines einzigen Wesens. Dann waren alle Fragen verschwunden. Alle Zweifel waren ausgeräumt. Alle Ängste gewichen.

Mit jedem Tag wurden praktische Erwägungen unwesentlicher. Solch weltliche Belange wie Geld spielten in ihrem Leben nur eine geringe Rolle. Er hatte seine Abfindung eingelöst und den Betrag einfach auf das Geldbündel gelegt, das in der obersten Schublade des Gästezimmers lag. Sie machten nicht den geringsten Versuch, das Geld auseinander zu halten, aber sie nahmen immer nur, was sie brauchten. Wenn irgendwelche Rechnungen eintrafen, bezahlte sie den Betrag, ohne ein Wort zu verlieren.

Sie waren immer so nahe beisammen, daß sie den anderen rufen konnten, und meistens waren sie sogar im Blickfeld des anderen. Oft waren sie sogar so nahe beisammen, daß sie sich berühren konnten, und immer wieder schauten sie sich gegenseitig in die Augen. Aber sie gestatteten sich nur ein einziges Symbol ihrer zärtlichen Gefühle. Alle paar Tage kaufte er ihr eine kleine Rose für die Tischvase. »Du darfst hier nie eine Rose sterben lassen«, sagte er zu ihr. »Niemals.«

Ihr ganzes Reich beschränkte sich auf den knappsten Raum. Sie bewegten sich nur in vier Zimmern: in der Küche, im Wohnzimmer, im Bad und im Gästezimmer. Und im Gästezimmer teilten sie sich ein Einzelbett, eine Kommode und einen Schrank. Wenn es möglich war, hielten sie die Türen zu den anderen Zimmern geschlossen. Das Speisezimmer benutzten sie sehr selten, denn das war Orsons häufigster Aufenthaltsort gewesen. Eigentlich gingen sie immer nur durch das Zimmer hindurch und auch nur, wenn es unbedingt nötig war.

Im Wagen saßen sie ebenfalls eng beieinander. Gewöhnlich fuhr er, und sie schlängelten sich ohne Hast und Ärger durch den Verkehr.

Als sich die befürchtete Störung einstellte, wies er sie zuerst als eine Illusion zurück. Doch dann kam der Zeitpunkt, wo er sie nicht mehr verleugnen konnte.

Sie wurden verfolgt.

Er mußte ihr seine Befürchtungen nicht offen mitteilen. In ihrem Stadium der erhöhten Aufmerksamkeit blieb dem einen nichts verborgen, was der andere wußte. Die Sache ereignete sich am Anfang der vierten Woche. Er hatte bemerkt, wie ihnen ein Wagen folgte, sobald sie ihre Straße verlassen hatten. Er schaute immer wieder in den Rückspiegel und dann in den Seitenspiegel. Sie hatte sich umgedreht, als er in Seitenstraßen einbog und auf dem Parkplatz eines Einkaufszentrums anhielt.

Zwei Männer saßen in dem Wagen, und sie hatten sich mit großer Hartnäckigkeit an ihre Fersen gehängt.

»Was hältst du davon?« fragte sie.

Sein erster Gedanke war Vinnie.

»Ich bin mir nicht sicher.«

Mehr als die unmittelbare Bedrohung fürchteten die beiden ihren eigentlichen Feind – die Veränderung. Sie war auf dem Sitz näher zu ihm hingerückt. Ihre Hand hatte seinen Oberschenkel ergriffen.

Trotzdem verhielten sie sich an diesem Tag genauso wie immer. Sie überprüften die Wohnhäuser und machten sich Notizen. Abends gingen sie ins Haus und schauten aus dem Fenster auf die Straße. Der Wagen stand da, außerhalb des hellen Lichtkegels der Straßenlaternen.

»Siehst du das?« flüsterte er, als er merkte, wie die Asche einer Zigarette plötzlich aufleuchtete.

»Aber wer kann das sein? Und warum?«

Er konnte ihr keine zufriedenstellende Antwort geben.

Er erinnerte sich an die Frage des Abgeordneten: »Gehört er zur Mafia?« Diese Vorstellung war ihm damals absurd genug erschienen. Jetzt war er sich nicht mehr so sicher. Vinnie konnte genügend Haß für einen Mord aufbringen. Oder jemanden für einen Mord zu bezahlen. Das gehörte sicher nicht zu seinen täglichen Verrichtungen, aber es lag doch im Bereich des Möglichen.

Sie gingen ins Bett und klammerten sich aneinander, und obwohl sie sich liebten und der Akt sie genauso erschütterte wie immer, hatte er doch das Gefühl, daß sich etwas in ihr Leben eingemischt hatte. Mitten in der Nacht stand er auf und ging hinunter, um aus dem Fenster zu schauen.

»Immer noch da?«

Sie war ihm nach unten gefolgt.

»Immer noch da.«

Wieder im Bett, merkte er, wie sie zitterte. Sie lag mit ihrem Kopf in seiner Armbeuge, und er streichelte ihr Haar. Der Gedanke drängte sich ihm auf, ob dies wohl der Anfang vom Ende war. Sie umarmten sich und schliefen wieder ein.

Das Telefon weckte sie auf. Eine weitere Störung. Sie öffneten sofort die Augen, aber keiner machte Anstalten, den

Hörer abzunehmen. Nichts, was von draußen kam, konnte ihnen etwas Gutes verheißen. Diese Erkenntnis brauchten sie nicht in Worten auszudrücken. Aber das Telefon läutete immer weiter. Schließlich nahm er den Hörer ab.

»Davis?«

Der Klang seines Namens erschreckte ihn. Wer konnte wissen, daß er hier war? Wie konnte irgend jemand das wissen?

»Hier spricht McCarthy.«

»Sie?«

Er schaute zu Vivien, die genauso verwirrt war wie er.

»Es ist nicht meine Schuld. Es tut mir wirklich leid. Aber Sie müssen verstehen, daß ich es in den Bericht aufnehmen mußte. Auch die Schwangerschaft der Frau.«

»Sie drücken sich nicht sehr klar aus.«

Das letzte Bild von McCarthy tauchte wieder vor seinen Augen auf: übel riechend, völlig betrunken und mit vor Wut verzerrten Gesichtszügen. Für Edward stellte er den Inbegriff schlechter Nachrichten dar.

»Sie untersuchen verschiedene Aspekte des Absturzes«, sagte McCarthy mit einer Stimme, die tiefe Resignation anklingen ließ. »Es ist alles sehr kompliziert. Es gibt tausend Einzelheiten, die überprüft werden müssen.«

Der Absturz! Was hatte der mit ihnen zu tun? fragte sich Edward. Jetzt nicht mehr.

»Es gab keine Möglichkeit, irgendwelche Informationen zu verbergen. Nicht etwa, daß es stichhaltige Beweise gibt.«

»Also wirklich, McCarthy ...«

Er wollte sich über die Störung beschweren, über dieses ungebührliche Eindringen in die Privatsphäre.

»Ich werde schon einen Weg finden, es wieder gutzumachen.«

»Wiedergutmachen? Was denn? Weil Sie so laut schreien?«

Seine Stimme klang geheimnisvoll, und seine Hand ergriff Viviens Schulter.

»Das FBI. Bei einem Absturz dieser Größenordnung« – der amtliche Tonfall machte sich wieder in seiner Stimme breit – »muß jedes Detail überprüft werden. Da ich die

Aufgabe hatte, Ihre Ehepartner zu identifizieren, mußte ich alle Informationen weitergeben. Alle. Sie wissen alles.«

»Alles?«

Wer konnte alles wissen? fragte er sich verwirrt.

»Sie werden also bei Ihnen herumhängen. Ich rufe nur an, um Sie darauf vorzubereiten. Bleiben Sie ganz ruhig. Das ist alles.«

»Sie glauben doch nicht, daß wir etwas mit dem Absturz zu tun hatten?«

Vivien stützte sich auf ihren Ellenbogen und beobachtete entsetzt sein Gesicht.

»Sie müssen diese Möglichkeit mit in Betracht ziehen.«

»Wir wissen die Wahrheit doch selbst nicht«, platzte er heraus. Genau das ist der Punkt, dachte er.

»Falls es für Sie wichtig sein sollte, sage ich Ihnen, daß ich denen sehr wohl klargemacht habe, daß sie auf der falschen Fährte sind.«

»Sie wissen, daß wir völlig unschuldig sind.«

In der Stille hörte er ein entferntes Knistern. Er war sich nicht sicher, ob es die Telefonleitung oder die Stimme des Mannes war.

»Niemand ist unschuldig«, sagte McCarthy. Das Knistern war weg, als er auflegte.

31

Jeder Versuch, ihre tägliche Routine aufrechtzuerhalten, schien jetzt sinnlos geworden zu sein. Sie saßen in der Küche und nippten an ihrem Kaffee. Dabei beobachteten sie, wie die Sonne hinter den kahlen Bäumen aufging. Es war ein klarer kalter Morgen. Der Januarschnee war geschmolzen, und der Schneemann war fast völlig verschwunden, als ob ihn die Erde verschluckt hätte. Der einzige Beweis seines kurzen, vergänglichen Lebens war ein zerdrückter Hut und eine alte Pfeife, die neben einem braunen Grasbüschel lag.

Irgend etwas würde passieren. Keiner konnte sich dieses Gefühls erwehren.

Die Digitaluhr zeigte genau neun Uhr, als es läutete. Sie warfen sich einen kurzen Blick zu.

»Sag ihnen einfach die Wahrheit«, sagte Edward hektisch flüsternd, als er aufstand, um die Tür zu öffnen. Sein Schritt wirkte schwer, und er hatte das Gefühl, daß der Boden ächzen müßte.

Zwei Männer kamen herein. Jeder trug einen dreiteiligen Anzug und suchte ein gelassenes Verhalten an den Tag zu legen. Einer war grauhaarig. Er hatte feuchte blaue Augen, und Adern schimmerten dunkel durch die blasse Gesichtshaut. Der andere war wesentlich jünger. Er hatte lockiges Haar, klare Augen und ein entschlossen wirkendes Gesicht, das sich zu keinem Lächeln verzog. Der Grauhaarige wirkte ausgebrannt, aber der Jüngere war das reinste Energiebündel.

Sie zeigten ihre Ausweise vor, und Edward tat so, als ob er sie genau anschauen würde. Vivien war ihm gefolgt, und sie setzten sich alle in die Wohnzimmersessel wie Figuren in irgendeinem seltsamen Theaterstück. Genau wie bei der illusorischen Suche nach der Wohnung lag der Sinn des ganzen Unternehmens im dunkeln, wenn auch der Zweck jetzt klar wurde. Sie waren gekommen, um sie auseinanderzureißen, sie waren gekommen, das komplexe Netz der Zusammenhänge zu zerstören, das sie zusammengeführt hatte.

»Dies ist eine ungeheuer weitverzweigte Untersuchung«, fing der Ältere an. »Wir müssen jede Möglichkeit untersuchen, jedes Detail in Augenschein nehmen –« er machte eine Pause, »jedes Motiv überprüfen.«

»Ich verstehe«, sagte Edward.

»Natürlich«, stimmte Vivien zu.

»Jeder Stein muß umgedreht werden«, sagte der ältere Mann.

»Viele Leute müssen zufriedengestellt werden: die Fluglinie, die Industrie, die Versicherung, die Regierung. Sie müssen verstehen, daß wir nur unsere Arbeit tun.«

Der ältere Mann kratzte sich freundlich am Kopf.

»Wir sind Ihnen nämlich gefolgt, müssen Sie wissen.«

»Wie hätten wir das nicht merken sollen?« fragte Edward und schaute zu Vivien hinüber.

»Wir müssen bei unserer Arbeit sehr genau sein«, sagte der

Ältere. »Wir führen nur Anordnungen aus. Aber andere Leute wollen genau herausfinden, was passiert ist. Und das Kernproblem ist natürlich: Warum ist das Flugzeug abgestürzt? Ist an der Sache etwas faul oder war es ein Unfall? War es menschliches Versagen?«

»Sie haben es noch nicht herausgefunden?« fragte Edward.

»Noch nicht«, sagte der Ältere und schaute zu seinem Partner. »Aus diesem Grund müssen wir uns auch mit Dingen befassen, die... nun, die sehr persönlich sind.«

Edward nickte, aber er war sehr auf der Hut. Er warf Vivien einen besorgten Blick zu.

»Wir haben schon eine ganze Menge Vorarbeit geleistet«, sagte der ältere Mann entschuldigend. Er nickte, und der Jüngere schaute in sein Notizbuch und blätterte darin herum. Edwards Magen krampfte sich zusammen, und Vivien wurde aschfahl.

»Es gibt immer mehrere Möglichkeiten, Handlungen zu beurteilen. Sie verstehen sicher.«

»Ja«, sagte Edward und wandte sich an Vivien. »Wir verstehen das sicher beide.«

»Wenn Sie möchten, können wir Sie auch einzeln befragen«, sagte der ältere Mann höflich.

Wieder schaute Edward zu Vivien, aber diesmal antwortete Vivien für beide.

»Nein. Wir stecken beide in dieser Sache.«

»Und wir haben auch nichts zu verbergen. Vor Ihnen –« Edward machte eine kleine Pause – »oder voreinander.« Aber er fragte sich plötzlich, ob das wahr war.

»Das ist gut«, sagte der Ältere und rieb sich die Hände. Er nahm sein Notizbuch und machte es auf. Dann zog er einen Kugelschreiber heraus und nickte dem jüngeren Mann zu. Dieser führte das Verhör.

Er nannte zuerst die Namen. Mrs. Vivien Simpson. Mr. Edward Davis. Dann las er ihre Geburtsdaten und den Tag ihrer Eheschließungen vor. »Das ist nur Routine«, unterbrach ihn der Ältere.

Dann schlug der Jüngere seine Beine übereinander und schaute sie der Reihe nach an, als ob er den richtigen Tonfall für das Verhör suchen müßte. Edward dachte, daß er für beide sprechen würde.

»Wußte einer von Ihnen, daß Ihre Ehepartner in ein ungesetzliches Verhältnis verwickelt war?« Die Frage war so farblos gestellt, daß sie sehr neutral wirkte.

»Nein, keiner.«

»Hatten Sie nicht den geringsten Verdacht?« Er schaute Vivien an.

»Ich habe es Ihnen bereits gesagt«, sagte Edward.

»Ist Ihnen nicht einmal der leiseste Gedanke gekommen?« Die Frage war offensichtlich an Vivien gerichtet.

»Wir haben es nicht gewußt«, sagte Vivien.

»Und die Schwangerschaft?«

»Natürlich nicht.«

»Sind Sie absolut sicher?«

»Natürlich bin ich mir sicher.«

»Kannten Sie sich gegenseitig vor dem Absturz?«

»Nein, wir kannten uns nicht«, sagte Edward. »Wir begegneten uns zum erstenmal bei der Identifizierung der Leichen.« Vivien nickte.

»Ungefähr vor vier Wochen?«

»Ja, das war das erste Mal«, sagte Edward.

»Sind Sie sich da absolut sicher?«

»Absolut.«

»Dann haben Sie sich in einem Restaurant getroffen, das vierundzwanzig Stunden geöffnet ist?«

»Ja.«

Als er Vivien anschaute, bemerkte er die Verwirrung in ihren Augen.

»Am nächsten Tag haben Sie sich in Ihrem Apartment getroffen?«

»Ja.«

»Dann vor dem Rayburn-Gebäude, von wo Sie zu dem verlassenen Parkplatz beim Jefferson-Denkmal gefahren sind.«

Edward wurde ganz blaß.

»Ist dies denn alles notwendig?«

»Wie ich schon erklärt habe, führen wir nur Anordnungen aus.«

»Wollen Sie damit andeuten...«, fing Edward an.
»Was andeuten?«
»Nun, daß wir irgendwie in eine Art Verschwörung verwickelt sind?« In gewisser Weise war das wahr, wurde ihm plötzlich bewußt.
»Ist das der Schluß, den Sie selbst ziehen?«
»Eine Andeutung, habe ich gesagt. Ich interessiere mich für die Schlüsse, die andere Leute ziehen.«
»Warum?«
Er schaute hilflos zu Vivien. Sagen Sie die Wahrheit, hatte McCarthy gesagt.
»Egal.«
Der jüngere Mann schaute ihn einen Augenblick an. Als er merkte, daß er keine Antwort bekommen würde, fuhr er fort:
»Mr. Davis, vor drei Wochen haben Sie alle Sachen aus Ihrer Wohnung schaffen lassen. Stimmt das?«
»Ja.«
»Und wohin haben Sie all diese Sachen schaffen lassen?«
»Ich bewahre sie nirgends auf.«
»Dann haben Sie sie verkauft?«
»Nein, ich...« Er zögerte. »Ich habe sie einfach weggeworfen.«
Der ältere Mann kritzelte etwas in sein Notizbuch.
»Dann sind Sie in dieses Haus gezogen?« fuhr der Jüngere fort.
Er schaute zu Vivien, doch sie hatte ihre Augen abgewandt.
»Hier wird schon wieder...«
»Angedeutet? Mr. Davis?« fragte der Jüngere.
»Nun... ja.«
»Warum beantworten Sie nicht einfach die Frage, Mr. Davis?« fragte der ältere Mann freundlich. »Sie brauchen nur eine Tatsache zu bestätigen.«
»Also gut. Ich bin eingezogen.«
»Und Sie, Mrs. Simpson, haben alle persönlichen Dinge Ihres Mannes weggeschafft?«
»Ja«, sagte Vivien kurz.
»Und Ihr Kind? Wo ist es?«
»Bei meinen Eltern in Vermont.« Sie wurde ganz rot im

Gesicht. »Und mein Hund, ein Geschenk meines Mannes, ist auf einem Bauernhof untergebracht.«

»Ja. Wir wissen das alles, Mrs. Simpson.«

»Warum fragen Sie dann?«

»Ich habe Ihnen schon gesagt, daß alles ausgesprochen werden muß.«

»Aber warum denn?«

»Damit jedes Detail klargestellt werden kann«, sagte der Jüngere geduldig. »Aber wenn Sie wollen, können Sie warten, bis die Hauptverhandlung eingeleitet wird. Die Wahl liegt bei Ihnen.«

»Vivien, wir haben nichts zu verbergen. Überhaupt nichts«, sagte Edward.

Eine lange Pause entstand. Die beiden Detektive schauten sich gegenseitig an.

»Cohabitieren Sie jetzt in diesem Haus?«

»Cohabitieren?«

»Leben Sie zusammen, Mr. Davis«, sagte der Jüngere.

»Ich verstehe nicht, was das mit der Sache zu tun haben soll«, protestierte Edward.

»Vielleicht nichts«, sagte der jüngere Detektiv. »Man würde meinen, daß das Haus gewisse Erinnerungen birgt.«

»Das ist abscheulich«, brummte Edward. Er wollte die Sache mit dem Gästezimmer erklären, aber dann sagte er doch nichts. Außerdem war er sicher, daß sie das auch schon wußten.

»Es scheint nur nicht in das übliche Muster zu passen, wollte ich damit sagen«, meinte der Jüngere. Er schaute Vivien an. »Vor allem, wenn man bedenkt, daß Sie ihn einäschern ließen, obwohl er es nicht ausdrücklich gewünscht hatte.«

»Auch das noch«, seufzte Edward.

»Es ist doch offensichtlich«, sagte Vivien. »Sie suchen nach Motiven. Sie versuchen zu beweisen, daß wir uns vor dem Flugzeugabsturz kannten, daß wir deshalb alles, was uns an sie hätte erinnern können, vernichtet haben. Sie versuchen zu beweisen, daß wir irgendwie mit der Sache etwas zu tun hatten. Wie würden Sie es selbst ausdrücken?« Sie drehte sich zu den Detektiven um. »Rache für Profit? Irgend etwas in dieser Richtung?«

»Das ist doch verrückt«, sagte Edward. »Wir haben doch die Versicherungssumme zurückgewiesen. Und zwar jeden Pfennig.«

»Ja, wir sind über Mrs. Simpsons Anweisungen unterrichtet.« Er machte eine Pause und schaute Edward gerade ins Gesicht. »Ihre Entscheidung ist für uns neu.«

»Es ist die Wahrheit.«

»Wir sind nicht hier, um darüber zu urteilen, was die Wahrheit ist, Mr. Davis. Das sollen andere tun.«

»Aber so wie Sie alles hinstellen ...«

»Können wir fortfahren?«

Edward gab keine Antwort.

»Sie haben Ihre Arbeit aufgegeben, Mr. Davis?«

»Offensichtlich kennen Sie auch diese Antwort.«

»Ja, das stimmt.«

»Und auch jede andere Antwort?«

»Nicht jede, Mr. Davis. Wir hofften, daß Sie uns die Wohnung zeigen könnten, die Ihre Ehepartner benutzt haben. Aber es ist klar, daß Ihre Methode ewig dauern würde. Deshalb mußten wir Sie jetzt aufsuchen. Man möchte endlich Antworten haben.«

»Und wir sind die Verdächtigen«, sagte Edward.

»Bis es definitive Antworten gibt, ist jeder verdächtig.«

Sie machten sich über sie lustig, amüsierten sich über ihre Ehrlichkeit? Er suchte nach Vergeltung. Aber was machte es aus? Ihre kleine private Welt begann zu zerbrechen. Die reinste Ironie. Es war überhaupt kein privates Leben gewesen.

»Was wollen Sie dort finden? In dieser Wohnung?« fragte Edward. Das war von Anfang an die zentrale Frage gewesen. Jetzt war es das Ziel geworden, das sie zusammenhielt. Er empfand eine panische Angst, daß er es verlieren könnte.

»Wie ich schon früher gesagt habe«, wiederholte der ältere Detektiv mit einem Anflug von Verweiflung, »müssen wir jedes Detail in Betracht ziehen. In dieser Sache gibt es keine klare Trennung zwischen technischen und menschlichen Fragen. Wir sind nicht zuständig für die technischen Fragen. Unsere Aufgabe ist es, die menschlichen Aspekte zu untersuchen.«

»Warum haben Sie ...« fing der jüngere Mann an.

»Wollen Sie meine Frage nicht beantworten?« unterbrach ihn Edward.

»Also gut«, sagte der jüngere Mann ausdruckslos. »Wir sind nicht wirklich sicher, was wir finden werden. Aber die Frage, die ich stellen wollte, war: Warum suchen *Sie* danach?« Er hielt kurz inne. »Mit solch einer methodischen Genauigkeit?«

Edward warf Vivien einen kurzen Blick zu. Wie konnte man diese Frage beantworten?

»Das ist unsere Sache.«

»Es schien ein ausgeklügelter Plan zu sein«, sagte der Jüngere. »Aber es dauert einfach zu lange.«

Das war genau der entscheidende Punkt. Gab es eigentlich einen anderen?

»Dann bin ich froh, daß wir nicht für Sie die ganze Arbeit geleistet haben«, sagte Edward mit steigender Wut. Aber bevor einer der beiden etwas sagen konnte, fuhr er fort: »Und Sie wissen wirklich nicht mit Sicherheit, ob ein Verbrechen die Ursache des Absturzes war?«

»Wir haben Ihnen das schon anfangs gesagt«, sagte der jüngere Detektiv.

»Gehen wir einmal davon aus«, sagte Edward, »daß ein Verbrechen geschehen ist – eine Bombe vielleicht oder irgendeine andere Sache.«

»Auch dann wären wir wieder hier«, sagte der ältere Detektiv.

»Um uns anzuklagen?«

»Vielleicht«, sagte der Jüngere. »Wenn der Beweis zur Theorie paßt.«

»Dann arbeiten Sie also rückwärts.«

»So könnte man es ausdrücken«, sagte der Jüngere. Beide Männer ließen sich nicht aus der Ruhe bringen.

»Sind Sie hier, um uns zu einem Geständnis zu bringen?«

»Nun, in diesem Fall wäre für uns alles leichter.«

Die Augen des älteren Detektivs blitzten vor Liebenswürdigkeit.

»Warum gerade wir?« Er schaute Vivien ins Gesicht. Ihre frühere Verwirrung war völlig verschwunden, und er konnte ihre große Wachheit spüren.

»Es gibt drei Möglichkeiten«, sagte der Jüngere, ohne auf eine Bestätigung durch den Älteren zu warten: »Habsucht, Liebe oder Haß. Alle drei sind machtvolle Motive.«

»Kommen Sie wieder auf den Boden...«, fing Edward an.

»Ich möchte es hören, Edward«, sagte Vivien.

Der jüngere Mann lächelte.

»Habsucht ist als Motiv durch Mrs. Simpsons Anordnung an ihren Rechtsanwalt und auch durch Ihre angebliche Zurückweisung entkräftet. Könnte ein falscher Köder sein, aber wir wollen es einmal dabei belassen. Was Liebe oder Haß angeht, Rache oder Mord. Sie können selbst wählen. Sie wollen uns doch nicht ernsthaft glauben machen, daß Ihre – Ihre Beziehung erst seit kurzem besteht. Alle Anzeichen deuten auf eine lange Beziehung hin. Zwei Seiten derselben Medaille. Man läßt sich einfach nicht so schnell aufeinander ein.«

»Dann sind Sie also Experten?«

»Wir haben schon genügend in dieser Richtung gesehen.«

»Worauf würden Sie dann tippen?« spottete Edward. »Liebe oder Haß?«

»Ich würde keinen Tip wagen.«

»Ich auch nicht«, sagte der Ältere. Er stand auf. »Ich glaube, wir haben schon genug von Ihrer Zeit in Anspruch genommen.«

Der jüngere Detektiv folgte seinem Beispiel. Keiner reichte ihnen die Hand, als sie sie zur Tür brachten und diese leise hinter ihnen schlossen.

Vivien und Edward saßen lange schweigend da.

»Weißt du, sie haben da einen Punkt«, flüsterte sie. Er wollte protestieren, aber er sagte dann doch nichts. Als er sie anschaute, wandte sie sich ab.

32

Noch am gleichen Tag schrieb Vivien ihr Haus zum Verkauf aus. Außerdem gaben sie die Suche nach Orsons und Lilys Wohnung auf.

Die Detektive hatten den kalten Wind der Realität mitgebracht, wie absurd ihre Anschuldigungen auch anmuten mochten, sie begriffen, daß die Möglichkeit bestand, sie eines Verbrechens anzuklagen, aber das war nicht der eigentliche Punkt. Liebe oder Haß. Wählen Sie selbst. Das hatte ihre Beziehung in eine neue Perspektive gerückt.

Es schien nicht mehr sinnvoll, die Wohnung zu suchen. In gewisser Weise hatte eine Lächerlichkeit das Vorhaben zerstört. Es war lediglich ein Vorwand gewesen. Es würde ewig dauern, hatten die Detektive gesagt, und das war ja auch der unausgesprochene Grund für ihre Suche. Vivien beschloß, daß es für sie jetzt viel wichtiger war, jede Erinnerung zu löschen, den Einfluß ihres vergangenen Lebens aufzuheben und sie ein für allemal zu vergessen.

Von dem Moment an, wo sie sich bewußt geworden war, wie sehr sie sich auf Edward eingelassen hatte, hatte sie ihren Gefühlen mißtraut. Vielleicht war das ihre Erziehung aus Neuengland, die Selbstbeherrschung und Zurückhaltung immer in den Vordergrund gestellt hatte. Das Vergnügen, die Ekstase oder einfach die Freude ließ sich nicht leugnen, und sie hatte sich kurze Zeit ihren Gefühlen hingegeben. Aber hatte sie sich nicht schon einmal zuvor mit ganzem Herzen hingegeben? Nie wieder, hatte sie sich geschworen. Niemals, niemals, niemals. Aber die Leute neigen dazu, alte Fehler zu wiederholen, und Gefühle sind ein unzuverlässiges Barometer, so sagte sie sich selbst. Auch die FBI-Agenten hatten das deutlich werden lassen. Sie hatten die Geschwindigkeit, mit der sie sich aufeinander eingelassen hatten, in Frage gestellt, und das war ja etwas, was sie sich auch schon selbstkritisch gefragt hatte. Konnte eine Beziehung tatsächlich so schnell entstehen? Haß hatte sie zusammengeführt und nicht Liebe. Und Liebe konnte doch unmöglich aus Haß entstehen! Der logische Verstand sagte ihr, daß ihre Beziehung nur eine Verteidigung gegen das Gefühl der Unzulänglichkeit war. Ein bizarrer Mechanismus war ausgelöst worden, der zeitweise, so dachte sie, die Schleusen der sexuellen Leidenschaft geöffnet hatte.

Aber was auch der Grund sein mochte, so konnte sie doch nicht leugnen, daß zwischen ihnen eine intensive Kommunikation der Sinne stattfand. In seiner Gegenwart, in seinen Armen hatte sie ein neues Selbstwertgefühl bekommen. Sie war nicht ohne Gesicht, sie war kein Klumpen gefühllosen Fleisches wie bei Orson. Wieder tauchte Orson in ihren Gedanken auf und machte sich wie immer über sie lustig. Trotzdem war sie sich nie so ihres Körpers und der großen Macht ihrer Gefühle bewußt gewesen. Auch ihr Verstand schien schärfer, nie wißbegieriger gewesen zu sein. Ihre Gedanken kamen ihr redegewandt vor, ihre Erklärungen überzeugend. Wenn es noch Fragen und Geheimnisse gab, würden sie durch scharfes Nachdenken gelöst werden. Letztlich durfte nichts ihrer völligen Unabhängigkeit im Wege stehen.

Auch was das Haus anging, so war sie der gleichen Meinung wie die Detektive. Es roch förmlich nach Orson. Es war eine Illusion, wenn sie geglaubt hatte, daß es hier einen Ort gab, der nicht von seiner Anwesenheit durchdrungen war. Es war unmöglich, seinen Geruch aus den Wänden, aus dem Fußboden und aus den stummen Gegenständen des täglichen Lebens zu entfernen. Edward hatte mehr Mut und Entschlossenheit bewiesen, als er das Ganze auf den Müll geworfen hatte.

Da sie das Haus schnell verkaufen wollte, verlangte sie nur einen niedrigen Preis. Die Makler, die sie anrief, waren gern bereit, den Verkauf zu übernehmen. Edward hatte bereits die meisten Verbindungen zur Vergangenheit durchgeschnitten. Jetzt war sie an der Reihe, die letzten Schritte zu tun.

Sie rief ihre Eltern in Vermont an.

»Sobald das Haus verkauft ist, werde ich von hier weggehen«, sagte sie zu ihrer Mutter.

»Wohin?«

Sie überhörte die Panik in der Stimme ihrer Mutter.

»Ich weiß noch nicht.«

Als sie telefonierte, stand Edward neben ihr. Sie hatten beschlossen, irgendwohin zu gehen, wo sie nichts an die Vergangenheit erinnern konnte. Vielleicht in ein fremdes Land oder in irgendeine völlig andersartige Gegend in den Staaten.

»Soll das heißen, daß du Ben auf unbestimmte Zeit bei uns zurücklassen willst?«

Zurücklassen? Aber hinderte sie Ben nicht an ihrer Unabhängigkeit? Warum nur führten all diese Gefühle in ihrem Inneren Krieg? Sie hatte nie zuvor solche Schlachten ausfechten müssen. Ihr früheres Leben war sicherer gewesen. Verdammter Orson, schrie sie lautlos, warum hatte er sie nur so gestrandet zurückgelassen?

»Ich weiß noch nicht, Mutter. Es ist nur so eine Idee. Außerdem habe ich Orsons ganze Versicherungsprämie auf Ben überschreiben lassen.«

»Das ist doch nur Geld, Liebes. Ben ist dein Kind.«

»Und das von Orson...« Sie wollte noch mehr sagen, aber sie riß sich zusammen. Wie weit doch die Macht des Hasses ging, dachte sie traurig. Hatte er auch ihre Muttergefühle zerstört? Konnte ihr Verhältnis zu Ben jemals wieder das alte werden?

»Er fragt sehr oft nach dir, Viv«, sagte ihre Mutter.

»Und ich denke an ihn.« Ihre Stimme versagte. Sie mochte diese neue Vivien nicht, aber die andere haßte sie. »Ich habe mich noch nicht entschlossen.«

»Orson würde das nicht gutheißen«, sagte ihre Mutter. »Er hätte von dir erwartet, daß du die Verantwortung auf dich nimmst.«

»Tatsächlich?« Ihre Wut fühlte sich an wie geschmolzenes Blei, das sie zu überschütten drohte.

»Ja«, bestätigte ihre Mutter.

»Zum Teufel mit Orson«, schrie sie.

»Ich werde so tun, als hätte ich das nicht gehört, Vivien.«

»Hör auf mit diesem So-tun-als-Ob, Mutter. Ich habe es satt, immer nur etwas vorzuspielen.«

Lange sagte niemand etwas.

Vivien merkte, wie ihr die Tränen in die Augen schossen. Sie zitterte vor unterdrückten Schluchzern.

»Wir lieben dich sehr, Vivien. Das gilt auch für Vati und Ben.«

»Ich weiß das, Mutter.« Es gelang ihr, dies verhältnismäßig ruhig zu sagen. Dann legte sie auf.

Als sie hinaufging, wartete Edward bereits auf sie. Er nahm sie in die Arme und küßte ihre Wangen.

»Salzig. Du hast geweint.«

Sie nickte.

»Es wird alles gut werden«, sagte er. »Du wirst schon sehen.«

Ihr Herz klopfte zum Zerspringen. »Sag das nie mehr zu mir«, schrie sie. »Ich werde nie mehr über mich verfügen lassen.«

»Das habe ich nicht gemeint...«

»Aber du hast es gesagt. Du hast nicht die Gabe der Prophezeiung. Als nächstes wirst du zu mir sagen, daß ich dir vertrauen soll. Das hab' ich schon einmal gehört.«

»Ich auch.«

Sie fragte sich, ob sie zu stark reagierte.

»Ich war vielleicht ungerecht, aber ich werde mich nicht entschuldigen.«

Aber sie löste sich nicht aus seiner Umarmung. Dann beruhigte sie sein zärtliches Streicheln, und sie liebten sich. Irgendwann mitten in der Nacht schüttelte sie ihn auf einmal, so daß er aufwachte.

»Ich muß aus diesem Haus«, sagte sie zitternd. »Ich spüre hier noch immer seine Anwesenheit.«

Er zog sie fest in seine Arme. »Wenn wir nur zusammen sind«, sagte er.

Seine Antwort erschreckte sie. Damit er nichts mehr sagte, küßte sie ihn. Es hatte noch keinen Sinn, unangenehme Dinge anzuschneiden, dachte sie.

Am Morgen schrieb sie an Dale Martin und teilte ihm mit, daß sie beabsichtigte, wegzugehen. Sie machte noch einmal ihren Wunsch deutlich, daß das Geld auf Ben überschrieben werden sollte. Sie forderte ihn auch auf, die Unterlagen an ihre jetzige Adresse zu schicken, denn diese würden dann durch die Post weitergeleitet werden.

Am nächsten Tag schauten sie sich einige der Wohnungen an, die sie schon früher gesehen hatten. Sie fanden ein kleines Apartment, das kein Yale-Schloß hatte. Dann mieteten sie von einer Möbelfirma ein Bett und einen Schrank. Das Apartment war im Parterre eines kleinen Gebäudes, das von hohen

Bäumen umgeben war, die das Licht abhielten. Aber es war die einzige Wohnung, in die sie sofort einziehen konnten. Sie hatte zwei Koffer und eine Kosmetiktasche gepackt. Alles andere hatte sie zurückgelassen. Es würde bei der Ankunft der neuen Besitzer verkauft oder weggeschafft werden. Sie schaute sich nicht ein einziges Mal um, als sie das Haus verließen. Sentimentale Gefühle, so sagte sie sich, waren ihre Feinde. Sie befand sich in einem Zug in ein anderes, neues Leben.

»Tut es dir nicht leid?« fragte Edward, als sie auspackten. In einem Haushaltwarenladen hatten sie das notwendigste Geschirr gekauft, außerdem die nötigsten Lebensmittel für den Kühlschrank besorgt. In einem Kaufhaus in der Nähe kauften sie Bettwäsche und Handtücher. Sie bestellten keinen Telefonanschluß. Aber sie hatten die kleine Vase mitgebracht und eine neue Rose dafür gekauft. Außer ihren Kleidern gab es nun nichts mehr, was sie an ihr früheres Leben erinnerte.

Sie verbrachten jeden Augenblick miteinander. Und obwohl sie nicht über ihre Beziehung sprachen, als ob sie darüber einen Pakt geschlossen hätten, war ihnen doch die Veränderung sehr bewußt.

Sie hatten weder Fernseher noch Radio gekauft. Auch keine Zeitungen. An schönen Tagen fuhren sie manchmal zum Potomac und gingen im George-Washington-Park spazieren. Da die Luft noch immer kühl war, waren die Wege gewöhnlich verlassen, und so konnten sie es genießen, ganz allein miteinander zu sein. Die Welt war zu ihrer eigenen kleinen Welt zusammengeschrumpft.

Obwohl sie ein Doppelbett gemietet hatten, hielten sie sich die ganze Nacht umklammert und schliefen auf engstem Raum. Und sie liebten sich noch immer, als wären sie die letzten Menschen auf der Welt.

Trotz ihrer Euphorie, dem Gefühl, an einem schönen Sonnentag auf einem ruhigen See zu treiben, bewahrte Vivien doch ihren Sinn für das Praktische. Das Haus würde verkauft werden. Das würde ihnen genug Geld für ein anderes Leben zur Verfügung stellen, ein Leben, das noch vage und unbestimmt war. Darüber hinaus hatte sie kein Bedürfnis nach materiellem Besitz. Was blieb ihnen noch zu wünschen übrig, da sie sich ja gegenseitig besaßen?

Sie versuchte, jeglichen Gedanken an ihre Vergangenheit zu vermeiden. Es gab nur noch die Gegenwart. Nur noch Edward.

Das führte letzten Endes dazu, daß sie nur noch über ihre gegenseitigen Gefühle und ihre neue Umgebung sprechen konnten. Die Vergangenheit war unwesentlich und die Zukunft unbestimmt.

»Wann hast du zum erstenmal diese Anziehung gespürt?« fragte sie ihn immer wieder.

»Als ich dich zum erstenmal sah. Und du?«

»Es war etwas später. Ich glaube, es war in diesem Restaurant, in dem wir uns zu Anfang getroffen haben.«

»Hat es dich wie aus heiterem Himmel erwischt? Wie ein Blitz? Eine kosmische Explosion, die von dir Besitz ergriffen hat? Oder so ähnlich?«

Sie lagen nackt, ineinander verschlungen. Es hatte sich eingeregnet, und sie gingen nur aus dem Haus, wenn sie Essen einkaufen mußten. Draußen klopfte der Regen gegen die Fensterscheiben. Tage und Nächte flossen ineinander über. Wie die Gezeiten des Mondes so kamen die Gespräche auf und ebbten wieder ab. Jegliches Gefühl für Zeit war ihnen verlorengegangen. Immer wieder tauchte das gleiche Thema auf, verschwand wieder, nur um sich erneut zu stellen. Das Leben hatte keinen anderen Zweck als sich gegenseitig zu erfassen. Sie mußten verstehen, wie das so gekommen war.

»Ja, so ähnlich.« Sie berührte seinen Gaumen mit ihren Fingern.

»War es etwas zum Anfassen? War es nur physisch? Hast du ein Sehnen empfunden, ein drängendes Bedürfnis?«

»Natürlich.«

»Etwas das über das fleischlose Begehren hinausgeht? Mehr als reine Biologie? Als ob du ein Teil deines Selbst verloren und es jetzt wieder gefunden hättest? Oder so ähnlich?«

»Ja, so ähnlich.«

»Bist du wirklich sicher? Versuch es auszusprechen. Ich möchte es mit deinen Worten hören.«

Er wurde dann gewöhnlich nachdenklich. Sie beobachtete

ihn ganz genau: seine Lachfalten, wenn er lächelte; die Richtung, in die sich seine Haare wie bei einer Windböe im Weizenfeld drehten; seine Haut, die manchmal rauh und manchmal weich war; die verborgenen Stellen seiner Männlichkeit. Sie lauschte auf die Geräusche in seinem Inneren, das Gurgeln und Klopfen in einem lebendigen Körper. Aber seine Gedanken stellten für sie Geheimnisse dar, die sie durch Worte und Ausdrücke nur ungefähr erfassen konnte.

»Wie . . .« Sie beobachtete ihn dann, wenn er mit sich rang, um die richtigen Worte zu finden. Hör genau zu, forderte sie sich selbst auf. Urteile nicht. Leg ihn nicht fest.

»Als ob man durch die Wolken bricht und den blauen Himmel erblickt.«

Nicht das. Sie wurde neben ihm plötzlich steif. Ein Flugzeug! Er hatte ein Flugzeug beschrieben, das bedeutete, daß er sie, Lily, noch immer nicht ganz aus seinem Leben verdrängt hatte. Und da auch sie das Bild sofort verstand, hieß das, daß auch sie Orson noch nicht ganz losgeworden war.

»Nein«, korrigierte er, weil er vielleicht selbst das Bild verstanden hatte. Es war schrecklich neben ihm zu liegen, ihn zu hören, ihn zu sehen und trotzdem nicht genau zu wissen, was ihm durch den Kopf ging.

»Versuch es anders auszudrücken.« Sie dürstete nach einer Erklärung.

»Wie ein trockener Holzstoß, etwas Verborgenes, das man nicht sehen kann, eine geheimnisvolle Lebenskraft, die plötzlich ganz heiß wird und in Flammen aufgeht, und dabei eine ganze innere Welt entzündet, von der man nicht wußte, daß sie existierte. Wir kannten nur unsere Empfindungen, die Quelle dieser Flamme.«

»Woher mag sie wohl kommen?«

»Aus unserem Inneren.«

»Und fühlst du sie jetzt, diese Hitze? Diese Macht?«

»Ja.«

»Und sie wird ewig brennen?«

»Ja.«

Sie sehnte sich danach, daß sich ein Teil ihres Selbst loslöste und wie ein Lichtstrahl im Raum schwebte, ein Lichtstrahl, der in seine Gedanken eindringen, der sie auswerten und die

Daten in einen allumfassenden Computer füttern konnte, damit die ganze Wahrheit der Gefühle ein für allemal erstellt würde. Sie wollte einen Beweis, eine absolute Sicherheit.

Wenn sie sich küßten, stellte sie sich vor, daß er sie durch eine magische Kraft in sich einsaugen konnte, daß sie in seinen Blutkreislauf und in seinen Verstand übergehen würde.

Aber wenn sie ihre Augen aufmachte, war sie natürlich immer noch außerhalb seines Körpers. Und wenn er auf andere Art in sie eindrang, war sie ganz bereit, sich zu öffnen, und zwar nicht nur ihren Körper, sondern alles! Sie wollte ihn in sich hineinziehen, ihn in ihr Inneres aufnehmen. War dies nicht die einzige Möglichkeit, immer seiner sicher zu sein? Die einzige Möglichkeit, jeden zukünftigen Betrug auszuschließen? Nur wenn sie ihn in ihren Körper aufgenommen hatte, konnte sie der Beständigkeit ihrer Beziehung sicher sein.

Aber sie hatte sich von Anfang an dagegen gewehrt, von dem Augenblick an, da ihr Verstand zu begreifen versuchte, was sie empfand. Liebe? Ihre Gefühle sogar heimlich und nur vor sich selbst mit diesem Wort zu bezeichnen, bedeutete eine klare Abwertung der Empfindungen. Es war ein Klischee, überstrapaziert und durch zahllose Lügen und Verführungen mißbraucht. Es hatte seine ganze Bedeutung und jeden Wert verloren. Und am meisten fürchtete sie, daß er es in der Stille aussprechen würde.

Und genau das tat er.

»Ich liebe dich.«

Sofort stand sie auf, ging weg und marschierte mit herabhängenden Armen im Zimmer hin und her.

»Das meinst du doch wohl nicht ernst«, sagte sie.

Ihre Reaktion verwirrte ihn.

»Das ist doch wohl der Kern des Ganzen. Wie man es auch bezeichnen will, genau das empfinde ich für dich. Ich liebe dich. Das ist alles. Ich liebe dich.«

»Du kannst...« Sie versuchte die Worte zu verhindern, die auch Orson einmal zu ihr gesagt hatte. Zwischen ihnen würde es letztlich immer diesen Vergleich geben. Die Schleusen der Erinnerung waren wieder weit geöffnet, so daß alle alten

Bilder hervorbrechen konnten. »Du hast das auch zu ihr gesagt.« Ihre Stimme war vor Wut und Frustration ganz laut geworden.

»Es war nicht das gleiche.«

»Dann sind es nur leere Worte.«

»Aber genau das empfinde ich«, sagte er.

»Hast du es damals auch empfunden?«

»Das ist jetzt unwichtig.«

»Nein, es ist wichtig.« Sie wollte, daß er das gleiche empfand wie sie selbst, ein Gefühl, das nicht in Worten auszudrücken war, das Gefühl eines ewigen Besitzens, einer Selbstlosigkeit, einer so reinen Liebe, daß sie durch nichts erschüttert werden konnte. »Verstehst du überhaupt nichts?« schrie sie und rang verzweifelt die Hände.

»Man kann sich nie völlig sicher sein. Nicht so schnell.«

»Ich weiß.«

Und doch sagte ihr etwas in ihrem Inneren, daß dies noch nicht genug war, daß sie noch nicht zum Kern des Ganzen vorgedrungen waren. Sie schluckte ihren Ärger hinunter, dann kam sie zu ihm zurück und umarmte ihn.

Alles konzentrierte sich auf dieses kleine Zentrum intensiver Hitze, der Hitze der Sonne, die von einem Vergrößerungsglas zu einem einzigen Strahl gebündelt wurde. Was sie wollte, was sie brauchte und wonach sie sich unendlich sehnte, war eine unumstößliche Sicherheit. Egal wohin sie das Leben führen würde, welches Alter ihr Gesicht zeichnen sollte, welche Fehler sie auch haben mochte; ob sie langweilig oder aufregend war, ruhig oder wütend, wie das Leben auch mit ihr umspringen wollte, ob es sie veränderte, krank machte, ob es sie schöner werden oder verkümmern ließ, ihre Beziehung würde rein und unverdorben wie pures Gold bleiben, ja sogar noch reiner als das. Und sie wäre noch viel beständiger.

Wie war es möglich, so etwas in Worte zu fassen, es mit einem unwiderruflichen Versprechen zu belegen? Bestenfalls konnte man solche Gefühle für den Augenblick ausdrücken. Konnte sie denn mehr als das versprechen?

Nein!

Letzten Endes würde sie allein und ungeliebt sein. Und sie

würde auch selbst nicht lieben. Sie sehnte sich nach dem Unmöglichen. Außerdem konnte sie auch die Erinnerungen an die Vergangenheit nicht völlig auslöschen. Und doch würde sie bald auch die letzte Erinnerung an die Vergangenheit, nämlich Edward, verlieren. Dann wäre sie der einzige Mensch auf der Welt, dem die Zukunft gehörte, der einzige, dem sie ihr Leben anvertrauen konnte, für immer und ewig.

Sie selbst.

33

Nach drei Wochen wurde Viviens Haus verkauft. Zweimal in der Woche hatte sie die Makler von einer Telefonzelle aus angerufen und sich nach den Fortschritten des Verkaufs erkundigt.

Edward verfolgte die Sache eher mit Sorge als mit ungemischter Freude. Sie hatten davon gesprochen, wegzugehen, und anfangs hatte er mit unzähligen Möglichkeiten gespielt. Da sie alle Bande durchgeschnitten hatten, konnte ihnen jeder Ort der Welt recht sein.

Es war nur wesentlich, daß sie beieinander waren, wie es jetzt der Fall war. Alles andere war unwichtig.

Aber wie genau er sie auch beobachten mochte, es gab immer eine Grenze, die er nicht überschreiten konnte. Manchmal schien sie abwesend und gedankenverloren, dann tauchte sie wieder mit unglaublicher Leidenschaft auf. Ihr Verhalten war einmal von nachdenklichem Schweigen und dann wieder von neugierigen, unerbittlichen Fragen gekennzeichnet.

»Glaubst du, daß du mich kennst, wirklich kennst?«

»Ich weiß nicht«, antwortete er.

»Wir prüfen noch. Ich glaube nicht, daß ich dich ganz kenne.«

»Nicht mit dem Bewußtsein.«

»Was meinst du damit?«

»Daß wir uns wahrscheinlich tief in unserem Unbewußten schon kennen, daß wir uns dort sehr gut kennen, daß wir uns dort bis ins absolut Letzte kennen.«

»Das glaube ich nicht eine Sekunde lang.«

»Aber warum empfinde ich dann physisch so viel? Was sollte der Grund dafür sein?«

»Chemie?«

»Aber warum gerade du?«

»Ich möchte nicht darüber nachdenken. Ich möchte einfach nur fühlen. Das ist alles, was ich will. Einfach nur fühlen. Keine Vergangenheit, keine Zukunft. Ich möchte nur das fühlen dürfen, was ich fühle.«

»Und was ist das?«

»Es gibt keine Definition dafür. Und wenn es sie gäbe, wäre sie belanglos.«

»Aber es muß doch eine Definition geben. Es muß doch Worte geben, die es erklären können.«

»Es gibt keine Worte dafür.«

Es schien wie ein Refrain, und er sehnte sich danach, daß sie ihre Gefühle für ihn in einer direkten und einfachen Sprache ausdrückte. Er wollte, daß sie es nackt und einfach sagte. Vielleicht mit einem einfachen ›Ich liebe dich‹, und das trotz aller Klischees. Darüber hinaus wollte er keine andere Sicherheit.

Aber er drängte sie nicht. Er akzeptierte ihre eigene Definition. Was mit ihm geschah, lag jenseits aller bisherigen Erfahrungen. Vielleicht war es, so sagte er heimlich zu sich selbst, tatsächlich jenseits aller Worte, etwas Geistiges und unendlich Vergängliches, ein vollkommenes Verschmelzen von gemeinsamen Wünschen. Er hatte solch vollkommene Freude nie gekannt.

Oberflächlich gesehen lebten sie in einer begrenzten Welt: ein Zimmer, ein Bett, der Raum der Gegenwart. Für ihn war die Vergangenheit tot, und er trauerte keinen Augenblick darum. Manchmal, wie um sich zu prüfen, versuchte er, sich an alte Bilder zu erinnern. Wenn sie sich endlich einstellten, waren sie so schwach, daß er sie kaum erkennen konnte, wie die Bilder von mißglückten Polaroidfotos.

Nichts störte die Gegenwart mit Vivien. Vivien war sein ganzes Leben, seine ganze Welt, ihr Körper war die Gegenwart, ihr Geist eine unauslöschliche Macht in seinem Innersten. Wie sollten Worte das vermitteln können? Er lebte in einem Kokon der Erfüllung und der Ekstase.

»Ich liebe dich wirklich.«

Manchmal war sie verspielt.

»Nur das? Aber wie willst du das wissen? Wie kannst du dir sicher sein?«

»Ich weiß es einfach.«

»Das ist keine Antwort.«

»Ich werde es dir beweisen.«

Sie liebten sich leidenschaftlich und ließen sich von einer einzigen, der legendären neunten Welle in Ekstase hinwegtragen.

»Was beweist das schon?« fragte sie, als ihre Leidenschaft wieder abgeklungen war.

»Daß der Körper die Kathedrale der Seele ist.«

Sie lachte.

»Ich möchte in deiner Kathedrale beten.«

»Für ewig?«

»Natürlich für ewig.«

»Liebst du mich?« drängte sie.

»Mehr als das.«

Aber während er sich mit ihren Fragen auseinandersetzte, enthielten seine eigenen Fragen selbst eine gewisse Gefahr. Warum war dies geschehen? Am Anfang hatte lediglich eine zufällige Begegnung gestanden: er und Lily, sie und Orson, dann waren sich Lily und Orson begegnet. Und ein weiterer Zufall: Betrug und Tod. Jede Phase hatte eine andere nach sich gezogen. Das Netz der geheimnisvollen Begegnungen hatte sich ausgedehnt, bis sich schließlich er und Vivien über den Weg gelaufen waren.

Warum?

Zwischen ihren wilden Liebesspielen begannen sich ihre Fragen etwas auszuweiten. Aber es gehörte alles zu der gründlichen Untersuchung ihres eigenen Selbsts. Sie sprachen von ihren Interessen, von ihren Lieblingsspeisen, Lieblingsfarben und Lieblingsschauspielern. Sie unterhielten sich über ihre politischen Vorstellungen und ihre vielfältigen Gefühle, die vielleicht dazu beigetragen haben könnten, den

Funken zwischen ihnen zum Entzünden zu bringen und der sie dann so völlig verschmelzen ließ. Aber nichts paßte wie bei einem Spielzeugpuzzle nahtlos zusammen. Es gab immer falsche Winkel und unpassende Ecken.

»Wir sind ganz normale Leute«, sagte sie, als es offensichtlich wurde, daß ihre Begabungen und Interessen nichts Außergewöhnliches darstellten.

Er sprach immer die einzelnen Bereiche an, und sie gab dann die Antwort.

»Allgemeinbildung?«

»Gut bis mittelmäßig. Keine besonderen Interessen.«

Er hatte politische Wissenschaft und sie Psychologie studiert.

»Herkunft?«

»Nicht Klasse, aber aus guter, robuster Familie.«

»Aussehen?«

»Für andere, nun sagen wir, erfreulich.«

»Überragende Schönheit.«

»Liegt im Auge des Betrachters.«

»Und ich bin der Betrachter.«

»Genau wie ich.«

Mit anderen Worten, so dachte er, sie waren nichts Besonderes. Er würde sich woanders nach einer Antwort umsehen müssen oder sich sein ganzes Leben lang damit zufriedengeben. Ein Leben mit Vivien, so wie jetzt, war alles, was er sich wünschte.

Es gab Augenblicke, in denen er wirklich das Gefühl hatte, daß sie die absolute Kommunikation erreicht, daß sie die Trennung der Geschlechter überwunden hatten, als ob sich ein einziges Wesen verdoppelt hätte. Aber er konnte noch immer nicht die Worte finden, um diesen Zustand zu beschreiben. Es klang immer mehr nach Wunsch denn nach Realität. Aber wie sehr er es sich auch wünschen mochte, er konnte nicht in ihr Denken eindringen. Genausowenig wie sie in das seine.

Deshalb machte er sich langsam über die leichten Veränderungen, die er bemerkte, Sorgen. Manchmal wachte er von ihrem leisen Weinen auf, aber wenn er sie nach dem Grund dafür fragte, sagte sie immer: »Einfach glücklich.«

Das genügte ihm eine Weile. Aber als sie immer wieder weinte, bedrängte er sie stärker, und schließlich sagte sie: »Es wird alles vorbeigehen.«

»Was denn?«

»Das. Wir.«

»Niemals.« Dann versicherte er sie wieder seiner tiefen Gefühle.

»Das ist nicht genug«, schluchzte sie dann. »Das ist alles vergänglich. Es wird verschwinden, sich in Luft auflösen. Du wirst mich betrügen. Vielleicht werde auch ich dich betrügen.«

»Unsinn.« Er versuchte einen Witz daraus zu machen. »Ich werde dich nie aus meinem Blickfeld lassen.« Er meinte das auch, wenn er sich ein Leben vorstellte, in dem er jeden Augenblick mit ihr zusammen verbringen würde.

»Es ist die Wahrheit«, sagte sie.

Trotz der bösen Vorahnungen war er doch überrascht, als es dann passierte. Er war mit ihr zum Notar gegangen, und die Transaktion war routinemäßig verlaufen. Sie hatte einen gedeckten Scheck für fast zweihunderttausend Dollar erhalten, den sie in ihre Tasche gesteckt hatte.

»Das ist nun der letzte Schritt«, hatte sie zu ihm im Wagen gesagt. Ihre Gesichtszüge waren weich und verrieten keine Angst. Als sie sich in die Augen sahen, schaute sie weg. Etwas Seltsames ging in ihr vor. Zuerst hatte er gedacht, daß ihn seine eigene paranoide Angst beeinflußte. War denn Liebe nicht eine Form von Paranoia? Damit versuchte er, seine wachsende Beunruhigung zu verdrängen. Trieb sie auf einer zwar unsichtbaren, aber doch um so stärkeren Strömung weg von ihm? Er konnte solche Gedanken nicht ertragen. Außerdem konnte er sich nicht vorstellen, wie das Leben ohne sie aussehen könnte. Zu diesem Zeitpunkt war Lily schon zu einem bloßen Namen verkümmert, sie war eine Nichtexistenz geworden, jemand, den er in einem Film gesehen und der ihn kurz interessiert und den er dann vergessen hatte.

Als sie zur Wohnung zurückkamen, setzte sie sich zuerst wie in Trance auf das Bett. Er ging in die Küche, um Kaffee zu kochen. Seine Hände zitterten. Sein Herz klopfte lautstark. Er konnte sich des Gefühls einer drohenden Gefahr nicht erwehren. In der letzten Nacht hatten sie sich wie immer eng aneinandergeklammert. Aber irgend etwas passierte, irgend etwas Verhängnisvolles.

»Was ist denn los?«

»Nichts.«

»Aber da ist doch irgend etwas, und es macht mir Angst.«

»Ich weiß.«

Als er die dampfenden Kaffeetassen hereinbrachte, wies sie ihre Tasse zurück, und er stellte sie auf den Boden neben dem Bett. Während er sie beobachtete, trat er zurück und setzte sich auf den Boden. Dabei nippte er an der heißen Flüssigkeit.

»Ich gehe weg«, sagte sie und holte tief Luft. Ihre feuchten Augen waren ganz wach. Die Worte schienen etwas in seinem Inneren zu zerbrechen. Seine Ohren dröhnten. Er hoffte, daß sein Körper explodieren würde. Sein Verstand sagte ihm, daß er seine Gedanken herausschleudern, daß er sich ganz ausleeren, daß er sich förmlich auflösen mußte.

»Es würde immer zwischen uns stehen«, flüsterte sie, und ihre Worte brachen laut in sein Bewußtsein ein. Aber er fragte sich, ob sie außerhalb seiner Vorstellung überhaupt existierte.

»Aber ich dachte ...«, stotterte er.

»Ich kann einfach nicht mit dieser Bedrohung leben, Edward.«

»Welcher Bedrohung?«

»Daß es nicht beständig sein wird, daß es vorübergehen könnte.«

»Dann kannst du mich nicht lieben. Deshalb also willst du es nicht aussprechen.«

»Und wenn ich es sagen würde? Was würde es schon bedeuten? Es sind doch nur Worte, Edward. Nur Worte.«

»Was ist mit den Gefühlen?«

»Ich traue ihnen nicht. In meinem Innersten kommen sie mir immer wie eine Lüge vor. Ich kann nicht mit dieser Angst leben. Sie wird mich zerstören. Das einzige, worauf ich mich verlassen kann, bin ich selbst. Du mußt mich verstehen ...« Tränen traten in ihre Augen und liefen ihr die Wangen hinunter.

»Aber ich dachte, wir haben die Vergangenheit hinter uns gelassen?«

»Du hast das vielleicht. Aber ich kann es nicht. Es bleibt noch etwas zu tun.«

»Für mich?«

Sie nickte.

Unbeweglich und wie gelähmt blieb er sitzen. Er spürte keinen Funken Leben mehr in sich. Er war wie ausgelöscht.

Er sah zu, wie sie aufstand, ihre Koffer nahm und zu packen anfing. Dann wurde es ihm unerträglich, ihr zuzusehen, denn es war, als ob er zusah, wie das Blut aus einer klaffenden Wunde seines Körpers floß und mit dem Blut auch sein Leben verfloß.

Als es klopfte, hatte er keinen Bezug mehr zu irgendwelchen Vorgängen außerhalb seines Körpers. Als es weiter klopfte, sah er zu Vivien und bemerkte ihre Angst. Es gab keinen Ausweg aus seiner Not. Er ging durch das Zimmer und machte die Tür auf. Draußen stand McCarthy.

»Ich habe sie gefunden«, sagte er. »Ich habe ihre Wohnung gefunden.«

34

Draußen war es wärmer. Die Nachmittagssonne warf ihre Strahlen durch die noch kahlen Äste der Bäume, die jedoch bereits Knospen angesetzt hatten. Sie bemerkte die unübersehbaren Zeichen, daß die Erde aufzutauen begann, und es erinnerte sie an den Frühling in Vermont.

Sie hatte sich überreden lassen, nicht durch Worte, sondern von dem quälenden Gefühl, daß sie nicht weggehen konnte, ohne vorher alle Knoten ihres vergangenen Lebens gelöst zu haben. Sie hatte jedes Quentchen Mut für den Entschluß, Edward zu verlassen, aufbringen müssen, und sie hatte nicht mehr viel Kraft übrig, um Widerstand zu leisten. In ihrer Vorstellung würde es zu einem Ritual werden, zu einer endgültigen Verbrennung.

Es war eine Vorstellung, die für sie beide sehr wichtig gewesen war, das Versprechen einer Enthüllung und gleichzeitig eines Exorzismus. Aber hatte sie nicht bereits ihren

Exorzismus erfahren? War sie nicht mit der Realität des Weiblichen konfrontiert worden? Hatte sie sich nicht den Mythos von der Notwendigkeit der männlichen Liebe ausgetrieben? Sie hatte den Schluß gezogen, daß es besser war, allein zu sein, sein Schicksal in die eigenen Hände zu nehmen und sich nicht der Belastung dieser gewaltigen Anziehungskraft auszusetzen, die sie von etwas abhängig werden ließ, was außerhalb ihrer Macht lag. Es gab auch schon Zeichen, daß diese Anziehungskraft ihren Zweck bereits erfüllt hatte, so daß ihr nur noch die unvermeidlichen Schlüsse zu ziehen blieben. Auch das mußte letztlich ausgelöscht werden.

Sie setzte sich auf den Platz neben McCarthy. Ohne viele Worte setzte sich Edward auf den Rücksitz.

»Es ist nicht weit«, sagte McCarthy.

Sie hatte ihren Schlüssel weggeschmissen, aber sie war nicht überrascht, als Edward den seinen aus der Tasche zog und damit bestätigte, was sie intuitiv immer gefühlt hatte.

Obwohl McCarthy auf der Fahrt gleichgültig nach vorn schaute, redete er doch unaufhörlich.

»Mußte sehr praktisch gewesen sein, Ihre Frau, Davis. Ich habe die Spur durch einen Kauf bei Woodies gefunden – Matratzen, Bettzeug und Kissen. Sonst nichts. Hat die Preisermäßigung der Angestellten bekommen, und das Ganze dann an J. Smith, Parkstraße 1825 in Arlington liefern lassen. Hatte recht, was Zeit und Ort anging. J. Smith. Wenn man anonym bleiben möchte, ist J. Smith der beste Name. Keinen Namen findet man häufiger in den Telefonbüchern der USA als den Namen J. Smith. Eigentlich bin ich schon vor ein paar Wochen darauf gestoßen, aber ich habe es für mich behalten.« Er machte eine Pause und räusperte sich. »Ich habe lange darüber nachgedacht, aber da es gleich nach der Sache mit den FBI-Leuten war, habe ich gedacht, daß es vielleicht zu viel für Sie wäre. Mies, wie die Leute Sie angegangen sind. Nur noch eine Hürde zu nehmen. So ist es nun mal bei diesem Geschäft. Sie müssen jedoch zugeben, daß sie einen Punkt hatten, besonders ...« Er holte tief Luft, aber er schaute sie noch immer nicht an. »Hoffentlich haben sie Ihnen nicht allzu schlimm mitgespielt. Also Sie beide, Sie waren auch für mich eine Überraschung. Ich wußte, daß Sie das Haus verkauft haben, Mrs. Simpson. Als Sie dann heute alles amtlich machten, dachte ich mir schon, daß Sie vielleicht weg wollten. Ich hoffe, daß ich hier das Richtige mache. Aber irgendwie glaube ich, daß immer ein beunruhigendes Geheimnis über Ihnen schweben wird, wenn Sie nicht alles in Erfahrung bringen. Wenn man etwas nicht weiß oder nur halb weiß, dann ist es manchmal sehr schwer damit zu leben. Ach, was geht das mich an?« Er schaute schnell in den Rückspiegel. »Verzeihen Sie mir, Davis. Ich bin ein Scheißkerl, wenn ich betrunken bin, obwohl ich glaube, daß Sie davon hätten wissen sollen – von der Schwangerschaft. Hätte es Ihnen damals nicht sagen sollen. Mein Fehler. Versuchen Sie nicht alles zusammenzufügen. Nichts geschieht durch reinen Zufall, nicht einmal in meinem Geschäft.« Er lachte plötzlich wie ein Ziegenbock. »Ich hab' den Leuten vom FBI nicht verraten, wo die Wohnung ist. Jedenfalls haben sie die Ursache des Absturzes herausgekriegt. Es hatte etwas mit der Flüssigkeit zu tun, die das Vereisen des Flugzeuges hätte verhindern sollen. Sie hat nicht ausgereicht, weil das Flugzeug so lange auf die Freigabe des Starts warten mußte. So einfach war das. Gerade die einfachsten Dinge bringen einen oft zum Stolpern.« Er blinzelte durch die Scheibe und zog den Sonnenschutz herunter, damit ihn die tiefstehende Sonne nicht mehr blenden konnte. »Nicht mehr weit. Ich bin nicht hineingegangen. Und ich werde auch nicht hineingehen. Das geht mich nichts an.« Er hielt vor einem älteren Gebäude, das von einem Garten umgeben war. Es ähnelte dem Haus, das sie selbst gewählt hatten.

»Auf der anderen Seite«, sagte er. »Im Parterre. Ich werde hier warten.«

Edward stieg aus und machte für Vivien die Tür auf. Sie erinnerte sich an das Gebäude. Es war eines der Häuser, die sie bereits am allerersten Tag in Augenschein genommen hatten. Sie überlegte, was wohl passiert wäre, wenn sie die Wohnung zufällig gefunden hätten.

Sie sagten nichts, als sie um das Gebäude herumgingen. Die Wohnung mit der Nummer zwei hatte einen eigenen Eingang. Wie bei ihrer Wohnung hielten hohe Bäume das Licht ab. In der Gegend wohnten hauptsächlich Leute aus der unteren Mittelschicht, deren Leben ein einziger ökonomischer Kampf darstellte. Der ideale Ort für Anonymität, dachte sie: wenige Kinder, hart arbeitende Leute. Das war ein Faktor, dem keiner von ihnen Beachtung geschenkt hatte, vielleicht absichtlich nicht.

Die Tür der Wohnung wirkte alt und gebraucht. Vergeblich hatte man mehrmals versucht, die abgesplitterten Stellen auszubessern. Unter der Glocke war der Platz für das Namensschild, aber es gab kein Namensschild.

Genau wie der Name, den sie gewählt hatten, drückte dieser Eingang in erster Linie Anonymität aus. Mit blassen, zitternden Fingern versuchte Edward, den Schlüssel ins Schloß zu stecken. Und schließlich gelang es ihm. Bevor er ihn umdrehte, schaute er sie an.

»Scheint nicht mehr so wichtig zu sein«, sagte er traurig. Als sie keine Antwort gab, drehte er den Schlüssel um. Das Schloß sprang auf, und er stieß mit der Handfläche die Tür auf.

Laß dich von nichts umwerfen, sagte sie sich, als sie ihm folgte, nach ihm hineinging. Da das einzige Fenster von einem Baum verdunkelt wurde, so daß nur wenige Strahlen der untergehenden Wintersonne in die Wohnung dringen konnten, wirkte die Wohnung, als wäre sie von einem dunklen Dunst eingehüllt. Sie brauchte einige Augenblicke, bis sie sich an die Dunkelheit gewöhnt hatte.

Als sie wieder sehen konnte, schaute sie sich im Zimmer um. Die Wände hatten eine undefinierbare Farbe. Genau wie bei ihnen gab es hier nur ein einziges Zimmer mit einer Kochnische, und eine Tür führte offensichtlich zum Badezimmer. An der einen Wand stand ein Bett, das mit hübschem Bettzeug überzogen war. Am Fußende lag eine zusammengefaltete rosa Decke.

Wenn man sich den Raum anschaute, konnte man sich des Gefühls der Leere nicht erwehren. Sie schaute schnell zu Edward. Aber sie fühlte doch, daß sich etwas in dem Raum befand, das diesen spartanischen Eindruck wieder aufhob. Vielleicht bildete sie es sich nur ein, vielleicht entnahm sie es nur ihrem Wissen, von dem, was sich hier abgespielt hatte, aber Orsons Anwesenheit schien sie auf einmal zu ergreifen und sie mit unwiderstehlicher Macht einzuhüllen – es war jedoch nicht ein schauerlicher, spukender Geist der Rache und Zerstörung, sondern eher der Schrei eines hilflosen, verletzten Kindes, das in einer tragischen Lage um Mitleid flehte.

Sie merkte, wie aller Haß und Ärger von ihr wich.

Sie wollte etwas sagen, aber dann blieb sie doch stumm. Sie merkte, wie sich Edward hinter ihr leicht bewegte. Sein Atem war ganz gleichmäßig. War das ein Zeichen? Empfand er das gleiche wie sie? Als sie sich umdrehte, fiel ihr Blick auf schimmerndes Glas, das wahrscheinlich vom letzten Sonnenstrahl angestrahlt wurde. Neben dem Bett stand eine kleine Vase, die sie zuerst nicht bemerkt hatte. Die Überreste eines kleinen Röschens steckten darin. Die vertrockneten Blätter hingen traurig an dem ausgedörrten Stamm. Erst jetzt gab sie einen erstickten Laut von sich.

»Wir müssen ihnen verzeihen«, flüsterte sie. Er drehte sich um, zögernd zuerst, dann eilte er in ihre wartenden Arme.

»Natürlich.«

Auch die Unsicherheit war verschwunden. In der angenehmen Stille waren ihre Worte zu hören:

»Ich liebe dich«, flüsterte sie.

»Und ich dich – für immer.«

»Wenigstens jetzt«, sagte sie.

35

Als sie zum Wagen zurückkamen, schaute McCarthy sie fragend an. Geht mich nichts an, hatte er zuvor gesagt. Aber er hatte es doch auch zu seiner Angelegenheit gemacht, dachte Edward, wahrscheinlich aus Gründen, die nur er selbst kannte.

Als sie zurückkamen, hatten sie die Arme umeinander geschlungen. Und trotz des erfüllenden Glücks bemerkte Edward doch die Überraschung und Neugierde des Detektivs. Amüsiert stellte er McCarthys Verwirrung fest und beschloß, ihm ein paar Hinweise zu geben. Aber als er nach Worten suchte, merkte er erst seine eigene Verwirrung, sein ungenügendes Verständnis. Statt der plötzlichen Erkenntnis, die angeblich mit einer Epiphanie einherging, empfand er nur ein dumpfes Gefühl der Verständnislosigkeit. Was sich in Vivien verändert hatte, gehörte zum Bereich des Weiblichen und würde deshalb für ihn immer ein Geheimnis bleiben. Seine Liebe und sein Hingezogensein zu Vivien waren bereits seit einiger Zeit völlig klar gewesen. Die Erinnerung an Lily war nur noch so schwach wie Staub, und starke Böen wehten selbst die dunkelsten Erinnerungen aus seinem Denken.

Er beschloß, sich nicht mit weiteren Erklärungen aufzuhalten. Er hatte begriffen, daß er ein verlorengeglaubtes Teil seines Selbst wiedergefunden hatte, und das genügte schon. Es war völlig egal, wie er diesen Prozeß bezeichnen sollte.

»Wir müssen ihnen verzeihen«, hatte sie geflüstert und bewies damit die ganze Tiefe der weiblichen Fähigkeit zu verzeihen. Konnte sie jetzt auch an seine Liebe glauben? Seine Treue? Seine Verpflichtung? Er würde sein Leben damit zubringen, ihr das zu beweisen.

Sie setzten sich auf den Rücksitz, umarmten sich, berührten sich und drückten so schweigend die ungeheure Bedeutung aus, die sie füreinander hatten. Als er aufschaute, bemerkte er, wie McCarthy sie im Rückspiegel beobachtete. Als er ihn offen anlächelte, schaute McCarthy wieder auf die Straße.

»Halten Sie bitte«, sagte Vivien plötzlich. »Da.« Sie deutete auf eine Telefonzelle vor einer Tankstelle. Ohne etwas zu sagen, hielt McCarthy davor an. Vivien kramte in ihrer Tasche nach Kleingeld.

»Hier«, sagte McCarthy, während er sich vorbeugte, um ihr eine Handvoll Münzen zu geben.

Sie nahm sie an, schaute McCarthy kurz in die Augen und dankte ihm dafür.

»Ich muß meine Eltern anrufen und mit Ben sprechen«, sagte sie, als sie aus dem Wagen stieg. Sie schaute kurz zurück. Ihre Augen glänzten, und ihr Lächeln war schöner als je zuvor. Ein heiteres, glückliches Gesicht, dachte Edward, als sie in die Telefonzelle ging und die Nummern wählte.

»Zufrieden?« fragte McCarthy höflich und mit ruhiger Stimme.

Edward nickte.

»Sie sind alle Schwestern, oder?« sagte McCarthy.

»In gewisser Weise.«

»Werde nie verstehen, wie sie uns immer wieder ködern und einziehen. Der Haken schmerzt, wenn er hineingeht und auch wenn er herausgezogen wird. Nicht wahr?«

»Vielleicht sollte man einen Fisch fragen?«

»Also gut, ich frage ihn.«

»Man verliebt sich einfach«, sagte Edward. »Man kann nicht anders. Wie ein Fisch. Der richtige Ort, die richtige Zeit, der richtige Köder. Macht sie verrückt. Ich versuch erst gar nicht, es zu verstehen.«

»Liebe«, seufzte McCarthy. »Sie haben sie wahrscheinlich erfunden. Glauben, daß sie alles entschuldigt.«

»Tut sie das denn nicht?«

»Vielleicht.« Er strich sich nachdenklich übers Kinn. »Vielleicht wissen sie etwas, was wir nicht wissen. Schließlich war es Eva, die den Apfel aß.« Sie lachten, und sie lachten immer noch, als Vivien zum Wagen zurückkam.

»Was ist denn so lustig?« fragte sie.

»Ach, nichts«, antwortete Edward und warf McCarthy einen vielsagenden Blick zu.

Vivien schaute abwechselnd von einem zum anderen und schien verwirrt, aber sie zuckte mit den Schultern und sagte: »Ben geht es gut. Ich habe versprochen, daß ich morgen abend dort sein werde. Zuerst muß ich Hamster abholen. Ich habe ihnen gesagt, daß sie sich alle auf einige Überraschungen gefaßt machen sollten.« Sie drehte sich zu ihm um und ergriff seine Hand. »Alles in Ordnung?«

»Werde dich nie wieder aus meinen Augen lassen«, sagte Edward sanft.

Sie schaute ihn spitzbübisch an und flüsterte ihm dann ins Ohr:

»Es wird hoffentlich genau wie du aussehen.«

»Was?«

»Unser Baby.«

Sein Herz setzte beinahe aus. Dann schaute er ihr ins Gesicht.

»Mutter Natur hat gesprochen. Sie könnte mich zum Narren halten, aber ich glaube es eigentlich nicht.«

»Ich werde sie beim Wort nehmen«, sagte Edward. »Sie weiß im allgemeinen, was sie tut.« Vivien warf sich in seine Arme.

»Und gerade jetzt.«

»Und gerade jetzt«, stimmte er zu.

DER GROSSE LIEBESROMAN
Jacqeline Monsigny
Floris, Mon Amour
Roman

DER GROSSE LIEBESROMAN
Muriel Bradley
TANYA, DIE RUSSIN
Roman

DER GROSSE LIEBESROMAN
Patricia Matthews
Traumtanz der Liebe
Roman